# ALBERT THIBAUDET

## *TRENTE ANS DE VIE FRANÇAISE*

## III

# LE BERGSONISME

*** ***

*huitième édition*

PARIS
ÉDITIONS DE LA
NOUVELLE REVUE FRANÇAISE
3, RUE DE GRENELLE

# LE BERGSONISME

# ALBERT THIBAUDET

## TRENTE ANS DE VIE FRANÇAISE

### III

# LE BERGSONISME

**

HUITIÈME ÉDITION

PARIS

ÉDITIONS DE LA
NOUVELLE REVUE FRANÇAISE
3, RUE DE GRENELLE

IL A ÉTÉ TIRÉ DE CET OUVRAGE APRÈS IMPOSITIONS SPÉCIALES CENT HUIT EXEMPLAIRES IN-QUARTO TELLIÈRE SUR PAPIER VERGÉ LAFUMA-NAVARRE AU FILIGRANE DE LA NOUVELLE REVUE FRANÇAISE, DONT HUIT EXEMPLAIRES MARQUÉS DE A A H, CENT EXEMPLAIRES RÉSERVÉS AUX BIBLIOPHILES DE LA NOUVELLE REVUE FRANÇAISE, NUMÉROTÉS DE I A C, ET SEPT CENT QUATRE-VINGT-DIX EXEMPLAIRES IN-16 JÉSUS SUR PAPIER VÉLIN PUR FIL LAFUMA-NAVARRE DONT DIX EXEMPLAIRES HORS COMMERCE, MARQUÉS DE a A j, SEPT CENT CINQUANTE EXEMPLAIRES RÉSERVÉS AUX AMIS DE L'ÉDITION ORIGINALE NUMÉROTÉS DE 1 A 750, ET TRENTE EXEMPLAIRES D'AUTEUR HORS COMMERCE NUMÉROTÉS DE 751 A 780, CE TIRAGE CONSTITUANT PROPREMENT ET AUTHENTIQUEMENT L'ÉDITION ORIGINALE.

# LIVRE V

# LE MONDE QUI DURE
## (SUITE)

DEBUT DE PAGINATION

# IV

## L'INSTINCT

Qu'est-ce que l'individu ? un réservoir d'indétermination, une somme d'énergie potentielle à dépenser, et, surtout, une invitation à choisir, un mécanisme physique monté pour servir à un choix psychologique. Le pari de Pascal exprime la racine obscurcie et profonde de toute vie individuelle, et l'élan vital dans son ensemble n'est peut-être qu'un formidable pari. Le bergsonisme, sorti d'une thèse sur la liberté, nous apparaît jusqu'au bout comme une spéculation sur la liberté. Mais l'indétermination, la liberté, n'en sont pas moins, dans l'univers, des îlots précaires. La nécessité de choisir est une nécessité. La vie ne peut choisir que parce qu'elle doit choisir. Elle doit choisir parce qu'elle ne saurait ni tout être, ni tout faire. Grâce aux individus, aux espèces, aux règnes, à la multiplicité des êtres organisés, elle tourne jusqu'à un certain point cette nécessité. Les individus assument la nécessité d'un choix déterminé, et l'élan vital qui les enveloppe dans son tourbillon peut assumer tous leurs choix contradictoires. La différence des êtres lui permet d'expérimenter, de hasarder sur des tableaux de tout genre. Mais cette différence implique un danger : espèces et individus existent en tant qu'ils essayent d'arrêter l'évolution à eux, de l'empêcher dans les autres espèces et les autres individus, et l'individualité fonctionne dans l'élan vital comme un système de concurrence, de lutte pour la vie, de destruction. Et cette destruction peut aller loin. L'existence des nations, leurs rivalités et leurs conflits ont sans doute aidé au progrès de la civilisation. Mais si elles l'ont aidé parfois, elles l'ont aussi parfois empêché. Et nous devons admettre aujourd'hui la possibilité d'une ruine de la civilisation par des haines nationales, auxquelles les progrès de la civilisation auront fourni tous les moyens de la détruire. L'élan vital ne cesse pas d'impliquer un risque, de comporter des limites.

Il comporte des limites, mais il a le choix entre ces limites. Et il trouve presque un équivalent de l'illimité dans la possibilité de choisir ici une limite et là une autre limite. Et il n'est pas de domaine où ce problème des limites se pose avec autant d'instance que dans le domaine de la connaissance. Le problème de la connaissance, c'est le problème des limites de la connaissance. Mais si la connaissance est commandée par les nécessités de l'action, les limites de la connaissance seront données dans le programme de l'action. Or la vie comporte deux sortes d'action, l'action sur la matière vivante et l'action sur la matière brute. A ces deux sortes d'action correspondront deux ordres de connaissance, l'instinct et l'intelligence.

« Tout se passe comme si la force qui évolue à travers les formes vivantes, étant une force limitée, avait le choix, dans le domaine de la connaissance naturelle ou innée, entre deux espèces de limitation, l'une portant sur l'*extension* de la connaissance, l'autre sur sa *compréhension* [1]. » La première est la connaissance par l'intelligence, la seconde la connaissance instinctive. La première coïncidera avec la réalité d'étendue, la matière, la seconde avec la réalité d'intensité, la vie.

En principe la connaissance vraie serait donc, pour M. Bergson, celle de l'instinct ; et ses commentateurs et ses critiques ont insisté sur ce point, peut-être avec quelque lourdeur. Au moment de l'*Essai sur les données immédiates de la conscience*, quand le nom de M. Bergson ne circulait que parmi les philosophes (c'était le bon temps), ceux-ci avaient coutume de dire que sa théorie de la liberté s'appliquait beaucoup plus à l'animal qu'à l'homme. M. Höffding écrit : « Le péché originel a été commis quand l'intelligence a remplacé l'instinct. L'instinct est plus près de la vie que ne l'est l'intelligence [2]. » Certes l'instinct est plus près de la vie, tient davantage à la vie, mais c'est pourquoi il ne voit pas la vie. Si une main est près de vos yeux jusqu'à les toucher, vous ne voyez pas cette main. Il est vrai que si cette main est celle d'une personne très chère, vous faites mieux que de la voir, vous la sentez, vous sympathisez avec elle. Et l'instinct est en effet, dans un sens profond, sympathie.

La connaissance de l'instinct, la sympathie de l'instinct portent toujours sur la vie. L'instinct fait connaître la vérité de la vie comme l'intelligence fait connaître la vérité de la matière. Mais tandis que l'intelligence peut porter sur une matière quelconque, et va chercher

1. *Essai*, p. 162.
2. *La Philosophie de Bergson*, p. 42.

dans la géométrie le dispositif idéal qui permet ce *quelconque*, l'instinct ne peut pas porter sur une vie quelconque, probablement parce que ce terme : *vie quelconque*, est contradictoire. Il nous suffit d'aller idéalement à la limite de l'énergie défaite pour que, toute énergie devenue de l'énergie indifférenciée et inutilisable, il n'y ait plus que de l'énergie quelconque et toujours pareille à elle-même. Mais chaque moment de la vie est dans une certaine mesure création de quelque chose de nouveau, d'unique, un particulier qui ne comporte qu'une connaissance particulière. Comment donc alors y ranger l'instinct, puisque l'instinct est toujours connaissance spécifique ? C'est que l'instinct, connaissance de la vie par la vie, ne peut porter que sur le courant vital qui va du germe au germe, non sur l'individu toujours enclin à arrêter à lui ce courant. Il accompagne le courant vital comme la connaissance particulière nécessaire à ce courant, comme le lit dont le courant a besoin pour couler.

Si on voulait s'exprimer (d'ailleurs dangereusement) en langage leibnitzien, on pourrait dire que la monade n'a pas seulement la connaissance claire de son corps, mais la connaissance claire de tout ce qui intéresse son corps, et que cette connaissance claire lui est fournie par l'instinct. Le sphex va aux centres nerveux de la chenille comme le petit mammifère va au lait de sa mère, en suivant le même élan vital qui a organisé la matière de son corps.

Mais comme toute connaissance l'instinct s'explique par une cause privative. Une connaissance s'appliquerait de droit à tout, mais tout lui est fermé sauf ce qui intéresse l'action. Elle n'est opérante que si elle est canalisée. Cette occlusion est infiniment plus rigoureuse pour l'instinct que pour l'intelligence. La vie étant « un tout sympathique à lui-même », l'instinct d'une espèce consiste à intercepter ce tout sympathique, sauf sur un point où il passera comme un rayon lumineux par une fente. L'instinct, qui serait en droit une intuition indivisée de l'élan vital, le restreint en fait à ce qui est utile à l'espèce : l'instinct d'une espèce ne porte que sur ce qu'on pourrait appeler son secteur d'élan vital. « Si cette sympathie pouvait étendre son objet et aussi réfléchir sur elle-même, elle nous donnerait la clef des opérations vitales, — de même que l'intelligence, développée et redressée, nous introduit dans la matière[1]. »

En principe donc l'instinct porterait sur le secteur restreint de vie

1. *La Philosophie de Bergson*, p. 191.

qui intéresse une espèce, tandis que l'intelligence porterait sur un secteur de matière qui, chez l'homme, arrive à coïncider idéalement avec
le tout de la matière. Mais d'une part il y a des instincts, fort impor-
tants, qui concernent l'action sur la matière, comme la nidification,
et d'autre part l'intelligence n'exerce-t-elle pas une action sur la
vie, dans la domestication des animaux ? C'est que l'instinct et l'intelligence ne sont pas toujours séparés. Il y a autour de l'instinct une
certaine zône d'intelligence, et les vertébrés supérieurs nous en présentent des formes indiscutables. Notons d'ailleurs que depuis que les
sociétés humaines ont évolué vers une intelligence mieux spécialisée,
elles ont perdu le secret de domestiquer de nouvelles espèces animales,
secret qui semble aller de la vie à la vie, de l'instinct à l'instinct autant
qu'à l'intelligence. Et l'espèce la mieux domestiquée, celle qui est
liée le plus intimement à l'homme, le chien, semble avoir pris par
endosmose quelques caractères bien marqués d'intelligence, est même
devenu une sorte d'animal religieux. Que l'instinct agisse aussi sur
la matière, c'est évident, et ce sont même les insectes hyménoptères,
c'est-à-dire les types supérieurs de l'instinct, qui l'ont poussé le plus
loin dans cette direction. Mais il s'y trouve vite arrêté, il y avance
avec pesanteur, il s'y enlise. Toute la vie animale apparaît comme
un effort manqué « pour soulever la matière et un écrasement plus
ou moins complet de la conscience qui retombe sur elle [1] ». L'instinct
s'épuise en une connaissance qui est portée à sa perfection et touche
la réalité absolue, mais dans une seule direction. La conscience reste
captive des mécanismes qu'elle monte, et qui demeurent incorporés
à l'organisme. Quand nous plaignons dame Tortue, obligée de porter
sa maison, nous pourrions étendre notre commisération à tout le monde
de l'instinct, où les outils sont incorporés à l'ouvrier. L'instinct se
définit comme la continuité et la solidarité de l'organisme, de l'instrument qu'il utilise et de la fonction qu'il accomplit. « On pourra
dire à volonté que l'instinct organise les instruments dont il va se
servir ou que l'organisation se prolonge dans l'instinct qui doit utiliser
l'organe. Les plus merveilleux instincts de l'insecte ne font que développer en mouvements sa structure spéciale [2]. » L'instinct est l'organisme en action. Nous appelons la même réalité vitale organisme lorsque
nous la considérons comme une coupe dans l'espace, et instinct lorsque

<hr>

1. *La Philosophie de Bergson*, p. 286.
2. *Id.*, p. 152.

nous y voyons une action qui se développe dans la durée. L'instinct est donc une manière d'être de l'organisme. Au contraire l'intelligence est une manière de dépasser infiniment l'organisme par l'action dont l'organisme ne fait plus que le point d'appui. L'organisme naturel n'est alors que le prétexte de l'organe artificiel, et les mécanismes qu'a montés la conscience, au lieu de l'asservir, l'affranchissent.

Pour nous rendre compte de la nature de l'instinct, nous n'avons d'ailleurs pas besoin de nous transporter par un effort d'imagination dans l'être de l'animal. Des milliers de siècles de vie animale et instinctive ont précédé les premières manifestations de l'intelligence, c'est-à-dire les premiers outils. C'est dans l'instinct qu'a été formée notre nature organique ; c'est l'instinct qui pénètre encore toutes ses profondeurs ; c'est d'instinct qu'est chargé l'élan vital de notre espèce, et c'est l'instinct — l'instinct sexuel — qui assure la transmission de la vie. Si l'instinct seul, à condition de se connaître et de se dépasser, peut coïncider avec la vérité de l'élan vital, il n'est rien en nous qui nous permettrait d'aller si loin dans l'être que l'amour. La *Métaphysique de l'Amour*, dont Schopenhauer était si fier, fait une pièce essentielle de sa doctrine, et il a raison de se plaindre et de se scandaliser qu'après Platon les philosophes n'aient plus touché à ce point. Ignorance ou revanche malicieuse du *cant* sur les esprits les plus libres ? Il est certain que dans aucune philosophie plus que dans celle de M. Bergson on n'attendrait un développement, et même un livre, sur ce sujet. S'il a préféré que le rôle exotérique fût tenu ici par le *Rire* (qu'on pourrait appeler, comme Schopenhauer appelait sa propre *Métaphysique de l'Amour*, une perle) ce n'est pas sa faute, c'est la nôtre. Racine a dû rendre Hippolyte amoureux pour que les petits maîtres n'en fissent pas un Créqui. Au moment où Freud renouvelait par la psychanalyse les problèmes sexuels, M. Bergson était peut-être arrêté sur ce chemin par un : Qu'en diront les journalistes ? Et le *Monde où l'on s'ennuie...* Il a envisagé avec mansuétude ceux que Michelet appelait la pire race des sots, les sots spirituels. Et sur le seuil que le rire de la Comédie-Française lui interdisait, il s'est tiré d'affaire en homme d'esprit, sans oublier qu'il était philosophe : il a écrit le *Rire*.

« Cet amour, dit-il cependant, où quelques-uns ont vu le grand mystère de la vie, nous en livrerait peut-être le secret. Il nous montre chaque génération penchée sur celle qui la suivra. Il nous laisse entrevoir que l'être vivant est surtout un lieu de passage, et que l'essentiel de la vie tient dans le mouvement qui la transmet [1]. » Oui, mais c'est de l'amour maternel que parle ici M. Bergson. Il tient à l'amour tout court, puise en celui-ci son élan vital, et c'est ce principe de l'élan vital que la philosophie veut encore ignorer. On conçoit une grande et profonde philosophie de l'amour par le Josué dont M. Bergson n'aura été que le Moïse.

Une philosophie de l'amour qui ne serait peut-être pas très différente de celle de Platon. L'instinct a pour lieu ce tout sympathique à lui-même qu'est la vie. Il est un fait de sympathie au sens profond et entier du mot, sympathie de la vie avec la vie, de l'espèce avec l'espèce, de l'homme avec l'homme. De ce point de vue il y a analogie entre l'instinct du Sphex quand il pique la chenille de la manière qui assurera l'existence de sa progéniture, et l'acte sexuel lui-même. L'instinct fait rentrer l'individu dans le courant de l'élan vital, ou plutôt dans le courant d'un élan vital plus pur que celui de l'individu, celui de l'espèce. Le mythe du *Banquet* est vrai à condition d'être élargi. Ce n'est pas sa moitié que le corps individuel cherche dans l'acte sexuel, c'est le tout dont il a été séparé par l'individuation. L'instinct sexuel, l'instinct en général, reconstituent sur un point et à un moment l'intégrité de l'élan vital, ou, au moins, de l'élan vital spécifique, dont la perception, l'intelligence, le corps, l'individualité en un mot, assurent quasi-totalement l'occlusion nécessaire au profit de l'action. Quand deux individus annulent momentanément leur séparation organique, ce qui a été dissocié retourne à son état plus profond et plus réel, à cette multiplicité de fusion hors de laquelle la vie individuelle s'est détaillée et précisée.

Mais bien que l'existence de l'espèce humaine soit assurée par des forces instinctives, la marque propre de l'homme est l'intelligence, et il lui est impossible d'isoler chez lui le pur instinct, d'être absorbé par l'instinct. La sympathie, au sens profond et vital du mot, n'est chez lui jamais complète, et deux êtres ont beau s'aimer éperdûment, ils restent malgré tout murés l'un et l'autre dans leur corps. L'intelligence est d'ailleurs extrêmement habile à trouver des équivalents de l'instinct, à suppléer par ses propres moyens ce qu'elle enlève à l'instinct, et ce complexe d'intelligence et d'instinct qu'est, sous ses formes les plus complètes, l'amour humain, garde une richesse, une séduction qui lui sont propres, et qu'un homme ne vou

1. *La Philosophie de Bergson*, p. 139.

drait changer ni contre le pur instinct ni contre la pure intelligence.
Du problème de la vie M. Bergson pense que si l'intelligence est
seule capable de le poser, l'instinct seul pourrait le résoudre. Étant
faits d'instinct et d'intelligence, nous sommes aussi incapables de
le poser totalement que de le résoudre entièrement. Mais en allant
de l'intelligence à l'instinct et de l'instinct à l'intelligence, en les
contrôlant, en les éclairant, en les vivifiant l'un par l'autre, nous pourrons sans doute toucher de plus près le problème qui nous occupe,
et qui aurait cessé également de nous intéresser si, l'ayant entièrement
résolu, nous n'avions plus à le poser, et si, ne pouvant que le poser,
nous devions renoncer à le résoudre. Or l'instinct sexuel est pour
nous la réalité même de l'instinct, la clef de l'instinct. Lui d'abord,
lui seul nous fait connaître l'instinct dans sa vérité, sa simplicité.
Schopenhauer, parlant de l'acte de la génération, écrit : « Cet organisme, dont l'infinie complication et la perfection exigent, pour être
appréciées, la connaissance de l'anatomie, on ne peut le comprendre,
on ne peut l'imaginer, du point de vue de la représentation, que comme
un système conçu au moyen des combinaisons les plus ingénieuses,
exécuté avec un art et une précision extrêmes, comme l'œuvre la plus
pénible, issue des méditations les plus profondes ; et cependant, du
point de vue de la volonté, notre conscience intime nous montre dans
la création de cet organisme le résultat d'un acte qui est justement
l'opposé de toute réflexion, l'effet d'une impulsion aveugle et impé-
tueuse, d'une sensation d'infinie volupté [1]. » Quand nous voyons qu'on
se répand en lieux communs sur les merveilles de l'instinct animal,
nous n'avons qu'à évoquer cette page où tout l'essentiel de la théorie
bergsonienne est déjà contenu. Complication et simplicité ne sont
pas dans l'objet, mais dans le sujet. La complication c'est le point de
vue de l'intelligence, la simplicité le point de vue de l'instinct. L'instinct demeure cependant plus près de la réalité, mais cette réalité
resterait inopérante, asservie, ne passerait pas à l'action libre, sans
l'intelligence. L'homme est sans doute le plus près de la vérité
quand, dans l'acte sexuel, il s'éprouve comme l'élan du germe au
germe, c'est-à-dire comme l'élan vital lui-même, crée un organisme
par le seul fait de cet élan. Mais quand il imagine cet organisme
comme un appareil compliqué, ordonné, une œuvre pénible et
bien exécutée, il s'éloigne, en un certain sens, de la vérité. Et il

1. *Le Monde comme Volonté*, III, 308

faut qu'il s'en éloigne ainsi. S'il conçoit l'organisme comme une machine, c'est qu'il est destiné à créer un jour des machines, et qu'il projette, sur l'organisme humain, l'exigence de mécanisme qui le fera triompher de la matière. De notre belvédère philosophique à une croisée de routes, nous pénétrerons dans le monde de l'instinct en méditant sur l'homme créateur d'hommes, et nous nous expliquerons le monde de l'intelligence en réfléchissant sur l'homme fabricant de machines.

<br>

## V

## L'INTELLIGENCE

La force limitée qu'est l'élan vital, obligée de choisir ses moyens de connaissance, c'est-à-dire d'action, a misé, avec l'instinct, sur le tableau de la compréhension, et, avec l'intelligence, sur le tableau de l'extension, — avec l'instinct sur la possession de la vie, avec l'intelligence sur l'empire de la matière. Les deux tableaux ne comportaient pas les mêmes chances. Le plus sûr était le premier, celui qui permettait de compter, pour maintenir la vie, sur les ressources de la vie. Si le calcul des probabilités eût fonctionné à cette époque, il eût montré dans le second, dans le tableau de l'intelligence, un expédient follement chanceux. La vie est en effet un essai pour enrayer cette dégradation par laquelle nous définissons la matière. Pour cela la vie végétale accumulait sur place de l'énergie utilisable, la vie animale accumulait de l'énergie utile, énergie susceptible de plusieurs mouvements et capables de choisir entre ces mouvements. Vie végétale et vie animale remontaient, péniblement, lourdement, directement, la pente de la matière, ralentissaient la dégradation de l'énergie. Elles avaient les yeux fixés sur l'élan vital, l'imitaient comme le démiurge du *Timée* imite les Idées. Et, sur la terre du moins, c'est, semble-t-il, en elles seules qu'a consisté, jusqu'à avant-hier (au plus tôt la fin du tertiaire), l'élan vital. L'acte de création libre, le commencement absolu par lequel la vie planétaire a passé à l'intelligence, fut peut-être quelque chose comme un coup de folie ou un coup de génie, — je dis peut-être, car, de l'évolution de la vie à la surface de la Terre, nous ne pouvons tirer des conclusions sur la nature entière de la vie, ni croire que notre ordre soit un ordre irréversible Une planète d'intelligence sans instinct n'est pas plus impossible que ne l'a été, des milliers de siècles, notre planète d'instinct sans intelligence Mais enfin, du point de vue de la Terre, l'intelligence a dû apparaître dans les conditions les plus hasardeuses, les plus précaires, apparemment les plus absurdes.

En effet, tandis que l'instinct à les yeux fixés sur la vie, l'intelligence tourne le dos à la vie. Elle trahit la vie pour aller à la matière, épouser la direction de la matière. Si un roi Lear a maudit d'abord cette Cordelia, il fut excusable. Pour organiser la matière la vie s'ajoutait à la vie, les corps vivants avaient acquis, avec une richesse inépuisable, les organes, c'est-à-dire les outils vivants de ces corps vivants, au moyen desquels ils agissaient, sur la vie pour la faire servir à la vie, sur la matière pour y installer la vie. Cependant cette évolution elle-même pressentait déjà la fissure par laquelle allait s'insinuer l'intelligence : la matière, sur laquelle la vie agissait, devenait, au sein même de l'instinct, plus indépendante de la vie. La différence entre la coquille du mollusque et le nid de l'oiseau indique ce desserrement de l'instinct. Dans la coquille la matière est organisée par ce qui s'est organisé comme elle, elle devient organisme, alors que dans le nid la matière reste indépendante de l'organisme. Et cependant la coquille des œufs déposés dans le nid et le nid qui les reçoit nous apparaissent comme des moments de la même force, de la même démarche vitale. Le nid, lié comme tous les abris des animaux à la fonction sexuelle, à la conservation de l'espèce, n'est pas un outil. L'intelligence n'apparaît qu'avec l'outil. Le nid de l'oiseau appartient encore au monde de l'instinct ; la massue de l'anthropoïde, qui fut probablement le premier outil, appartiendrait à l'intelligence. L'homme, disait Anaxagore, est intelligent parce qu'il a une main. Mais la main, prise en elle-même, n'est qu'une coupe sur le mouvement qui constitue l'intelligence, elle n'est une main humaine qu'après avoir saisi l'outil qu'elle dirige.

M. Bergson dit que, dans l'élan vital primitif, intelligence et intuition étaient sans doute confondus : donc intelligence et instinct, puisque le monde de l'intuition est fait de points d'instinct, au sens où la matière était faite, pour les néo-atomistes, de points de force. Mais d'autre part, le bergsonisme tend à nous montrer dans l'intelligence une forme d'action et de connaissance qui n'est apparue que très tard, alors que la vie se jouait depuis longtemps, presque tout

# LE BERGSONISME

entière, sur le tableau de l'instinct. La zône d'intelligence qui, chez les animaux supérieurs, entoure l'instinct est peu de chose si on la compare aux profondeurs, aux substructions d'instinct qui chez l'homme soutiennent l'intelligence. Et si l'intelligence n'apparaît vraiment qu'avec l'outil, constatons qu'il y a eu dans la nature, jusqu'à l'apparition de l'homme, une horreur de l'outil analogue à ce que l'ancienne physique appelait l'horreur du vide. Ce que M. Bergson dit ici de l'intuition s'applique à l'instinct : « L'intuition est l'esprit même, et, en un certain sens, la vie même : l'intelligence s'y découpe par un processus imitateur de celui qui a engendré la matière. Ainsi apparaît l'unité de la vie mentale. On ne la reconnaît qu'en se plaçant dans l'intuition pour aller de là à l'intelligence, car de l'intelligence on ne passerait jamais à l'intuition [1]. » Et ce πρότερον λόγῳ de l'intuition et de l'instinct n'implique-t-il pas, surtout dans une philosophie de la durée, un πρότερον χρόνῳ ?

Et cependant l'intelligence a beau être autre chose que l'instinct, elle appartient à une même nature vivante, elle cherche à résoudre le même problème. La vie doit toujours commencer, d'une certaine façon, à épouser le courant de descente qu'est la matière, et nous n'avons pas idée de ce que pourrait être la vie en dehors de cette condition nécessaire. Elle l'épouse pour arriver à le dominer. Mais « de ce qu'un orateur adopte les passions de son auditoire pour arriver ensuite à s'en rendre maître, on ne conclura pas que *suivre* soit la même chose que *diriger*. Or la matière vivante paraît n'avoir d'autre moyen de tirer parti des circonstances que de s'y adapter d'abord passivement : là où elle doit prendre la direction d'un mouvement, elle commence par l'adopter. La vie procède par insinuation [2] ». Ainsi l'intelligence a d'abord adopté une direction de l'instinct, l'outil a d'abord été un simple prolongement de la main et du bras, comme la vision s'est accrochée à la fonction trophique de la tache pigmentaire. L'avantage de l'intelligence ne s'est d'ailleurs révélé que très tard, « lorsque l'intelligence, ayant porté la fabrication à son degré supérieur de puissance, fabrique déjà des machines à fabriquer [3] ». c'est-à-dire quand à l'âge des *organes* artificiels (massue, pierres) succède celui des *organismes* artificiels (machines). La massue est encore un organe, le levier est déjà un organisme.

1. *Le Monde comme Volonté*, p. 291.
2. *Id.*, p. 77.
3. *Id.*, p. 153.

# LE MONDE QUI DURE

L'intelligence est apparue, en somme, quand la vie animale a cessé de répugner à la matière non organisée. Toute la vie animale, disions-nous, semble un effort manqué de la conscience pour soulever la matière « un écrasement plus ou moins complet de la consience par la matière qui retombait sur elle [1] ». Si la matière retombait sur la vie, c'est que la vie, sous sa forme d'instinct, soulevait la matière avec de la vie. La conscience, dans l'instinct, « est restée captive des mécanismes qu'elle avait montés. L'automatisme, qu'elle prétendait tirer dans le sens de la liberté, s'enroule autour d'elle et l'entraîne ». Avec l'intelligence humaine, la conscience a suivi le mouvement inverse. Elle a soulevé la matière avec de la matière, comme on polit le diamant avec du diamant. Au lieu de tirer l'automatisme dans le sens de la liberté, elle paraît s'abandonner à lui, aller dans le sens de l'énergie qui se dégrade, y aller plus radicalement que l'énergie même, puisqu'elle aboutit au mécanisme et à l'ordre mathématique. Mais l'expérience a montré que le mot de Bacon se vérifie ici, et que le seul moyen de commander à la matière et d'invertir son mouvement était de lui obéir.

L'intelligence est donc tournée vers la matière dans la même mesure que l'instinct est tourné vers la vie. Plus l'intelligence se développe et s'éclaire, mieux elle pense la matière sur laquelle elle a dû se modeler. Dès lors notre connaissance intellectuelle de la matière pourra être une connaissance vraie, l'intelligence nous livrera « quelque chose de l'essence même dont les corps sont faits [2] ». Le bergsonisme n'est pas un matérialisme, mais il est encore moins un immatérialisme. « Notre intelligence, au sens étroit du mot, est destinée à assurer l'insertion parfaite de notre corps dans son milieu, à se représenter les rapports des choses extérieures entre elles, enfin à penser la matière [3]. » Penser la matière ce n'est pas penser une réalité vivante, c'est-à-dire une réalité intérieure. C'est penser sous l'aspect de l'extériorité, penser les rapports des choses extérieures entre elles. Exactement le contraire de l'instinct. Si le Sphex sait piquer la Chenille à certains points déterminés pour la paralyser sans la tuer, c'est qu'il la connaît de l'intérieur, comme nous-mêmes connaissons nos tissus vivants, ou même comme deux êtres se « connaissent » au sens biblique. Mais « l'intelligence est, avant tout, la faculté de rapporter un point

1. *Le Monde comme Volonté,* p. 286
2. *Id.,* p. IV.
3. *Id.,* p. I.

de l'espace à un autre point de l'espace, un objet matériel à un objet matériel ; elle s'applique à toutes choses, mais en restant en dehors d'elles, et elle n'aperçoit jamais d'une cause profonde que sa diffusion en effets juxtaposés [1] ».

Aussi l'intelligence ne se représente-t-elle clairement que le discontinu. Sa fin est, comme le disait Descartes, la distinction et la clarté. Distinction et clarté correspondent aux habitudes qu'elle prend dans les opérations qu'elle pratique sur la matière brute. « Elle devra donc, pour se penser clairement et distinctement elle-même, s'apercevoir sous forme de discontinuité. Les concepts sont en effet extérieurs les uns aux autres, ainsi que des objets dans l'espace. Et ils ont la même stabilité que les objets, sur le modèle desquels ils ont été créés. Ils constituent, réunis, un monde intelligible qui ressemble, par ses caractères essentiels, au monde des solides, mais dont les éléments sont plus légers, plus diaphanes, plus faciles à manier pour l'intelligence que l'image pure et simple des choses concrètes : ils ne sont plus, en effet, la perception même des choses, mais la représentation de l'acte par lequel l'intelligence se fixe sur elles. Ce ne sont donc plus des images, mais des symboles. Notre logique est l'ensemble des règles qu'il faut suivre dans la manipulation de ces symboles [2]. » Aussi l'intelligence ne peut-elle penser « la continuité vraie, la mobilité réelle, la compénétration réciproque, et, pour tout dire, cette évolution créatrice qui est la vie [3] ».

Est-ce à dire que la discontinuité de l'intelligence prenne exactement le contre-pied de la continuité de la vie ? Pas précisément. La vie est continuité, mais elle est aussi discontinuité, en ce sens qu'elle procède par inventions, par sauts, par mutations brusques autant que par mutations lentes. Le mouvement par déclenchement lui est aussi essentiel que le mouvement évolutif. Et la discontinuité de la connaissance intellectuelle n'a pas seulement son origine dans la nature de la matière brute à laquelle elle s'adapte, mais dans la nature de la vie qui agit et qui crée par elle. « Discontinue est l'action, comme toute pulsation de vie : discontinue sera donc aussi la connaissance [4]. » L'intelligence reproduit donc le mouvement vital en ce qu'il a de coupé, d'inventif. Elle accentue, prolonge cette pulsation et cette

1. *Le Monde comme Volonté*, p. 190.
2. *Id.*, p. 174.
3. *Id.*, p. 175.
4. *Id.*, p. 332.

discontinuité, c'est-à-dire ce qui constitue dans la vie l'élément proprement créateur. Elle se trouve au croisement d'une discontinuité artificielle dans l'espace et d'une discontinuité réelle dans la durée. Dès lors, si l'instinct est mieux dans la vérité de ce qui est, l'intelligence est mieux dans la vérité de ce qui se fait. Ce qui se fait, aux deux sens du mot, ici impliqués l'un dans l'autre : ce qui occupe le présent et ce qui correspond à une création. Peut-être avons-nous exagéré plus haut, pour la mieux opposer à l'instinct, la nature accidentelle et paradoxale de l'intelligence. Dans l'évolution créatrice l'intelligence ramasse les éléments qui sont création, c'est-à-dire en somme les éléments essentiels. Si la conscience est une « exigence de création », l'intelligence est ce qui répond le mieux à ce caractère de la conscience. « Un être vivant est un centre d'action. Il représente une certaine somme de contingence s'introduisant dans le monde, c'est-à-dire une certaine quantité d'action possible [1]. » Dès lors l'être vivant atteindra sa qualité suprême dans l'intelligence, qui, de toutes les formes à nous connues de la vie, représente la plus grande quantité d'action possible. Il ne faut donc enregistrer que sous bénéfice d'inventaire le lieu commun qui nous montre dans le bergsonisme une manière de déclasser l'intelligence. Il est vrai qu'il est une manière de la comprendre, et qu'on ne peut la comprendre qu'en se plaçant hors d'elle.

Comme elle ne pense que le discontinu, l'intelligence ne pense que l'immobile. Si le mouvement est la seule réalité, l'intelligence ne crée de la réalité qu'en créant réellement du mouvement, c'est-à-dire en supposant de l'immobile auquel elle ajoute son mouvement. L'immobile est ce qui n'est pas ; mais précisément parce qu'il n'est pas il faut le supposer pour créer. Il représente la fiction nécessaire qui sert à la création, l'analogue de ce néant que nous imaginons, aussi illusoirement, avant l'être, de ce désordre que nous supposons avant l'ordre. Les trois fictions (qui n'en font qu'une) sont également nécessaires à notre action. La loi d'inertie paraît l'hypothèse la plus naturelle et la plus commode que nous puissions faire sur la matière. « L'intelligence humaine se sent chez elle tant qu'on la laisse parmi les objets inertes, plus spécialement parmi les solides où notre action trouve son point d'appui et notre industrie ses instruments de travail [2]. »

1. *Le Monde comme Volonté*, p. 284.
2. *Id.*, p. 11

# LE BERGSONISME

S'il n'y a de réalité que le mouvement, dire que l'intelligence pense l'immobile, c'est dire qu'elle pense des arrêts. Elle ne pense la vie que comme l'arrêt de la vie. Les mathématiques qui sont la limite idéale de l'arrêt, qui sont cet arrêt élevé à l'absolu, même et surtout dans le calcul des « fluxions » deviennent la forme de pensée naturelle à l'intelligence parce qu'elles sont le schème naturel de l'action, — naturel à l'intelligence en tant qu'elle pense la matière. Elles réfléchissent à l'intelligence son action possible, et en droit illimitée, sur la matière. Mais quand l'intelligence s'efforce de penser la vie, elle ne pense que des arrêts de la vie. Considérant la vie dans ces arrêts, elle la voit présenter une tranche de complication infinie, se résoudre en un ordre qui parait merveilleux et l'œuvre d'un ouvrier admirable. D'où l'illusion finaliste. Mais cette idée même de l'ouvrier admirable, du grand horloger ou du grand architecte, nous éclaire et nous instruit. Dès que nous avons arrêté la vie, elle nous a offert une coupe, une surface qui réfléchissait exactement notre action possible, l'action par laquelle nous l'aurions créée si elle avait été notre œuvre, c'est-à-dire l'œuvre d'une intelligence. L'*Ève Future* de Villiers de l'Isle-Adam apporterait ici un secours à la philosophie. Nous imaginons le corps humain créé par un sorcier qui ne diffère du sorcier de Menlo-Park que par une habileté infiniment plus grande ; et, demeurant sur le seul plan de l'intelligence, nous arriverions presque à identifier Alicia Clary et Hadaly. La vie devient toujours, sous les doigts de l'*homo faber*, du travail d'ouvrier, comme les mets devenaient de l'or sous les doigts de Midas. Elle devient ce travail de l'ouvrier dès que nous l'arrêtons. Mais cette immobilité n'est point la réalité de la vie, elle n'est qu'un plan d'action, une figure d'action, une idée d'action, elle est dans notre action comme le jaune répandu sur les objets est dans l'œil de l'ictérique. Si ces immobilités nous font l'effet d'une réalité positive, c'est que nous appelons réalité positive la réalité qui va dans le même sens que notre action, la réalité d'une action possible, le contraire de la réalité de mouvement qui porte la vie.

Enfin l'intelligence, ne pouvant penser que l'immobile, le pense dans un espace homogène qui est la limite même et comme l'absolu de cette immobilité. Le plus merveilleux pouvoir de l'intelligence, celui qui la manifeste comme l'avant-garde, la pointe et la force de la vie, ce n'est pas tant ce qu'elle fait que ce qu'elle croit pouvoir faire, ce n'est pas tant sa création que son pouvoir créateur, ce n'est pas tant ce qu'elle réalise que ce qu'elle imagine. L'intelligence vraie n'est pas le lieu

# LE MONDE QUI DURE

ni le moyen d'une action limitée, mais d'une action illimitée. Elle consiste, comme l'ont vu Kant et les criticistes, avant tout dans des cadres. Mais des cadres d'action. Des cadres qui pourraient servir à une victoire totale sur la matière, et dans l'armature desquels nous éprouvons dès maintenant la possibilité de cette victoire totale. « L'intelligence est caractérisée par la puissance indéfinie de décomposer selon n'importe quelle loi et de recomposer en n'importe quel système[1]. » C'est ce pouvoir indéfini de décomposition et de recomposition qui tient pour nous dans l'espace homogène. L'espace homogène n'a pas un caractère positif. Il figure simplement, devant l'action, la voie libre. « La représentation intellectuelle de la continuité est plutôt négative, n'étant au fond que le refus de notre esprit, devant n'importe quel système de décomposition donnée, de le tenir pour définitif[2]. »

L'espace homogène et les mathématiques qu'il permet ne sont donc que le reflet d'une action indéfiniment possible. De même que la perception isole pour nous et nous renvoie le reflet d'une action déterminée ; de même que la complication d'un organisme, interprété et expliqué par le finalisme spontané de l'*homo faber*, est le reflet, la représentation du travail qui eût été nécessaire à un être intelligent pour produire un organisme vivant ; de même l'espace homogène figure une simple interruption de l'acte créateur qui fait l'univers, et qui, sur cette tranche d'un continu qui s'interrompt, projette un nouveau type d'action, le nôtre, celui de l'intelligence consciente. « Ce qui est admirable en soi, ce qui mériterait de provoquer l'étonnement, c'est la création sans cesse renouvelée que le tout du réel, indivisé, accomplit en avançant, car aucune complication de l'ordre mathématique avec lui-même, si savante qu'on la suppose, n'introduira un atome de nouveauté dans le monde, au lieu que, cette puissance de création une fois posée (et elle existe, puisque nous en prenons conscience en nous, tout au moins quand nous agissons librement), elle n'a qu'à se distraire d'elle-même pour se détendre, à se détendre pour s'étendre, à s'étendre pour que l'ordre mathématique qui préside à la disposition des éléments ainsi distingués, et le déterminisme inflexible qui les lie manifeste l'interruption de l'acte créateur : ils ne font qu'un avec cette interruption même[3]. » Mais comment peuvent-

1. *Le Monde comme Volonté*, p. 170.
2. *Id.*, p. 167
3. *Id.*, p. 237

ils à la fois ne faire qu'un avec l'interruption de l'acte créateur et ne faire qu'un avec le dessin de notre action possible ? N'y a-t-il pas contradiction ? Nullement. L'intelligence, au contraire de l'instinct, tourne le dos à l'acte créateur, et va dans le sens de la matière et de la défaite, comme, de ces gens qui disputaient à qui apercevrait le plus tôt le soleil levant, le plus avisé, tournant le dos à l'Orient, regarda vers les montagnes occidentales et vit le premier sur leur cime la lueur de l'astre. On ne commande à la matière qu'en suivant jusqu'au bout sa direction. Il faut interrompre l'acte créateur pour le continuer. L'éducation n'est pas autre chose. Il y a des siècles qu'on lui reproche de dégrader et d'abêtir la spontanéité géniale de l'enfant. Et l'expérience nous montre que cette violence, cet artifice, ce pédantisme sont nécessaires pour lui donner l'intelligence utile. L'intelligence n'arrive à remonter la détente de la matière qu'en menant d'abord cette détente jusqu'au bout dans le sens où elle s'étend. Il faut, selon le mot de l'Évangile, perdre d'abord sa vie pour la gagner. L'intelligence scientifique, qui va au mécanisme et au mathématisme, nous fournit le profil parfait de cette pente. C'est à tort, dit M. Bergson, qu'aux yeux des philosophes « le travail logique de l'intelligence représente un effort positif de l'esprit. Mais si l'on entend par spiritualité une marche en avant à des créations toujours nouvelles, à des conclusions incommensurables avec les prémisses et indéterminables par rapport à elles, on devra dire d'une représentation qui se meut parmi des rapports de détermination nécessaire, à travers des prémisses qui contiennent par avance leur conclusion, qu'elle suit la direction inverse, celle de la matérialité[1]. » Cette représentation achève la détente dans le sens où elle s'étend. Le mouvement constitutif de la matérialité est « le mouvement même qui, prolongé jusqu'à l'espace homogène, aboutit à nous faire compter, mesurer, suivre dans leurs variations respectives des termes qui sont fonction les uns des autres[2]. »

De sorte que l'intelligence franchit son tournant décisif, et entre définitivement dans ses possibilités d'action, lorsqu'elle arrive à remplacer les choses par les signes des choses, et surtout lorsque, du signe naturel compris des animaux supérieurs, elle passe au signe artificiel. Taine a eu raison de faire commencer son étude de l'intelligence par

---

1. *Le Monde comme Volonté*, p. 231.
2. *Id.*, p. 238.

# LE MONDE QUI DURE

l'étude des signes, car on peut définir l'intelligence un pouvoir de
signes. Les signes substituent « à la continuité mouvante des choses
une recomposition artificielle qui lui équivaille dans la pratique et
qui ait l'avantage de se manipuler sans peine [1] », c'est-à-dire qui
implique la plus grande commodité d'action. Les signes se manifestent
sans peine, précisément parce qu'ils sont dans le sens de la détente,
parce qu'ils ne retiennent que l'extrait évanescent des choses, parce
qu'un système de signes est un système d'ombres. Les signes ne
conservent des êtres que ce qui suffit à établir des rapports entre eux.
Mais précisément ils permettent de modifier et d'organiser ces rapports, et, par ces rapports, les êtres eux-mêmes. Ils représentent,
par leur minimum de matière, le levier avec lequel on peut soulever
le maximum de matière. Il a fallu aller au bout de la matière pour
trouver ce minimum. L'esprit la remonte ensuite pour aboutir à ce
maximum, en suivant au retour la route qu'il a tracée à l'aller comme
un ressort comprimé : c'est dans le retour que le ressort déploie son
action, mais c'est dans l'aller qu'il acquiert le moyen de cette action.

C'est pourquoi le langage constitue par excellence ce moyen d'action, ce milieu d'action, cette possibilité d'action. Le langage, ou
plutôt les langages, depuis l'onomatopée jusqu'à l'algèbre. Qui s'établit dans la réalité de l'acte créateur, en pleine intuition, voit dans le
langage un obstacle, une matérialité. Il l'aperçoit déposé par le courant
inverse de la vie. Si j'écoute, dit à peu près M. Bergson, lire un beau
poème lyrique, je participe à sa réalité en vivant sa musique indivisible. Mais pour diminuer cette réalité, je n'ai qu'à relâcher mon
attention, à l'éparpiller sur la matérialité des mots, à faire attention
au langage, aux signes pour eux-mêmes. Ils n'ont donc, du point de
vue de la vie, qu'une réalité négative, ils ne se posent que quand la
réalité positive s'étend, se détend, s'immobilise en coupe. Oui ; mais
le poète, lui, est parti de cette matérialité. Il lui a fallu cette matérialité
pour composer de la vie, pour accomplir un travail humain. Et ce
qui est vrai d'un travail poétique, qui participe plus ou moins à l'élan
vital créateur et instinctif, est vrai à plus forte raison du travail de
composition mécanique qui constitue le pain quotidien du labeur
humain. Le langage, précisément parce qu'il apparaît à côté de la vie
comme une réalité défaite, devient un instrument de libération de
la vie à l'égard de la matière. Il « fournit à la conscience un corps

1. *Le Monde comme Volonté*, p. 356.

# LE BERGSONISME

immatériel où s'incarner, et la dispense ainsi de se poser exclusivement sur les corps matériels, dont le flux l'entraînerait d'abord, l'engloutirait ensuite [1] ». Le langage qui réduit la matière à des signes, est bien un produit de cette intelligence pour laquelle « il s'agissait de créer avec la matière, qui est la nécessité même, un instrument de liberté, de fabriquer une mécanique qui triomphât du mécanisme, et d'employer le déterminisme de la nature à passer à travers les mailles du filet qu'il avait tendu [2] ».

Ainsi notre intelligence, suivant la pente de la matière et tournant le dos à la vie, va aux signes abstraits comme à des moyens d'action. Et l'originalité du bergsonisme consiste ici à rendre manifestes cette solidarité de l'intelligence spéculative et de l'intelligence pratique, qu'on est toujours porté à opposer comme deux contraires. Il se passe, dans l'intelligence, déposée par la vie, ce qui se passe dans la vie : l'intelligence mathématique et scientifique paraît tourner le dos à l'intelligence pratique précisément pour mieux s'adapter à elle, et l'existence individuelle, produisant une division du travail, spécialise chacune des deux en des cerveaux de types différents. Mais le monde de l'abstrait est aussi un monde du concret, ou plutôt abstrait et concret ne sont que des points de vue sur une nécessité unique de l'intelligence, celle qui lui fait penser la réalité comme discontinue, et faite de solides.

Quand on y réfléchit, les récits anthropomorphiques des cosmogonies religieuses n'ont rien de plus candide que l'atomisme de Démocrite, cette réunion de petits solides qui en tombant au hasard dans l'infinité du temps et de l'espace, finissent par former le monde organisé. Et pourtant cette conception de l'univers a tenu jusqu'à nos jours dans la pensée des savants, des esprits forts, la place de l'œuvre des six jours dans le cerveau des esprits qui ne prétendent pas être forts. L'auteur de l'*Ile des Pingouins* se représente la sagesse sous les traits d'un monsieur qui traverse la Révolution avec un Lucrèce sous le bras. L'intelligence accepte l'atomisme parce qu'il va dans sa direction, comme y va d'ailleurs, sur une autre voie, celle du grand horloger. La réalité, pour nous, c'est le solide. Ces solides étant très petits, leur petitesse permet de glisser en eux le maximum de mobilité. La matière de l'univers est divisée en autant de parcelles qu'il est requis pour

---

1. *Le Monde comme Volonté*, p. 287.
2. *Id.*, p. 286.

la mieux expliquer, ou plutôt pour qu'il soit possible de mieux agir
sur elle. Et aujourd'hui des physiciens pensent que la suprême victoire
de l'intelligence sur la matière serait l'action sur l'énergie intra-
atomique, sur le mouvement des particules élémentaires de l'atome.
« Pourquoi pensons-nous à un atome solide et pourquoi à des chocs ?
Parce que les solides, étant les corps sur lesquels nous avons le plus
manifestement prise, sont ceux qui nous intéressent le plus dans nos
rapports avec le monde extérieur, et parce que le contact est le seul
moyen dont nous puissions disposer pour faire agir notre corps sur
les autres corps[1]. » L'histoire de la philosophie nous apporterait
même ici de bonnes lumières. L'atomisme de Démocrite, malgré sa
perfection relative, demeure une impasse de la philosophie spéculative,
dont seule la philosophie des Idées ouvre à Athènes la grande route.
Au contraire il amorce la grande route scientifique, celle de l'action
de l'homme sur la nature, dont les Grecs se détourneront d'ailleurs
et que reprendra la Renaissance. Mais la physique ionienne, qui
cherchait l'explication du monde dans les fluides et non dans les
solides, constituait, au point de vue scientifique, la même impasse
que l'atomisme de Démocrite au point de vue philosophique.

La discontinuité des atomes autant que leur solidité paraît un point
de vue relatif à notre action. « Toute philosophie de la nature finit
par la trouver incompatible avec les propriétés générales de la matière[2],»
parce que toute philosophie vraie et profonde a une tendance à transcender l'intelligence, à faire la critique de l'intelligence, ou plutôt à
en faire la genèse. « Notre logique est surtout la logique des solides.
Notre intelligence triomphe dans la géométrie[3]. » C'est cette logique
des solides que la philosophie devra s'efforcer de saisir dans l'acte
du mouvement évolutif qui la dépose, comme l'astronomie saisit
les corps célestes dans l'acte de la nébuleuse dynamique dont ils sont
formés. On pourrait peut-être se demander si nous appelons solide
ce qui rentre dans notre logique ou logique ce qui convient au solide.
Mais c'est là l'un de ces cercles que le bergsonisme, nous l'avons vu,
digère comme son aliment naturel.

*Solidus* et *solus* ont la même racine. Le solide est ce qui a l'apparence
de l'isolé. Et un objet nous apparaît d'autant plus isolé que nous le
concevons mieux sous la catégorie de l'action. « C'est le plan de nos

1. *Matière et Mémoire*, p. 221.
2. *Id.*, p. 224.
3. *Évolution Créatrice*, p. 1.

actions éventuelles qui est renvoyé à nos yeux, comme par un miroir, quand nous apercevons les surfaces et les arêtes des choses [1]. » Mais ce plan ne nous serait pas renvoyé s'il y avait dans la matière un obstacle à ce qu'il le fût ou seulement un penchant à former cet obstacle. Il ne nous serait surtout pas renvoyé avec ces surfaces et ces arêtes par les corps des êtres vivants, si ces corps n'étaient encore autre chose que le plan de nos actions éventuelles, à savoir le centre d'actions réelles. Il nous faut remettre dans le bergsonisme plus de complexité, et, comme disait Mallarmé, plus d'obscurité, après avoir été jusqu'au bout de ce grand effort de classification, et, dans un certain sens, de solidification, que M. Bergson a dû et su appliquer à son exposé. Le corps vivant, dit-il, « n'a qu'à braquer ses organes sensoriels sur le flux du réel pour le faire cristalliser en formes définies et créer ainsi tous les autres corps [2] ». Sauf les corps vivants, qui n'ont pas attendu pour prendre des formes définies que nos organes aient été braqués sur eux. Mais voyons-nous dans la nature beaucoup d'autres corps isolés, c'est-à-dire solides, que les corps vivants ? Les cristaux, qui sont les types de corps matériels isolés, nous paraissent présenter déjà par là même certains caractères (continués par d'autres propriétés) des êtres vivants. Ce n'est pas un hasard si les premiers physiciens, les Ioniens, dans leur réflexion sur la nature, avaient tout ramené à des fluides. Même pour nous qui sommes terrestres (et à plus forte raison pour les animaux aériens et aquatiques) le monde où nous vivons est un monde de fluides. En revanche il n'existe pas d'êtres vivants qui soient absolument fluides. Tout corps organisé comporte une enveloppe solide, à l'intérieur de laquelle se trouvent ses éléments fluides. Nous appelons solide ce qui donne une prise à notre action, mais n'appelons-nous pas aussi solide ce qui empêche notre action, c'est-à-dire la matière sous ses aspects de résistance et d'impénétrabilité ? Le fluide au contraire est la matière qui ne résiste pas et que nous croyons pénétrer, le milieu de notre action. Seulement on peut définir les solides comme des points de repère et des points de repos, non des milieux d'action mais des buts d'action. L'intelligence « se représente des buts à atteindre, c'est-à-dire des points de repos [3] » Elle ne se représente pas le mouvement, bien qu'elle soit mouvement (et même parce qu'elle est mouvement). Elle ne se représente pas l'action

---

1. *Évolution Créatrice*, p. 12.
2. *Id.*, p. 13.
3. *Id.*, p. 324.

qu'elle accomplit, mais le but auquel elle tend. Elle ne se représente pas le fluide qui la porte, mais le solide qu'elle cherche à réaliser. Elle ne se représente pas une chose qui se fait, mais une chose faite. Et le solide c'est la chose faite. Un corps vivant n'est un corps solide que si nous en arrêtons la durée, si nous le cristallisons dans sa forme plastique présente. Dès que nous le considérons comme une chose qui dure, qui se transforme, qui se renouvelle entièrement dans un laps de temps relativement court, nous le rendons à une nature plus vraie, qui est une nature fluide. C'est donc bien sur un plan d'action que l'intelligence se représente le solide et le fixe.

Dès lors on peut définir l'intelligence une faculté mécanicienne, la faculté propre non de l'*homo sapiens* (ce n'est certes pas un philosophe qui l'a baptisé ainsi !), mais de l'*homo faber*. Il est curieux de voir que le fondateur, conscient ou involontaire, de la philosophie des Idées, Socrate, est parti d'une philosophie des métiers, qu'il faut traverser pour parvenir à la céleste et impréciable drogue Et le déterminisme, qui est la philosophie naturelle de l'intelligence, s'appelle un mécanisme. Schopenhauer, qui a tracé ici l'esquisse de la théorie bergsonienne, dit : « L'animal, dès l'instant où il sort de l'œuf ou des flancs de sa mère, doit pouvoir chercher et choisir les éléments de sa nourriture. De là vient la nécessité de la locomotion déterminée par des motifs, et, pour cela, celle de la connaissance, qui intervient, à ce degré d'objectivation de la volonté, comme un auxiliaire, comme une μηχανή indispensable à la conservation de l'individu et à la propagation de l'espèce [1]. » Mais cette μηχανή demeure, chez l'animal, captive de l'organisme. L'intelligence n'apparaît pleinement que lorsque les outils, les machines produits par l'intelligence, deviennent indépendants de l'organisme. « Les mêmes fins directrices de la volonté d'une espèce animale, qui arment cette espèce de sabots, de griffes, de mains, d'ailes, de cornes ou de dents, le dotent aussi d'un cerveau plus ou moins développé, dont la fonction est l'intelligence nécessaire à la conservation de l'espèce [2]. » Seulement le cerveau de l'être instinctif et le cerveau de l'être intelligent se comportent différemment, et c'est ce que montre la théorie de l'instinct et de l'intelligence, desquelles M. Bergson paraît avoir marqué le premier, sur ce terrain, les différences fondamentales de nature. Le cerveau de l'être instinctif est, comme le dit Schopen-

1. *Le Monde comme Volonté*, I, p. 155.
2. *Id.*, III, p. 16.

hauer, l'une de ses μηχαναί, au même titre que ses ongles et ses dents, et dont la fonction est l' « intelligence » nécessaire à la conservation de l'espèce. Le cerveau de l'être intelligent est un créateur de μηχαναί. Il n'existe plus au même titre que les ongles et les dents, mais au même titre que l'élan vital qui a créé les ongles et les dents. C'est pourquoi il est, sur la terre, la seule voie libre ouverte à l'élan vital. Mais si les μηχαναί créées par le cerveau de l'être intelligent ressemblaient par certains côtés aux μηχαναί déposées par la nature et dont le cerveau de l'être instinctif fait partie, elles en diffèrent, par d'autres, bien davantage. En un mot l'instinct est mécanique, l'intelligence est mécanicienne. Mais le mécanicien est greffé sur le mécanique, et il est impossible de dire exactement où l'un et l'autre commencent et finissent.

« Quand la nature veut faire de la chimie, elle emploie comme nous des cornues, des alambics, et quand elle veut faire de la mécanique, elle emploie comme nous des leviers, des poulies, des canaux, des soupapes. Cette rencontre de la Nature et de l'homme dans la construction des mêmes engins, sans qu'on puisse dire qu'en cela l'homme a copié la Nature, puisque la mécanique est venue avant l'anatomie, et moins encore que la Nature a pris modèle sur l'homme, est, pour le dire en passant, l'une des meilleures preuves que le système de nos sciences (mécanique, physique, chimie, etc...) est bien fondé sur des raisons naturelles, indépendantes des conceptions et des artifices de l'esprit humain. *Le propre de l'esprit humain est d'avoir ce qu'il faut pour saisir nettement ce qui est du ressort de la mécanique, et de manquer de ce qu'il faudrait pour saisir de même la nature et le mode d'action de ce principe supérieur qui met en branle les fonctions de la vie.* »

Ce passage est de Cournot, dans les *Considérations sur la marche des idées et des événements dans les temps modernes* [1]. Et ce que j'ai souligné pourrait être écrit par M. Bergson. La nature et l'homme participent à la même mécanique générale. L'homme, en tant qu'il crée des mécanismes, est une nature, *natura naturans*. Et quand il crée des œuvres d'art, il est aussi une nature. Mais, comme le dit Pascal, la nature ne se connaît pas. L'homme se connaît comme produit de la nature, il ne se connaît pas en tant que nature qui produit. Ce qui concerne chez lui la nature qui produit appartient à l'action, non à la connaissance. Prolonger par sa production la nature qui produit est

1. I, 297.

# LE MONDE QUI DURE

l'opération contraire de celle qui consisterait à revenir sur cette nature pour la connaître. La clarté, la précision, la profondeur avec lesquels M. Bergson l'a établi sont des acquisitions définitives de la philosophie. « Nous sentons bien qu'aucune des catégories de notre pensée, unité, multiplicité, causalité mécanique, finalité intelligente, etc... ne s'applique exactement aux choses de la vie : qui dira où commence et où finit l'individualité, si l'être vivant est un ou plusieurs, si ce sont les cellules qui s'associent en organismes, ou si c'est l'organisme qui se dissocie en cellules ? En vain nous poussons le vivant dans tel ou tel de nos cadres [1]. » L'intelligence mécanicienne pense par cadres parce que les cadres sont l'instrument de notre action, le quadrillé de notre dessin. Mais le vivant ne peut être pensé dans les cadres de l'intelligence, parce que l'intelligence n'agit pas sur le vivant. Il pourrait être pensé dans les cadres de l'instinct, puisque l'instinct agit sur le vivant ; mais l'instinct n'a pas de cadres et l'instinct ne pense pas : on serait heureux si l'on pouvait avoir la chemise d'un homme heureux, mais l'homme heureux n'a pas de chemise.

Dès que l'intelligence paraît comprendre la vie, c'est que la vie a perdu ses caractères propres, en partie du moins. L'intelligence, comme l'observe Cournot, est inapte à comprendre la vie. C'est exactement le contraire des mathématiques, où elle n'a qu'à se laisser couler pour épouser la réalité de son objet. « On serait fort embarrassé pour citer une découverte biologique due au raisonnement pur [2]. » La science a pu trouver une planète au bout de sa plume, elle n'y trouvera jamais une cellule. Une théorie de la vie (dans la mesure où l'on peut employer ici ce mot de théorie) ne devra donc accepter de confiance aucun des concepts de l'entendement. Le biais par lequel il faut bien malgré tout installer et employer l'intelligence dans la connaissance de la vie, ressemble à une lettre de crédit, qui n'est payée qu'au moment où on fait l'opération inverse, et où le compte crédité devient compte débité. « Il faut que ces deux recherches, théorie de la connaissance et théorie de la vie se rejoignent, et, par ce processus circulaire, se poussent l'une l'autre indéfiniment [3]. »

L'exemple typique de ce processus circulaire tel que l'a pratiqué M. Bergson, c'est, dans la théorie générale de la vie, celle de la vision. Comme Berkeley, avec lequel il a tant d'analogies, il a vu dans le phé-

1. *Évolution Créatrice*, p. II.
2. *Id.*, p. III.
3. *Id.*, p. VI.

# LE BERGSONISME

nomène de la vision un fait crucial. Il s'agit non pas d'expliquer la vision en physicien, mais d'expliquer, en biologiste philosophe, l'existence d'organes analogues, très compliqués, sur des lignes d'évolution extrêmement éloignées, par exemple l'œil du Peigne et l'œil d'un Vertébré supérieur. M. Bergson n'a pas de peine à montrer qu'on ne peut expliquer cette analogie ni par la théorie darwinienne de la sélection naturelle, ni par l'influence directe des conditions extérieures, ni par l'adaptation progressive. Et il remarque que dans un organe comme l'œil deux choses en apparence contraires sont également frappantes : la complexité de la structure et la simplicité du fonctionnement. Mécanisme et finalisme font dépendre la seconde de la première, le fait simple de l'assemblage des parties. L'un et l'autre sont également guidés par l'intelligence mécanicienne. L'esprit humain a été conduit aux deux points de vue « par le spectacle du travail de l'homme [1] ». Mais tout change si du point de vue du travail de l'homme nous passons au point de vue de la nature. « L'œil, avec sa merveilleuse complication de structure, pourrait n'être que l'acte simple de la vision, en tant qu'il se divise pour nous en une mosaïque de cellules dont l'ordre nous semble merveilleux une fois que nous nous sommes représentés le tout comme un assemblage [2]. » L'œil nous apparaît produit, au cours de la série biologique, par une sorte de marche à la vision, impliquée dans l'élan vital et dans ce fait que, la vie « étant une tendance à agir sur la matière brute » et cette action admettant un choix, une représentation de plusieurs possibles, ces possibilités d'action doivent être dessinées avant l'action, dans la perception. « Les contours visibles des corps sont le dessin de notre action éventuelle sur eux. La vision se retrouvera donc, à des degrés différents, chez les animaux les plus divers, et elle se manifestera par la même complexité de structure partout où elle aura atteint le même degré d'intensité [3]. » La réalité étendue, ici comme ailleurs, se ramène, du point de vue de la vie, à une réalité intensive et qualitative. La complexité de structure n'est que l'apparence que prend pour l'intelligence mécanicienne l'intensité de l'acte simple.

C'est ainsi que Berkeley trouvait, dans ce même point de vue immédiat et intérieur de la vie, un moyen d'éliminer le finalisme. La matière, selon lui, ne peut être un instrument de Dieu. Car la notion d'instru-

1. *Évolution Créatrice*, p. 97.
2. *Id.*, p. 98.
3. *Id.*, p. 105.

ment est une notion déficiente ; j'ai besoin d'un instrument pour remuer un quartier de roche, non pour remuer le bras. On ne peut alors supposer « qu'un esprit tout parfait, dont la volonté tient toutes choses dans une dépendance absolue et immédiate, puisse avoir besoin d'un instrument dans ses opérations, ou l'emploie sans en avoir besoin... L'emploi d'un instrument inactif et inanimé est incompatible avec l'infinie perfection de Dieu [1] ». Berkeley applique à la transcendance de l'Intelligence divine la même pensée que M. Bergson à la simplicité de l'élan vital. Mais c'est surtout dans Schopenhauer que nous retrouvons d'une manière frappante, et expliquée par les plus ingénieuses images, cette théorie. La métaphore du dessin jeté d'un trait simple et qu'on recompose artificiellement par une mosaïque se rencontre déjà chez lui. Et il ajoute : « Cette concordance des parties les unes avec les autres, avec l'ensemble de l'organisme, avec des fins extérieures, conçue et jugée par nous au moyen de la connaissance, c'est-à-dire par la voie de la représentation, nous semble aussi y avoir été introduite par la même voie ; c'est pour l'intelligence qu'elle existe ; c'est de même par l'intelligence qu'elle aurait été réalisée à nos yeux... S'il nous était donné d'avoir une vue immédiate sur l'action de la nature, nous devrions reconnaître que cet étonnement téléologique signalé plus haut est analogue à celui de ce sauvage dont parle Kant dans son explication du risible : en voyant la mousse jaillir en jet continu d'une bouteille de bière qu'on venait d'ouvrir, le sauvage se demandait avec surprise, non pas comment elle sortait, mais comment on avait pu l'y introduire... Notre étonnement téléologique peut encore se comparer à l'admiration excitée par les premières œuvres de l'imprimerie sur ceux qui, les supposant dues à la plume, recouraient ensuite, pour expliquer le miracle, à l'intervention d'un démon. Car, répétons-le encore une fois, c'est seulement l'intellect qui, saisissant comme objet, au moyen de ses formes propres, espace, temps et causalité, l'acte de la volonté métaphysique et indivisible en soi, manifestée dans le phénomène d'un organisme animal, crée la multiplicité et la diversité des parties et des fonctions, pour s'étonner ensuite du concours régulier et de la concordance parfaite qui résulte de leur unité primitive ; il ne fait donc, dans un certain sens, qu'admirer son œuvre propre [2]. »

1. *Dialogues*, tr. fr., p. 208.
2. *Le Monde comme Volonté*, III, p. 141.

# LE BERGSONISME

C'est l'intelligence mécanicienne, l'intelligence de l'homme artisan qui, dès qu'elle voit un objet, le voit sous un aspect de fabrication et comme un assemblage de parties. Comment dépasser ce point de vue mécanicien pour nous placer directement au point de vue de la nature, et dans le courant créateur de l'élan vital ? Si nous étions obligés de sauter de là directement dans la philosophie, peut-être n'y arriverions-nous pas. Mais l'homme n'est pas seulement artisan, il est artiste. Et la genèse de l'œuvre d'art ne se fait pas hors de nous, dans le laboratoire de la nature. Elle se fait près de nous, dans un laboratoire humain. Cette genèse, tout en impliquant l'intervention de l'intelligence mécanicienne, ne dépend pas absolument d'elle. Elle nous renseigne sur l'effort de la nature, elle participe de sa simplicité. « Arrêtons-nous, dit M. Bergson (dans sa Notice sur Ravaisson, lue à l'Académie des sciences morales) devant le portrait de Mona Lisa ou même devant celui de Lucrezia Crivelli : ne nous semble-t-il pas que les lignes visibles de la figure remontent vers un centre virtuel, situé derrière la toile, où se découvrirait tout d'un coup, ramassé en un seul mot, le secret que nous n'aurons jamais fini de lire phrase par phrase dans l'énigmatique physionomie ? C'est là que le peintre s'est placé. C'est en développant une vision mentale simple, concentrée en un point, qu'il a retrouvé, trait pour trait, le modèle qu'il avait sous les yeux, reproduisant à sa manière l'effort générateur de la nature. »

L'art nous donne une idée de cet effort générateur de la nature, mais cet effort générateur n'en reste pas moins réfracté dans notre nature mécanicienne, il ne produit des œuvres viables que s'il passe par les catégories pratiques de l'*homo faber.*

> Vingt fois sur le métier remettez votre ouvrage.
> Polissez-le sans cesse et le repolissez !

L'intelligence, qui ne peut que « penser le mouvant que par l'intermédiaire de l'immobile », ne peut aussi créer de mouvement que par des pièces immobiles, représenter le mouvement que par des instantanés, figurer le mouvement que par un ordre conventionnel de ces instantanés. Le mouvement que notre intelligence aperçoit dans les choses n'est pas le mouvement qui y est, mais le mouvement qu'elle y met. C'est le mouvement uniformisé, schématisé, et ce qu'en une page singulièrement subtile M. Bergson appelle le mécanisme cinématographique de la pensée. Le procédé de ce mécanisme consiste à extraire de tous les mouvements particuliers à chaque figure un mouvement impersonnel, abstrait et simple, et à reconstituer l'individualité de chaque mouvement particulier par la composition de ce mouvement anonyme avec des attitudes instantanées. Tel est l'artifice de la connaissance intellectuelle. « Nous prenons des vues quasi-instantanées sur la réalité qui passe, et, comme elles sont caractéristiques de cette réalité, il nous suffit de les enfiler le long d'un devenir abstrait, uniforme, invisible, situé au fond de l'appareil de la connaissance, pour imiter ce qu'il y a de caractéristique dans ce devenir lui-même[1]. » L'intelligence compose les mouvements, à la différence de l'art qui revit le mouvement. On en trouverait un exemple piquant dans le livre fort « intelligent » que M. René Berthelot a consacré à M. Bergson. On y voit un souci constant de décomposer les théories bergsoniennes en des combinaisons de théories antérieures. « C'est en transposant certaines conceptions de Spencer par des thèses de la métaphysique ravaissonienne, c'est en développant ces thèses métaphysiques de Ravaisson au moyen de l'évolution biologique que Bergson est arrivé à concevoir ce qu'il appelle une genèse de l'intelligence et de la matérialité. » Le procédé cinématographique...

Est-ce à dire que l'intelligence soit pour M. Bergson une maîtresse d'illusion ? Doit-on l'appeler un philosophe anti-intellectualiste ? Nullement. La part de l'intelligence reste considérable dans sa doctrine. Si même on appelait philosophe intellectualiste un philosophe qui pense que l'intelligence nous met en contact, ou si l'on veut, en relation, avec l'absolu (ce ne sont pas là des termes si contradictoires que le veulent les dialecticiens criticistes), M. Bergson mériterait ce nom. L'intelligence peut nous faire connaître, quand elle touche à la physique, presque la réalité absolue, elle est la connaissance de la matière. Le fait que l'intelligence est commandée par les nécessités de l'action n'entame nullement la vérité de ses connaissances ; au contraire il la fonde. « D'un esprit né pour spéculer ou pour rêver, je pourrais admettre qu'il reste extérieur à la réalité, qu'il la déforme et qu'il la transforme, peut-être même qu'il la crée, comme nous créons les figures d'hommes et d'animaux que notre imagination découpe dans le nuage qui passe. Mais une intelligence tendue vers l'action qui s'accomplira et vers la réaction qui s'ensuivra, palpant son objet pour en recevoir à chaque instant l'impression mobile, est une intelligence qui touche quelque chose de l'absolu[2]. » La connaissance de la matière par l'intel-

1. *Évolution Créatrice*, p. 331.
2. *Id.*, p. IV

ligence n'est donc pas une connaissance relative, mais une connaissance absolue. On ne saurait alléguer ici sans une méprise de mots la « relativité » d'Einstein ; plus la matière est ramenée au mouvement, et plus le bergsonisme reçoit de confirmation.

De plus l'intelligence est pour nous instrument de libération. Certes, solidaire comme elle l'est de la matière, elle est liée d'abord à un obstacle, plutôt qu'à une aide pour lever cet obstacle. « Tout se passe comme si la mainmise de l'intelligence sur la matière avait pour principal objet de laisser passer quelque chose que la matière arrête [1]. » Mais si la mainmise de l'intelligence sur la matière implique que la main ainsi mise palpe la matière, la perçoit telle qu'elle est, comme l'instinct perçoit la vie, cependant elle ne la palpe pas pour elle-même, elle la palpe pour la desserrer, l'ouvrir, y conduire un courant libérateur. Il faut considérer, dans l'intelligence, d'une part ce qu'elle manie, et d'autre part ce qu'elle est, et distinguer ainsi ses deux ordres de vérité. Maniant la matière, destinée à agir sur la matière, elle connaît la matière. Mais elle n'est pas la matière, elle est la vie, dans sa forme ou plutôt dans sa direction la plus féconde. Elle représente l'élan vital dans l'essence même de cet élan, à savoir dans un mouvement pur devant lequel la voie semble indéfiniment ouverte. Nous ne la voyons que dans ses coupes, parce que nous ne la pensons qu'avec ses propres cadres, et comme matière, mais en elle-même et vue de l'intérieur elle n'est que mouvement. Elle pourrait se définir une puissance de chercher, tandis que l'instinct existe et consiste dans le trouvé.

Mais non une puissance de chercher ce qu'il n'est pas dans sa nature de trouver, à savoir la connaissance de la vie, et en premier lieu de sa propre vie. L'opération-type de l'intelligence, la déduction, toute-puissante dans les sciences de la matière (tout au moins pour la physique issue de Galilée et de Newton) ne peut servir de rien à la connaissance de l'intelligence. Pour connaître l'intelligence, il faut se placer à un autre point de vue que le sien, il faut éprouver en nous ce qui la dépose et la dépasse, cette expérience continue du réel qu'est l'intuition. L'intelligence résiste au mouvement qui cherche à connaître l'intelligence par l'intelligence, comme la matière solide résiste par le frottement au mouvement qui transporte sur elle une autre matière solide. Le solide ne se transporte bien que sur le fluide, ou par un

---

1. *Évolution Créatrice*, p. 199.

moyen artificiel, la roue, qui réduit le frottement au minimum. Ainsi l'intelligence comprise par l'intelligence ne peut que se traîner sur elle-même. Pour en faire la genèse, pour coïncider avec le mouvement qui la produit, c'est-à-dire pour la connaître, nous devons chercher à la dépasser par l'intuition, c'est-à-dire nous replacer dans l'élan originel d'où se sont dissociées l'intelligence et l'instinct, épouser la *vis a tergo* qui les a poussées sur leurs voies particulières. Telle est l'œuvre de la philosophie. Certes cette intuition reste toujours imparfaite. Nous sommes obligés de la formuler avec des mots, qui sont des arrêts, des coupes sur la pensée, des produits de l'intelligence. L'effort philosophique ne saurait que demeurer en deçà de son idéal. Et même nous ne saurions penser une philosophie qui ne comporte pas des éléments d'intelligence, c'est-à-dire qui ne soit ni intelligible ni communicable. Si l'idéal de la philosophie consiste dans l'intuition pure, c'est là un de ces idéaux que nous ne saurions sans contradiction imaginer comme réalisé. La réalité de la philosophie sera toujours ce mélange d'intelligence et d'intuition, qui a été depuis Platon sa forme habituelle.

L'intelligence étant seule capable de chercher et de formuler, il va de soi qu'on ne saurait philosopher sans l'intelligence. Mais l'intelligence doit être critique, et la critique de l'intelligence — par elle-même et par la présence de sa zone d'intuition — lui donne non pas l'acide carbonique qui la ferait périr, mais bien l'oxygène qui l'exalte. L'intelligence transporte dans la façon de raisonner qui lui est propre les habitudes qu'elle a contractées dans le monde sur lequel elle braque et dirige notre action, celui de la matière brute : cela elle doit s'en souvenir, au moins implicitement ; elle vivra mieux dans la vérité si elle sait où sont ses bornes et où l'intuition va la relayer. Réfléchissant par exemple sur la clarté et la distinction qu'il est dans sa nature de rechercher, elle verra que cet idéal auquel elle tend a son origine dans la nécessité où elle est de voir sous forme de discontinuité ce qu'elle doit rendre maniable, de porter par conséquent sur des objets extérieurs, sur des concepts extérieurs les uns aux autres. De là le monde des symboles abstraits. « Notre logique est l'ensemble des règles qu'il faut suivre dans la manipulation de ces symboles [1] », comme la géométrie fait pour les formes des corps solides .« Géométrie et logique sont rigoureusement applicables à la matière. Elles sont là chez elles, elles peuvent marcher là toutes seules. Mais, en dehors de ce domaine,

---

1. *Évolution Créatrice*, p. 174.

le raisonnement pur a besoin d'être surveillé par le bon sens, qui est toute autre chose. » Dès lors nous ne confondrons pas l'intelligence pure et l'intelligence vraie. L'intelligence pure qui convertit tout ce qu'elle touche en symboles maniables, en idées claires et distinctes, devient gauche, inapte, ridicule dès qu'elle s'applique à la vie, où rien n'est distinct, où il n'y a que multiplicité de fusion. Mais l'intelligence vraie n'appliquera point à la vie le mode de pensée logique et mathématique. Elle cherchera non à remplacer l'intuition, mais à l'exprimer. Elle retrouvera la nature originelle qui lui est commune avec l'intuition ; l'une et l'autre, se relayant et se contrôlant l'une l'autre, poursuivront la vérité, par un procès analogue au procès qui a déposé en elles des formes à la fois distinctes et complémentaires de l'élan vital.

# VI

## LA SCIENCE

Une philosophie originale s'avance dans les malentendus comme dans un nuage de poussière : nuage d'autant plus dense qu'elle dépasse plus vite le pas usuel des piétons. M. Bergson a dû être bien des fois stupéfait des extraordinaires interprétations qu'on donnait de sa pensée. Il y a une quinzaine d'années, Alfred Binet avait fait parmi les professeurs de l'enseignement secondaire, sur la philosophie au lycée, une enquête dont les résultats furent discutés à la *Société de Philosophie*. Certaines réponses déclaraient que les apprentis philosophes étaient incités, par la grande influence de M. Bergson, au mépris de la science. M. Bergson assistait à la séance, et bien que de sa nature il soit, comme Baruch de Spinoza, un homme doux, il protesta avec une énergie inaccoutumée. Il se déclara stupéfait des légendes qui couraient ainsi sur sa philosophie, même dans le monde universitaire, et s'écria : Qu'on me montre une ligne de moi qui pousse au mépris de la science positive ou qui la diminue ! Je sais bien que Montaigne eût pu en dire autant de la religion ; et pourtant !... M. Bergson n'en avait pas moins raison. Il est assez singulier qu'on ait pu parler

ainsi d'un philosophe contemporain qui affirme que la science positive, en le domaine qui lui est propre, atteint l'absolu. L'opinion courante a trouvé commode de voir en lui, comme en Henri Poincaré,
une sorte de syndic dans la fameuse faillite proclamée par Brunetière.

Ce qui s'est passé à ce sujet est cependant tout naturel. L'attitude
originale d'une philosophie est pensée d'abord par autrui dans des
cadres habituels, et il faut du temps pour comprendre que ce sont
ces cadres eux-mêmes qu'elle a voulu modifier ou abolir. M. Bergson
a réagi contre une certaine idée philosophique de la nature et de la
portée de la science. Peu de choses dans la philosophie du XIXᵉ siècle
nous donnent le sentiment du bavardage et du néant comme les délimitations de la philosophie et de la science positive. (Je parle de cette
délimitation chez les métaphysiciens, et non de la forte synthèse
où le génie de Comte organise la cité des sciences.) C'est un héritage
de l'école cousinienne, et l'on ne trouve rien de pareil chez les grands
philosophes, dont l'esprit se porte du même fonds aux questions scientifiques et aux questions philosophiques. M. Bergson a réagi contre
ces vaines et fausses délimitations de principe. Il n'y a qu'un terrain
de toute pensée, l'expérience. M. Bergson écrit dans le *Rire* que le
comble du comique lui paraît réalisé par un philosophe contemporain
à qui on objectait que l'expérience démentait une de ses théories,
et qui répondit : L'expérience a tort ! Réponse d'ailleurs aussi naturelle
chez un philosophe spécialisé dans la dialectique que le serait, dans
les conflits qui sont la raison d'être de certains bureaux ministériels,
un : Les beaux-arts ont tort ! Toutes les connaissances doivent être
fondées sur l'expérience comme tous les services publics sur l'intérêt
national. Une expérience exacte et efficace est une connaissance absolue.
Philosophie et science ne se distinguent et ne s'opposent pas comme
deux sortes de connaissance, mais elles portent sur deux sortes d'objets,
ce qui n'est pas la même chose. C'est contre une certaine théorie du
bloc, et en même temps contre un morcellement artificiel, contraire
des articulations réelles, que réagit M. Bergson. Pour lui la science est
une connaissance absolue de l'inerte, la philosophie une connaissance
absolue du vivant. La connaissance scientifique n'est pas coextensive,
comme elle le prétend, à l'expérience totale. D'autre part la relativité
de la connaissance n'est pas davantage coextensive à cette totalité de
l'expérience. De la physique, si on ne considère « que sa forme générale, et non pas le détail de sa réalisation, on peut dire qu'elle touche
à l'absolu ». Elle s'adapte à la matière inerte dont elle reflète les con-

ditions d'existence. Et « si la science doit étendre notre action sur les choses, et si nous ne pouvons agir qu'avec la matière inerte pour instrument, la science peut et doit continuer à traiter le vivant comme elle traitait l'inerte [1] ».

La science connaît un absolu, la matière, c'est-à-dire l'énergie défaite, mais elle ne connaît pas cet absolu absolument, et c'est par là qu'elle demeure jusqu'à un certain point relative. Elle porte sur ce qui ne dure pas, mais elle-même, étant le produit de l'intelligence humaine, dure et vit. Il n'y a pas d'objet de la science qui dure, au sens plein du mot durer, mais la suite de la science peut s'appeler une durée, dans laquelle les parties de la science s'enchaînent, se conditionnent les unes les autres. « Nous sommes obligés de poser les problèmes un à un, en termes provisoires, de sorte que la solution de chaque problème devra être indéfiniment corrigée par la solution qu'on donnera des problèmes suivants, et que la science, dans son ensemble, est relative à l'ordre contingent dans lequel les problèmes ont été posés tour à tour [2]. » Ainsi l'obligation où est la science, c'est-à-dire l'ordre des savants, de vivre dans la durée, implique pour elle un caractère de relativité, et un angle d'erreur possible, analogue à celui que la projection dans l'espace, l'emploi des idées et des mots, introduisent dans la connaissance philosophique de la vie. La philosophie est relative toutes les fois qu'elle est contrainte à l'espace, et la science toutes les fois qu'elle est obligée à la durée.

Même les mathématiques présenteront encore une ombre de relativité, qui est l'obligation non de les penser dans la durée, mais de les exposer dans la durée. La géométrie de l'espace à trois dimensions n'est pas seulement relative par rapport à la géométrie de l'espace à $n$ dimensions, mais aussi chacune de ses propositions est relative à la totalité des propositions qu'une intelligence supérieure pourrait saisir d'un coup comme nous saisissons dans une sensation instantanée de couleur les trillions de vibrations qu'elle implique. C'est ce que Descartes avait fort bien compris quand il faisait de la durée et de la mémoire des obstacles à la science, qui ne pouvaient être levés que par une sorte d'intervention personnelle de Dieu.

La science humaine, parce qu'elle est humaine, ne peut éliminer cette durée de la science, mais elle peut éliminer la durée des objets

---

1. *Évolution Créatrice*, p. 216.
2. *Id.* p. 225.

qu'elle étudie. L'astronomie est le type de la science de ce qui ne dure pas. « Les raisons qui font que la prédiction d'un phénomène astronomique est possible sont précisément les mêmes qui nous empêchent de déterminer à l'avance un fait émanant de l'activité libre. C'est que l'avenir de l'univers matériel, quoique contemporain de l'avenir d'un être conscient, n'a aucune analogie avec lui [1]. » La prévision astronomique consiste à précipiter idéalement les mouvements célestes de façon à les faire aller infiniment plus vite : ce qui ne change rien aux calculs, puisque ces calculs portent sur des points de départ et d'arrivée dans l'espace, et nullement sur la durée vraie par laquelle une conscience vivrait ces mouvements. L'astronomie se borne à établir « une série de relations numériques ; quant à la durée proprement dite, elle reste en dehors du calcul, et ne serait perçue que par une conscience capable, non seulement d'assister à ces simultanéités successives, mais d'en vivre les intervalles [2] ». De sorte qu'il y a ici analogie entre la science et la perception, et qu'un système astronomique se comporte, dans une certaine mesure, comme un système de vibrations moléculaires. Analogie, mais inversion. Dans toute perception présente il y a un élément de souvenir (celui qui apparaît seul dans la paramnésie) ; mais aussi toute perception présente est penchée sur l'avenir, et c'est cette inclinaison qui constitue le sentiment de la vie. Cette synthèse du passé et de l'avenir, qu'est la durée vécue, la science, qui va contre le courant vital et qui résoud la durée en matière, peut la dissocier de deux façons, en abstraire soit un passé pur ou un avenir pur (d'ailleurs interchangeables en un monde sans durée). Le présent vivant étant le mouvement indivisible projeté par le passé et porté vers l'avenir, la science peut l'imaginer (pour le rendre intelligible et maniable) détendu en passé ou détendu en avenir. La physique qui décompose une perception indivisible de couleur en des trillions d'ébranlements moléculaires détend cette perception dans son passé. L'astronomie qui perçoit, réellement ou idéalement, une comète, et qui en calcule la révolution, qui en prévoit la position future, détend cette perception en avenir. Toute perception est mémoire, et la physique détend cette mémoire-durée en une réalité d'ébranlements qui ne durent presque pas, et qui, si on les étalait dans la durée observable, rempliraient, au lieu d'une seconde qu'ils durent en une

1. *Essai*, p. 147.
2. *Id*

conscience, des centaines d'années. La physique crée donc des intervalles de durée là où la perception n'en met pas. Inversement l'astronomie les supprime là où la perception les voit. « Toute prévision est en réalité une vision, et cette vision s'opère quand on peut réduire de plus en plus un intervalle de temps futur en conservant les rapports de ses parties entre elles [1]. » Ainsi prédire c'est encore ramener l'avenir au passé, détendre une perception en avenir revient à la projeter en un passé, si nous entendons par passé non la mémoire d'une conscience vivante, mais la réalité du fait accompli et la négation du fait s'accomplissant. De même que notre perception néglige d'un aspect de l'univers tout ce qui n'intéresse pas notre action possible, de même la prévision astronomique néglige d'un système tout ce qui n'intéresse pas le calcul, tout ce qui est durée : elle convertit la succession en simultanéité. Elle suppose que ce système n'a pas d'*histoire*, c'est-à-dire que ce système n'est pas l'univers, mais une coupe pratique et abstraite sur l'univers. L'histoire exclut la prévision aussi rigoureusement que l'astronomie mathématique l'implique.

Un des principes essentiels de la métaphysique bergsonienne est celui-ci : Il y a des mouvements réels. D'autre part le procédé qui permet la science positive consiste à remplacer ces mouvements réels, qui ont lieu dans une durée, par l'abstraction spatiale qu'est leur trajectoire. La science ne porterait donc que sur des symboles du mouvement réel. Mais ces symboles gagnent toujours en délicatesse, en rigueur, en vérité objective, vérité d'un ordre d'ailleurs tout différent de la *réalité* qu'il y a dans les mouvements. Plus les considérations de mouvement s'introduisent dans la science, plus il devient nécessaire de maintenir la distinction entre les mouvements abstraits qui sont des idées de la science et ces mouvements réels que sont les pulsations de la vie. La question en est arrivée à son point aigu, et aussi à une véritable concentration de clarté, avec les découvertes einsteiniennes, avec cette confrontation du bergsonisme et de la théorie de la relativité restreinte qu'est *Durée et Simultanéité*. Le vieux problème zénonien a rebondi. Des temps fictifs, susceptibles de calcul, ont été introduits dans la physique, dans le monde où la physique existe. Mais le monde de la physique n'est pas plus le monde du physicien que le monde des arguments zénoniens n'était le monde de l'individu Zénon.

1. *Essai*, p. 150.

# LE MONDE QUI DURE

Le temps réel diffère des mesures spatiales du temps, et la vérité de ces mesures spatiales (vraies parce qu'elles réussissent) n'est pas même chose que la réalité du temps (vrai parce qu'il est). Cette multiplicité de temps, que d'ingénieux exégètes tirent de la relativité restreinte, sont des fictions de la physique, et un seul devient le temps du physicien. « L'essence de la théorie de la Relativité est de mettre sur le même rang la vision réelle et les visions virtuelles. Le réel ne serait qu'un cas particulier du virtuel [1] », point de vue de mathématicien : Spinoza aurait raison s'il n'y avait pas de monades. Les temps que la physique mesure ne sont pas du temps qu'on vit, donc ils ne sont pas du temps. Une des plus élégantes démonstrations (le mot démonstration n'est qu'à peine trop fort) de M. Bergson est celle où il montre que l'Espace-Temps de Minkowski et Einstein est une forme de l'Espace à quatre dimensions, dont une de temps spatialisé, et que cet Espace lui-même n'est qu'un cas d'une loi qu'on peut formuler ainsi : « Ce qui est donné comme mouvement dans un espace d'un nombre quelconque de dimensions peut être représenté comme forme dans un espace ayant une dimension de plus [2]. » La théorie de la relativité restreinte ne sort pas de ce monde de symboles, de ces symbolisations du mouvement. Mais la théorie de la relativité généralisée, qui ne porte que sur l'espace, et qui en épuise la réalité dans la mesure, c'est-à-dire dans la relation, cette théorie due au génie d'Einstein qui retrouve par delà Newton les intuitions cartésiennes, elle atteint bien un absolu, la chose même de l'espace, et non une vue de l'esprit, chose qui dure, sur l'espace.

Et la théorie de la Relativité généralisée atteint un absolu précisément parce qu'elle vide *absolument* la matière de tout mouvement réel, c'est-à-dire qu'elle en fait, par la réduction de la gravitation à l'inertie et du mouvement à la relation, une matière vraiment pure, tellement pure que sans doute elle n'existe et n'existera jamais que contaminée d'un minimum d'élan vital, et que cet absolu physique ne serait qu'une limite, tout comme l'absolu philosophique d'un élan vital pur. Il y a des mouvements absolus, ce sont ceux où est présent l'élan vital, et le monde de ces mouvements absolus est le monde même de la philosophie. Ce mouvement absolu, « nous n'avons pas à en tenir compte dans la construction de la science... La science ne

<hr>

1. *Durée et Simultanéité,* p. 229.
2. *Id.,* p. 205

peut et ne doit retenir de la réalité que ce qui est étalé dans l'espace, homogène, mesurable, visuel. Le mouvement qu'elle étudie est donc toujours relatif et ne peut consister que dans une réciprocité de déplacement [1] ».

Ainsi le retour à Descartes que constituent les démonstrations d'Einstein, la substitution d'un mécanisme complet au dynamisme newtonien, sont considérés par M. Bergson comme des progrès définitifs de la science vers son objet, qui est la mesure et la précision. Mais la théorie de la Relativité généralisée forme en quelque sorte, sur l'univers, l'hyperbole du point de vue partiel. La science s'arrête à son objet pour le séparer du tout. La philosophie dépasse son objet pour atteindre par lui le tout. Peut-être faut-il « qu'une théorie se maintienne exclusivement à un point de vue particulier pour qu'elle reste scientifique, c'est-à-dire pour qu'elle donne aux recherches de détail une direction précise. Mais la réalité sur laquelle chacune de ces théories prend une vue partielle doit les dépasser toutes. Et cette réalité est l'objet propre de la philosophie, laquelle n'est point astreinte à la précision de la science, puisqu'elle ne vise aucune application [2] ». M. Bergson écrit cela à propos d'une discussion serrée sur l'évolution biologique, où il montre que les théories néo-darwinienne et néo-lamarckienne ont leur part de vérité, mais que cette part de vérité ne prend tout son sens que dans une vérité philosophique totale, dans une « idée plus compréhensive, quoique par là même plus vague, du processus évolutif ». Les théories scientifiques suivent la voie de la connaissance intellectuelle. Elles sont elles-mêmes des parties découpées selon un pointillé qui concorde avec leurs possibilités pratiques.

Faraday disait à peu près qu'une théorie n'existait pour lui que s'il pouvait s'en représenter le dessin comme celui d'une machine. C'est en effet ce caractère de précision et de détail que l'esprit scientifique doit naturellement demander à une théorie. Et la science trouve dans le mécanisme sa théorie la plus naturelle, puisque l'intelligence appartient à l'homme en tant qu'*homo faber*. Mais toute machine est une réalité partielle, elle suppose au moins le constructeur ou le mécanicien, à la différence de l'œil ou de la main, de la trompe ou de l'antenne, qui font partie de l'unité du tout vivant et ne supposent rien en dehors de lui. Si nous appliquons au tout ces catégories de l'organisme

1.. *Durée et simultanéité*, p. 41.
2. *Évolution Créatrice*, p. 92

naturel ou de la machine artificielle, de l'instinct ou de l'intelligence, nous aurons un hylozoïsme ou un mécanisme. Il n'est pas plus absurde d'assimiler l'univers à une machine que de l'assimiler à un être vivant. Mais ce qui est absurde c'est de lui donner les caractères de l'un et de l'autre, d'en faire une machine qui se suffirait à elle-même comme un organisme. Si vous posez la machine vous posez l'artisan, et Voltaire a parfaitement raison de ne pas vouloir comprendre que l'horloge marche sans qu'il y ait d'horloger. Le mécanisme matérialiste conçoit comme un tout cela qui est, par définition, partie, et ne fait qu'étendre, de manière irréfléchie, à la philosophie les habitudes qu'il a contractées dans la pratique de la science et qui sont nécessaires à cette pratique. La science d'un organisme est la science des parties de cet organisme, mais la vie d'un organisme consiste dans son tout, et la philosophie s'efforce de sympathiser avec ce tout. Certes, comme il y a non seulement la science, mais les savants, non seulement la philosophie, mais les philosophes, l'un et l'autre point de vue, si distincts en droit, se fondent souvent dans la richesse vivante d'une conscience humaine. Il n'en est pas moins vrai que l'objet de la science « n'est pas de nous révéler le fond des choses, mais de nous fournir le meilleur moyen d'agir sur elles. Or, la physique et la chimie sont des sciences déjà avancées, et la matière vivante ne se prête à notre action que dans la mesure où nous pouvons la traiter par les procédés de notre physique et de notre chimie. L'organisation ne sera donc étudiable scientifiquement que si le corps organisé a été assimilé d'abord à une machine. Les cellules seront les pièces de la machine, l'organisme en sera l'assemblage. Et les travaux élémentaires, qui ont organisé les parties, seront censés être les éléments réels du travail qui a organisé le tout [1]. » C'est le point de vue de la science, le point de vue des parties. Mais la philosophie se place au point de vue du tout. Et l'on reconnaît peut-être ici les schèmes de Lachelier et de la philosophie universitaire, les discussions du *Fondement de l'Induction* sur la cause efficiente et la cause finale, sur la réalité des parties et l'idée du tout. Mais M. Bergson les dépasse singulièrement. Il déclasse les concepts de cause efficiente et de cause finale, qui s'appliquent au travail humain, et sont sortis avec Aristote de l'atelier de Platon. La science est obligée de traiter l'œil comme un instrument d'optique, c'est-à-dire comme une machine, parce que l'œil dont elle s'occupe est une partie de quelque chose, partie d'un

_______

1. *Évolution Créatrice*, p. 101.

tout. Mais la philosophie, qui se place au point de vue du tout, attribue la machine à une simple déficience vis-à-vis de ce tout. L'œil n'est pas la réalité effective qui fait que nous voyons ce que nous devons voir, mais la limitation qui fait que nous ne voyons pas ce que nous ne devons pas voir. « La vision est une puissance qui atteindrait en droit une infinité de choses inaccessibles à notre regard. Mais une telle vision ne se prolongerait pas en action : elle conviendrait à un fantôme, et non pas à un être vivant. La vision d'un être vivant est une vision efficace, limitée aux objets sur lesquels l'être peut agir : c'est une vision canalisée, et l'appareil visuel symbolise simplement le travail de canalisation [1]. » Ce qui est dit ici de la vision pourrait être dit de la science, qui est une vision collective, systématisée, précisée. Il ne saurait y avoir de connaissance tout-à-fait vraie que la connaissance du tout, et l'intuition philosophique, en essayant de nous replacer dans ce tout, nous donne au moins une approximation de la connaissance vraie. Mais une telle connaissance ne peut se prolonger en action. La connaissance flambeau de l'action est une connaissance limitée à la zone de cette action possible. C'est une connaissance canalisée, et notre science symbolise ce travail de canalisation. Elle continue l'opération de la vie, qui consiste à accumuler de l'énergie utilisable, pareille à ces bassins de retenue par lesquels on s'efforce d'utiliser la force des marées. Mais cette énergie utilisée n'est rien à côté de l'énergie inutile, originelle, illimitée, déployée par la mer. Il serait absurde de s'imaginer qu'il y ait un rapport de destination naturelle entre la mer et tel bassin de retenue, que la force des marées, qui épouse la forme de ce bassin, lui soit destinée plutôt qu'à n'importe quelle autre forme de bassin, ou bien qu'à n'importe quelle autre forme possible de cette utilisation de l'énergie. « On comprendra ainsi que notre science soit contingente, relative aux variables qu'elle a choisies, relative à l'ordre où elle a posé successivement les problèmes, et que néanmoins elle réussisse. Elle eût pu, dans son ensemble, être toute différente, et pourtant réussir encore. C'est justement parce qu'aucun système défini de lois mathématiques n'est à la base de la nature, et que la mathématique en général représente simplement le sens dans lequel la matière retombe [2]. » Et comme notre intelligence est destinée à la science et non à la philosophie, à la connaissance des parties et non à la connaissance du tout, il en est dés

1. *Évolution Créatrice*, p. 102.
2. *Id.*, p. 239.

systèmes philosophiques comme des systèmes scientifiques, de la dialectique comme de la géométrie. La géométrie euclidienne est l'une des géométries possibles, et la dialectique d'un système est l'une des dialectiques possibles. Mais comme la géométrie est une science du possible, la vérité de la géométrie euclidienne n'est nullement entamée par la possibilité d'autres géométries. Au contraire la philosophie cherche la connaissance du réel, et ces dialectiques du possible ne nous le font pas atteindre. « La dialectique est ce qui assure l'accord de notre pensée avec elle-même. Mais par la dialectique — qui n'est qu'une détente de l'intuition, bien des accords différents sont possibles, et il n'y a pourtant qu'une vérité. L'intuition, si elle pouvait se prolonger au delà de quelques instants, n'assurerait pas seulement l'accord du philosophe avec sa propre pensée, mais encore celui de tous les philosophes entre eux [1]. »

La science est une pente donnée dans notre nature intellectuelle, une pente que nous descendons, tandis que la philosophie est une pente que nous devons remonter. L'intelligence se trouve, comme la matière, dans le mouvement d'une énergie spirituelle qui se détend. « Nous n'avons qu'à suivre la pente de notre esprit pour devenir mathématiciens... Nous naissons artisans comme nous naissons géomètres, et même nous ne naissons géomètres que parce que nous naissons artisans [2]. » Et c'est encore du même fonds que « nous naissons tous platoniciens ». Tout cela roule sur notre pente de facilité. Mais facilité est un nom de l'habitude, facilité est un terme d'action. Ce qui nous apparaît comme facile est donné dans notre nature d'action, et quand nous voulons passer de là à la connaissance désintéressée, il nous faut rompre une habitude, et remonter une pente ardue.

La connaissance scientifique est donc connaissance partielle parce qu'elle est connaissance partiale, connaissance intéressée, et la connaissance mathématique n'apparaît désintéressée que parce qu'elle est connaissance des formes non d'une certaine action, mais d'une action quelconque. La solidarité des mathématiques et de l'action est mise en lumière par la place que tient dans celles-là et celle-ci la précision. Les mathématiques sont la science de la précision, mais d'autre part « dans le domaine psychologique le signe extérieur de la force est toujours la précision [3] ». La précision de l'instinct sur un point

1. *Évolution Créatrice*, p. 259.
2. *Id.*, p. 48.
3. *Énergie Spirituelle*, p. 56.

donné vient de sa toute-puissance sur ce point vivant isolé du tout de la vie. L'instinct n'est précis que dans la mesure où il coïncide avec cette puissance d'isolement. La connaissance intuitive de l'élan vital dans son tout dynamique ne saurait jamais être pour la philosophie une connaissance précise, — claire et distincte Pour l'intelligence comme pour l'instinct il ne peut y avoir d'autre connaissance précise que la connaissance partielle. Et aucune connaissance n'est plus partielle que la connaissance mathématique, puisqu'elle ne retient de l'être que son extrait le plus nu. Mais précisément l'intelligence consiste à faire coïncider le caractère partiel de cet extrait avec son usage le plus universel. La précision y fonctionne comme l'interférence de la connaissance infiniment partielle et de la connaissance indéfiniment utile. La phrase célèbre de Condorcet sur le marin qui doit la vie à des observations astronomiques exactes faites deux mille ans auparavant par des mathématiciens qui ne soucient que de connaître, met en lumière les deux bouts de la chaîne et les anneaux qui les réunissent. La connaissance précise n'est pas une connaissance particulièrement valable pour l'action propre du mathématicien, mais une connaissance indéfiniment valable pour toute action d'un être vivant éloigné dans l'espace et lointain dans le futur. C'est ainsi que les mathématiques comportent une science telle qu'a tenté de l'établir Reuleaux, la science de toutes les machines possibles inventées par des êtres intelligents quelconques Cette science, bien qu'infiniment générale, n'en demande pas moins une pureté de précision incommensurable avec l'approximation qui suffit, pour la conduite de sa machine, à un mécanicien de locomotive

M. Bergson attribue une grande importance à l'acquisition par l'esprit humain, chez les Grecs, du sens de la précision. Il en a même fait le sujet d'un cours au Collège de France. Ce sens de la précision aurait fort bien pu ne pas apparaître, et l'humanité aurait pu s'en passer. M. Bergson s'est demandé un jour, dans une lecture faite à la *Société pour les recherches psychiques*, ce qui serait arrivé si la science à ses débuts s'était tournée vers l'esprit au lieu de se tourner vers la matière, si Copernic, Galilée, Newton, avaient été des psychologues, si la connaissance essentielle avait consisté dans l'intuition de l'esprit par l'esprit. Et il estime qu'après tout ce n'était pas désirable. Ce royaume de Dieu, ce monde bergsonien eût présenté de graves désavantages. L'esprit humain a contracté dans les sciences de la matière le bienfait de la précision, « la rigueur, le souci de la preuve, l'habitude de distinguer entre ce qui est simplement possible ou probable et ce qui est certain Ne croyez pas que ce soient là des qualités naturelles à l'Intelligence. L'humanité s'est passée d'elles pendant fort longtemps, et elles n'auraient peut-être jamais paru dans le monde s'il ne s'était rencontré jadis, en un coin de la Grèce, un petit peuple auquel l'*à peu près* ne suffisait pas, et qui inventa la précision. La démonstration mathématique — cette création du génie grec fut-elle ici l'effet ou la cause ? je ne sais, mais incontestablement c'est par les mathématiques que le besoin de la preuve s'est propagé d'intelligence à intelligence, prenant d'autant plus de place dans l'esprit humain que la science mathématique, par l'intermédiaire de la mécanique, embrassait un plus grand nombre de phénomènes de la matière. L'habitude d'apporter à l'étude de la réalité concrète les mêmes exigences de précision et de rigueur qui sont caractéristiques de la pensée mathématique est donc une disposition que nous devons aux sciences de la matière, et que nous n'aurions pas eue sans elles [1] ». Et l'empire de ces sciences est considérable. Il s'accroît, comme la vitesse d'un corps qui tombe, en proportion géométrique. L'appareil de la société, de l'administration, de la vie économique modernes implique une somme de précision (et par là même de prévision) dont l'habitude nous empêche de nous étonner, et qui eût semblé inconcevable il y a un siècle. Dans une revue (de Rip je crois) qui se jouait avant la guerre, un homme de 1814, devant qui un prophète évoquait le monde actuel, riait beaucoup quand on lui montrait un indicateur des chemins de fer de 1914. Qu'on pût décider à Paris, six mois à l'avance, que chaque jour le courrier de Marseille passerait à Mâcon à 8 heures 47 et non à 45 ou 48, cela lui semblait une imagination dans le genre des antibaleines de Fourier ou de la queue avec un œil au bout. Mais l'imprécision qui aurait dû paraître l'état normal à l'homme de 1814 devenait pour celui de 1914 l'état anormal, insupportable et comique, ainsi qu'en témoignait dans la même revue la scène obligatoire sur les retards de l'Ouest-État. En comptabilité publique l'exigence d'exactitude qui ne tolère pas plus une erreur d'un centime qu'une erreur d'un million ; dans l'administration de la justice le respect des formes ; dans la vie militaire la rigueur qui commence au lit en billard et au paquetage géométrique pour donner à toute l'action humaine le maximum d'efficace : tout cela fait partie de la même armature de précision.

1. *L'Énergie Spirituelle*, p. 88.

# LE BERGSONISME

L'*homo faber* devient l'*homo machinista*, l'*homo machina*, l'*homo mathematicus*. Et comme ce n'est là que l'une des deux directions de l'homme, le rire intervient pour rétablir les droits et le domaine de l'autre. Je viens de citer trois exemples de précision Ce sont aussi trois exemples de comique habituel : la paperasse qu'entasse M. Lebureau sur le fameux centime, la fo-ôrme de Brid'oison, les fonctions de l'adjudant Flick, font le pain quotidien de la gaîté française. La précision et le rire forment ici les deux seaux alternés de la même vie sociale, l'un qui se vide quand l'autre s'emplit. le rythme d'une tension et d'une détente.

La précision scientifique a pu rester chez les Grecs une connaissance désintéressée. Nous voyons aujourd'hui que ce désintéressement était provisoire, se ramenait à une utilité suspendue. Nos sociétés dépensent des réserves de précision comme elles dépensent les réserves d'énergie solaire accumulées dans les forêts fossiles de l'ère carbonifère. Précision et application — à plus ou moins longue échéance — sont liées. Mais la philosophie « n'est point astreinte à la précision de la science, puisqu'elle ne vise aucune application [1] ». Qui dit précision dit distinction et nombre. Or le domaine de la philosophie est celui de la vie intérieure, où la multiplicité est indistincte et fondue, et le mode de connaissance qui s'applique à elle ne saurait être que l'intuition désintéressée. Mais dès qu'elle veut s'exprimer par le langage, elle doit s'astreindre à la précision que l'exposition philosophique implique. La séparation de droit de la science et de la philosophie ne saurait pas plus devenir une réalité de fait que la séparation de droit qu'il y a entre la perception et la mémoire. Rien de plus inopérant pour la philosophie que l'intuition seule. L'intuition, dit M. Bergson, « est sans doute une opération originale de l'esprit, irréductible à la connaissance fragmentaire et extérieure par laquelle notre intelligence, dans son usage ordinaire, prend du dehors une série de vues sur les choses ; mais il ne faut pas méconnaître que cette manière de saisir le réel ne nous est plus naturelle, dans l'état actuel de notre pensée ; pour l'obtenir, nous devons donc, le plus souvent, nous y préparer par une longue et consciencieuse analyse, nous familiariser avec tous les documents qui concernent l'objet de notre étude. Cette préparation est particulièrement nécessaire quand il s'agit de réalités générales et complexes, telles que la vie, l'instinct, l'évolution : une connaissance scientifique

<hr>

1. *Évolution Créatrice*, p. 92.

et précise des faits est la condition préalable de l'intuition métaphysique qui en pénètre le principe [1] ». Non seulement précision dans la connaissance, mais précision dans l'expression : la philosophie implique un style, et ce style consiste à exprimer en une forme précise une réalité imprécise.

## VII

## L'ART

La philosophie de M. Bergson nous rappelle si souvent celle de Schopenhauer (dont elle procède d'ailleurs si peu) qu'il serait possible d'en placer l'exposé dans le cadre des quatre livres du *Monde comme volonté*, mais un cadre dont la deuxième et la quatrième division resteraient encore en grande partie vides. Le second livre du *Monde* contient une esthétique et le dernier livre une morale. M. Bergson n'a donné ni l'une ni l'autre Il a songé à les écrire. Le *Rire* traite avec profondeur un chapitre d'esthétique, et je ne crois pas que M. Bergson ait abandonné l'espoir de voir ses réflexions sur le problème moral acquérir une certitude qui les rende dignes d'une exposition méthodique. En matière d'esthétique nous pouvons cependant apercevoir les directions du bergsonisme, en dégager des idées générales sur la nature profonde et la fonction humaine de l'art.

L'art n'est pas la philosophie, et cependant il est probable que sans la faculté artistique l'homme ne se serait pas élevé à la philosophie. Pareillement M. Bergson est philosophe et non artiste. Il y a un singulier contraste entre cette philosophie de la vie et ce style purement intellectuel, incroyablement lucide (la lumière même, a dit avec raison M. Gillouin), qu'on pourrait appeler, comme lui-même appelle l'intelligence « projection nécessairement plane d'une réalité qui a relief et profondeur ». Et pourtant cette philosophie ne se serait pas produite sans certains éléments qui lui sont communs avec l'art. Cette philosophie comme presque toutes les autres. On a reproché à M. Bergson,

1. Vocabulaire technique et critique de la philosophie, art. *Intuition*.

les tenant indignes d'un philosophe, ses abondantes images, comme si tous les grands philosophes n'avaient pas été de grands créateurs d'images, sauf Kant qui en a encore néanmoins quelques-unes fort belles. Mais les images qui sont des fins pour le poète sont moyens pour le philosophe. « L'intuition philosophique, dit M. Bergson dans une lettre à M. Hoffding, après s'être engagée dans la même direction que l'intuition artistique, va beaucoup plus loin : elle prend le vital avant son éparpillement en images, tandis que l'art porte sur les images. » Les images de M. Bergson sont faites pour donner au lecteur l'idée du courant qui les a déposées et dépassées. Il nous semble que ce courant comporte une multiplicité indéfinie d'images dont quelques-unes seulement s'explicitent. Cette philosophie a beau ne pas être une œuvre d'art, elle ne pourrait pas plus se produire sans l'imitation de l'œuvre d'art, sans la sympathie avec l'œuvre d'art, qu'elle ne pourrait se formuler sans les mots.

Au centre du bergsonisme, il y a ce que M. Berthelot appelle l'idée de vie, et qui n'est pas plus idée que sentiment ou volonté : disons la conscience de la vie comme d'un élan imprévisible et créateur. Cet élan le philosophe nous le fait comprendre, mais il ne nous le fait pas le voir. Il ne peut que nous apprendre à le voir, comme dans l'allégorie de la caverne. A le voir d'abord en nous. Et ensuite et surtout chez ceux des hommes où cet élan apparaît en gros traits, substantiel et chargé, créateur d'objets qui demeurent, c'est-à-dire chez les artistes. Si la réalité est création, c'est dans nos moments de création que nous saisirons la réalité : tels, l'acte générateur, l'amour maternel, la production de l'œuvre d'art. « Le temps est invention ou il n'est rien du tout. » Dès lors le temps réel nous apparaîtra plus clairement dans l'invention la plus pure et la plus forte, l'invention artistique. Il n'en est pas en effet des productions de l'amour et de l'art comme de la production des outils, des machines, et en général de tout le travail utilitaire. Dans ces derniers cas produire c'est vouloir produire, créer c'est créer d'abord le modèle sur lequel on créera, comme le démiurge du *Timée*. Mais dans l'amour comme dans l'art l'acte de création est incommensurable avec la réalité créée. Comme un œil est produit par l'acte simple de la vision, un homme est fait dans l'acte simple de la génération. « La nature n'a pas eu plus de peine à faire un œil que je n'en ai à lever la main. » Elle a eu sans doute le même complexus de plaisir et de peine que des parents à faire un enfant, un poète à écrire un poème. « L'acte d'organisation a quelque chose d'explosif. Il lui faut, au départ, le moins de place possible, un minimum de matière, comme si les formes organisatrices n'entraient dans l'espace qu'à regret. Le spermatozoïde, qui met en mouvement le processus évolutif de la vie embryonnaire, est une des plus petites cellules de l'organisme [1]. »

Il va de soi que la production artistique, qui a besoin de matière, ne réalise jamais cet état explosif. « La fabrication va de la périphérie au centre, ou, comme diraient les philosophes, du multiple à l'un. Au contraire le travail d'organisation va du centre à la périphérie [2]. » Mais la création artistique n'est pas, comme celle de la vie, un pur travail d'organisation, comportant un minimum de matière. Elle implique une exigence de matière. Elle est intermédiaire entre le travail d'organisation et le travail de fabrication. Elle peut être assez proche de la première, comme le *Satyre* de Victor Hugo écrit tout entier en quatre ou cinq matinées d'inspiration, ou fort voisine de la dernière, comme une tragédie de Voltaire, faite de centons. Les rapports du génie et du métier ne peuvent se définir facilement et restent une des questions complexes de l'esthétique.

Dans l'art comme dans l'amour, l'acte de création est incommensurable avec la réalité créée. « Nous pourrions l'accepter, dit M. Bergson de l'imprévisible, en tant que nous sommes artistes, car l'art vit de création et implique une croyance latente à la spontanéité de la nature. Mais l'art désintéressé est un luxe, comme la pure spéculation. Bien avant d'être artistes, nous sommes artisans [3]. » L'art comme la philosophie consistent à remonter et à dépasser cette nature d'artisan, d'*homo faber*, pour atteindre, sur leurs deux registres particuliers, la vision désintéressée. Mais ce désintéressement ne saurait être réalisé longtemps ni purement. De même que nous ne pouvons philosopher sans nous servir de ces concepts qui tournent le dos à la réalité de la philosophie, de même nous ne pouvons être artistes sans être dans une certaine mesure artisans. Il est vrai que, par compensation, à certaines époques on n'était pas artisan sans être artiste. Bien plus, dans le détail de notre vie même, dans les moments de notre durée, nous distinguons ou plutôt nous unissons un élément artisan et un élément artiste. « Le portrait achevé s'explique par la physionomie du modèle, par la nature de l'artiste, par les couleurs délayées sur la palette : mais, même avec la connaissance de ce qui

<hr>

1. Vocabulaire technique et critique de la philosophie, art. *Intuition*, p. 101.
2. *Id.*, p. 100.
3. *Évolution Créatrice*, p. 49.

# LE BERGSONISME

l'explique, personne, pas même l'artiste, n'eût pu prévoir exactement ce que serait le portrait, car le prédire eût été le produire avant qu'il fût produit, hypothèse absurde qui se détruit d'elle-même. Ainsi pour les moments de notre vie dont nous sommes les artisans. Chacun d'eux est une espèce de création [1]. » Il ne l'est que dans une certaine mesure, comme l'œuvre d'art elle-même. Le mécanisme, la routine, le prévu, l'encrassent si facilement ! Si vite nous abandonne l'étincelle de génie artistique que tout homme probablement apporte, et si vite nous devenons de purs artisans ! Nous perdons alors, avec notre nature, cela même qui est en nous l'image de la nature créatrice. « Perdre sa nature, dit Anatole France, c'est le crime irrémissible, c'est la damnation certaine, c'est le pacte avec le diable. »

Mais l'artiste lui-même ne l'exprime qu'en la perdant en partie. L'élan vital se traduit par des formes dont le double caractère est de ne jamais l'épuiser, et de constituer leur matière par un simple arrêt de leur action génératrice. Or ce sont les caractères mêmes du génie artistique. Ses créations ne l'épuisent pas, mais il ne crée réellement ses formes que par une certaine interruption de son courant créateur. « Les lignes originales dessinées par l'artiste ne sont-elles pas déjà, elles-mêmes, la fixation et comme la congélation d'un mouvement [2] ? » Certes la création artistique est généralement une joie. Mais au-dessus de cette joie l'artiste en conçoit une où il réunirait les deux natures contradictoires du créateur et du contemplateur, où il jouirait librement de ce mouvement, sans être obligé de l'incarner dans des formes, de le durcir et de le faire durer. La composition torrentielle et presque panique du *Satyre* dut être pour Hugo une joie magnifique, mais le satyre lui-même donne l'idée d'une joie supérieure, celle de l'élan vital pur, dans la magie de son acte créateur, et qui ne s'appuie sur aucune matérialité, si ce n'est, à peine, celle de la flûte de Mercure et de la lyre d'Apollon, brisées bientôt dans ses doigts terribles. Le satyre c'est le génie même de Hugo, moins les nécessités de la fabrication et de la matérialité ; c'est le génie pur, consubstantiel à l'élan pur de la vie.

Si l'art n'existait pas, notre esprit serait peut-être enfermé sans issue dans le mécanisme et le finalisme, n'ayant que le choix entre ces deux aspects de la fabrication : le mécanisme, produit de cette

1. *Évolution Créatrice*, p. 7.
2. *Id.*, p 260.

mathématique spontanée qui n'est que la pente même de notre esprit, ne voit dans la nature que des répétitions ; le finalisme, produit de notre naturel artisan, n'y voit que des fabrications. Mais dès que nous réfléchissons sur l'art, nous constatons que mécanisme et finalisme ne sont que des points de vue partiels, « car l'art vit de création et implique une croyance latente en la spontanéité de la nature [1] ». L'art dépasse le mécanisme en ce qu'il ne répète rien, il dépasse le finalisme en ce qu'il n'a pas de modèle. Il imite, ou plutôt prolonge l'opération de la nature, il n'imite ni ne reproduit les créations de la nature. Il serait, si la philosophie n'existait pas, le plus grand et le plus efficace effort pour faire coïncider l'homme avec la réalité. « Qu'il soit peinture, sculpture, poésie ou musique, l'art n'a d'autre objet que d'écarter les symboles pratiquement utiles, les généralités conventionnelles, et socialement acceptées, enfin tout ce qui nous masque la réalité, pour nous mettre face à face avec la réalité même [2], » Pareillement « c'est à l'intérieur même de la vie que nous conduirait l'intuition, je veux dire l'instinct devenu désintéressé, conscient de lui-même, capable de réfléchir sur son objet et de l'élargir indéfiniment [3] ».

Il y a donc une intuition esthétique et une intuition philosophique. L'intuition se dédouble en ces deux formes comme l'élan vital en intelligence et en instinct. Mais l'intuition esthétique n'atteint que l'individuel. L'art imite la nature en tant qu'elle s'explicite en individus, qu'elle crée des organismes, non en tant qu'elle est élan vital indivisé. Ce serait la tâche de la philosophie, selon M. Bergson, que de s'orienter dans le sens de l'art, mais non vers la matérialité et les créations de l'art, et d'épouser intuitivement la vie comme l'art épouse, continue, achève l'individuel. « Par la communication sympathique qu'elle établira entre nous et le reste des vivants, par la dilatation qu'elle obtiendra de notre conscience, elle nous introduira dans le domaine propre de la vie, qui est compénétration réciproque, création indéfiniment continuée [4]. »

On conçoit dès lors que la philosophie bergsonienne coïncide avec la vie esthétique beaucoup plus que ne sembleraient l'impliquer la précision volontairement didactique de M. Bergson, et la lumière sans

1. *Evolution Créatrice*, p. 49.
2. *Le Rire*, p. 161.
3. *Evolution Créatrice*, p. 192.
4. *Id.*, p. 193.

chaleur de son style d'intellectuel. Lorsqu'il dit que l'intuition esthétique, comme d'ailleurs la perception extérieure, n'atteint que l'individuel, tandis que l'intuition philosophique serait une perception intérieure à la vie même, il ne faut sans doute entendre ces distinctions que comme des directions, ces concepts que comme des limites théoriques. Ni l'architecture ni surtout la musique n'atteignent l'individuel La profonde théorie de la musique qu'a donnée Schopenhauer conviendrait fort bien au bergsonisme. La musique, de même que la métaphysique, nous fait coïncider avec l'être même du monde ; l'univers nous apparaît comme une musique congelée qu'un rayon de soleil suffit à rendre liquide et fluente, et c'est ce rayon que le génie d'un grand musicien apporte. Même la poésie lyrique, à ce point de vue, est musique. Si certaines de ses formes impliquent une âme et presque une chair individuelles, il en est d'autres qui nous mettent en contact non plus avec une nature individuelle, mais avec l'univers même. Je reviens au *Satyre* parce que le *Satyre* c'est l'*Évolution Créatrice* non plus pensée par la raison d'un philosophe, mais vécue dans l'inconscient d'un poète, exprimée dans un état presque miraculeux de tension verbale. Inversement la philosophie, si elle consiste dans l'intuition du monde, implique aussi, et peut-être d'abord, l'intuition de nous-mêmes. Le *Connais-toi* de Socrate, le *Cogito* cartésien sont ses démarches élémentaires Et toute philosophie complète s'achève par une morale, c'est-à-dire par l'individu se créant lui-même.

Le philosophe se crée lui-même, l'artiste crée de lui-même. La fin de la philosophie c'est de coïncider avec l'être. La fin de l'art c'est de coïncider avec la nature productrice de l'être. « Qu'est-ce que tout cela ? — Comment tout cela est-il donc fait ? Parvenues à une grande précision et posées avec persistance, la première question produit le philosophe et la seconde l'artiste, le poète[1]. » Ainsi parle Schopenhauer, et cela pourrait se traduire en termes bergsoniens. Question inconsciente chez le poète ou l'artiste : ils ne se demandent pas formellement comment cela est fait, mais ce qu'ils font se fait comme cela se fait. Et c'est en fixant ses yeux sur le travail de l'artiste, en le reproduisant idéalement, en sympathisant avec lui, que le philosophe aura le plus de chances de saisir sous sa forme la plus pure le mystère de l'évolution créatrice. Montaigne avait raison de dire qu'il

1. *Le Monde comme Volonté*, III, p. 194.

était bien plus beau de produire un enfant de l'accointance des Muses que de l'accointance de sa femme. Et c'est une grande bassesse que d'humilier devant les joies de la famille le labeur d'un Flaubert qui passe sa vie à mettre du noir sur du blanc, laisse pour héritiers *Madame Bovary* et l'*Éducation*. L'amour, la maternité, nous placent à l'intérieur de l'espèce, mais les créations du génie nous placent à l'intérieur de l'élan vital lui-même, de ce qui a déposé l'espèce humaine sur son passage, de ce qui s'est dissocié tardivement en instinct et intelligence. « C'est à l'intérieur même de la vie que nous conduirait l'intuition, je veux dire l'instinct devenu désintéressé, conscient de lui-même, capable de réfléchir sur son objet et de l'élargir indéfiniment [1]. » L'intuition philosophique ne demeure cependant qu'une ombre parce qu'elle ne crée pas. Ou plutôt elle ne peut créer qu'en se déposant en vie morale, religieuse : si le bergsonisme n'excluait l'idée de philosophie achevée, il tenterait de s'achever comme la doctrine de Schopenhauer, par une morale. Et aussi par une esthétique, ou du moins par un contact plus étroit avec le courant créateur de l'œuvre d'art. Car si l'intuition nous conduit à l'intérieur de la vie, la production esthétique seule nous conduit de l'intérieur de la vie, et coïncider avec l'élan vital c'est épouser un courant non centripète, mais centrifuge.

L'art combine, pour tourner la matière et pour lui faire donner ce qu'elle refuse, les moyens de l'instinct et ceux de l'intelligence. Il n'y a pas de création réelle sans interruption du courant créateur. Dans l'instinct, ouvert à même la vie, la création est parfaite, mais le mouvement créateur est presque immédiatement interrompu. Dans l'intelligence, qui travaille sur la matière, la création est toujours imparfaite, mais le mouvement créateur continue. Une intelligence au repos ne serait plus l'intelligence. L'œuvre d'art concilie de façon miraculeuse deux caractères qui sembleraient contradictoires : la perfection et le mouvement. Un marbre du Parthénon, un dessin de Léonard, une tragédie de Racine, une phrase de Chateaubriand ou de Flaubert, paraissent un point final par tout ce qui arrête l'achèvement de leur matière. Et pourtant nous les éprouvons comme une sorte de réalité radiante, comme le point de départ incessant d'un élan infini, comme un dégagement continu d'imprévisible. C'est par le mouvement qu'ils se révèlent divins. *Incessu patuit dea.* L'art suprême

---

1. *Évolution Créatrice*, p. 192.

consiste à incorporer le courant créateur à cela même qui, dans la matière, voudrait l'arrêter, et, en raison, devrait servir à l'arrêter.

De sorte que si l'on voulait comparer les formes de l'art à celles de la vie, il faudrait aller chercher dans les racines mêmes du mouvement vital, dans ce minimum de matière qui laisse apparaître le courant non encore ou à peine interrompu. Peut-être dans ces réalités physiques de l'amour auxquelles nous sommes toujours tentés de comparer celles du génie. Et aussi dans le système nerveux, dont le corps n'est que l'enveloppe et le serviteur grossier. Le système nerveux a sa raison d'être dans le mouvement, comme le lit d'un fleuve dans l'eau qui y coule. Il peut se définir comme un ordre de mouvements esquissés, de réactions dessinées et suspendues. Tarde estimait, non sans raison, que la société se rapprochait plus d'un cerveau que d'un organisme. Pareillement les conditions d'existence d'une œuvre d'art sont analogues à celles d'un système nerveux plutôt que d'un corps individuel. L'œuvre d'art ressemble au système nerveux, capital indéfini de mouvements esquissés, toujours prêts à s'achever, à s'organiser, à provoquer des attitudes et des actions du corps. Un état cérébral exprime ce qu'il y a d'action naissante dans un état psychologique. Le corps exprime l'action réelle qui prolonge cette action naissante. Mais cette action réelle n'est vivante, féconde, qu'en tant qu'elle sert d'enveloppe, de nourriture, à un système nerveux, à une multiplicité de nouvelles actions naissantes, parmi lesquelles toute action accomplie constituera encore un choix. Pareillement on pourrait dire que la conception géniale d'une œuvre d'art indique ce qu'il y a d'action naissante dans un aspect de l'élan vital. Le tableau, la tragédie, la symphonie, une fois issus de cette conception, expriment dans leur matérialité l'action réelle qui a prolongé cette action naissante, qui a constitué, comme l'attitude du corps à un moment donné, un choix entre des milliers de possibles esquissés. Mais ce tableau, cette tragédie, cette symphonie, ces actions réelles, ne sont vivantes et géniales qu'en tant qu'elles contiennent à leur tour une multiplicité d'actions naissantes, celles que prolongent et qu'achèvent non plus dans un corps, mais dans un nombre indéfini de corps, les attitudes conscientes, méditatives, passionnées de ceux qui contemplent le tableau, assistent à la tragédie, écoutent la symphonie. L'œuvre d'art supérieure est celle qui provoque l'admiration : or l'admiration implique au moins un schème d'attitude corporelle, et derrière cette attitude ou ce schème d'attitude il y a tout l'homme intérieur qui les vit.

# LE MONDE QUI DURE

Toute esthétique d'un philosophe a son point de départ dans un art particulier, et il lui est difficile de tenir tous les arts sous le regard de sa pensée. Malgré la place qu'il fait à la musique et la dignité singulière où il l'élève quand il la considère comme la connaissance de l'absolu, l'esthétique de Schopenhauer est plutôt construite sur les arts plastiques. Si M. Bergson formulait un jour la sienne, ce serait probablement une esthétique de musicien Peut-être les différents arts lui apparaîtraient-ils comme les hypostases d'une musique plus ou moins matérialisée. Et la première hypostase de la musique, la plus immédiate, serait son passage spontané à des attitudes du corps, — la danse. L'esthétique du mouvement qui convient à cette philosophie de la mobilité, l'élan esthétique qui sympathiserait avec cette doctrine de l'élan vital, partiraient alors de ce centre Le seul morceau d'esthétique que M. Bergson ait donné, en dehors de son opuscule sur le *Rire*, consiste en quelques pages qui concernent la grâce dans l'*Essai sur les données immédiates*.

Elles sont écrites à titre de réflexion sur un essai de Spencer, qui explique la grâce par une économie d'effort, c'est-à-dire par des considérations de quantité. M. Bergson introduit des considérations de qualité. La grâce est une communion avec la vérité de la vie (on la rapprocherait presque de la grâce au sens religieux). Elle ne comporte d'abord que « la perception d'une certaine aisance, d'une certaine facilité dans les mouvements extérieurs. Et comme des mouvements faciles sont ceux qui se préparent les uns les autres, nous finissons par trouver une aisance supérieure aux mouvements qui se faisaient prévoir, aux attitudes présentes où sont indiquées et comme préformées les attitudes à venir. Si les mouvements saccadés manquent de grâce, c'est parce que chacun d'eux se suffit à lui-même et n'annonce pas ceux qui vont suivre [1] ». Dans cette philosophie de la mobilité, cette théorie de la grâce s'oppose à la théorie du rire, provoqué au contraire par une saccade, une raideur, un automatisme. Nous éprouvons le sentiment de la grâce en épousant un mouvement aisé « dont le rythme est devenu toute notre pensée et toute notre volonté ». Mais la grâce n'est ici qu'un exemple d'une loi esthétique beaucoup plus générale. Le sentiment esthétique s'organise toujours autour d'une attitude du corps. L'artiste fixera « parmi les manifestations extérieures de son sentiment, celles que notre corps imitera machina-

1. *Essai*, p. 9.

# LE BERGSONISME

lement, quoique légèrement, en les apercevant, de manière à nous replacer tout d'un coup dans l'indéfinissable état psychologique qui les provoqua[1] ». Vérité qui n'apparaît peut-être pas également dans tous les arts. Quel mouvement notre corps imite-t-il quand nous lisons l'*Énéide* ou la *Cousine Bette ?* Même là, si on y réfléchit, on voit que le mouvement du vers, du dialogue, du récit, entretiennent jusque dans notre corps un courant moteur qui porte l'émotion de beauté. Et quand nous considérons l'architecture, il semble bien que la beauté d'un temple ou d'une église ait pour schème une attitude de notre corps. Si ce corps infiniment aisé et passif pouvait suivre jusqu'au bout les réactions que dessine le cerveau, son mouvement serait devant une façade ou une nef gothique le mouvement même de cette façade et de cette nef. Là où il n'y a pas ce mouvement possible du corps, il n'y a pas de beauté architecturale. Tout le temple grec paraît une analyse des mouvements du corps humain, faite par des géomètres et des sculpteurs, et une recomposition idéale de ces mouvements. A plus forte raison les arts plastiques.

Un des principes de la métaphysique bergsonienne est qu'il y a des mouvements réels. Cela pourrait devenir, s'il y avait une esthétique bergsonienne, le principe de cette esthétique. L'art par excellence serait pour elle l'art qui nous place au cœur du mouvement réel, la musique. Le dernier passage cité de l'*Essai*, et qui concerne l'art en général, se trouve presque reproduit vingt pages plus loin au bénéfice de la seule musique. « Comprendrait-on le pouvoir expressif ou plutôt suggestif de la musique, si l'on n'admettait pas que nous répétons intérieurement les sons entendus, de manière à nous replacer dans l'état psychologique d'où ils sont sortis, état original, qu'on ne saurait exprimer, mais que les mouvements adoptés par l'ensemble de notre corps nous suggèrent[2]. » La musique est une danse réduite aux mouvements esquissés par le cerveau, la danse est une musique dont le mouvement se répand librement dans le corps entier. Aussi la musique est-elle infiniment plus esthétique que la danse, bien que la musique soit une danse virtuelle et la danse une musique jouée. C'est que la musique est déversée du côté de la perception et la danse du côté de l'affection. Or la perception mesure notre action virtuelle sur les choses et l'affection notre action réelle. L'action virtuelle de

1. *Essai*, p. 13.
2. *Id.*, p. 33.

notre corps « concerne les autres objets et se dessine dans ces objets ; son action réelle le concerne lui-même et se dessine par conséquent en lui[1] ». Là est peut-être la ligne, d'ailleurs fort incertaine, de démarcation entre ce qui est esthétique et ce qui ne l'est pas : l'amour physique, la gastronomie, la danse, les narcotiques, ne restent pas étrangers au règne esthétique. De fait le lit, le vin, le bal, le tabac, (ou leurs équivalents hors de France,) tiennent lieu aux neuf dixièmes des hommes de ce que seront, pour une partie du dernier dixième, le musée, le concert et le livre. La première réponse d'Hippias à Socrate, quand celui-ci lui demande ce que c'est que le beau, lui est venue naturellement : le beau c'est une belle femme. Tous ces plaisirs correspondent à des actions réelles, et c'est pourquoi on ne les fait pas rentrer ordinairement dans la vie esthétique, car l'art dans la société, comme le cerveau dans le corps, consiste en actions virtuelles. Une femme est la réalité d'une femme, mais une statue parfaite est la virtualité de toutes les femmes. Une assiette de fruits est la réalité de nourritures agréables, l'assiette de fruits peinte par Chardin ou Cézanne est la virtualité de ces fruits possibles. La supériorité de l'art sur la nature paraît la même que celle du cerveau humain sur le reste des cerveaux animaux d'une part, sur le reste du corps d'autre part. Le cerveau humain « diffère des autres cerveaux en ce que le nombre des mécanismes qu'il peut monter, et par conséquent le nombre des déclics entre lesquels il donne le choix, est indéfini [2] ». Il est constitué par une multiplicité de mécanismes virtuels, et le corps est constitué par celui de ces mécanismes qui est momentanément réalisé. Il y a donc infiniment plus dans le cerveau, possibilité de choix entre des mécanismes, que dans le corps en action, qui est l'un de ces mécanismes. Mais il y a encore bien plus dans l'état psychologique que dans l'état cérébral. « Précisément parce qu'un état cérébral exprime simplement ce qu'il y a d'action naissante dans l'état psychologique correspondant, l'état psychologique en dit plus long que l'état cérébral [3]. » Le cerveau en dit plus long que le corps, qui est l'action réelle du cerveau, mais l'esprit en dit plus long que le cerveau qui n'est que l'action naissante de l'esprit.

A vrai dire l'esprit pur, qui ne serait pas action au moins naissante, reste pour nous un x comme la Volonté de Schopenhauer, et tout à

1. *Matière et Mémoire*, p 49.
2. *Évolution Créatrice*, p. 286.
3. *Id.*, p. 285

peu près se passe dans la métaphysique bergsonienne comme si elle posait le : Au commencement était l'Action. Retenons simplement ceci. En allant de la matière à l'esprit, en nous plaçant dans le courant par lequel nous sommes conduits à notre vie profonde, il semble que nous passions de ce qui *en fait plus* à ce qui *en dit plus*. D'une part l'esprit pur est inopérant. D'autre part, il y a une perfection athlétique du corps, qui n'est que le refus de tout autre mécanisme possible, la systématisation d'un mécanisme unique. Qu'est-ce aussi que le plaisir parfait du corps, la volupté sensuelle à son maximum, sinon le refus de toute autre attitude, de toute autre sensation, de tout autre possible ? Nous avons dans les deux cas le maximum de ce qui se fait, le minimum de ce qui se dit, ou de ce qui en dit...

Or l'art prend place sur le chemin qui va de l'un à l'autre, du corps au cerveau et à l'esprit, de ce qui en fait plus à ce qui en dit plus. L'œuvre d'art se distingue de la réalité en ce qu'elle comporte une possibilité indéfinie d'être. L'objet réel est une exclusion de ce qu'il n'est pas, c'est-à-dire de ce qui est inutile soit à son action soit à une action sur lui. L'œuvre d'art est au contraire la suggestion de ce qu'elle n'est pas, une suggestion qui, pour les œuvres d'art supérieures, va presque à l'infini. Le rayonnement séculaire, la création continuée et toujours nouvelle d'une *Iliade*, d'un *Polyeucte* ou d'un *Satyre*, d'une chapelle Sixtine ou d'une *Symphonie Héroïque*, ne peuvent se comparer à rien de physique, précisément parce que, par leur caractère de puissance indéfinie, elles excluent l'exclusion, et que toute réalité physique est une exclusion en vue de l'action. Comme le cerveau vis-à-vis du corps, elles n'ont jamais fini d'en dire.

L'art implique comme le cerveau une abondance d'actions esquissées et de réactions possibles. La matière visuelle ou sonore sur laquelle il s'appuie lui sert de corps, c'est-à-dire qu'elle constitue un aspect actuel de cette possibilité, qu'elle est, dans ce qui se dit universellement, ce qui se fait particulièrement. Qu'est-ce d'ailleurs que ce qui se dit sinon ce qui pourrait se faire ? Nous ne formulons « ce qui se dit » qu'en termes d'action.

L'ensemble de la sculpture grecque forme le monde d'art le plus typique, le plus suivi, le plus clair, et sert excellemment d'exemple On pourrait dire, en attendant mieux, que la statuaire est l'art qui a pour objet les beaux corps. On n'imaginerait pas un génie de sculpteur ou même un goût de la sculpture qui n'ait à son origine quelque sensualité. Mais ce genie et ce goût apparaissent précisément au moment où le corps de marbre ou de bronze semble plus intéressant, plus riche, plus fécond que le corps de chair, où celui-ci n'est plus que le prétexte et la matière de celui-là. Et, bien que le corps de chair soit celui d'un être vivant et que le corps de marbre soit fait de matière brute, nous reconnaissons du premier au second un passage de la matière à l'esprit, le mouvement de ce qui en fait plus à ce qui en dit plus. Lorsque le langage courant parle de l' « objet aimé », il s'exprime avec justesse. Le corps qu'on aime d'amour devient objet par la même projection qui découpe les objets distincts dans la matière. Le contour de l'objet n'est pas en effet dessiné dans la matière, qui est interaction universelle, il est dessiné par le faisceau de lumière que nous braquons sur la matière, et par le repérage de notre prise possible sur elle. Les animaux, dit M. Bergson, n'étant pas mécaniciens, ne découpent probablement pas la matière comme nous, la découpent sans doute beaucoup moins. Mais les animaux de chaque espèce découpent assurément, par l'instinct sexuel qui leur est commun avec nous, la vie de leur espèce, comme nous découpons nous-mêmes celle de la nôtre, selon les lignes d'une prise sexuelle possible. Les contours que l'intelligence donne aux objets dessinent sur eux la prise de l'homme fabricant d'outils, les contours que l'instinct donne aux êtres vivants d'une autre espèce se rapportent à la nutrition, comme les contours, d'ordre très différent, que l'instinct donne aux êtres vivants de la même espèce, se rapportent à la reproduction. Les lignes du corps féminin sont goûtées sensuellement, instinctivement, en tant qu'elles dessinent une prise possible. En retournant et en modifiant un mot de Stendhal, on pourrait dire que la promesse de volupté est la beauté pour ceux qui ne connaissent pas d'autre beauté, est déjà une beauté pour ceux qui la classent parmi d'autres beautés.

Les très anciennes statues humaines, comme celles qu'on a trouvées dans la vallée de la Vézère, n'ont sans doute pas, à proprement parler, une origine esthétique. N'appelons sculpture que l'art parfait réalisé à partir du VI$^e$ siècle par de purs artistes, comme nous appelons géométrie l'autre œuvre typique du génie grec. Le contour d'un marbre du Parthénon dessine-t-il, comme le contour d'un corps humain aimé sensuellement par le sculpteur, une prise possible ? Oui, mais une prise possible indéfinie par le regard, l'intelligence, la mobilité pensante de tout être humain, et non, comme le corps vivant, une prise possible définie, par la chair individuelle d'un être humain qui exclut nécessairement tout autre être humain, et qui met par conséquent la jalousie, la haine, comme rallonge nécessaire à l'amour. Le rapport de l'une à l'autre est analogue au rapport entre l'intelligence et l'instinct, entre le cerveau humain et le cerveau animal, entre le cerveau et le corps, entre la création réfléchie d'outils artificiels, de machines, et la création de dents et de griffes. C'est bien le même esprit qui, travaillant sur des registres différents, a donné la sculpture grecque et la géométrie grecque : le Parthénon est d'ailleurs là pour nous rendre sensibles leur rencontre en un point et leur hymen harmonieux.

La perfection de l'amour sensuel c'est la sensation la plus intense, tandis que la perfection de l'art c'est la perception la plus intense. Or, si la sensation et la perception sont confondues à leur plus bas degré, à mesure qu'elles se développent et s'enrichissent, elles s'opposent davantage l'une à l'autre. « Si la perception mesure le pouvoir réflecteur du corps, l'affection en mesure le pouvoir absorbant [1]. » Le pouvoir réflecteur est le pouvoir d'action virtuelle, le pouvoir absorbant est le pouvoir d'action réelle. Et l'on peut dire que l'œuvre d'art nous présente le type de l'être réflecteur, le corps aimé le type de l'être absorbant.

Que signifie ce mot : la perception mesure le pouvoir réflecteur du corps ? Il signifie que nos perceptions braquent sur la matière les lignes de notre action possible, réfléchissent sur elle, comme un faisceau lumineux, nos actions virtuelles. Et quand j'emploie le mot de faisceau lumineux c'est à peine une métaphore : la vue fait l'essentiel de la perception non seulement humaine, mais animale. M. Bergson a illustré d'une façon saisissante le rôle de l'œil dans l'évolution animale, lorsqu'il a suivi cette « marche à la vision » qui est bien le fait crucial de l'*Évolution Créatrice*. Le microscope et le télescope représentent ce que l'intelligence humaine ajoute aux formes biologiques et instinctives de cette marche à la vision. Par eux le pouvoir réflecteur de notre corps s'étend loin vers les deux infinis de Pascal, y braque le rayon lumineux qui dessine la ligne où insérer le levier de notre action, et non d'une action immédiate, mais d'une action virtuelle, à long terme, qui peut ne se déclencher que dans des milliers d'années. L'œuvre d'art pousse encore bien plus loin ce caractère réflecteur de la perception. Elle exprime un monde d'actions possibles, l'accent n'étant pas, ici, comme dans la perception ordinaire et ses rallonges

---

1. *Matière et Mémoire*, p. 48.

# LE MONDE QUI DURE

scientifiques, sur les mots actions possibles, mais sur le mot monde :
un monde qui se suffit presque à lui-même et qui pourrait devenir
le substitut de l'autre, ou plutôt le supérieur de l'autre puisqu'il exprime l'indétermination, la liberté dont la recherche donne sa nature
et ses directions à l'élan vital [1].

Reprenons la même filière. La construction de l'œil implique la
tendance de l'élan vital à élargir le champ de notre perception, à lui
faire saisir à la fois un plus grand nombre d'objets, afin de la placer
dans un courant plus souple d'indétermination et de lui présenter
une plus large abondance de choix. La main de l'homme fabricant
d'outils participe à cette souplesse. Comme la fameuse queue attri-
buée par la caricature au fouriérisme, elle porte presque un œil au
bout. L'homme est intelligent non seulement parce qu'il a une main,
mais parce que la main et l'œil forment chez lui par leur croisement
la trame de son intelligence, par leur endosmose la substance de sa
nature inventive et mécanicienne. L'intelligence l'amène à une indétermination et à un choix dont rien dans la nature n'approchait jusqu'alors. L'indétermination, le choix, sont la condition de l'acte.
Mais — et c'est un des dangers de l'intelligence — leur richesse
même peut les empêcher d'aboutir à l'acte. L'indétermination peut
se prendre pour fin, et, comme un héritier comblé, n'employer son
opulence qu'à cesser d'agir. Le génie critique d'un Sainte-Beuve,
d'un Renan, d'un Anatole France, est construit, comme au mi-flanc
heureux d'une colline ensoleillée, sur cette pente de l'intelligence.
Mais chacun de nous peut retrouver cette pente dans la nature humaine
la plus commune : c'est la pente de la rêverie, qui se confond si facilement avec celle de la paresse. Dans la rêverie nous nous abandon-
nons passivement au monde des possibles, nous maintenons en nous
une indétermination qui refuse de conclure. M. Bergson a écrit une

1. Le jour où je corrige les épreuves de cette page, je lis dans la N. R. F. du
1er juin 1923 ces lignes de Marcel Proust : « Des ailes, un autre appareil respiratoire,
et qui nous permettraient de traverser l'immensité, ne nous serviraient à rien, car, si
nous allions dans Mars et dans Vénus en gardant les mêmes sens, ils revêtiraient du
même aspect que les choses de la Terre tout ce que nous pourrions voir Le seul
véritable voyage, le seul bain de Jouvence, ce ne serait pas d'aller vers de nouveaux
paysages, mais d'avoir d'autres yeux, de voir l'univers, avec les yeux d'un autre, de
cent autres, de voir les cent univers que chacun d'eux voit, que chacun d'eux est ;
et cela nous le pouvons avec un Elstir, avec un Vinteuil, avec leurs pareils nous
volons vraiment d'étoiles en étoiles. »



21

page élégante sur ce charme de la rêverie, son abondance de possibles contradictoires et suspendus.

Pour être artiste, il faut passer par la rêverie, mais il faut surtout savoir en sortir. Il faut organiser les possibles en un monde, qui devient aussi réel, et plus réel, que l'autre. La rêverie est le plus bas degré de l'art, comme la liberté d'indifférence est, pour Descartes, le plus bas degré de la liberté. Au-dessus de la rêverie il y a la construction, comme au-dessus de l'indétermination il y a la détermination volontaire. En bref on pourrait dire que l'art consiste à transformer le pouvoir réflecteur de l'artiste en le pouvoir réflecteur de l'œuvre.

Le pouvoir réflecteur de l'artiste s'exprime par la délicatesse des perceptions réelles que lui fournissent ses sens et par la richesse des perceptions possibles en lesquelles s'étale sa rêverie. « Être artiste », dans le langage courant, c'est à peu près cela : l'amateur, le dilettante, compose le terreau, ou, si l'on veut, l'atmosphère de l'art. Mais si la perception ordinaire mesure le pouvoir réflecteur du corps, ce pouvoir réflecteur à son tour mesure le pouvoir d'action du corps. Pouvoir d'une action qui peut être d'ailleurs indéfiniment différée (Stuart Mill explique en partie la perception par ce fait que l'esprit humain est capable d'expectation). Lorsque la perception esthétique ne se perd pas en action indéfiniment différée, lorsqu'elle devient facilement action réelle, nous avons le grand artiste créateur. L'action de l'*homo faber* produit une chose, un objet, ici l'œuvre d'art. L'*homo faber* transmet à l'outil, à la machine, son pouvoir d'action, mais il transmet à l'œuvre d'art son pouvoir réflecteur. Le caractère de l'œuvre d'art peut appartenir aux réalités les plus humbles, à un panier ou à un vase d'argile ; il ne peut guère appartenir à un outil, si parfait et si délicat soit-il. On conçoit peu un beau vilbrequin, une belle herminette, un beau fil à plomb. Mais on attribue fort bien la beauté à une machine : à un rouet, à un bateau, à une automobile. C'est qu'une machine a déjà un pouvoir réflecteur, en ce sens qu'elle nous suggère une réalité vivante autonome. Le pouvoir réflecteur d'une belle automobile de course va presque aussi loin, pour un homme d'aujourd'hui, que celui d'un péristyle pour un Grec ou d'une coupole pour un homme de la Renaissance. Elle réfléchit une possibilité de mouvement, à la manière dont l'architecture religieuse réfléchissait une possibilité de communication entre l'homme et la divinité. Réflexion d'une possibilité de mouvement analogue,

# LE MONDE QUI DURE

jusqu'à un certain point, au pouvoir réfléchissant de telle sculpture puissamment dynamique, comme la *Danse* de Carpeaux.

Il n'y a d'ailleurs aucune œuvre plastique, ni même aucune œuvre d'art, littéraire, musicale ou autre, qui ne participe à ce dynamisme, ni qui ne réfléchisse une action, un mouvement possible, aucune qui ne se ramène à un schème dynamique. Mais les très grandes œuvres d'art seront celles où ce pouvoir réflecteur atteindra une fécondité indéfinie et presque éternelle. Dans un outil, il n'y a que pouvoir utile, entièrement absorbé par l'action qui le met en œuvre. Dans une automobile il y a pouvoir utile, celui qui fait la raison d'être de toute machine, et pouvoir réflecteur, le pouvoir de réfléchir sur le monde, sur l'espace, sur notre vie entière, du mouvement virtuel indéfini, d'incorporer pour nous à l'univers un schème de mouvement, une idée de mouvement. Mais ce pouvoir réflecteur reste limité, en ce qu'il est étroitement lié au pouvoir utile et disparaîtra très prochainement avec lui : dans dix ans, quand les modèles actuels d'automobile seront déclassés, la machine ne réfléchira plus, pour un spectateur, du mouvement, mais du retard, de l'obstacle, du poids mort Dans le monde des œuvres d'art vraies, le pouvoir utile a disparu complètement et il ne reste que le pouvoir réflecteur. Le *Parthénon*, la *Cène*, *Polyeucte*, la *Flûte Enchantée* ne servent à rien, mais ils conservent un pouvoir réflecteur indéfini. Comme notre perception du monde extérieur consiste à réfléchir sur lui les schèmes d'action possible qu'il implique, et à laisser passer, à ignorer le reste, de même ces grandes œuvres réfléchissent indéfiniment sur nous les schèmes d'une action idéale, et vivante parce que toujours manifestant comme la vie des richesses et des inventions nouvelles. L'œuvre d'Homère, de Phidias, de Dante, de Michel-Ange, de Shakespeare, de Corneille, de Hugo, c'est cela même dont leur œuvre ne fait que le moyen, ou la source : la réflexion, la projection, sur le monde physique et surtout moral, d'un faisceau de lignes qui découpent dans ce monde un monde particulier, dans cette interaction une action déterminée et canalisée. Par eux sont projetées ces réalités non fixées, mais vivantes et mobiles, qui parlent au corps et à l'âme de tout être cultivé, un monde homérique, un monde phidien, un monde dantesque, un monde michelangesque, un monde shakespearien, un monde cornélien, un monde hugolien. Mondes aussi réels que les mondes nationaux, grec, français, anglais, russe, chinois. Si un artiste est un monde, une œuvre d'art est ce qui réfléchit ce monde sur le monde.

# LE BERGSONISME

L'œuvre d'art tient donc, au sommet vivant de la perception, la place qu'un puissant, qu'un démoniaque — ou divin — amour tient au fond de la sensation. Le pouvoir absorbant de l'amour équilibre à l'extrémité opposée le pouvoir réflecteur, ou rayonnant, de l'art. Entendons par là l'amour charnel et total des grands amants, et non ce complexe raffiné d'amour et d'art que la courtoisie du moyen-âge a légué à la sensibilité moderne. Grand amour qui, on l'a dit souvent, est, sous sa forme pure, aussi rare que la grande œuvre d'art. Sa nature le rend en tout cas beaucoup plus secret. La musique seule, par des affinités mystérieuses, peut rendre presque pur ce pouvoir absorbant de l'amour. Écoutez *Tristan et Yseult*. Wagner a choisi cette légende parce qu'il savait qu'un philtre magique, consubstantiel d'ailleurs avec l'esprit de la musique, pouvait seul absorber l'homme et la femme dans cet absolu et dans ce poids presque planétaire, pressentis par le reste des humains derrière le rideau — social encore — de l'amour physique, de l'amour-goût, de l'amour-passion. Même si nous regardons l'amour sous des formes plus modestes, aimer naturellement c'est absorber plus ou moins l'être aimé *Amoureuse* a figuré dans un beau tableau dramatique le pouvoir absorbant de l'amour, nous y voyons Étienne Fériaud rétrécir, diminuer, fondre, comme la Peau de Chagrin de Balzac. Notre vieille peau humaine peut d'ailleurs subir des destins pires...

Bien entendu il ne s'agit là que des formes pures, des formes-limites de l'amour et de l'art. Dans la réalité elles sont constamment associées. L'art est le fruit ou le substitut de la vie érotique, la beauté est une promesse de bonheur. Il y a entre l'amour et l'art le même rapport qu'entre l'instinct et l'intelligence, puisque l'amour est la forme suprême de notre vie instinctive, et l'art la forme suprême de notre vie intellectuelle. Forme suprême ou plutôt plan supérieur. La perception projette sur le monde les lignes de notre intérêt. L'art, lui, projette non des lignes d'intérêt, mais des lignes de vie. Une esthétique bergsonienne rejoindrait peut-être, par sa forme très générale, celle de Schopenhauer. Pour Schopenhauer, la représentation, qui est au service de la volonté, peut renoncer à ce service, se prendre elle-même pour objet, et créer ainsi le monde esthétique, qu'on appellerait, en un certain sens, le monde de la perception libre. Dans l'esthétique bergsonienne, l'art serait peut-être une manière de rendre désintéressée l'intelligence en restituant à ses objets ce ton vital que suppriment les schématismes utilitaires de la

# LE MONDE QUI DURE

perception et de la science. L'intelligence ne représente « à l'activité
que des buts à atteindre, c'est-à-dire des points de repos,... l'image
anticipée du mouvement accompli [1] ». Ces conditions qui fixent l'intelligence dans son rôle pratique, l'art les dépasse Il retrouve, bien
avant la philosophie, sous le point de repos le mouvement ; il sait
conserver dans l'image du mouvement accompli la réalité du mouvement qui s'accomplit, comme il amène à l'intelligence utile et
fabricatrice le maximum d'intuition.


## VIII

## LE RIRE

Sauf une page sur la grâce, et, dans l'*Essai*, cette indication que le
beau artistique lui paraît antérieur au beau de la nature, M Bergson
s est abstenu de toute vue sur l'esthétique. Il a peut-être d'ailleurs
rêvé d'écrire une esthétique. S'il ne l'a pas fait, il a du moins défriché
un coin voisin de ce vaste domaine, celui du rire et du comique
A côté de l'*Essai*, de *Matière et Mémoire*, de l'*Évolution Créatrice*, le
*Rire* fait figure de drame satyrique dans une tétralogie. Il est ce que
M. Bergson a écrit de plus élégant et de plus littéraire. La solution
originale qu'il a apportée à ce petit problème n'a pu soulever aucune
objection sérieuse et paraît aujourd'hui à peu près définitive Elle
est liée d'ailleurs à toute sa philosophie, dont elle forme une illustration
pittoresque. Elle est liée aussi à la critique littéraire, elle lui appartient
par des pages très pénétrantes sur le génie de la comédie, et particulièrement sur Molière.

Et ce livre sur l'esprit est peut-être le seul livre spirituel qu'un
philosophe ait écrit depuis Platon. La comédie et la philosophie ont
toujours eu d'assez mauvais rapports. A Athènes durant toute la
période de la comédie ancienne, les comiques ont coutume de
prendre la philosophie et les philosophes pour plastrons Et Molière,

---

1 *Évolution Créatrice*, p. 324.

# LE BERGSONISME

depuis la *Jalousie du Barbouillé* jusqu'aux *Femmes Savantes* en passant par le *Bourgeois gentilhomme*, s'est gaillardement escrimé contre eux. Plus heureux que Socrate et Platon, M. Bergson n'a pas été traduit sur la scène comique. Mais le *Monde où l'on s'ennuie* ayant donné aux journaux une idée générale de ce que « doit être » un philosophe à succès, on a appliqué à M. Bergson cette idée usuelle (la part de feu impliquée par cette fumée étant presque nulle). Qu'un philosophe fût connu en dehors des murs de sa salle, cela devait se traduire, pour les journaux, par un parterre de femmes du monde et par des limousines à la porte du Collège de France. Les auditeurs de M. Bergson n'ont guère vu des unes ni des autres, mais la légende a eu la vie dure, et il est entendu, même dans la littérature sérieuse, que l'intuition bergsonienne charme les mondaines et fractions de mondaines, comme il l'était à Athènes que la dialectique corrompait la jeunesse.

Avec M. Bergson la philosophie a, je ne dirai pas contre-attaqué, mais pris sa revanche. Elle a traduit la scène comique à sa barre. Les comiques, depuis Aristophane, demandaient aux philosophes de les faire rire. M. Bergson a demandé au rire et à la comédie de montrer leur philosophie. Et il l'a fait avec tant de persuasion courtoise et d'autorité calme que tous deux, au lieu de découvrir leurs dents, lui ont obéi. Et la philosophie du rire s'est trouvée n'être autre que la philosophie de M. Bergson. M. Benda s'en va répétant sur la rive droite que les grandes dames, les très grandes dames sont bergsoniennes. M. Le Roy, sur la rive opposée, a proclamé que Riquet, chien du professeur Bergeret, est bergsonien. Le *Rire* nous montre que rire étant le propre de l'homme est encore plus particulièrement celui du bergsonien, et que nos éclats de rire nous installent d'un coup au cœur de cette opposition entre le mécanique et le vivant à laquelle le philosophe n'atteint que par des méandres subtils et après une méditation prolongée. M. Bergson, comme Berkeley, tient à se concilier le sens commun, et il montre dans le rire une sorte d'approbation que le sens commun apporte à sa doctrine. Cette « brimade sociale » redresse, dans le sens de la souplesse vivante, l'homme qui penchait dans le sens de l'automatisme.

La marche que suit d'ordinaire la philosophie chez M. Bergson, c'est la recherche d'une sorte de mouvement unique et central, qui par ses seules variations de degré, par une tension ou une détente, une

# LE MONDE QUI DURE

contraction ou une dilatation, une continuité ou un arrêt, donne deux réalités contraires. Ces contraires ne sont plus les extrêmes d'un genre, mais les moments d'un mouvement. Ainsi s'explique le rire. La matérialité, qui est la descente, ou l'arrêt, de l'élan vital, met en nous le rire comme elle y met l'oubli. C'est quand nous voyons la vie tourner à la matière que nous rions. La matière « voudrait fixer les mouvements intelligemment variés du corps en plis stupidement contractés, solidifier en grimaces durables les expressions mouvantes de la physionomie, imprimer enfin à toute la personne une attitude telle qu'elle paraisse enfoncée et absorbée dans la matérialité de quelque occupation mécanique, au lieu de se renouveler sans cesse au contact d'un idéal vivant. Là où la matière réussit ainsi à épaissir entièrement la vie de l'âme, à en figer le mouvement, à en contrarier enfin la grâce, elle obtient du corps un effet comique. Si donc on voulait définir ici le comique en le rapprochant de son contraire, il faudrait l'opposer à la grâce plus encore qu'à la beauté. Il est plutôt raideur que laideur [1] ». Le rire corrige donc comme une philosophie spontanée la tendance à l'inertie, il joue un rôle bienfaisant, il est d'accord avec le secret du monde, rétablit la vie dans son aisance, son mouvement et sa grâce. Les Lacédémoniens, sachant que leur vie sociale risquait de les laisser raides et sans grâce, avaient sagement élevé un autel au Rire.

C'est ainsi que « les attitudes, gestes et mouvements du corps humain sont risibles dans l'exacte mesure où ce corps nous fait penser à une simple mécanique [2] ». La répétition sous toutes ses formes humaines fait rire. Pascal l'avait remarqué. « Deux visages semblables, dont aucun ne fait rire en particulier, font rire par leur ressemblance. » C'est précisément qu'il est de l'essence de la vie de ne jamais se répéter, et qu'en se répétant elle prend un caractère mécanique. Les Sosies et les Ménechmes ont l'air d'être fabriqués en série. De là le comique du cliché. De là le comique professionnel. Tous les métiers, militaire, professoral, sacerdotal, médical, commercial, ont leur comique particulier et inévitable, car tout métier implique un automatisme, des répétitions, des clichés.

Nous ne rions pas de la répétition en elle-même, mais de la vie qui se répète. Nous ne rions pas du mécanique, mais du mécanique lors-

1. *Le Rire,* p. 29.
2. *Id.,* p. 31.

qu'il est plaqué sur du vivant. C'est ainsi que le déguisement fait rire, à cause de ce placage, et comme fait rire tout ce qui est superposé à l'homme sans être lui. « Les cérémonies sont au corps social ce que le vêtement est au corps individuel : elles doivent leur gravité à ce qu'elles s'identifient pour nous avec l'objet sérieux auquel l'usage les attache, elles perdent cette gravité dès que l'imagination les en isole [1]. » Elles oscillent entre le prestige et le ridicule. L'organisation administrative, qui fait corps avec les sociétés modernes, fournit une mine inépuisable de comique, précisément dès que ce corps vivant paraît déguisé par elles plutôt qu'habillé, décoré, commandé. L'idée de réglementer administrativement la vie « nous livre la quintessence du pédantisme, lequel n'est autre chose, au fond, que l'art prétendant en remontrer à la nature [2] ».

D'une façon générale nous rions toutes les fois que le moral nous fait l'effet du physique, et qu'une personne nous donne l'impression d'une chose. On pourrait même employer ici la méthode des variations concomitantes. Nous rions d'autant plus fort que l'écart est plus grand, la dénivellation plus considérable entre une personne vivante et la chose qu'elle devient momentanément. L'intensité du comique ressemble à une énergie de chute. Le cliché du coiffeur qui me fait remarquer que le temps est beau ne me fait pas rire, ni même sourire. Cela lui est si naturel que, lorsqu'il profère ce cliché, il cesse presque d'être une personne, n'est plus qu'une chose, au même titre que son coucou lorsqu'il chante l'heure ou son capucin lorsqu'il varie avec le degré hygrométrique. Le petit comique qu'il dégage ne vaut pas plus que les deux sols tombés de ma main dans son tronc. Mais lorsque « le gros enflé de conseiller prenait son branle pour monter dessus » la mule dont l'étrier a été coupé par Panurge, et qu'il s'étale à terre « tout plat comme porc », Rabelais, compétence notoire et expert juré en la matière, nous assure que ce magistrat « apprêtait à rire pour plus de cent francs ». Ces cent degrés du rire s'expliquent parfaitement. Ils pourraient se traduire en termes d'énergétique. C'est le *tolluntur in altum ut lapsu graviore cadunt*. Moins la personne qui devient chose avait auparavant l'apparence d'une chose, et plus nous rions

Nous rions quand nous attendions du vivant, et que du mécanique

1. *Le Rire*, p. 46.
2. *Id*, p. 49.

se produit. Nous rions doublement quand nous attendions de la vie sociale (vie à la deuxième puissance) et que de la mécanique animale ou simplement physique se produit. Le magistrat qui sur son siège disait et faisait la loi obéit ici à la loi, — et laquelle ? celle de la chute des corps. L'objurgation d'un poète peut nous détourner d'insulter une femme qui tombe ; rien, devant un homme qui tombe d'une certaine façon, ne saurait empêcher le déclenchement automatique du rire. C'est que rien ne nous fait passer à l'état mécanique comme d'avoir, du point fixe, écarté ce que nous appelons centre de gravité. M. Bergson, en un détail ingénieux, montre le rapport entre les différentes formes du rire et du comique et les diverses sortes de mouvements automatiques qui remplacent des mouvements vivants.

Le rire, dit-il, est purement humain ; — il s'adresse à l'intelligence pure ; — il ne concerne que l'homme en société.

Rabelais l'avait déjà remarqué, rire est le propre de l'homme. Et non seulement l'homme est seul à rire, mais l'homme ne rit que de l'homme. La nature n'est jamais risible, un animal n'est pas risible, ou plutôt il n'est risible que s'il est déguisé en homme, s'il rappelle l'homme. Le singe fait rire, non comme singe, mais comme « singeant » l'homme. Un chien ne fait pas rire s'il rend des services de chien, comme de poursuivre le gibier, mais bien s'il rend des services d'homme comme de tourner une broche ou d'aller chercher au kiosque le journal de son maître. Les enfants sont très sensibles à ce comique, et La Fontaine, qui était un grand enfant, en a fait un des charmes de la comédie à cent actes divers. Un nègre nous fait rire. Pourquoi ? M. Bergson nous dit que la réponse lui fut donnée par un cocher qu'il entendit appeler un client de couleur : mal lavé. Nous rions non du nègre, mais de l'homme (par définition blanc) que nous supposons passé au noir. Seulement, il faudrait peut-être faire la contre-épreuve. Rire est le propre du nègre aussi bien que du blanc. Or le nègre rit-il d'un blanc ? Et le traite-t-il d'enfariné ? Et puis, rions-nous tant que cela d'un nègre ? En rient un enfant, ou un paysan, qui n'en ont jamais vu. Mais dès que nous avons classé le nègre comme nègre, nous n'en rions plus. Comme l'indiquait judicieusement Mac-Mahon, on est nègre d'une façon continue, et ce qui est continuel, habituel, ne fait plus rire. — Mais la répétition fait rire ! — La répétition n'est pas la continuité, et voici précisément une excellente confirmation des vues de M. Bergson. La vie présente ces deux caractères, de ne pas se répéter, et d'être continue. Au contraire, dès que nous sortons de la vie et que nous passons à la matière, la continuité fait place à la répétition. Or le rire naît de ces deux défaillances de la vie, de ces deux ruptures de l'élan vital, de ces deux apparitions du mécanique sous le vivant : la répétition et la nouveauté. Comme elles n'ont guère qu'un point commun, qui est de faire également rire, en appliquant la méthode de différence on aperçoit la cause du rire. Il suffit d'ouvrir Molière pour voir à quel point la répétition est un élément de comique : *le pauvre homme ! qu'allait-il faire...* etc. Les journalistes qui, avec leur article quotidien, veulent amuser la galerie, le savent bien : une plaisanterie médiocre ou un sobriquet d'un goût douteux finissent par devenir comiques quand on les a répétés plusieurs années. Mais la nouveauté aussi peut faire rire. Un magistrat en robe ne fait pas rire du tout sur son tribunal. Il fait rire si nous le recontrons se promenant en ce costume dans la rue : nouveauté dans le temps (nous n'y sommes pas habitués) et nouveauté dans l'espace (il est seul à être costumé ainsi). Nous rions ici, dira-t-on peut-être moins à cause de la nouveauté qu'à cause d'une apparence de déguisement. Mais dans d'autres cas, nous rions d'une nouveauté qui n'a rien d'un déguisement. Dans l'*Ami des Femmes* une fillette de quatorze ans veut entrer au couvent parce qu'elle est amoureuse sans espoir d'un niais à belle barbe. De Ryons la guérit ainsi : le barbigère est amoureux de mademoiselle Hackendorff, à qui de Ryons persuade d'exiger de lui le sacrifice de l'ornement qui fait sa gloire. Quand la fillette aperçoit Chantrin le menton nu, elle éclate de rire, et comme on n'aime pas ce qu'on trouve ridicule, son amour s'envole, et Dieu ne l'appelle plus. Si Chantrin avait toujours été glabre, elle l'eût peut-être aimé du même feu que barbu, et de Ryons eût été plus embarrassé, le changement, et par conséquent l'effet de ridicule, devenant plus difficiles. Un enfant à l'opulente chevelure qui arrive un jour en classe tondu fait rire ses camarades. La nouveauté suffit alors à l'effet comique, mais elle éprouve, dirait-on, pour que l'effet comique s'épanouisse, le besoin de se compléter par le déguisement : les mauvais plaisants appellent volontiers le nouveau tondu rat ou tête de veau. En serrant de plus près la question on verra que le changement ne fait rire que s'il est brusque, c'est-à-dire s'il prend un caractère de raideur mécanique. Frégoli intéressait, mais ne faisait pas rire, ou du moins ses changements par eux-mêmes ne faisaient pas rire, parce qu'ils s'opéraient rapidement, continûment, gracieusement, avec le fondu qui caractérise l'opération de la vie et qui vient d'un mouvement intérieur. Quand le changement est provoqué par une cause extérieure, ou physique, et qu'en même temps il est brusque, il fait généralement rire. Nous tombons alors dans ce que M. Bergson appelle le système du pantin à ficelles. L'*Avare* en présente deux exemples. Rien n'est plus facile à un acteur que de faire rire avec le changement de costume de maître Jacques. Mais le rire est à la fois plus délicat et plus typique dans la scène où Frosine alterne sur Harpagon l'effet des espérances d'amour qu'elle lui fait concevoir et des demandes d'argent qu'elle lui insinue. Nous rions de la vie humaine quand elle se résoud devant nous en vie mécanique. On conçoit dès lors que le rire d'autrui nous apparaisse comme un succès pour nous quand nous le provoquons volontairement, et comme une humiliation quand nous le suscitons involontairement. (On sait que le courrier des grands pîtres contient encore plus de déclarations enflammées que le courrier des ténors.) Dans le premier cas la vie est maîtresse de ses mécanismes, et c'est là le fond même du génie comique, fait, sous ses formes profondes, de clair-voyance triste. Dans le second cas, le rire d'autrui marque pour nous une diminution de vie, une diminution d'humanité, une victoire du mécanisme. Le triomphe de l'*homo faber* c'est l'homme mécanicien, sa défaite c'est l'homme mécanisé

En second lieu le rire s'adresse à l'intelligence pure. Nous ne rions pas d'un être avec lequel nous sympathisons. Bossuet, dans ses *Maximes sur la Comédie*, rappelle le *Vœ ridentibus !* de l'Évangile, et remarque que si Jésus a pleuré sur Lazare, il ne nous est pas dit qu'il ait jamais ri. Certes le rire n'est pas nécessairement intelligent, et souvent nous n'hésitons pas à le trouver stupide, particulièrement quand nous en sommes victimes. Mais si l'intelligence est toujours mécanicienne, elle n'est pas toujours intelligente (et j'entends par là qu'elle n'éprouve pas bien toujours ses limites du côté de l'intuition). Nous rions quand la vie nous apparaît sous un aspect mécanique, mais saisir les mécanismes pour les reproduire au besoin c'est la fonction propre de l'intelligence. Quand nous rions, nous nous faisons à nous-même l'effet du mécanicien et du vivant par rapport au mécanique et à l'automatique, dont nous rions. Rire nous donne donc l'illusion de participer à une puissance, non à une puissance sur la matière, mais à une puissance sur la vie lorsqu'elle prend, pour que nous la dominions, une figure matérielle. De là le caractère tonique, sthénique, du rire. Le grand rire de Rabelais et de Molière nous paraît une force, non à

# LE BERGSONISME

vrai dire une force de la nature (comme Shakespeare, Michel-Ange, Hugo), mais une force de l'intelligence.

Troisième caractère du rire : le rire est social. Non seulement nous ne rions que des hommes, mais nous ne rions guère qu'avec des hommes. Un homme qui rit tout seul est lui-même ridicule. En revanche un groupe de jeunes gens ou de jeunes filles, à la promenade ou à une table de café, éclatera de rire prolongé sans motif apparent, et simplement pour dépenser un capital de santé physique et de conscience collective. Le rire du théâtre, le *risus scholasticus*, celui de la chambrée, sortent du groupe et non de l'individu.

Pourquoi un homme qui rit seul est-il ridicule ? On pourrait emprunter l'explication au principe que nous avons déjà éclairci, dire qu'un homme qui rit seul nous offre un passage du vivant au mécanique, puisqu'ignorant pourquoi il rit nous ne connaissons de son rire que les contractions de son visage. Mais nous rions aussi bien d'un homme qui parle tout seul, même si ce qu'il dit est très logique et si nous suivons clairement sa pensée. Ce n'est donc ni sur le parler ni sur le rire que porte ici le rire, mais sur le « tout seul ». On est ridicule d'employer seul un mécanisme qui a sa raison d'être dans un rapport social, dans une conscience collective.

M. Bergson définit le rire une brimade sociale. La brimade se retrouve à l'origine de toute société artificielle, sert de baptême à celui qui entre dans un groupe nouveau. Le mot par lequel on désigne dans les écoles l'effet heureux de la brimade est caractéristique : elle vous « assouplit le caractère ». Lisons qu'elle vous assouplit, comme un massage, à l'entrée d'une vie où vous apportez de la gaucherie et de la raideur, des mouvements maladroits et inadaptés. Or la brimade sociale qu'est le rire est destinée à nous donner de la souplesse sociale. La vie et la société exigent de nous tension et élasticité. « Toute raideur du caractère, de l'esprit, et même du corps, sera donc suspecte à la société, parce qu'elle est le signe possible d'une activité qui s'endort et aussi d'une activité qui s'isole, qui tend à s'écarter du centre commun autour duquel la société gravite, d'une excentricité enfin [1]. » La société, n'étant ici menacée que par un geste et un impondérable, ne répond aussi que par un geste, un impondérable, qui est le rire. La vie sociale implique un dressage, et le rire fait partie de ce dressage. Le bleu à la

1. *Le Rire*, p. 20.

caserne est dressé par le rire (dans lequel il fait bien vite sa partie)
autant que par l'exercice et la théorie.

La vie d'autrui nous apparaît constamment sous son aspect d'automatisme, et c'est pourquoi notre rire brime autrui pour l'assouplir.
*Castigat ridendo mores.* Mais notre vie à nous, éprouvée de l'intérieur,
ne nous paraît impliquer nul automatisme. Se croire toujours investi
de la pure et parfaite raison, c'est être un homme, c'est vivre. Et,
pareillement, se voir toujours dans une souplesse parfaite, même si
on est l'archevêque de Grenade, Bridoison ou Ramollot. On ne rit
pas de ce qu'on aime, c'est-à-dire, d'abord, qu'on ne rit pas de soi.
Mais à côté du rire il y a le sourire (dont ne parle pas M. Bergson et
auquel M. Georges Dumas a consacré une élégante monographie).
Or on sourit à ce qu'on aime. Le sourire des parents, dit le poète,
nous apprend à nous tenir à la table des dieux et nous rend digne du
lit des déesses. Entendez qu'il est le frère indulgent et lumineux du
rire, et qu'il collabore avec lui pour nous mener à la vraie, large et
belle vie humaine. Virgile les confond d'ailleurs ici dans le même
mot, *cui non risere...* Dans le rire, la souplesse de la vie s'affirme par
opposition à la raideur d'un mécanisme, et comme en haine de lui :
aussi implique-t-il sinon un fond de méchanceté, au moins l'indifférence propre à l'intelligence pure. Dans le sourire la souplesse de la
vie s'affirme pour elle seule. On rit de quelqu'un, on ne rit pas à
quelqu'un. On peut sourire de quelqu'un (car le sourire n'est souvent
qu'une forme disciplinée et moins physique du rire). Mais on sourit
aussi à quelqu'un. L'enfant sourit à sa mère et la mère sourit à l'enfant,
et ils ne sourient pas l'un de l'autre, mais chacun des deux sourires,
qui d'ailleurs attire et provoque l'autre, a ce sens très clair : Je suis
là et *je vis.* Je ne suis pas un être mécanique et seulement intelligent,
arrêté à une fonction, occupé à une besogne, je suis le débordement
de création heureuse, cette disponibilité de possibles, où la pure
fleur de la vie s'épanouit, se reconnaît en autrui, se donne à autrui.
Le rire n'appartient qu'à l'intelligence, mais le sourire appartient à
la vie. Il n'est guère admis qu'on puisse rire de rien, mais on peut
fort bien sourire en ne souriant de rien, sourire parce qu'on vit, et
ce sourire, chez un être docile aux impressions physiques, comme l'enfant ou la jeune fille, pourra même s'épanouir en rire franc sans cesser
d'appartenir par sa cause à l'ordre du sourire. On sait d'ailleurs que
le mécanisme du rire est utilisé par différents courants de sensibilité.
Je crois que les tribunaux se sont occupés, il y a un siècle environ,

d'un Landru qui avait fait mourir plusieurs de ses femmes successives dans les convulsions du rire en leur chatouillant la plante des pieds. La psychologie doit souvent s'attacher à des directions plutôt qu'à des états. Or les directions du rire et du sourire peuvent concorder dans les mêmes états physiques, elles n'en sont pas moins différentes, bien que leur explication soit puisée à un principe commun, à un même élan vital.

J'ai dit qu'on ne rit pas de soi-même. En principe. Mais n'oublions pas que le rire appartient à l'intelligence. La forme la plus haute de l'intelligence consiste à se connaître soi-même, et, à un certain degré de lucidité, de clairvoyance, on rira fort bien de soi. Dans *Bouvard et Pécuchet*, il est visible que Flaubert rit de lui-même. Il prétendait que le matin, quand il faisait sa barbe, il éclatait de rire devant son miroir. On ne conçoit pas qu'un imbécile puisse rire de lui-même. Mais nulle part cette faculté de l'intelligence supérieure et créatrice n'apparaît mieux que chez le poète comique. Presque tous nos grands poètes comiques ont sorti et produit, pour en faire un sujet de rire, quelque chose qui était en eux. A commencer par Molière. Époux quadragénaire d'une très jeune femme, il a écrit l'*École des Femmes*. Censeur des mœurs de son temps, il a écrit le *Misanthrope*. Malade, il a, dans sa dernière pièce, tiré sur la scène, pour qu'on en rît, tout l'attirail déplaisant de la maladie. Le joueur Regnard a écrit le *Joueur*, l'intrigant Beaumarchais a écrit *Figaro*. A vrai dire ni Valère ni Figaro ne sont proprement ridicules, mais ils font comme les centres de tourbillons de rire. Bien des romanciers ont fait comme les comiques. Cervantès a mis beaucoup de lui-même dans *Don Quichotte*, et Gogol disait s'être délivré de ses vices en les incarnant dans les personnages des *Ames Mortes*. N'allons d'ailleurs pas trop loin dans cette voie. Faire rire d'un personnage qu'on a tiré de soi, ce n'est pas nécessairement faire rire de soi. Jamais aucun auteur de *Mémoires* ne s'y est représenté sous des traits ridicules. C'est bien contre son gré que Montaigne lui-même le devient pour son lecteur, lorsqu'il nous bourre le crâne avec ses ancêtres et sa gentilhommerie. Il n'y a guère qu'à titre d'exception rare qu'un homme puisse se plaire, en artiste, à ses propres ridicules. En revanche cela n'arrivera pas à une femme. Notons d'ailleurs que, dans ce cas, on échappe à l'automatisme par la conscience même de l'automatisme. L'automatisme prend la figure d'un automatisme volontaire, comme chez l'acteur comique. On peut exploiter ses ridicules par vanité. Ainsi la distraction est un ridicule, un des exemples les plus clairs du mécanique plaqué sur le vivant. Or c'est un ridicule qu'on avoue volontiers. Homais cite avec complaisance des exemples de ses distractions (chercher son bonnet grec quand il l'a sur la tête). Mais la distraction paraîtra au vulgaire l'apanage de l'homme absorbé par ses réflexions et ses études. Accepter d'un cœur léger le petit ridicule de la distraction, c'est, à la foire aux vanités, troquer un œuf contre un bœuf.

Le rire, qui exerce une fonction sociale, est encouragé par la société, et c'est lui qui donne naissance à la partie la plus populaire de l'art, l'art comique. « C'est bien une énergie vivante que la fantaisie comique, plante singulière qui a poussé vigoureusement sur les parties rocailleuses du sol social, en attendant que la culture lui permit de rivaliser avec les produits les plus raffinés de l'art. » Le rire organisé, devenu œuvre d'art, c'est la comédie. M. Bergson y touche en passant. Il est peut-être intéressant de grouper ici ces contacts rapides de la philosophie bergsonienne avec la comédie, et particulièrement la comédie de Molière, et de voir, sur un point précis, quels services la réflexion philosophique peut rendre à la critique littéraire.

## IX

### M. BERGSON ET MOLIÈRE

M. Bergson lui-même a pris à Molière plusieurs de ses références. Et son essai sur le *Rire et la Signification du comique* aurait aussi bien pu recevoir la forme d'un essai sur Molière. Car le comique, c'est le comique de Molière, et la comédie, c'est la comédie de Molière. « Disons, écrivait Brunetière, qu'après cinquante ans écoulés bientôt, de même qu'un bon roman est celui qui se rapproche le plus du roman de Balzac, — d'*Eugénie Grandet* ou du *Ménage de Garçon* — à condition d'être un peu mieux écrit, de même en France une bonne comédie, fût-elle de Labiche ou d'Augier, sera toujours celle qui nous rappellera le plus la comédie de Molière ; et nous ne la louerons peut-être jamais mieux qu'en montrant comment, par où, par quels

mérites, et au besoin par quels défauts, elle rappelle celle de Molière. »
Toutes réserves faites sur le rapprochement avec le roman, il est certain que Molière nous présente — après La Fontaine — l'exemple d'un genre qui s'identifie avec un de ceux qui l'ont traité, absorbé en une expression définitive. Au lieu que l'élan vital de la tragédie et du drame aboutit également sur plusieurs voies, sans qu'on puisse dire qu'Eschyle, Sophocle, Shakespeare, Corneille, Racine, soient allés plus loin l'un que l'autre, l'élan de la comédie ne franchit tous les obstacles qu'avec Molière, comme l'élan vital proprement dit ne les a franchis, sur notre planète du moins, qu'avec l'homme.

M. Bergson attribue, disions-nous, au rire ces trois caractères : il est purement humain ; il ne s'adresse qu'à l'intelligence pure ; il ne concerne que l'homme en société.

Comme le génie tragique provoque la terreur et la pitié et les élève au sommet de l'art, le génie comique provoque le rire et en fait une réalité esthétique. Or l'art du XVII<sup>e</sup> siècle constituait pour le rire vrai, pour le comique naturel et profond, un milieu privilégié, puisque ces trois caractères du rire sont ceux-là mêmes que toute la critique classique reconnaît aux formes littéraires nées autour de Louis XIV.

Le rire est purement humain, et l'art classique du XVII<sup>e</sup> siècle, s'il n'est pas purement humain, tend de toutes ses forces à l'être. Le sentiment de la nature se cantonne à peu près dans La Fontaine. regardé d'un œil torve par Louis XIV, et exclu des grands genres par Boileau, ou dans madame de Sévigné, qui n'écrit pas des livres pour le public, mais des lettres à sa famille. Comme au centre de la sculpture grecque et de la peinture de la Renaissance, il y a, pour principe de cette littérature, sinon l'homme et la femme nus, du moins l'homme et la femme vrais, — l'*Homo sum*. La raison d'être de ce siècle littéraire est de descendre dans la nature humaine plus profondément et de l'exposer plus lucidement qu'on ne l'a fait avant ni après lui.

Le rire ne s'adresse qu'à l'intelligence pure. Il n'y a pas, dit M. Bergson, de comique sans impassibilité. La comédie doit donner au spectateur l'illusion qu'il comprend entièrement un personnage comique, qu'il le manie comme un objet, qu'il le possède. Le mécanique, c'est ici ce que l'intelligence comprend, et rire du mécanique revient à une façon de comprendre le mécanique. Dès que nous sommes émus, dès que nous sympathisons, nous ne rions plus. Or aucun siècle n'a mis plus haut que le XVII<sup>e</sup> les valeurs d'intelligence. La philosophie qu'il a produite, le cartésianisme, est à la fois un intellectualisme et un mécanisme. Ses écrivains représentatifs sont ses auteurs dramatiques et ses moralistes. Il a voulu comprendre, comprendre d'abord et surtout l'homme.

Enfin le rire ne concerne que l'homme en société. Et l'art du XVIIᵉ siècle, c'est l'art de l'homme en société, comme le lyrisme du XIXᵉ, après Rousseau et Chateaubriand, c'est l'art de l'homme individuel, isolé, révolté. Brunetière a longuement et fréquemment montré que les genres propres au XVIIᵉ siècle peuvent s'appeler les genres communs, les genres qui exigent un public, présent en chair et en os, comme le théâtre, le sermon, l'oraison funèbre : les moralistes, tels que La Rochefoucauld et La Bruyère, ont tiré leur littérature des salons, des cercles, des sociétés Non Pascal à vrai dire qui a écrit ses *Pensées* seul dans une chambre : mais n'a-t-il pas fallu attendre Rousseau, Chateaubriand et le siècle du lyrisme pour que les *Pensées* apparussent ce qu'elles sont aujourd'hui ? Et on ne doit pas confondre les *Pensées* avec l'*Apologie*, qui eût été un vrai livre du XVIIᵉ siècle. L'art de la comédie, qui fait appel au rire commun, représente le genre commun par excellence.

Si nous essayons de réunir ces trois points de vue en un seul, nous pourrons dire que le XVIIᵉ siècle s'est efforcé de créer, de diverses manières et en divers sens, des caractères, depuis les caractères tout en force comme ceux de Corneille, — ce Michel-Ange, — jusqu'aux caractères tout en modelé et en vérité, comme ceux de La Bruyère, — ce peintre hollandais. — Or il est un art dont on a épuisé toute l'essence quand on a dit qu'il crée des caractères, c'est la comédie. « En un certain sens, écrit M. Bergson, on pourrait dire que tout *caractère* est comique, à la condition d'entendre par caractère ce qu'il y a de *tout fait* dans notre personne, ce qui est en nous à l'état de mécanisme une fois monté. » Nous vivons non en tant que nous exprimons, analytiquement et de façon prévue, notre caractère, mais en tant que notre caractère évolue, se modifie, choisit. Cet enrichissement et ce choix, la comédie les laisse absolument de côté. Le caractère qu'elle met en scène peut être, comme c'est le cas dans Molière, fortement vivant ; il n'en demeure pas moins un type prévu, et que nous reconnaissons parce qu'il est tiré autour de nous (non en nous bien entendu !) à des centaines d'exemplaires. La comédie, dit M. Bergson, « est le seul de tous les arts qui vise au général ». Beaucoup plus que la tragédie. Un personnage tragique est lui-même, bien avant d'être une passion ou un vice, et cette passion, ce vice, ne deviennent tragiques qu'en s'incorporant à lui, en passant dans la substance de son individu. Mais le vice comique ne s'incorpore pas aux personnages, il « jouera d'eux comme d'un instrument ou les manœuvrera comme des pantins ». Tandis que le personnage de drame existe par lui-même, le personnage de comédie existe par son vice, c'est-à-dire par son caractère. « Si je vous demande, écrit M. Bergson, d'imaginer une pièce qui s'appelle le Jaloux, vous verrez que *Sganarelle* vous viendra à l'esprit, ou *George Dandin*, mais non pas *Othello* ; *le Jaloux* ne peut être qu'un titre de comédie. » Notons d'ailleurs que lorsque Molière écrivit *le Prince Jaloux* sous forme de tragi-comédie, il connut le seul échec absolu de sa carrière dramatique. La tragédie de Vénus tout entière à sa proie attachée, c'est *Phèdre*, et Racine n'eût pu appeler sa pièce *Amoureuse*. Mais ce titre parut tout indiqué à M. de Porto-Riche quand il prit la femme en émoi d'amour comme un sujet de comédie, ou de quasi-comédie.

Ainsi le rire de Molière, le comique de Molière, la comédie de Molière sont installés dans l'art du XVIIᵉ siècle comme dans leur lit naturel. Toutes les puissances de cet art tendent à réaliser la perfection de la comédie, à se traduire par le rire, par un grand rire non élémentaire et dionysiaque comme celui de Rabelais, mais clair, cristallin, apollonien, humain. Ce n'est pas seulement parlant contre le siècle, mais parlant contre son siècle que Bossuet a proféré le *Væ ridentibus !* de l'Évangile, et montré, d'un geste théâtral, après le cadavre d'Henriette d'Angleterre dans la basilique de Saint-Denis, celui de Molière entre les médecins du *Malade Imaginaire*. Peut-être n'eût-il pas osé s'attaquer, du vivant de Molière, au comédien ordinaire du roi. Mais il était naturel que le prédicateur de l'Évangile dénonçât en Molière mort ce que les puissances d'immortalité avaient déjà fait de lui : le comédien ordinaire de l'humanité.

On a écrit souvent sur la philosophie de Molière. S'il y a une philosophie de Molière, elle ne saurait être que celle de la comédie. S'il y a une philosophie de la comédie, elle ne saurait être que celle de Molière.

Mais avant la philosophie de la comédie, il y a une philosophie du rire et du comique. Et la raison pour laquelle M. Bergson a écrit *le Rire*, c'est sans doute qu'ayant réfléchi à ce problème, il a constaté, peut-être avec quelque surprise, que la philosophie du rire se rapprochait de la sienne, et que l'homme qui rit est un bergsonien qui s'ignore. Le rire, comme le bergsonisme, est une réaction contre le mécanique et le tout fait, une prise de courant sur la spontanéité de la vie. Nous rions quand la vie devient automatique, et comme l'automatisme guette la vie à chacun de ses tournants, comme nous sommes, ainsi que le disait Leibnitz, automates dans les trois quarts de nos actions, comme la vie sociale, la vie professionnelle sont des systèmes d'automatisme, il n'y a presque rien dans l'individu ni dans la société qui ne soit comique par un certain côté. Le comique, dit M. Bergson, est plutôt raideur que laideur. « Toute raideur de caractère, de l'esprit ou même du corps, sera suspecte à la société, parce qu'elle est le signe possible d'une activité qui s'endort et aussi d'une activité qui s'isole, qui tend à s'écarter du centre commun autour duquel la société gravite, d'une excentricité enfin. » On peut tomber dans l'automatisme et s'isoler, soit comme individu, d'où le comique de la distraction, soit comme faisant partie d'un groupe, d'où le comique professionnel, celui du militaire, du bureaucrate, du médecin, du professeur.

Or Molière n'a eu d'autre philosophie que l'art de dénoncer, de rendre sensibles, l'automatisme et la raideur, et d'en faire rire. L'enfant, qui est tout spontanéité et besoin de rire, discerne de bonne heure et avec finesse l'automatisme chez ceux qui l'entourent. Une maman dont parle, je crois, James Sully, fut très humiliée lorsque, après une semonce que son petit garçon paraissait écouter attentivement et les yeux fixés sur elle, l'enfant lui dit : « C'est drôle ! Quand tu parles, il n'y a que ta mâchoire d'en bas qui remue. » (Eût-elle été suffisamment consolée par cette remarque de M. Bergson : « Est comique tout incident qui appelle notre attention sur le physique d'une personne alors que le moral seul est en cause ? ») Mettons que ce soit là une exception. Les enfants aiment leurs parents, et s'ils rient à ce qu'ils aiment, ils ne rient pas de ce qu'ils aiment. C'est généralement l'automatisme du professeur qui fournit la plus riche matière aux observations comiques du jeune âge. Et l'automatisme propre à l'homme instruit se nomme pédantisme. Le Pédant était, au temps de la jeunesse de Molière, une figure traditionnelle des troupes comiques, et il faisait pendant au Matamore, qui incarnait l'automatisme propre au militaire. *Le Pédant joué* (que Molière a utilisé comme on sait) a été inspiré à Cyrano par un de ses maîtres, comme *Ubu-roi* à un collégien. Or presque toutes les premières farces de Molière dont nous avons conservé les titres ont le Pédant (le Docteur) comme personnage principal, et le Docteur est même le personnage le plus comique de *la Jalousie du Barbouillé*.

Le Pédant ou le Docteur prennent l'automatisme à l'une de ses sources les plus naturelles. Et cependant Molière, après en avoir usé si largement dans ses premières farces, y renonce presque après *le Dépit Amoureux*, ne l'introduit que comme pantin de hasard dans des farces rapides telles que *le Mariage Forcé* ou *la Comtesse d'Escarbagnas*. C'est que le Pédant traditionnel n'est qu'un personnage de collège, et, à partir du moment où Molière s'installe à Paris, il sent que sa comédie, faite pour des spectateurs hommes, doit s'attaquer à l'automatisme des sociétés d'hommes, non à l'automatisme des sociétés d'enfants (la pure farce s'adresse à l'enfant qui subsiste en l'homme). Le métier du pédant est de régenter l'enfant avec des formules apprises. Et le Pédant fait partie de l'enfance de la comédie au même titre qu'il appartient à la comédie de l'enfance. La comédie adulte fera rire de ceux qui régentent non plus les enfants, mais les hommes, la société, avec leurs formules apprises. Le médecin y prendra la place du Pédant. Le pédantisme sera ridiculisé non d'après des souvenirs de collège, mais sous des formes qu'il contracte dans la société, celles des précieuses, des femmes savantes, des poètes et des savants de salons, des quadragénaires qui se remettent sous la férule, comme M. Jourdain. Le rire, police sociale, se porte non aux places traditionnelles (ce qui serait un automatisme), mais aux points menacés.

*L'École des Femmes*, que l'on considère parfois comme le chef-d'œuvre de Molière, présente à l'état nu la lutte de l'automatique et du vivant, c'est-à-dire les puissances élémentaires du comique. Nous le voyons d'autant plus clairement que Molière (les scènes épisodiques de Georgette et d'Alain mises à part) a réalisé ce tour de force de construire sa pièce avec un seul personnage comique, celui d'Arnolphe. Tout le comique des cinq actes coïncide donc avec le comique d'un caractère. Et pourquoi Arnolphe est-il comique ? Est-ce parce qu'Arnolphe, âgé de quarante-deux ans, veut épouser une fillette de seize ? Pas du tout. *L'École des Maris* nous présente comme naturelle et heureuse une union encore plus disproportionnée. Le ridicule d'Arnolphe consiste à avoir voulu et à vouloir encore préparer mécaniquement ce qui doit être le fruit le plus naturel, le plus spontané, le plus délicat de la vie, — l'amour. Il y a douze ans qu'il a choisi Agnès pour la rendre idiote autant qu'il se peut, la former aux soins de son ménage et à l'honneur de sa couche. Il s'y est pris par la force, la contrainte, le mécanique, — et il continue. Comme le docteur dispute selon les principes du syllogisme, comme le médecin guérit ou tue selon les règles, Arnolphe veut se faire aimer avec de l'autorité, des procédés, des maximes. Et plus il plaque du mécanique sur la vie, plus la vie, par ses seules forces, fait tomber ce mécanisme, le rend inutile et ridicule. Nous savons que, s'il se mariait, les précautions qu'il prend depuis douze ans pour éloigner l'infortune conjugale n'aboutiraient qu'à rendre plus assuré et plus opulent l'ombrage de son front. Tout le rythme de la pièce tient en ceci : un homme qui comprime la vie, et la vie qui, à chaque fois qu'il pèse sur elle, le repousse, le jette à terre et le bafoue. Bien qu'il soit mis par Horace lui-même au courant de toutes les ruses des deux amoureux, chacune des précautions qu'il prend tourne contre lui, comme ses douze ans de précautions ont fait tourner contre lui toute la nature d'Agnès. De sorte que l'action comique n'est que la projection dynamique d'un caractère comique. Qu'est-ce à dire, sinon que tout le comique du caractère d'Arnolphe et toute l'action de *l'École des Femmes* expriment le thème que M. Bergson appelle le diable à ressort ? Mais ce serait un exemple inverse de ceux qu'il donne. Dans ceux-ci *(Le pauvre homme ? Qu'allait-il faire dans cette galère ?* Le Docteur du *Mariage Forcé)* le personnage comique figure un ressort sur lequel on appuie, et qui, en se détendant, en revenant à son idée fixe, fait rire. Ici au contraire le personnage comique fait rire en appuyant mécaniquement sur une réalité vivante qui, retrouvant son équilibre et sa nature, lui heurte et lui meurtrit le nez.

Les valeurs comiques de *Tartuffe* sont inverses de celles de *l'École des Femmes*. Ici, le personnage central n'est pas comique. M. Bergson nous dit bien, et très finement : « Il est si bien entré dans son rôle d'hypocrite qu'il le joue, pour ainsi dire, sincèrement. C'est par là, et par là seulement, qu'il pourra devenir comique. » Et je crois d'ailleurs que Coquelin l'avait compris ainsi. Tartuffe n'est pas l'imposteur, c'est le cagot, ou, mieux, le cafard. Ce que Molière (pour des raisons de prudence) donne pour un masque est bien une figure. J'accepterais ces lignes de M. Bergson à condition de changer le *pourra* en *pourrait*. Car enfin, à aucun moment de la pièce (sauf un seul, auquel je vais venir, et l'exception confirmera la règle) Tartuffe n'est comique. On conçoit fort bien un Tartuffe comique, et (Molière y a peut-être d'abord songé) comique de la manière que dit M. Bergson. Alors c'était une autre pièce. Le plan de Molière veut que d'un bout à l'autre Tartuffe reste odieux : mais d'autre part *Tartuffe* est une comédie, il a pour sujet la mécanisation de l'homme et le grotesque humain, et l'on sait quel art prodigieux Molière a employé à maintenir sur le plan comique un sujet qui ne l'est pas. L'homme comique sera Orgon, et nous pourrons considérer *Tartuffe* comme le type de la pièce conçue sur le deuxième thème bergsonien : le thème du pantin à ficelles. Le pantin à ficelles, c'est Orgon, les doigts qui le font mouvoir c'est Tartuffe. Toute la tirade

> Ah ! si vous aviez vu comme j'en fis rencontre !...

et la scène où Orgon chasse son fils nous en donnent la sensation physique, nous font éprouver dans nos membres mêmes le jeu de ficelles qui réunit au corps de la dupe la main du scélérat. On trouverait un exemple non certes plus important, mais encore plus caractéristique, dans la scène de *l'Avare* entre Harpagon et Frosine. Harpagon est le pantin, Frosine la main. Mais la ficelle ne peut faire marcher que la moitié du pantin. Quand Frosine lui laisse espérer l'amour de Marianne, il prend son air gai, il « marche ». Quand Frosine lui demande de l'argent, il prend son air sérieux, il ne « marche pas ».

J'ai dit que Tartuffe, au théâtre, ne faisait rire qu'une fois, et d'une explosion générale : c'est quand il est démasqué par Orgon. Sarcey écrit qu'il a vu jouer Tartuffe des centaines de fois, et que l'effet, sur tous les publics, est toujours prodigieux. A ce vers :

> Ah ! ah ! l'homme de bien ! vous m'en vouliez donner ?

« un rire s'élève de tous les coins de la salle : un rire de vengeance, si vous voulez, un rire amer, un rire violent, peu importe ! » Et ces épithètes indiquent que pour Sarcey ce n'est pas le rire ordinaire. On ne rit pas seulement du mot d'Orgon, qui est en effet comique, et qui apporte, comme un fleuve à la mer, son tribut à l'insondable bêtise du personnage. On rit bien de Tartuffe, — non de ce qu'il dit, puisqu'il ne dit rien, mais de cela même qu'il ne peut plus rien dire. Au fond c'est le rire qui vous prend devant une personne qui tombe. Un enfant qui tombe ne fait rire personne. Un grave magistrat qui s'étalera par terre en suivant un cortège officiel fera rire toute une ville, parce que ce qui tombe avec lui c'est le prestige social, le masque public, qui en impose à toute cette ville, à toute une nation. Cette fiction de vie sociale, qui, brisée un moment, devient tout à coup du mécanique et du physique, cela fait rire. Dans *Tartuffe*, ce qui tombe tout à coup, ce qui se brise d'une façon retentissante avec les éclats même du rire, c'est le masque de Tartuffe, ce masque qui n'en est pas un pour les psychologues, mais qui en est un pour le public (et cela légitime après tout le titre de *l'Imposteur*). Le comique ne réside pas dans le caractère de Tartuffe, pas plus que dans celui du magistrat qui s'aplatit, mais bien dans l'accident qui leur arrive. Vous me direz que si nous avions pour l'un ou pour l'autre de l'amour, de la vénération, nous ne ririons pas (la fille de Triboulet ne rit pas de son père) et que par conséquent le caractère social de l'un, le caractère individuel de l'autre, entrent pour quelque chose dans notre rire. D'accord. Nous rions quand Tartuffe tire la ficelle à laquelle répond Orgon, et nous rions encore quand la ficelle casse dans ses mains.

Au troisième thème comique que dégage M. Bergson, celui de la boule de neige, il semble au premier abord que rien ne réponde dans Molière. M. Bergson n'en donne pour exemple que les péripéties accumulées par le hasard dans le vaudeville ordinaire. En réalité il s'agit du type de vaudeville dont la formule a été fournie à la deuxième moitié du XIX<sup>e</sup> siècle par *le Chapeau de paille d'Italie*, et dont la vogue ne paraît pas encore épuisée. N'est-ce pas cependant à ce thème qu'on peut rattacher *l'Étourdi* ? Le fait que la pièce est empruntée à un original italien, d'ailleurs fortement modifié, n'importe pas : Molière a choisi, traité, animé le sujet. *L'Étourdi* est un enlèvement différé par des circonstances qui font boule de neige, comme *le Chapeau* est une noce dont le terme est différé par un enchaînement analogue. Mais la boule de neige, qui soumet les caractères aux circonstances, n'est que le plus bas degré du comique, et Molière, dès *les Précieuses Ridicules*, retournera définitivement cette formule, en soumettant les circonstances aux caractères. Déjà dans *l'Étourdi*, l'intérêt était non seulement dans la boule de neige, mais dans l'entrain et le génie de Mascarille, crevant tous les obstacles comme un écuyer de cirque des cercles de papier.

Si le plus bas degré du comique est représenté par une comédie où il n'y a que des circonstances sans caractères, le plus haut degré serait peut-être atteint par une comédie où il n'y aurait que des caractères sans circonstances. Et tel est précisément le cas du *Misanthrope*.

# LE BERGSONISME

D'autre part, selon la définition bergsonienne, ce qui fait le comique d'un caractère, c'est la raideur. Il était dès lors naturel que Molière considérât cette raideur à l'état pur, l'isolât en un caractère, qui est précisément celui d'Alceste. Le rire provoqué par la raideur vient de ce que la raideur est suspecte à la société, de ce que la société exige au contraire de l'individu une souplesse constamment entretenue et disponible. A la raideur devait donc s'opposer, dans la comédie même, la vie de société, et la comédie de la raideur devait s'identifier avec la mise en scène de la vie de société. Le ridicule, dans Alceste, ne porte nullement, comme l'a dit lourdement Rousseau, sur la vertu, mais sur la raideur. Si Molière avait donné un vice ou un travers à Alceste, le ridicule eût porté sur ce vice ou ce travers. Et, comme il ne lui en a pas donné, le ridicule ne porte que sur la raideur, c'est-à-dire sur l'essence du comique. Cette pointe extrême et logique du comique ressemble à ce que devient chez Corneille la pointe extrême et logique du tragique : le tragique est à base de volonté comme le comique est à base de raideur : et la formule dramatique de Corneille produit dans *Pompée* où *Rodogune* la volonté pour la volonté, comme celle de Molière devient dans *le Misanthrope* la raideur pour la raideur. Il serait intéressant (mais il y faudrait trop de pages) de rechercher pourquoi la comédie réussit pleinement là où la tragédie échoue à moitié.

Alceste fait rire par la seule raideur de son caractère. Cette raideur est mise en valeur d'abord par les agitations et les grimaces de trois pantins à ficelle, Oronte, Acaste, Clitandre, — deuxième figure comique — : ensuite par un Tartuffe femelle entre les mains duquel la ficelle casse deux fois, Arsinoé (la première fois sur la souplesse de Célimène, la seconde fois sur la raideur d'Alceste), troisième figure comique — : enfin par cette souplesse de Célimène, qui n'est pas un personnage comique, mais qui est un personnage vivant. Nous pouvons ne pas aimer Célimène, mais nous l'admirons toujours un peu, et nous n'en rions jamais. Si elle nous fait rire, c'est, comme Molière lui-même, et comme Rivarol, par son esprit. Même lorsqu'après avoir arrangé comme on sait Arsinoé, devant les marquis, elle l'accueille avec des démonstrations d'amitié, nous rions d'Arsinoé plus que de Célimène, et le

Madame, sans mentir, j'étais de vous en peine !

suffit pour que Célimène soit de moitié dans notre rire, et le gouverne.

Ce rire de joie qui secoue la salle quand Tartuffe est démasqué, vous ne l'entendrez pas quand, dans la scène des billets, Célimène est pareillement découverte Ou si nous rions, c'est d'Alceste et des marquis, envers lesquels tromperie était justice. Eux partis, on ne rit ni d'Alceste ni de Célimène, et la scène n'a plus rien de comique, elle est simplement humaine.

*Le Misanthrope* occupe dans la comédie une place à part. On pourrait l'appeler la comédie de la comédie. Dans ce milieu de conscience claire, paraissent être contredites les lois ordinaires du comique, qui implique chez les personnages une certaine inconscience. « Le comique, dit M. Bergson, est inconscient. Comme s'il usait à rebours de l'anneau de Gygès, il se rend invisible à lui-même en devenant visible pour tout le monde. Un personnage de tragédie ne changera rien à sa conduite parce qu'il saura comment nous la jugeons ; il pourra persévérer, même avec la pleine conscience de ce qu'il est, même avec le sentiment très net de l'horreur qu'il nous inspire. Mais un défaut ridicule, dès qu'il se sent ridicule, cherche à se modifier, au moins extérieurement. » Pourrait-on le dire d'Alceste ? Alceste est peut-être le seul personnage comique qui ne craigne pas le ridicule, qui l'exige au contraire et qui y trouve son élément naturel.

> Tous les hommes me sont à ce point odieux
> Que je serais fâché d'être sage à leurs yeux.

Il paraît donc invulnérable, intérieurement, au ridicule. Et cependant, puisque c'est un personnage comique, il faut bien qu'il ait un talon d'Achille, un travers dont il ne saurait accepter de prendre conscience sans le démentir ou s'en corriger. Et ce point vulnérable, il ne faut rien moins, pour le trouver, que la finesse de Célimène. Les derniers vers du portrait qu'elle trace d'Alceste nous le font connaître :

> Et ses vrais sentiments sont combattus par lui
> Aussitôt qu'il les voit dans la bouche d'autrui.

Alceste pourra accepter toutes les conséquences de sa raideur et de sa misanthropie, sauf celle-là. Le voilà pire que Philinte. Philinte se contente, par « philanthropie », de cacher ses vrais sentiments, de leur en substituer d'autres. Alceste, par misanthropie, par manie de la sincérité, les combat. Pour rendre Alceste ridicule, Célimène

# LE BERGSONISME

le fait paraître dans cette fausseté même qu'il vient de reprocher aux autres. Elle met en lumière, chez lui, le contradicteur. Et le contradicteur est franchement ridicule, d'un ridicule bien classé. Il rentre dans le genre du pantin à ficelles. Il suffit de prendre devant lui une attitude ou d'exprimer une opinion, pour qu'il se transporte automatiquement vers l'attitude ou l'opinion contraire. Alceste n'est peut-être pas cela, mais Célimène veut qu'il soit cela pour être ridicule à son tour, lui qui vient de ridiculiser autrui. Car, devant la raideur, Célimène représente l'esprit social qui la dénonce. Et Alceste lui-même rend hommage à son succès :

> Les rieurs sont pour vous, madame, c'est tout dire.

Célimène a d'ailleurs une bonne raison de ne pas être ridicule : elle a vingt ans. Il est vrai qu'Alceste n'en a peut-être pas beaucoup plus (nous avons aujourd'hui besoin d'un effort de réflexion pour l'admettre, et, au théâtre, son rôle, comme celui de Célimène, s'est fixé vers la quarantaine) et que les deux marquis les ont à peine. La jeunesse, dans Molière comme dans le XVII$^e$ siècle, n'est presque jamais ridicule, et les jeunes filles jamais : il n'y a pas de Thomas Diafoirus femelle (il est vrai que les auteurs dramatiques et les romanciers se sont rattrapés depuis). C'est que la jeunesse n'est pas l'âge de la raideur, et surtout qu'elle ne l'était pas au XVII$^e$ siècle, où l'éducation mondaine était plus rapide, et où l'âge ingrat se prolongeait moins qu'aujourd'hui. En tout cas les raideurs et les travers de la comédie ont besoin de caractères fixés, invétérés, ankylosés. Les vrais personnages de comédie seront les vieillards, ou tout au moins les personnages déjà pourvus de fils et de filles à marier. Le mariage de ces fils et de ces filles sera (*le Misanthrope* mis à part) le sujet presque obligatoire de la comédie. L'attitude insolente du *Fils Naturel* devant son père, dans la pièce de Dumas fils, ayant révolté le public, Sarcey se demande pourquoi le même public accepte si bien les pères ridicules et bafoués de Molière. Cela tient, répond-il, au respect traditionnel qu'on a pour Molière. Mais pourquoi les acceptait-on déjà au XVII$^e$ siècle ? Sarcey en donne ces deux raisons que l'autorité paternelle était bien assise, les pouvoirs les moins discutés étant les plus tolérants, — et que le public de Molière, étant un public lettré qui se rappelait l'antiquité, respectait la tradition de Plaute comme nous respectons celle de Molière. Les deux raisons me paraissent médiocres. Il n'est pas vrai que les pouvoirs les moins discutés sont les plus tolérants : s'ils ne sont pas discutés c'est qu'ils ne tolèrent pas de l'être, et ils ne lo tolèrent que lorsqu'ils ne peuvent plus l'empêcher. Et à supposer que la seconde raison fût valable pour le XVII<sup>e</sup> siècle, le serait-elle pour le temps de Plaute, dont le public ignorait les modèles grecs, et considérait l'autorité paternelle comme une magistrature sacrée ? La vraie cause paraît être (et Sarcey, homme de théâtre, aurait dû le voir) dans les exigences mêmes du genre comique. Le rire et le sens du comique font partie d'une police inconsciente de la société qui cherche à éliminer du corps social la raideur et l'automatisme. Or la raideur et l'automatisme sont l'apanage inévitable de la vieillesse et de l'âge qui la précède immédiatement. L'homme alors vit sur ses habitudes acquises et sur son caractère formé. Il fait donc une proie toute désignée pour le rire, et le terme vieillard de comédie s'entend fort bien. Le cadre naturel de la comédie, de Ménandre à Molière, c'est une famille où la vie jeune et souple triomphe de la vie mécanisée. Cette dérision à l'égard des vieillards, localisée dans la comédie, peut fort bien coexister, à Rome et en France, avec le respect ordinaire de la vieillesse : dérision et respect ne mettent pas en jeu le même appareil social, pas plus que le châtiment des enfants et l'amour des enfants ne mettent en jeu lo même appareil moral. Reste la question de savoir pourquoi le public n'a pas accepté l'outrage au père dans *le Fils Naturel*. Tout simplement parce que *le Fils Naturel* n'est pas une comédie, mais un drame bourgeois, qui comporte des lois dramatiques très différentes. Le public du XVII<sup>e</sup> siècle n'eût pas davantage accepté cela dans une tragédie. Le père du *Fils Naturel* peut être odieux, il n'est pas ridicule, et comme le public ne rit pas de lui, comme son fils non plus ne rit pas de lui, mais l'insulte, nous n'avons plus du tout affaire aux lois ordinaires du rire et du comique.

Car le comique de Molière, de lui-même, ne tourne jamais au drame. Mais il dépend de nous d'en tirer, si nous voulons, du drame. Le vers célèbre d'Alfred de Musset serait plus vrai, s'il disait, non qu'on devrait pleurer de cette gaîté, mais qu'on en pourrait pleurer. La foule qui rit aux pièces de Molière le comprend pleinement, sainement, et comme il a voulu être compris. Celui que *l'École des Femmes* et *le Tartuffe* induisent à des réflexions tristes sur la nature humaine, ajoute à Molière une philosophie qu'il n'a pas cherchée, mais qui ne le dénature pas, et que son œuvre accepte et supporte. Quand on représenta *Boubouroche*, Courteline voulait qu'on jouât une partie du second acte en drame, et Antoine lui dit ce vrai mot d'homme de théâtre : « Il faut tout jouer en farce ; s'il y a du drame, il sortira tout seul. » Ainsi, du rire de Molière, le sérieux, le drame sortent tout seuls, sortent d'autant mieux que tout est poussé vers la gaîté et la farce. C'est que le vrai rire comique est un flux qui a pour reflux la réflexion sur le rire, réflexion qui ne fait plus rire.

*<br>* *

Les fines analyses que M. Bergson a données du rire et du comique nous ont servi à reconnaître les sources du rire et les directions du comique moliéresques. Mais Molière n'est pas seulement un homme qui fait rire et un inventeur de comique : c'est un créateur de ces êtres organisés, complets, vivants, que sont ses comédies. Et si le rire et le comique ont leurs lois, la comédie aussi a les siennes, des lois nouvelles, originales, qui ne peuvent se déduire de celles du rire et du comique, et qui exigent qu'on pose à leur sujet d'autres problèmes, qu'on emploie une autre méthode, plus littéraire que psychologique.

, M. Bergson lui-même nous fournira un exemple intéressant de ce besoin où nous sommes de nous adapter ici à un problème nouveau. Il remarque avec raison que rien n'est plus naturellement comique que la distraction, isolement individuel que le rire social corrige ; « avec la distraction, on n'est peut-être pas à la source même du comique, mais on est sûrement dans un certain courant de faits et d'idées qui vient tout droit de la source ». Mais il ajoute, ou plutôt il conclut que le distrait « a tenté généralement la verve des auteurs comiques ». Or l'expérience nous montre qu'il n'en est rien. Il n'y a pas un seul distrait professionnel chez Molière, bien qu'on trouve une jolie scène de distraction dans *l'École des Femmes*. Il n'existe au théâtre qu'une seule comédie qui roule sur la distraction. C'est *le Distrait*, de Regnard. Et *le Distrait* est la plus médiocre comédie de Regnard, la seule qui ait absolument disparu, et depuis longtemps, du répertoire. Aucun public ne la supporterait. M. Bergson nous cite comme un bon exemple de comique un philosophe aux théories duquel on objectait l'expérience, et qui répondit : L'expérience a tort. Or l'expérience nous montre, dans la distraction, du comique incontestable qui n'est jamais devenu comédie. Il est peu probable qu'elle ait tort, peu probable que les auteurs dramatiques qui se sont méfiés de ce sujet aient eu tort. M. Bergson nous a trop bien appris à ne pas conclure de la solution d'un problème particulier à la solution d'un autre problème particulier, pour que nous négligions cette occasion de distinguer, fût-ce contre lui, le problème du comique et celui de la comédie.

Quand Regnard écrivit *le Distrait*, le théâtre comique était sous l'influence des *Caractères* de La Bruyère. Déjà les *Caractères* de Théophraste étaient probablement en recueil d'exemples à l'usage de la comédie attique, et il y aurait tout un livre à écrire sur l'imitation de La Bruyère par la comédie postérieure à Molière. Influence peut-être fâcheuse : La Bruyère c'est, artistiquement, l'anti-Molière, comme Fénelon c'est, moralement, l'anti-Bossuet. Or le Ménalque de La Bruyère, morceau de bravoure dans son livre, sautait trop aux yeux pour qu'on ne tentât pas bien vite de le mettre au théâtre. Regnard s'y essaya, échoua, et on ne recommença plus.

Déjà, en lisant le portrait de Ménalque, nous sommes frappés de ceci : que chacun des traits rapportés est comique, et que l'ensemble du portrait l'est fort peu. Ménalque nous paraît un personnage mécanique créé pour supporter tous ces traits de distraction, laborieusement colligés, et dont l'accumulation est invraisemblable. Ce qui lui manque absolument c'est le mouvement, et par conséquent la vie. Ce portrait, si artificiellement construit, paraît égaré dans le livre de La Bruyère comme il est perpétuellement égaré dans le monde. C'est que le distrait n'est pas un caractère, mais le contraire d'un caractère, et à plus forte raison d'un caractère comique. Un distrait c'est une série d'actes de distraction, avec lesquels on ne peut ni remplir cinq actes, ni créer un mouvement continu et croissant. « Avec toutes vos interruptions, disait le président de la Chambre à je ne sais quel braillard, vous feriez un très beau discours. » Voire ! Pas plus qu'on ne fait une comédie avec des actions comiques.

Une comédie c'est un mouvement, je ne dis pas nécessairement une action. Il n'y a guère d'action dans *le Misanthrope*, et pourtant il y a comédie parce qu'il y a mouvement ; le mouvement furieux d'Alceste lâché dans un salon, dans le monde, et qui, du premier vers, mimé par le mouvement du corps autant que dit par la voix, jusqu'au dernier, celui de la fuite vers un endroit écarté, anime et entraîne tout. Toutes les piècex de Molière sont en mouvement physique, aussi bien réglé sur le corps humain que la période antique sur les poumons de l'orateur. et c'est pourquoi nous le voyons si à son aise dans la comédie-ballet. Il y a du ballet, du mouvement puissant, ordonné, comique, jusque dans *le Misanthrope* et dans *le Tartuffe*.

# LE BERGSONISME

Got disait à Samoy, des scènes de Molière, « qu'il n'y avait rien de si facile que de mettre de la musique dessous : le moment des modulations est indiqué, et la progression constante de la phrase musicale est suivie avec un art prodigieux jusqu'à l'explosion finale de la masse de l'orchestre ». Ce que Got dit de chaque scène, on peut le dire, mieux encore, de chaque pièce.

On a parlé beaucoup des trois unités, mais il en est une dont on n'a rien dit, sans doute parce qu'elle va de soi, dans la tragédie aussi bien que dans la comédie : c'est l'unité de mouvement. Une comédie sur le distrait, faite de cette série de petits mouvements tourbillonnaires que sont les distractions, manquerait de cette unité, et c'est pourquoi elle est impraticable. Les pièces qui sont toutes en « mots » laborieusement amenés et qui manquent de mouvement général fatiguent vite le spectateur. « Est comique, dit M. Bergson, tout incident qui appelle notre attention sur le physique d'une personne alors que le moral est seul en cause. » C'est exact. Mais il ajoute que le poète tragique a soin d'éviter tout ce qui pourrait rappeler la matérialité de ses héros : ils ne boivent pas, ne mangent pas, ne se chauffent pas, même ne s'assoient pas. Soit. Mais les personnages comiques guère plus, et la vraie raison est-elle bien celle-là ? Si les trois quarts au moins d'une pièce tragique ou comique sont joués debout, si les personnages marchent, passent, s'arrêtent momentanément sur la scène, c'est qu'ils figurent le mouvement tragique ou comique, qu'ils sont autant de mobiles animés par la *vis comica* ou l'*aura tragica*. Qu'il s'agisse de *Tartuffe* ou du *Misanthrope*, de *Cinna* ou de *Britannicus*, on s'assied au milieu de la pièce, dans une scène d'arrêt, d'explication ou de conversation. Mais il est absolument de règle qu'une tragédie ou une comédie ne commencent ni ne finissent jamais sur une scène assise : parce qu'elles doivent commencer sur du mouvement et finir sur du mouvement. Prenez les tragédies de Corneille et de Racine et les comédies en vers de Molière. Deux fois sur trois, au moins, l'un des six derniers vers commence par le mot *allons !* ou bien contient un terme de mouvement analogue. Si la première scène du *Tartuffe* est le chef-d'œuvre de l'exposition comique, comme l'exposition de *Bajazet* est le chef-d'œuvre de l'exposition tragique, cela tient à ce que l'une et l'autre sont conçues sur un thème de mouvement, celle de *Tartuffe* sur la marche endiablée de madame Pernelle, la seconde sur l'arrivée d'Osmin. Une tragédie ou une comédie finissent sur *Allons !* comme la messe sur *Ite missa est*. Voyant madame Sarah Ber-

nhardt mutiler la fin de *Phèdre*, supprimer le *Allons !* de Thésée
pour avoir l'avantage de terminer la pièce sur les vers qu'elle-même
prononçait en mourant, cette sardoufication de Racine me donnait
autrefois à peu près la sensation des feuilles de vigne qui corrigent
les antiques au Musée du Vatican.

Le mouvement est, si possible, encore plus essentiel à la comédie
qu'à la tragédie. Il y aurait une manière originale et féconde de refaire
toute la critique dramatique : ce serait de découvrir et de formuler
le schème dynamique de chaque pièce, un schème dynamique qui,
à la limite, s'exprimerait peut-être soit par une formule algébrique,
soit par une phrase musicale. Mais au-dessus des schèmes dynamiques
de chaque comédie, on pourrait formuler un schème dynamique
général de la comédie. M. Legrand a donné à un livre érudit et bien
fait sur la comédie nouvelle à Athènes le titre *Daos*. Daos, le Davus
latin, c'est l'esclave habile, le *servus callidus* qui mène la pièce, et qui
se retrouve dans la comédie italienne, dans Molière, jusqu'à ce qu'il
arrive avec Figaro à l'apothéose où il disparaîtra. Comment se fait-il
donc qu'à Athènes, à Rome, en France, dans les trois littératures classiques, la comédie ait tourné autour de ce type ? La tradition ne se
serait pas établie s'il n'y avait eu une raison profonde. Tout simplement le *servus callidus* est le délégué au mouvement. Ce n'est pas le
personnage comique, sauf quand il reçoit des coups. Il fait rire de
ses dupes beaucoup plus que de lui. Mais il est mieux que le personnage comique. Il est la comédie elle-même. La comédie française
classique commence et finit sur ce thème, avec *l'Étourdi* et avec *Figaro*.
Or qu'est-ce que *l'Étourdi* ? C'est Mascarille en mouvement. Et
qu'est-ce que *le Mariage* ? C'est Figaro en mouvement. *L'Étourdi*,
a été écrit à Lyon peut-être dans les plus joyeuses années de Molière,
celles dont d'Assoucy nous a laissé un gai crayon. Rien d'étonnant
que Molière y ait pris le lyrisme pour du mouvement comique. *Vivat
Mascarillus fourbus imperator !* Mais *imperator* de comédie, et qui ne
veut que la comédie, et qui ne vit que pour elle. Quant à Figaro,
la fin de son mouvement est de sauter de la comédie dans la vie politique, de faire la Révolution, et d'enterrer, avec l'héritage de Philémon
et de Ménandre, deux mille ans de théâtre.

Mais si les farces de Molière sont menées volontiers par le Daos
comique (Scapin, Mascarille, Sbrigani) il ne saurait en être de même
des grandes comédies. Il faut qu'elles soient menées non du dehors
par un maître fourbe, mais du dedans par les vices et les travers hu-

mains. Et cependant la figure extérieure du mouvement comique reste la même. Ce n'est plus le serviteur, c'est la servante. Ces servantes, invention originale de Molière, les Dorine, les Nicole, les Toinette, à quoi servent-elles dans l'action proprement dite ? A rien. Elles ne servent qu'à mettre du mouvement, à incarner la force comique. Et c'est pourquoi elles sont, avec ce mouvement, l'âme de la comédie. Enlevez, de *Tartuffe*, Dorine, madame Pernelle, monsieur Loyal. Il vous reste tous les caractères et toute l'intrigue, vous n'avez en apparence supprimé que des hors-d'œuvre, des entr'actes. En réalité, vous avez supprimé, avec le mouvement de la comédie, la comédie même, vous lui avez coupé bras et jambes, il ne vous reste et il n'en reste qu'un drame.

Voyez ce miracle de mouvement qu'est la scène de monsieur Loyal succédant à celle de l'incrédulité de madame Pernelle. Monsieur Loyal ne bouge guère, mais sa froide impudence excite les bras à frapper comme le violon exciterait les jambes à danser. On ne donne pas de coups de bâton dans la haute comédie, et Boileau ne voudrait même pas qu'on en donnât dans les *Fourberies de Scapin*. Mais voyez-les, ces coups de bâton, frémissants et peints sur la scène (comme la possession physique dans tels vers de *Phèdre*) mieux que s'ils étaient reçus en chair et en os. D'abord le poing d'Orgon

> Du meilleur de mon cœur je donnerais sur l'heure
> Les cent plus beaux louis de ce qui me demeure,
> Et pouvoir à loisir sur ce mufle asséner
> Le plus grand coup de poing qui se puisse donner.

Puis les fourmis qui se communiquent au bras de Damis :

> A cette audace étrange
> J'ai peine à me tenir, et la main me démange !

Mais Dorine, qui représente l'âme de la comédie, tient à ce que les formes traditionnelles soient observées, à ce que tout provienne de la trique classique :

> Vous pourriez bien ici, sur votre noir jupon,
> Monsieur l'huissier à verge, attirer le bâton !

La comédie étant un art de mouvement, Molière n'est le maître de la comédie que parce qu'il est le maître du mouvement comique. La comédie c'est le comique plus le mouvement organisateur, et quand ce mouvement organisateur est puissamment et pleinement présent, le comique lui-même passe au second plan. Il peut n'y avoir dans une comédie de Molière qu'un seul personnage comique : c'est le cas de *l'École des Femmes*, et jamais tous les personnages d'une de ses pièces ne le sont. Il peut y avoir, en même temps que des situations comiques, des situations tragiques : c'est le cas du *Tartuffe* Mais, si ni les caractères ni les situations ne sont nécessairement comiques, le mouvement est toujours un mouvement comique : condition nécessaire et suffisante d'une comédie.

Analyser ce mouvement comique, coïncider avec l'élan créateur de la comédie, demanderait de longs développements. J'ai voulu montrer seulement, à propos de Molière, que cet élan créateur pose des problèmes originaux qui dépassent le problème du comique et ne sauraient y être ramenés. Si j'écrivais une *Philosophie de Molière*, elle serait plus proche de Sarcey que de Brunetière. Elle porterait sur la manière dont Molière a vécu son art, sur les habitudes qui ont peu à peu fait coïncider son génie avec le génie même de la comédie. Son cas est sans doute analogue à ceux de Shakespeare et de Corneille. Savoir parler une langue c'est savoir penser en cette langue. Ces hommes n'ont parlé ainsi théâtre que parce qu'ils pensaient théâtre. Mais leur pensée qui est une pensée de théâtre, la critique la considère comme si elle se produisait à la ville. Et les conditions mêmes de la critique font qu'on ne parviendra sans doute jamais à dissiper complètement ce malentendu. Je crois qu'une philosophie comme celle de M. Bergson, une analyse du mouvement, peuvent nous y aider.

X

LA RELIGION

M. Bergson n'a abordé nulle part le problème de Dieu. Le mot Dieu se rencontre rarement dans ses ouvrages, sinon dans des lettres au P. de Tonquédec, qui révèlent la gêne d'employer une langue à laquelle sa philosophie n'est pas accoutumée. Mais on ne doit chercher

97

à cette abstention qu'une raison de fait, et non une raison de droit. M. Bergson ne méconnaît pas l'importance du problème religieux ; il le considère comme une suite naturelle ou plutôt comme un sommet du problème philosophique. Il a manifesté l'intention de l'aborder un jour, et si, comme cela est possible, d'autres travaux ne lui en laissent pas le temps, il estime que des philosophes de méthode analogue à la sienne ne sauraient manquer de le faire à sa place. Il ne croit pas que ce problème appartienne évidemment au domaine de l'inconnaissable. D'ailleurs la distinction *a priori* du connaissable et de l'inconnaissable, discréditée par l'emploi qu'en a fait Spencer, ne paraît point compatible avec la candeur et la fraîcheur d'un bon esprit philosophique : il n'y a que le connu et l'inconnu, et encore du connu et de l'inconnu provisoires ; du connu incomplet qui se rectifie en s'enrichissant ; de l'inconnu qui entre tout à coup, par un hasard apparent, dans une lumière imprévue.

Ne croyons pas que, le jour où la philosophie bergsonienne abordera le problème religieux, ce soit pour remplir un cadre tout fait, pour se conformer à ce qu'on attend de la philosophie conçue comme une solution de tous les grands problèmes, et parce qu'un philosophe doit répondre bon gré mal gré à un cycle obligatoire de : « Que pensez-vous de... ? » Bien au contraire, nous apercevons ce problème religieux assez proche de nous, au bout de toutes les avenues, de toutes les percées bergsoniennes ouvertes dans la grande forêt mystérieuse. Nous le voyons comme un horizon de montagnes. Il nous semble qu'en nous mettant en marche nous allons bientôt le toucher, et que l'escalade sera facile. A mesure que nous avançons nous constatons le contraire, nous voyons qu'au lieu d'avancer il recule, nous nous décourageons. Mais, à la réflexion, nous reconnaissons que, s'il est difficile, il n'est pas inaccessible au philosophe, et que M. Bergson a simplement bien fait de le différer. Les illusions d'optique nous trompent de deux façons : en nous faisant croire à leur réalité, ou en nous faisant croire que tout est illusion. Un vrai philosophe emploie pour les corriger les données de son pied montagnard.

Ne nous trompons pas sur le vrai sens de ce terme : le problème religieux. A lui supposer l'origine, d'ailleurs, contestée, de *religare*, la religion nous « relie » de deux façons. Elle nous relie avec nos semblables en tant qu'elle constitue une Église, elle nous relie avec l'au-delà en tant qu'elle constitue une foi. Mais il est une troisième direction, la plus profonde, celle que connaissent les mystiques, qui nous

relie avec l'en-deçà, en tant qu'elle constitue une expérience, l'expérience religieuse. C'est par la réflexion sur lui-même que l'homme
découvre Dieu, le dieu intérieur, le dieu caché. Le philosophe est un
homme pour qui le monde intérieur existe, constitue même la seule
existence réelle, se confond avec l'absolu. « L'Absolu, dit M. Bergson,
se révèle très près de nous, et, dans une certaine mesure, en nous.
Il est d'essence psychologique et non pas mathématique ou logique.
Il vit avec nous. Comme nous, mais, par certains côtés infiniment
plus concentré et ramassé sur lui-même, il dure [1]. » Si nous en excep-
tons les deux derniers mots, qui portent la marque bergsonienne,
ces lignes, prises dans leur sens le plus général, pourraient constituer
une définition de la philosophie, chez tout grand philosophe. Même
chez Spinoza, dont l'absolu apparaît bien d'abord d'essence mathématique, chez Hegel dont l'absolu a une figure logique, — mathématique et logique ne constituent qu'un extérieur, un langage. La Substance et l'Idée sont d'essence psychologique. Descartes, enchaînant
immédiatement au *Cogito*, première vérité connue, un *Cogito Deum*,
pensée de la première vérité en soi, ne fait que mettre au jour le principe constant de la philosophie. Mais si la religion, elle aussi, porte
sur l'absolu, il ne saurait y avoir deux absolus. Son absolu est également
d'essence psychologique. Ce n'est ni au bout d'un voyage, ni au bout
d'une lecture, ni au bout d'un télescope, que l'homme découvre Dieu.
C'est en lui-même. Le royaume de Dieu est en nous. Il est la nébuleuse
de la conscience, qui se résoud en étoiles.

Philosophie et religion déroulent deux formes de la vie intérieure,
c'est-à-dire de la vie vraie, puisque la vie ne nous apparaît la vie que
par une prise intérieure, et jamais par une vue extérieure. Je dis la vie
vraie, et non pas la vérité : car il ne manque pas d'esprits pour lesquels
connaître la vérité c'est éliminer la vie. Et le matérialisme presque
obligatoire du savant répond bien, selon M. Bergson, à une vérité,
d'abord à une vérité pratique en ce qu'il facilite l'action de la vie,
l'insertion de l'esprit dans la matière, et ensuite à une vérité réelle,
puisque la physique peut nous faire toucher l'absolu de la matière comme
la philosophie doit nous faire toucher l'absolu de l'élan créateur,
de l'énergie spirituelle. Mais la conscience de la vie, le contact intérieur avec une réalité elle-même intérieure, nous ne l'obtenons que
par une expérience intérieure. James a écrit un livre sur l'expérience

_________

1. *Évolution Créatrice*, p. 323.

religieuse. C'est dans ie même sens qu'une partie, ou même le tout des travaux de M. Bergson, pourraient être intitulés : L'expérience philosophique.

Mais s'il y a une expérience religieuse comme une expérience philosophique, l'une et l'autre ne demeurent expérience qu'à condition de ne pas se confondre, de ne pas perdre leurs caractères particuliers dans un être général fait de leurs caractères communs. M. Bergson n'aurait certainement aucune peine à transformer ses vues sur l'expérience philosophique en des vues sur l'expérience religieuse, à développer en registre religieux son registre philosophique. Mais une de ses forces c'est précisément de résister contre cette tentation, si naturelle au philosophe, de ne pas chercher un passe-partout applicable à tous les problèmes, et qui, puisqu'il le serait à tous, ne le serait exactement à aucun. M. Bergson pense que le problème religieux mérite d'être abordé pour lui-même, en lui-même, et non comme une rallonge ou un double du problème philosophique. Ses deux lettres au P. de Tonquédec (en omettant leurs précautions oratoires), se ramènent à cette affirmation, qu'en ce qui concerne la question religieuse sa philosophie laisse la voie libre. Mais autre chose est de laisser la voie libre et autre chose de s'y engager. Le train qui s'y engagera n'est pas encore formé. Et ce que nous écrivons ici n'est destiné qu'à occuper, en attendant, nos loisirs sur le quai de la gare.

*<br>* *

M. Bergson passe pour un adversaire de l'intelligence parce qu'il en a marqué les limites. A ce compte beaucoup de philosophes seraient logés à la même enseigne. Mais l'intuition, qui met le philosophe en contact avec la réalité, ne s'explicite en philosophie que si elle est développée en termes d'intelligence, si elle est amenée à la lumière de l'idée claire, si elle est incorporée à notre pensée. En principe l'intelligence ne doit pas nous servir à philosopher, ou bien elle nous engagera dans une philosophie illusoire. Mais l'intuition, principe de la philosophie, n'est pas utilisée par le philosophe à sa source même : elle est utilisée au moyen d'un système de canaux qui est bien un système intellectuel, et où se révèle tout l'art du polytechnicien de l'intelligence qu'est M. Bergson. La pensée ne coïncide pas avec l'être, comme le veut l'idéalisme. L'être qui a déposé la pensée dépasse la pensée, et ne peut être saisi que par une intuition qui dépasse aussi la pensée. Il n'y a philosophie que là où se fait cette appréhension intuitive de l'être. Mais si c'est là une condition nécessaire de la philosophie, ce n'en est pas certainement, pour M. Bergson, la condition suffisante. Le bergsonisme de l'instinct pur, le bergsonisme ennemi de la pensée, le bergsonisme-dada, est une caricature à peu près aussi exacte que le Socrate des *Nuées* lorsqu'il mesure le saut d'une puce, ou le Rousseau des *Philosophes*, que Palissot fait entrer en scène à quatre pattes. L'intuition philosophique s'exprime en termes d'intelligence ; bien plus, sa raison d'être est de féconder l'intelligence, de la détacher des choses en lesquelles l'absorbe sa fonction utilitaire pour attirer son attention sur son mouvement, de rattacher ce mouvement à un mouvement plus général, de faire sentir à l'intelligence ses racines d'intuition, de suivre dans l'intuition l'élan qui la conduit à la fleur proprement humaine de l'intelligence, de connaître cette fleur elle-même, non dans son arrêt, mais dans sa fonction de porte-graines, dans son progrès et dans sa durée. Le philosophe est un affranchi de l'intelligence, mais un affranchi a ι sens romain : il reste dans le cercle et presque dans la maison de l'intelligence, les rapports qu'il entretient avec elle, les services qu'il lui rend sont devenus simplement plus libres et plus souples Il s'exprime dans le langage de l'intelligence, et, affranchi, il l'emploie avec plus de justesse, disons même de sympathie, qu'il ne ferait étant esclave. L'impression la plus nette que nous donne l'exposition de M. Bergson est celle de l'intelligence. La lumière de sa pensée est bien la lumière des philosophes intellectualistes (Platon est à part), d'Aristote à Spinoza et à Leibnitz. Elle manque de chaleur aussi bien que l'*Éthique* ou les *Nouveaux Essais*. Rien de moins pathétique que cette « philosophie pathétique » dénoncée par M. Benda. Les images de ce style ajoutent à la lumière, comme toutes celles des philosophes, et ne créent pas de la chaleur, comme celles des poètes. C'est un style intellectuel parce que c'est un style d'intellectuel, c'est-à-dire de philosophe. Bien qu'il n'y ait pas de types purs, et que l'individualité fasse précisément un mixte original qui échappe au type, un philosophe appartient évidemment au type intellectuel. Mais de ce qu'un philosophe est un homme intellectuel, ne concluons pas que tout philosophe soit nécessairement un philosophe intellectualiste. M. Josse est un orfèvre qui ne réagit pas contre sa pente d'orfèvre, en quoi il n'est pas philosophe. Mais un intellectuel qui ne réagirait pas contre sa pente d'intellectuel aurait peu de titres au nom de vrai philosophe.

# LE BERGSONISME

L'intellectualisme intégral n'apparaît guère que dans une philosophie d'école, qui porte la marque utilitaire d'un enseignement. Un grand philosophe, c'est un grand intellectuel, qui trouve une manière de dominer et d'expliquer son intelligence. Philosopher avec l'intelligence ne fait qu'une moitié inférieure de la philosophie ; l'autre moitié consiste à philosopher d'elle.

Le grand effort du philosophe va donc à ne pas philosopher spontanément, et à voir la philosophie elle-même, la philosophie d'abord, avec un œil de philosophe. Ce qui, logiquement, est peut-être un cercle, mais M. Bergson lui-même a montré, à diverses occasions, que les prétendus cercles ne sont qu'un fantôme de la pensée immobile qui projette sur l'objet sa propre immobilité, et que l'action, la vie, le mouvement, consistent à franchir ces cercles, constitués, comme celui de Popilius, par la seule faiblesse de celui qui s'y croit enfermé. L'expérience nous montre que les grands philosophes n'ont pas été moins aptes à philosopher sur la science que sur la philosophie, et cela parce qu'en général ils ont été eux-mêmes des savants. Un philosophe, pour philosopher sur la philosophie et la science, est porté, et non empêché, par la philosophie et la science. En est-il de même pour la religion, et aussi pour l'art ?

Platon étant toujours mis à part, l'expérience nous montre que les génies inventeurs en philosophie, qui ont été souvent des génies inventeurs en matière de science, ne l'ont jamais été en matière de religion ou d'art. Les philosophes modernes se sont passés d'esthétique jusqu'au XVIIIe siècle, époque où les Allemands se sont mis à discourir et à raisonner sur le beau, et leur esthétique, qui n'est rien moins qu'esthétique, nous instruit plus qu'elle ne nous séduit. D'autre part les philosophes ont été souvent des esprits sincèrement religieux, mais d'une religion toujours à la suite : tantôt à la suite de la religion, le philosophe pratiquant de bonne foi la religion dans laquelle il a été élevé ; tantôt à la suite de la philosophie, le philosophe tirant de sa philosophie une rallonge religieuse, qui traite bien de problèmes religieux, mais qui n'est portée que peu ou point par le véritable esprit religieux. L'expérience religieuse profonde, inventive, qui est le propre des grands mystiques, ne se rencontre pas chez les philosophes. Pour en revenir à l'image de tout à l'heure, ils ont beau nous prouver que là où il y a lumière il y a chaleur, on ne chauffe pas un train avec de la lumière, serait-ce celle du Midi. Aussi le train est-il toujours en gare. Les spéculations des philosophes allemands sur l'essence de la religion ne valent ni plus ni moins que leurs spéculations sur l'essence de l'art.

La tentative des Herder, des Fichte, des Schelling, des Hegel, était d'ailleurs nécessaire. Pour connaître l'écueil, il fallait d'abord avoir échoué. On ne saurait parler avec trop de respect des grands philosophes du romantisme allemand, qui ont éprouvé si puissamment de l'intérieur le sentiment de la vie, et qui en ont vivifié comme d'un fleuve central toute la pensée du XIXᵉ siècle. Ils ont lancé sur ce fleuve des barques et des voiles qui ont fait naufrage, mais ils avaient découvert le fleuve où nous lançons à notre tour des nefs mieux munies qui ne seront pas éternelles. Quand M. Bergson se refuse à tirer de sa philosophie une philosophie de la religion aussi bien qu'une philosophie de l'art, quand il estime que ce sont là des problèmes originaux, qui ne sont pas plus donnés dans le problème philosophique qu'ils ne sont donnés dans le problème de la liberté ou dans celui de la vie, et qui requièrent une méthode originale, une sympathie originale avec un élan originel, nous pouvons regretter des scrupules qui nous privent de pages intéressantes, mais nous devons reconnaître, dans le présent, la probité de cette attitude, et, dans le passé, les échecs qui la justifient. Herder a eu un sentiment juste de la force créatrice qui est au cœur de la réalité. Il a donné l'impulsion à une part capitale de l'esprit du siècle. Mais quand il a tiré de sa philosophie de l'histoire une philosophie de la religion, quand il a fait de la religion, sous sa forme pure, la conscience de cette force créatrice, il ne nous a présenté qu'un fantôme de la religion, vidé de sa substance propre, réduit à ce que serait la religion si elle tendait à coïncider avec la philosophie. Le titre de l'ouvrage de Kant : *La Religion dans les limites de la raison*, pourrait servir d'étiquette à toute une file d'œuvres froides et inefficaces.

En gardant présentes à l'esprit toutes ces réserves, nous ne risquerons pas de surfaire la valeur des hypothèses que nous tenterons sur ce que serait une pensée religieuse, ou un sentiment religieux, dans le mouvement plutôt que dans les limites du bergsonisme ; bien qu'on puisse tout de même parler des limites du bergsonisme, toute philosophie, même la plus déliée et la plus libre ne s'exprimant que grâce à la matérialité dont il faut bien qu'elle demeure captive. Comme Athènes, elle ne fixe la Victoire qu'en la rendant Aptère.

# LE BERGSONISME

*<br>* *

Si M. Bergson évite d'appeler Dieu l'*x* qu'est l'élan vital, rien dans sa philosophie n'interdit qu'on emploie ce nom, qu'on groupe encore sur lui un certain nombre des idées traditionnelles et philosophiques qui peuvent s'ordonner en une religion. Il y aurait cependant des difficultés de principe à surmonter.

L'élan vital a été comparé plusieurs fois à la Volonté de Schopenhauer. Il va de soi que Schopenhauer ne pouvait pas affecter du signe Dieu sa Volonté, puisque la Volonté ne se réalise que dans la souffrance et le mal, et qu'il n'y a qu'un bien, qui est la suppression du mal, la suppression de la Volonté, la suppression de l'être. Dieu ce serait donc l'absence d'être, le néant pur. Schopenhauer met d'ailleurs beaucoup d'ingéniosité à montrer qu'au fond les grandes religions aryennes ne disent pas autre chose.

Mais dès que l'élan immanent à l'être, dans la philosophie du romantisme allemand, est considéré comme la réalisation progressive du Bien, il est naturel qu'on l'appelle Dieu. De là la conception hégélienne, popularisée chez nous par Renan, d'un Dieu qui se fait, d'un Dieu qui sera. Il semble au premier abord qu'un Dieu bergsonien puisse être conçu sur ce modèle, que l'élan vital de l'*Évolution Créatrice* ressemble au *nisus* des *Dialogues Philosophiques*. Il y a cependant de graves différences.

L'idée romantique, hégélienne, renanienne, du progrès, de l'humanité et de Dieu, repose en somme sur un concept contre lequel le bergsonisme s'élève avec énergie, et qu'il a dénoncé tout aussi bien en ce qui concerne le problème de la liberté psychologique qu'en ce qui concerne le problème de la vie organique : le concept de l'évolution unilinéaire. Toute philosophie du progrès, depuis Condorcet, se représente le mouvement de la vie et de l'humanité comme tendant à un but, alors que la philosophie du XVIIᵉ siècle et de l'antiquité les regardait comme dérivant d'un principe. On peut appeler ce but Dieu, comme on appelait auparavant Dieu ce principe. Le Dieu-but n'est que le Dieu-principe retourné dans la durée, et transféré du passé à l'avenir. L'un et l'autre peuvent être considérés comme des hypostases de la finalité, avec cette différence que, pour le Dieu-principe, la finalité constitue une loi du monde créé, tandis que, pour le Dieu-but, elle constitue la loi intérieure, la réalité inhérente à Dieu lui-

104

même. L'unité de la direction évolutive creuse le lit d'un nouveau monothéisme.

Cette unité, ce monothéisme, ne paraissent pas conciliables avec la nature de l'élan vital. Certes M. Bergson parle de l'élan vital et non des élans vitaux. Il le caractérise d'un trait général, et unique, en y voyant le maintien d'une réalité qui se fait à travers une réalité qui se défait. Mais dans cette réalité sont données la pluralité des êtres et la multiplicité des voies. Il y a une apparence d'évolution uni-linéaire : dans la vie l'humanité intelligente, dans l'humanité intelligente certains peuples privilégiés, dans ces peuples privilégiés certains types d'hommes, certaines espèces de culture et certaines fusées de génie, maintiennent toujours un *agmen*, une pointe avancée, une tête que tout le reste semble préparer et servir. Mais cet aspect de l'évolution créatrice correspond en elle à une réalité déficiente plutôt qu'à sa réalité positive. Tout se passe comme si l'élan vital était un élan limité. Sa nature serait de réaliser toutes ses possibilités, de s'épanouir en une infinité de formes individuelles, originales. Mais chacune de ces formes devient vite captive de la matérialité qu'elle a dû se donner. Et cette matérialité se confond avec les limites de l'élan vital. Il trouve ces limites dans le poids même qu'il ne peut soulever, qu'il est obligé de tourner d'une façon précaire. Théoriquement la réalité qui se défait aurait peut-être toujours une avance sur la réalité qui se fait, comme la tortue sur Achille dans l'espace de Zénon, mais la vie consiste à compenser par des pas indivisibles cette avance théorique, à substituer la *qualité* d'un pas léger à celle d'un pas lourd, l'*homo faber* constructeur de maisons à l'animal porteur de la sienne. Le substituer ? Est-ce bien cela qu'il faut dire ? M. Bergson a fortement insisté sur ce caractère essentiel de l'élan vital, qu'il est conservateur autant que créateur, qu'il maintient autant que possible ses formes moins efficaces à côté de ses formes plus efficaces, et qu'il les maintient pour elles-mêmes, non à titre d'étapes sur le chemin de formes plus parfaites : l'instinct est l'instinct, il n'est pas une forme inférieure de l'intelligence ; l'animal est l'animal, il n'est pas un candidat à la qualité d'homme. L'évolution unilinéaire, qui paraît conduire des uns aux autres, ne repose que sur une illusion déterministe et sur la suppression de la durée vraie. Cette illusion répond d'ailleurs à la limitation même de l'élan vital. Sur la voie où cet élan rencontre le moins de limites (pour nous la voie de l'intelligence) nous sentons la souplesse de l'intelligence surtout en la comparant à la raideur des formes instinctives, et cette comparaison même, ce rapport abstrait dans l'espace, devient une genèse, un rapport concret dans le temps, puisque la fonction de l'esprit consiste à mettre de l'ordre dans les choses qui ne se précèdent ni ne se suivent naturellement.

Certes nous ne pouvons nous imaginer un élan vital illimité. Nous ne saurions voir dans l'élan vital qu'une force pour tourner la matière, et pour obtenir d'elle, par l'organisation, quelque chose que d'elle-même elle ne saurait donner. Au commencement était l'action, l'élan vital est action, action sur la matière ; en supprimant matière, on supprimerait action ; en supprimant action on supprimerait élan vital, laissant à sa place un x dont nous ne pouvons pas plus concevoir la non-existence que l'existence. Mais l'élan vital consistant sans cesse à tourner les obstacles de la matérialité, n'y a-t-il pas en nous un mouvement pour tourner cet obstacle logique ? (le logique est la projection du matériel.) Si nous ne pouvons concevoir un élan vital illimité, n'avons-nous pas le sentiment obscur que cette limite constitue bien le fait de l'élan vital, mais que l'absence de limite constituerait son droit ? Ce sentiment ne serait-il pas le sentiment religieux ?

L'évolution unilinéaire nous a semblé une illusion, ou plutôt une nécessité de l'intelligence qui voit des points d'arrêt et non des mouvements, et qui épuise la perception du mouvement dans la perfection du point d'arrêt. Les étapes de l'automobile et de l'avion nous paraissent, quand nous en voyons les échantillons dans un musée, des essais pour réaliser un type parfait, qui est fourni par l'automobile et l'avion 1923. A la vérité tout nous porte à croire qu'il y aura autant de différence entre l'avion 1926 et l'avion 1923 qu'il y en a entre l'avion 1923 et l'avion 1918. Mais cette croyance, si légitime pour le spectateur et pour le philosophe, reste absolument théorique, et pratiquement nulle pour le constructeur de l'avion 1923. Celui-ci veut construire l'avion 1923, et non préparer l'avion 1926. L'avion 1923 se comporte pour lui comme un point d'arrêt au regard des modèles précédents. Il voit dans la suite de ces modèles une série unilinéaire qui conduit au type qu'il construit, et qui s'arrête là. Coupe arbitraire, mais nécessaire à son action. S'il voulait raffiner en philosophe, mêler indiscrètement sa philosophie d'*homo sapiens* à son métier d'*homo faber*, il dirait comme ce pacha turc dont j'ai déjà rappelé l'histoire (je recommence, car je vois là un bon apologue bergsonien) : « Vous autres

Européens, vous inventez toujours de nouveaux moyens de transport, et vous remplacez toujours des anciens par des nouveaux ; ce n'est pas la peine d'en créer ici qui seraient déclassés demain, et pour être sûr d'avoir les plus modernes, nous préférons attendre. » L'*homo faber* considère sa fabrication présente comme un absolu, la fabrication passée comme une étape de sa fabrication présente, et ne s'inquiète pas de savoir si la fabrication future remplacera ou non la sienne. Mais l'état intérieur du constructeur de 1918 était le même que celui du constructeur de 1923, et la succession réelle de ces états intérieurs ne doit pas se confondre avec l'évolution unilinéaire en laquelle le passé se schématise pour fournir au fabricant actuel une attitude utile et un plan directeur.

L'*idolum tribus* qu'est le préjugé de l'évolution unilinéaire contribue donc à nous représenter nous-même à nous-même comme la pointe d'un *agmen*, comme le produit de tout un passé qui non seulement aboutit de fait à nous, mais qui y aboutit de droit, qui préparait notre être et notre action. L'évolution unilinéaire se rattache aux illusions égocentrique, anthropocentrique, qui sont le pain quotidien de notre action et de notre pensée. L'histoire est une évolution unilinéaire qui aboutit pour Guizot à la domination des classes moyennes, pour Comte à l'établissement du positivisme, pour les nationalismes à la constitution d'un génie national, pour le communisme à l'égalité sociale. La seule différence entre les unes et les autres de ces doctrines, c'est que pour les unes l'évolution unilinéaire est parvenue à un aujourd'hui, et que pour les autres elle va à un demain, mais les dernières ne conçoivent bien et ne préparent activement ce demain, que parce qu'elles se refusent à voir devant lui un autre demain, de même que le constructeur de l'avion 1923 ne construit l'avion 1923 que parce qu'il se refuse à voir devant lui l'avion 1926. On a beau jeu de dénoncer ici l'illusion humaine et l'orgueil humain ; sans eux il n'y aurait pas d'action humaine, pas de création humaine. Nous en avons besoin, la vie en a besoin, comme de l'air que nous respirons et du pain que nous mangeons.

Et pourtant, tout en respirant l'illusion et en nous nourrissant d'orgueil, nous les reconnaissons pour de l'illusion et de l'orgueil ; il y a des moments où le voile se déchire, où tout au moins il flotte au vent, devient transparent, nous laisse apercevoir sur le soleil d'un autre monde une mer dont nous ne sommes qu'une goutte d'eau ou une crête d'écume. L'*homo faber* a pu être défini aussi un animal religieux. Laissons de côté la question de savoir si d'une part un animal comme le chien ne révèle pas envers son maître des sentiments religieux, et si d'autre part il n'y a pas des peuples et des hommes réellement sans religion. Pour nous exprimer en langage bergsonien, ce fait nous suffit, qu'il y a dans l'homme, à mesure qu'il se complique et se perfectionne, une tendance croissante à accentuer le sentiment religieux, que l'absence de ce sentiment nous paraît en lui une diminution, et qu'en imaginant une société vidée de tout sentiment religieux, nous imaginerions par là même une société de vie racornie et engourdie. plus proche des abeilles et des fourmis que de l'humanité réelle

Si nous considérons le sentiment religieux sous ses formes les plus pures, celles qu'il revêt dans l'Évangile et l'*Imitation*, celles que chacun éprouve lorsqu'il laisse vivre en lui l'esprit de l'Évangile et de l'*Imitation*, nous reconnaissons en ce sentiment une tentative où ce qu'il y a de plus spirituel en l'homme est employé contre l'illusion et contre l'orgueil, où l'illusion est combattue à travers l'orgueil, où l'arbre d'illusion s'écroule après que les racines d'orgueil ont été mises à nu. Toute l'intelligence de l'*homo faber* cristallise autour de techniques ; tout le sentiment de l'homme religieux tend à s'ordonner en une ascétique et une mystique, et il tient en ceci : réaliser le royaume de Dieu, aller à la vérité par l'humilité, à la conquête d'une grandeur par le sentiment d'une faiblesse.

Mais cette démarche la plus haute de la vie est aussi la plus dangereuse. Elle aussi l'automatisme la guette, elle aussi est vite captive de la matérialité qu'elle doit se donner. A un tel point que les confusions les plus grossières deviennent son ordinaire le plus coutumier, et que, des pierres apportées pour Dieu, c'est le diable qui prend livraison.

Pas de sentiment religieux si l'orgueil n'est d'abord abattu. Qu'à cela ne tienne ! L'orgueil humain, expert à tous les déguisements subtils, prendra bien vite le masque du sentiment religieux, et lui qui est habitué à se nourrir de toute notre substance, il trouvera dans le sentiment religieux sa nourriture de choix. Flaubert dans la *Tentation de Saint Antoine*, Anatole France dans *Thaïs* ont conté ce drame si commun. Et ils n'ont eu qu'à lire (à lire le même texte) dans la nature humaine et dans l'histoire du sentiment religieux. L'humilité qu'on veut avoir ne sert qu'à gâter le peu qu'on en a. Ce qu'on croit l'humilité c'est la haine de l'orgueil, — la haine de l'orgueil des autres, — la haine des autres, — l'orgueil. L'histoire des Églises c'est l'histoire des disputes théologiques, et parler de disputes théologiques c'est parler d'orgueil et de haine, tout aussi sûrement que parler d'incendie c'est parler de matières combustibles.

Et puis le sentiment religieux ne va guère sans une religion, une religion ne va guère sans une Église, une Église ne va guère sans des intérêts temporels, c'est-à-dire sans tout un atelier d'*homo faber*. L'Église et l'État, c'est parfois deux Églises, c'est toujours deux États. Et voilà des montagnes d'illusion et d'orgueil qui s'ajoutent à l'illusion et à l'orgueil nécessaires de l'*homo faber*. L'*homo faber* est un être social, et la religion a fourni à la société un ciment puissant, au levier d'Archimède un fort point d'appui. La patrie, qui multiplie nos puissances utiles d'illusion et d'orgueil, qui les élève à leur maximum d'efficace, la *patria faber*, est plus habile encore que l'*homo faber* à utiliser pour ses fins propres le sentiment religieux qui, originellement et à l'état pur, lui tourne le dos. Pas de patrie sans un *Gott mit uns !* Pas de frisson religieux que l'élan vital des hommes actifs et des sociétés constructrices ne tende à utiliser, à mobiliser, à recruter ! La Sainte Vierge est colonel d'un régiment dans je ne sais quelle république de l'Amérique du Sud ; et on aurait tort d'en sourire, car il n'y a pas de nation qui n'élève à un grade dans son armée quelque sentiment religieux.

Le sentiment religieux n'est pas humain s'il n'est utile, et il ne devient utile qu'en ajoutant, d'une façon directe ou détournée, consciente ou inconsciente, à l'illusion et à l'orgueil, individuels ou collectifs, sans lesquels il n'y aurait ni vie, ni intelligence, ni évolution créatrice. L'automatisme qui le guette est, comme l'automatisme de l'artisan, un automatisme utile. Il n'en subsiste pas moins que cet automatisme trouble en ce sentiment, au moment où il le touche, ce qu'il y a en lui de purement religieux, comme l'intelligence arrête, en formulant le mouvement en repos et la vie en idées, ce qu'il y a en eux de purement mobile et de purement vivant. Qu'est-ce à dire sinon que, dans sa nature profonde, le sentiment religieux coïncide en nous avec ce qui, de nous, n'est pas humain, avec ce qui nous fait tourner le dos non pas seulement à l'homme d'aujourd'hui, à l'homme individuel, à l'homme dont nous sommes mécontents, mais à toutes les formes de l'homme et du surhomme, à la nature humaine, à l'élan vital de l'humanité ?

# LE BERGSONISME

*<br>* *

Spécifier ce que le sentiment religieux n'est pas fera un bon chemin pour en venir à spécifier ce qu'il est. La philosophie moderne nous vient ici en aide. Deux fois des philosophes ont essayé de construire une religion, avec Pythagore et avec Auguste Comte. Comme ils l'ont construite en philosophes, il est probable qu'ils se sont trompés ; mais étant philosophes ils n'ont pu se tromper que de façon instructive. Laissons de côté le pythagorisme qui ne nous apprendrait rien, étant trop mal connu. Arrêtons-nous à Comte, qui a prétendu fonder la religion de l'Humanité. Une des bonnes raisons pour lesquelles il n'a pas réussi est que celui qui dit religion de l'Humanité dit à peu près fer en bois.

Rien de plus curieux que l'expérience comtiste. Il fallait qu'elle fût faite, faite par un ingénieur logicien de l'École Polytechnique. Le fondateur du positivisme a créé une religion fort ingénieuse, fort propre à séduire l'intelligence (et même à toucher le cœur des gens intelligents). En outre Comte est loin de manquer de sentiment religieux : il en déborde, et du plus pur ; l'âme religieuse de ses dernières années est d'une qualité admirable. Ce qui manque à l'avare ce n'est pas l'amour ; c'est l'objet de l'amour, l'être vivant, qu'il remplace par l'être, concret ou abstrait, qu'est sa fortune : lisez le *Ludovic* d'Hello, et, sur le registre opposé, *Silas Marner*. Ce qui manque à la religion de Comte, ce n'est pas le sentiment religieux, c'est l'objet de ce sentiment, qu'il remplace par l'Humanité comme l'avare remplace l'objet de l'amour par l'argent.

Dirons-nous que l'objet vrai de ce sentiment est Dieu ? Oui, sans doute ; mais prenons garde. La religion de l'Humanité, où le sentiment religieux est profond et pur, nous semble une religion mort-née parce qu'elle est une religion sans Dieu. D'autre part il se trouve que la religion qui compte (en apparence du moins) le plus grand nombre d'adhérents sur la terre, le bouddhisme, est, dans son principe et dans la pensée de son fondateur, une religion sans Dieu. Nous retiendrons ce fait avec d'autant plus d'attention que la philosophie qui, par ses racines profondes, nous paraît présenter le plus d'analogie avec la philosophie de M. Bergson, celle de Schopenhauer, se donne pour une forme occidentale et rationelle du bouddhisme, auquel elle s'efforce subtilement d'annexer le christianisme, déviation, selon elle, du bouddhisme

110

sous la détestable influence du théisme sémitique. Dirons-nous donc, en dépit de cette grande religion sans Dieu, que la religion, c'est le sentiment religieux ayant Dieu pour objet ?

Non. Mais l'essence du boudhisme est faite d'une négation, contraire de l'affirmation positiviste, et il faut que cette négation soit bien importante dans l'être d'une religion, puisque là où elle manque le plus, comme dans le positivisme, le foyer religieux manque aussi le plus. Le bouddhisme est la négation de l'humanité aussi radicalement que le positivisme est la religion de l'humanité. Ces deux religions également sans Dieu figurent, du point de vue de l'humanité, l'antipode l'une de l'autre, l'être et le non-être de la religion. Ne pourrions-nous, en réfléchissant, libres d'idées préconçues, sur l'essence de la religion, arriver à la définir par là : une négation de l'Humanité ?

Peut-être. Mais il faudrait bien des précautions et des tempéraments. Et d'abord, pour pénétrer la nature de la religion, que devons-nous considérer, les religions ou le génie religieux ? Bien plutôt le second. L'art vrai, ce sont les trouvailles des artistes de génie qui ont le mieux reproduit la puissance inventive et créatrice de la nature. Pareillement la religion vraie ce sont les trouvailles des grands mystiques, des grands fondateurs de religion, ce n'est pas leur utilisation sociale, la somme de foi efficace qu'ils mettent au service des destinées nationales et humaines. Ou plutôt toute religion est un dualisme, le dualisme d'un Évangile et d'une Église. Toute religion implique une opposition, une thèse et une antithèse que ne résout nulle synthèse, les arrêts n'étant en ces matières que des coupes de l'intelligence, des points d'appuis de l'action.

Je sais bien qu'il est difficile d'apercevoir ce dualisme au fond de toute religion, parce que toute religion nous apparaît d'abord comme société religieuse, et que tous les hommes, en tant qu'hommes, en tant que portés par l'illusion vitale nécessaire, saisissent, étalent, utilisent le religieux sous la forme du social. Ainsi le philosophe lui-même ne saurait formuler l'intuition de l'être, qui est l'objet propre de la philosophie, et sans laquelle il n'y a pas de grand philosophe, autrement qu'en lui donnant une forme intellectuelle qui l'arrête et la glace. Toute philosophie tend à codifier ses intuitions en une scolastique, c'est-à-dire à s'éloigner de l'intuition par une scolastique. Comme une religion c'est le dualisme d'un Évangile et d'une Église, une philosophie c'est le dualisme d'une intuition et d'une scolastique. Aucune philosophie n'y échappe, aucun philosophe ne peut retenir indéfiniment son intuition sur la pente scolastique où elle doit finalement rouler. Et cela parce que le philosophe est un individu. Heureusement le philosophe, les philosophes, ne sont pas la philosophie ; l'élan de la philosophie dispose d'une puissance indéfinie d'intuition, qui ne pourrait d'ailleurs se manifester si des scolastiques ne lui faisaient obstacle, si une intuition ne consistait d'abord à dire : Non ! à une scolastique. Le dualisme religieux ne saurait être pleinement aperçu par les hommes religieux, puisque l'*acte* de l'homme religieux est de triompher de ce dualisme et de croire qu'il l'a définitivement vaincu. De même le dualisme philosophique ne saurait être pleinement aperçu par un homme philosophe, puisque l'*acte* de cet homme est de ne pas voir sa philosophie à lui sous forme de scolastique.

Et la complexité, la féconde contradiction des choses (cette contradiction sans laquelle il n'y aurait pas de nature) va plus loin. Les mystiques représentent l'intuition religieuse, de même que les grands philosophes représentent l'intuition philosophique. Comme ils n'ont commencé à écrire en Occident qu'avec les auteurs des Évangiles, puis avec le rédacteur des *Ennéades*, nous ne pouvons en constituer une chaîne aussi ancienne que celle des philosophes, mais Delphes et Éleusis impliquent bien en Grèce une culture mystique, qui antérieurement avait existé en Égypte. Laissons de côté le mysticisme philosophique comme celui des *Ennéades*. Considérons le mysticisme religieux, celui qui se meut dans le vocabulaire et les images d'une religion déterminée. L'expérience nous montre que les mystiques sont la plupart du temps, au contraire des philosophes, des esprits très habiles et très pratiques, parfaitement aptes à fonder et à gérer des institutions humaines, à mettre leur mysticisme en action (j'allais dire en actions). Un Évangile mystique, en principe, cela consiste à dire : Non ! à une Église. Mais cela consiste aussi à fonder une Église. Et l'habileté, l'intelligence d'une Église, résident aussi en ceci, qu'elle essaye de captiver, de s'annexer le mysticisme qui a toujours tendance à s'échapper d'elle, à faire appel à son bon sens, à lui dire : « C'est bien chanceux de fonder une Église. Surtout contre la nôtre, qui a bec et ongles, et vous fera la vie dure. Restez donc chez nous. Nous ne vous gênerons pas. Nous vous aiderons. Le meilleur moyen de réaliser votre œuvre, c'est d'employer nos ressources plutôt que de vous user, ou de vous briser, à nous détruire. » L'Église catholique, le plus habile et la plus intelligente de toutes, et qu'on peut bien appeler l'Église tout court, est maîtresse en cet art de *combinazione*. C'est l'histoire de saint François d'Assise. Les torrents qui risquaient de la ravager, elle a employé leur énergie à se faire de la lumière et de la chaleur. C'est une victoire, mais la victoire de l'esprit politique. Il serait exagéré de parler de victoire de l'esprit religieux. Il serait exagéré de parler de sa défaite. Il s'agit en somme de sa vie, et les limites nécessaires que rencontre toute vie peuvent aussi bien être considérées comme une victoire, puisqu'elles figurent une insertion dans la réalité, que comme une défaite, puisqu'elles figurent un arrêt ; l'élan de la vie ne les dépose que par impuissance de les dépasser.

Les mystiques eux-mêmes, les hommes de l'expérience religieuse, ne peuvent pas isoler de la religion son élément politique, ne peuvent abdiquer la qualité d'animal politique. Ils gardent l'éternelle tendance humaine à crier : Faisons Brutus César ! Nous ne connaissons, objecterez-vous, d'entre eux que ceux qui, présentant cette tendance politique, ont bien dû se mêler au monde, ont écrit, ont agi, tandis que les vrais mystiques ont dû vivre absolument ignorés. L'*Imitation de Jésus-Christ*, qui n'était pas faite pour le public, quel élément politique y trouvez-vous ? — Aucun ; c'est le livre d'un moine dans son couvent. Mais ce couvent est un État. Pour un saint Bernard il y a autant d'être politique dans Cîteaux que dans l'Europe, et le cœur de l'homme, tant qu'il bat, conserve dans son battement le rythme politique. Les livres des mystiques comme des autres hommes ne sont que le graphique de ces battements, et là où il n'y a pas de graphique, demeure toujours le même cœur

> Heureux ou malheureux je suis né d'une femme,
> Et je ne puis m'enfuir hors de l'humanité.

Et pourtant il le faut. Sait-on jamais ce qu'on ne peut pas et ce qu'on peut ? Certes le mysticisme est probablement quelque chose d'aussi exceptionnel que le génie, ou plutôt il est une forme de génie appliqué à l'exploration d'un certain domaine. Mais le levain aussi ne figure dans le pain que pour une part infime. Considéré non dans ses applications, non même dans la totalité de l'homme de chair qu'il anime et transfigure, mais dans son mouvement, dans sa direction, dans l'énergie toute spirituelle de son feu, le mysticisme paraît bien ceci : une fuite hors de l'humanité, mais une fuite que tout ce qui est humain en nous et dans le mystique lui-même, et dans sa religion, s'efforce

sinon d'empêcher, tout au moins de récupérer, d'utiliser humaine-
ment.

Identifier sa religion avec les intérêts, avec la vie d'une unité nationale ou même de l'unité humaine, cela ne nous paraît guère aujourd'hui
que la religion de ceux qui sont dépourvus de sentiment religieux.
Mais pendant de longues périodes, et sur de vastes espaces, cette religion du groupe, sous la forme du culte des ancêtres, a dominé, a
peut-être été seule. On a cru que les morts restaient avec les hommes,
que les morts étaient encore en quelque façon des hommes. Des
formes plus profondes de la religion ont apparu lorsque, cessant de
croire que les morts restaient avec les hommes, on a pensé qu'ils les
quittaient pour aller ailleurs, parfois chez les dieux, parfois même
pour être dieux. Puis les mystiques d'une part, les philosophes de
l'autre, ont pensé que mourir c'était rentrer dans une vérité dont
l'individu n'était que la limitation. Cette vérité, le mysticisme ou la
philosophie peuvent nous y faire vivre par anticipation, de sorte que
la mort ne surprenne pas le sage et le maintienne simplement dans
l'état où la méditation l'aura mis. La forme vers laquelle la portait ce
mouvement, la religion l'a atteinte lorsque l'Évangile a dit : « Cher-
chez d'abord le royaume de Dieu » et « Le royaume de Dieu est en
vous ». Le royaume de Dieu n'est pas un royaume humain, et l'homme
l'atteint en trouvant en lui le royaume qui n'est pas de l'homme.

Mais l'homme ne ferait pas œuvre humaine sans une croyance immodérée à l'existence de l'homme. Même et surtout sur ce haut plateau
religieux, il répugne à concevoir la fin de l'homme comme autre chose
que l'achèvement de l'homme. Et le mysticisme est obligé de le suivre
sur ce terrain. De sorte que dans le mysticisme même s'installe un
dualisme, une de ces contradictions qui sont d'ailleurs, comme l'opposition des deux sexes, la source de toute vie. M. Henri Brémond,
dans le troisième volume de son grand ouvrage sur l'*Histoire littéraire
du sentiment religieux en France*, distingue chez les mystiques la direction anthropocentrique et la direction théocentrique. Il attribue à
Bérulle le mérite d'avoir fait dans le monde spirituel de son temps
une révolution théocentrique, et il cite de lui ces lignes, que chacun
rapprochera des lignes analogues de Kant : « Un excellent esprit de
ce siècle, — dit-il, et il ajoute en marge *Nicolaus Copernicus* — a
voulu maintenir que le soleil est au centre du monde, et non pas la
terre ; qu'il est immobile, et que la terre, proportionnellement à sa
figure ronde, se meut au regard du soleil... Cette opinion nouvelle,

peu suivie en la science des astres, est utile et doit être suivie en la science du salut. » Et M. Henri Brémond ajoute : « Dieu centre, et vers qui toute vie religieuse *doit être en un mouvement continuel*, prenez-y garde, cette conception avait été jusqu'alors moins commune qu'on ne pourrait croire. En théorie, personne, sans doute, ne l'aura jamais combattue, mais en fait, et pendant de longs siècles, on a suivi communément une direction, je ne dis certes pas contraire, mais différente ; on s'est exprimé comme si le soleil tournait autour de la terre, comme si faire notre salut était notre but suprême [1]. » On s'est exprimé comme si... On s'est exprimé du point de vue de l'homme, comme l'homme devant le soleil s'exprimait et s'exprime encore, voyait et voit encore du point de vue de la terre. Ce *on* ne s'applique d'ailleurs, pour M. Brémond, qu'aux écrivains religieux et aux théologiens, et il ne s'occupe pas des philosophes, sur lesquels le point de vue serait tout à fait différent. C'est aussi la religion, et particulièrement la religion chrétienne, que nous considérons ici (et la difficulté que M. Bergson pourrait trouver à exposer ses idées religieuses, doit consister surtout dans la difficulté qu'éprouve le philosophe à se garder d'employer à l'excès la manière philosophique en des matières qui lui paraissent et qui nous paraissent d'abord et si légitimement et si profondément philosophiques). Or il semble que la religion chrétienne implique un théocentrisme de droit et un anthropocentrisme de fait, et que la prudence de l'Église consiste à empêcher le chrétien d'annuler, quelque diable bon théologien le poussant, l'un de ces contraires. En droit tout l'effort du chrétien doit tendre à la gloire de Dieu, dans l'annihilation absolue de sa propre personne et de son moi haïssable. En fait l'œuvre de notre vie c'est l'œuvre de notre salut, du salut de notre âme individuelle. Que dis-je l'œuvre de notre vie ? C'est l'œuvre de Dieu lui-même, qui s'emploie de sa chair et de son sang au salut de cette âme. « J'ai versé telles gouttes de sang pour toi. » Et les vers de Verlaine seraient avoués, glorifiés par tout théologien.

> Oui, votre grand souci c'est mon heure dernière.
> Vous la voulez heureuse, et, pour la faire ainsi,
> Dès avant l'univers, dès avant la lumière,
> Vous préparâtes tout, ayant ce grand souci.

Du côté de ce droit et du côté de ce fait l'Église met également ses

_______
1. *Histoire...*, t. III, p. 24

barrières. Le théocentrisme immodéré conduit au quiétisme, qu'elle a condamné. L'anthropocentrisme immodéré est contenu par ces deux conditions du salut : la nécessité de la grâce divine et l'obligation de l'amour de Dieu. Mais ce n'est que dans des circonstances exceptionnelles et sur les plans supérieurs de l'âme, quand il s'est agi de définir la pointe de la contemplation mystique, que l'Église a dû combattre le théocentrisme ; l'homme n'est pas naturellement théocentrique. Au contraire il est naturellement anthropocentrique. Il est écrasé sous le poids de l'individualité, mais adapté à ce poids, comme les êtres vivants des profondeurs marines sont adaptés au poids de milliers de mètres d'eau. Quand on les en tire brusquement la décompression les fait éclater. L'ascétique et la mystique ont précisément pour but de ménager et de conduire le passage de ce monde où nous sommes plongés (Pascal chrétien pouvait dire comme Pascal physicien, après le *Phédon* : Nous vivons sous un océan d'air) vers le monde supérieur, et une logique immodérée y ferait l'effet de la décompression. Mais l'ascétique et la mystique ne concernent que peu d'âmes. La nature humaine spontanée est faite d'anthropocentrisme, d'individualité, de corps, de matière, de nature, et tout cela il faut bien qu'une religion l'épouse, en devienne captive, comme l'intelligence est captive de la matérialité sur laquelle elle se modèle et agit. L'Église dans ses catéchismes peut faire dire des lèvres à des millions d'enfants qu'ils doivent aimer Dieu. Elle est incapable d'incorporer ce mouvement des lèvres à un mouvement du cœur. L'amour de Dieu est un sentiment surnaturel et non un sentiment naturel. Ou, pour ne pas sortir de la nature et de la philosophie, c'est un sentiment de la *natura naturans* et non de la *natura naturata*. L'homme ne l'éprouve qu'exceptionnellement, en transcendant son être social, et seulement certains hommes. M. Maurras, dans la *Bonne Mort*, a conté l'histoire paradoxale d'un petit catholique strictement incapable d'aimer Dieu, et qui extorque le salut par la seule dévotion à l'Église, comme le pire criminel, dans les légendes des *Miracles Notre-Dame*, l'extorquait par la dévotion à la Vierge. Les œuvres, l'eau bénite, l'Église, les saints, la Vierge, tout cela fait une voie hiérarchique (on songe à l'aimant et aux rhapsodes de l'*Ion*) qui réduit le plus possible la part de l'amour direct de Dieu, et l'Église regarde même d'un mauvais œil la prière à Dieu *omisso medio*.

Non seulement l'Église catholique, mais en somme tout christianisme, puisque le christianisme c'est le Christ, c'est le Médiateur. Le christianisme nous paraît bien la religion de l'humanité supérieure. Et cela parce qu'il n'a pas choisi entre le théocentrisme et l'anthropo-centrisme, parce qu'il ne les a pas non plus conciliés sous une timidité éclectique, mais parce qu'il les a poussés l'un et l'autre à leur extré-mité, sans se soucier de leur contradiction apparente, avec une auda-cieuse et vivante vigueur. Le christianisme ne repose pas sur l'abstrac-tion de Dieu, ou sur la réalité diffuse et omniprésente de Dieu, mais sur l'existence, la parole, l'Action et la Passion d'une personne, qui est Jésus-Christ. Le théocentrisme reçoit satisfaction, puisque, par l'imitation de Jésus-Christ, par l'union avec Jésus-Christ, l'homme disparaît en Dieu ; mais l'anthropocentrisme obtient aussi son plein développement, puisque le centre de l'amour divin c'est une nature humaine, c'est un cœur avec le battement duquel notre cœur peut arriver à accorder et à confondre le sien. J'ai emprunté ces mots de théocentrisme et d'anthropocentrisme à M. Henri Brémond, qui est un historien attentif, sympathique et intelligent du mysticisme, mais qui n'est pas un mystique. On ne les trouverait peut-être pas chez un vrai mystique, parce qu'ils correspondent à des coupes que l'intelli-gence fait du dehors sur le courant individible et vivant de la contemplation mystique. Le « j'ai versé telles gouttes de sang pour toi » et l'illumination extatique du « Feu » ne sont sans doute pour Pascal que la systole et la diastole d'un même cœur vivant qui bat.

Au contraire les religions de l'antiquité classique sont anthropo-centrisme à peu près pur ; le bouddhisme indien (si athée qu'il pa-raisse) et le soufisme persan sont théocentrisme à peu près pur. Mais la religion qui tient une si grande place dans la cité antique tient une place très faible dans l'âme antique Et ce que nous appelons religion c'est le sentiment religieux. Du vrai point de vue religieux, le complexus politique que les Grecs et les Romains appelaient religion ressemblait à peu près à la religion comme les imaginations théologiques du moyen-âge sur la nature ressemblent pour nous à la science de la nature. Et aujourd'hui encore la religion à contexture politique, nationale, même professionnelle, qui est suivie et pratiquée par tant d'Européens, soutient avec la religion spirituelle et vivante le même rapport que la science de catéchisme dogmatique avec l'esprit de la connaissance et de la recherche scientifiques. Nous peuplons de poli-tique nos idées religieuses comme nous peuplons de religion nos idées scientifiques. Non seulement nous prenons la paille des termes pour le grain des choses ; mais nous prenons la paille d'avoine pour le grain de blé, la paille de seigle pour le grain de maïs.

# LE BERGSONISME

L'Église a beau s'être incorporé l'anthropocentrisme de la cité antique comme elle s'est incorporé la pierre et le ciment de Rome, la perfection de l'âme ne s'en mesure pas moins très rigoureusement à son degré de théocentrisme. Certes, dans ce monde même de la perfection, du droit et non du fait, l'anthropocentrisme existe, mais il existe chez Dieu, comme le théocentrisme existe chez l'homme. Le théocentrisme prend pour centre un être de bonté infinie. Et la bonté infinie de cet être est telle qu'elle peut et veut diriger sur l'homme, sur une âme individuelle, une attention et un amour infinis, et que, par la loi du monde surnaturel, le théocentrisme de l'homme sera réfléchi sur lui en anthropocentrisme de Dieu. *Oui, votre grand souci...* De là l'Incarnation, la Rédemption, l'Eucharistie.

L'anthropocentrisme n'est incorporé à cet ordre du droit et de la théorie que dans la mesure où il reste un point de vue de Dieu, ou plutôt un plan d'action de Dieu. Le point de vue mystique de l'homme c'est le théocentrisme. La reconnaissance de l'homme à Dieu pour l'anthropocentrisme de Dieu est incorporée au théocentrisme de l'homme, et elle doit détruire en lui-même l'anthropocentrisme. Il semble qu'on puisse considérer dans la mystique humaine l'élément théocentrique comme l'élément positif et parfait, l'anthropocentrisme comme l'élément négatif et imparfait, le premier comme un regard en avant, le second comme un regard en arrière, l'un comme un mouvement et l'autre comme un poids. Au contraire chez Dieu l'anthropocentrisme est mouvement. Et c'est en cela qu'il s'appelle un Dieu vivant. Nous nous trouvons ici à l'antipode de la conception antique. Là le point de vue humain, celui de la cité qui s'incorporait la religion, était audacieusement et pleinement anthropocentrique et anthropomorphique. Mais le jour où l'esprit grec, avec ses seules forces, s'est formé une idée pleine et claire de Dieu, c'est-à-dire avec Aristote et pas avant lui, cette idée de Dieu a été vigoureusement théocentrique : Dieu, pensée de la pensée, ne pense que lui-même, ignore le monde. Et la théologie d'Épicure repasse par les mêmes lignes, en mettant le plaisir à la place de la pensée.

Mais enfin, quel que soit le précieux secours que lui apporte dans le christianisme l'anthropocentrisme de Dieu, cependant l'essence du sentiment religieux, le mouvement pur de la vie intérieure, c'est le théocentrisme de l'homme. Et ce théocentrisme religieux, s'il ne se confond pas avec les attitudes analogues de la philosophie, n'est pas avec elle sans rapports ni points de contact. La philosophie consiste

à chercher, à découvrir, à approfondir la réalité intérieure. En principe elle paraît aussi consister en bien d'autres choses, par exemple
en une collaboration avec la science ; mais en réalité l'expérience nous
montre que, jusqu'ici du moins, on n'a pris place parmi les grands
philosophes qu'à proportion du champ de réalité intérieure qu'on a
défriché, et à proportion aussi de la mesure où on a tourné cette réalité
intérieure, après comme avant la *Dialectique Transcendentale*, vers
la réalité absolue. *Ab exterioribus ad interiora, per interiora ad divina*
pourrait servir de devise commune aux fonnes supérieures de la
philosophie comme de la religion. La seconde partie de cette formule
épouserait un courant de la philosophie bergsonienne.

On imagine un livre bergsonien sur la religion composé ou plutôt
déposé d'une manière analogue à l'*Évolution Créatrice*. M. Bergson
a dit souvent que son ouvrage sur la vie n'avait été qu'une manière d'utiliser en philosophe l'expérience des savants. Il a dépouillé pendant plusieurs années toute la littérature biologique, et le livre s'est presque
trouvé fait. Certes il fallait autre chose. Les rédacteurs de l'*Année biologique* n'ont jamais fait sortir, de leurs dépouillements consciencieux,
une *Évolution Créatrice*. La vérité est qu'à l'expérience scientifique des
biologistes, expérience à laquelle il était étranger et qu'il demandait
à ceux qui la pratiquaient, M. Bergson a joint l'expérience intérieure
qui est le propre de la philosophie, et sans laquelle il n'y a pas plus
de philosophie qu'il n'y a de biologie sans expérience extérieure.
Ainsi peut-être ferait un bergsonien pour étudier le problème religieux.

Un bergsonien qui ne serait pas plus un mystique que M. Bergson
n'est un biologiste. Il ferait donc ce qu'a fait M. Henri Brémond,
qui n'est pas non plus un mystique : il dépouillerait la littérature
mystique, ainsi que M. Bergson a dépouillé la littérature biologique.
Et il interpréterait cette littérature du sentiment religieux sur un
plan philosophique et en langage philosophique. Seulement ce ne
serait pas ici, comme dans le cas de l'*Évolution Créatrice*, une expérience extérieure à éclairer d'une expérience intérieure ; ce serait un
plan d'expérience intérieure à transporter sur un autre plan d'expérience intérieure. Opération plus facile, plus difficile, je ne sais, mais
différente. Notons cependant ceci : si les philosophes, M. Bergson
comme les autres, ne sont pas en général des mystiques, il y a certaines exceptions. Il y en a eu au moyen-âge, mais, parmi les philosophes originaux, il y a eu surtout l'exception de Plotin. Ce grand

philosophe a été un grand mystique. Or aucune doctrine antique n'est plus rapprochée de celle de M. Bergson que celle des *Ennéades*. Comme le mystique et le philosophe ne sont nullement séparés chez Plotin par des cloisons étanches, il y a lieu de croire que ses intuitions comportent des parties communes à la mystique et à la philosophie. On sait qu'une partie de la critique contemporaine a interprété l'intuition bergsonienne comme une attitude mystique, et le bergsonisme comme un mysticisme ennemi de l'intelligence. Ce sont là des imaginations, mais la pente au bout de laquelle elles s'étalent existe bien dans cette philosophie. Toutes les fois que M. Bergson a considéré sa philosophie à l'état d'arrêt, c'est par une déficience de cette philosophie, par une chute de son élan vital dans la matérialité d'un système (tout philosophe en est là par la même loi qui fait que tout philosophe a un corps). Mais lorsqu'il a vécu sa philosophie dans son élan, ou plutôt dans ce retournement de l'élan vital contre son principe, qu'est réellement la philosophie, n'a-t-il pas senti que ce mouvement n'était pas absolument différent du mouvement mystique, que la philosophie n'était philosophie pure que par nécessité de cadres efficacement tracés avec un secteur limité, et qu'intégrale et libre elle s'exprimerait religieusement ? Le retournement de l'élan vital qu'est la philosophie prendrait alors la figure d'un véritable retour. Le mouvement inverse de l'élan vital serait bien un mouvement théocentrique. Le caractère paradoxal et exceptionnel de la contemplation mystique exprimerait bien le caractère paradoxal et exceptionnel de ce renversement, de cette vie divine en nous, sans commune mesure avec notre vie humaine, laquelle, nous poussant hors de nous, nous fait agir sur la matière. « Le sentiment religieux, dit Schleiermacher, est tout entier adoration, c'est-à-dire oubli du plaisir et de la douleur, soumission à l'Unité absolue de la vie. » Seulement cette soumission est bien difficile, puisque le plaisir ne s'oublie que par la douleur, que la douleur ne s'oublie que par le plaisir, et que la vie n'est vie que par l'élan vital, c'est-à-dire par l'élan qui la fait sortir de son Unité absolue pour l'épanouir en individus et en espèces, pour l'arracher à cette Unité et l'attacher à l'illusion utile de ces individus et de ces espèces. Quand nous considérons cette Unité absolue de la vie, nous trouvons de l'être liquide qui fuit dans nos mains de tous côtés. La seule manière dont l'humanité, qui en sent obscurément la présence, puisse fixer quelque peu cette présence, c'est de lui donner d'abord un nom, de l'appeler Dieu. Une démarche nécessaire, pour que l'élan philosophique se transformât dans le bergsonisme en élan religieux, serait la découverte du biais qui permettrait d'appliquer à l'élan vital *(Nomina numina)* le plus grand nom des langues humaines. Toutes nos disputes sont grammairiennes, dit Montaigne. La plus haute de ces disputes ne saurait faillir à cette loi.

## XI

## DIEU

« La méthode philosophique, telle que je l'entends, dit M. Bergson dans sa lettre au P. de Tonquédec, est rigoureusement calquée sur l'expérience (intérieure et extérieure) et ne permet pas d'énoncer une conclusion qui dépasse de quoi que ce soit les considérations empiriques sur lesquelles elle se fonde [1]. » Il y a peut-être là une équivoque. Les deux versants de l'expérience ne sauraient être utilisés avec les mêmes chances d'assentiment, sinon de vérité. L'expérience extérieure est commune à tous les hommes ; toute notre connaissance scientifique est fondée sur des expériences que nous n'avons pas faites, que nous ne ferons jamais, mais que d'autres ont faites, et en lesquelles nous croyons parce que, sans cesser d'être nous-mêmes, nous aurions pu et pourrions les faire à leur place. Il n'en est pas de même de l'expérience intérieure, personnelle et incommunicable, sur laquelle se fonde la philosophie. Les termes de « considérations empiriques », de « conclusions », qui vont à l'expérience extérieure comme un vêtement sur mesure, ne sont plus, sur l'expérience intérieure, qu'un vêtement de confection, ou plutôt le vêtement d'autrui. Nous admettons parfaitement que l'*Évolution Créatrice* aboutisse à des conclusions sur l'essence du monde. On admettra difficilement qu'elles soient obtenues sans dépasser de quoi que ce soit les considérations empiriques sur lesquelles elles se fondent. La plupart des hommes, et même des philosophes, ont beau interroger honnêtement leur expé-

1. *Études*, tome CXXX, p. 515

rience intérieure, ils n'en concluent rien de tel, ils concluent même tout autre chose, et ils restent manifestement de bonne foi. L'expérience interne comporte-t-elle les mêmes limites que l'expérience externe entre les considérations empiriques et les conclusions ? Le philosophe, dont l'expérience interne est incommunicable, même à d'autres philosophes, quelle ligne de démarcation exacte pourra-t-il établir entre cette expérience interne philosophique et une expérience interne religieuse qui s'éprouverait comme la suite de cette expérience interne philosophique ? Y a-t-il une différence de nature ou une différence de degré entre l'élan créateur auquel arrive une expérience interne philosophique et l'être créateur auquel arrive une expérience interne religieuse ? Il semble bien qu'il n'existe pour M. Bergson qu'une différence de degré. Sa position est à peu près celle-ci : « Mon expérience interne de philosophe me conduit à l'idée d'un élan créateur. Elle s'arrête là. S'arrête-t-elle parce que je suis trop philosophe et que je ne puis guère retenir de mes intuitions que ce qui s'exprime en idées, ou au contraire parce que je ne suis pas assez philosophe et que je ne descends pas assez dans le monde de l'intuition ? Je ne sais. Les deux sans doute. En tout cas — que ce qui succède à la philosophie soit de la philosophie ou autre chose — philosopher ce ne doit jamais être s'arrêter de philosopher. Continuons donc. J'ai l'expérience de l'élan créateur, je n'ai pas celle de l'être créateur ; mais il y a des gens qui l'ont eue : ce sont les mystiques. Je puis étudier les mystiques ; je puis, du dehors, me rendre compte de leur expérience. Il en sortira peut-être quelque chose. Cherchons. »

Un philosophe n'est pas un mystique, pas plus que l'intelligence n'est l'intuition. Mais il y a eu autour de toute grande philosophie (même d'un intellectualisme aussi pur que celui de Spinoza et de Leibnitz) une frange de mysticisme. Pareillement il peut exister dans le mysticisme une frange de philosophie. C'est à un mystique, Jacob Bœhme, que les Allemands ont donné le nom de *philosophus tentonicus*, et on a signalé en lui toutes les grandes directions de la philosophie germanique. Entre la philosophie et le sentiment religieux, les délimitations de principe sont aussi vaines qu'entre la philosophie et la science. Il est dès lors permis de chercher à marquer la frange religieuse qui règne autour du bergsonisme.

Si M. Bergson ne croit pas que son expérience interne lui permette d'incorporer à l'élan créateur l'élément que nous formulons à l'aide du mot Dieu, il ne croit pas non plus que rien dans cette expérience interne s'y oppose. Il croit plutôt qu'elle pourrait y conduire. « Les considérations exposées dans mon *Essai sur les données immédiates de la conscience* aboutissent à mettre en lumière le fait de la liberté ; celles de *Matière et Mémoire* font toucher du doigt, je l'espère, la réalité de l'esprit ; celles de l'*Évolution Créatrice* présentent la création comme un fait : de tout cela se dégage nettement l'idée d'un Dieu créateur et libre, générateur à la fois de la matière et de la vie, et dont l'effort de création se continue, du côté de la vie, par l'évolution des espèces et par la constitution des personnalités humaines. De tout cela se dégage, par conséquent, la réfutation du monisme et du panthéisme en général. Mais, pour préciser encore plus ces conclusions et en dire davantage, il faudrait aborder des problèmes d'un tout autre genre, les problèmes moraux [1]. »

Employons plutôt un autre mot que le mot réfuté. Disons que le monisme et le panthéisme sont tournés. Le monisme apparaît comme une vue sur le plus bas degré de l'être, comme la philosophie de ce monde en repos que diffèrent le mouvement créateur et l'élan vital : l'élan vital c'est ce qui confirmerait de plus en plus le pluralisme philosophique. Le panthéisme apparaît comme une philosophie du donné, alors que, pour la philosophie bergsonienne, le réel n'est jamais donné, mais inventé au fur et à mesure d'une durée réelle. Spinoza, dit Leibnitz, aurait raison s'il n'y avait pas de monades. Le monisme et le panthéisme auraient raison s'il n'y avait pas d'énergie spirituelle, et il va de soi qu'une philosophie qui vise à établir la réalité de l'énergie spirituelle ne saurait être appelée monisme ni panthéisme.

Et pourtant... Monisme et panthéisme sont tournés. Je tourne la loi, donc je la respecte, disait maître Guérin. Monisme s'oppose aussi bien à dualisme qu'à pluralisme : dualisme de l'esprit et de la matière, pluralisme des êtres réels : réalité de l'esprit et des individus. Or si la matière n'est dans le bergsonisme qu'une déficience de la vie, que de l'esprit éteint, le bergsonisme ne saurait guère s'appeler un dualisme. Est-il un pluralisme ? On peut hésiter. L'élan vital semble marcher vers un pluralisme *a parte post*, mais partir d'un monisme *a parte ante*, et expliquer cet élan c'est le ramener vers le principe dont il part. Tout ce que nous pouvons dire c'est que dualisme et pluralisme sont des concepts qui vont aussi mal au bergsonisme que monisme et panthéisme. Il faudrait appeler cette doctrine un spiritualisme, si ce mot

1. *Études*, tome CXXX. p. 515.

n'était pas devenu un Glaucus marin, source de toutes sortes d'équivoques. Disons qu'elle est un mouvement pour tourner le monisme et le panthéisme comme l'élan vital est un mouvement pour tourner la matière. Peut-être d'ailleurs que si la philosophie de M. Bergson était abandonnée à sa logique, c'est-à-dire à son automatisme, elle finirait, comme les autres, en monisme et en panthéisme.

Mais lorsque je cherche ce qui est rebelle en moi au monisme et au panthéisme, je vois que c'est ma conscience. En tant qu'être conscient, je suis quelque chose non pas d'autre que le monde (je ne puis guère entendre par monde qu'une abstraction unitaire qui dépasse mon expérience), mais d'autre que les autres, qui eux-mêmes ne sont les autres que parce qu'ils sont des consciences autres que la mienne. Le principe de l'autre n'est pas, comme le dit Platon, la matière, mais la conscience. Dès que je philosophe, je cesse de me penser pour penser le monde. Or ma pensée du monde comme ma pensée de moi-même n'échappe au monisme et au panthéisme que si j'implique, dans cette pensée du monde, une conscience. C'est cette conscience que nous appelons Dieu. Certes l'expérience nous montre qu'en philosophie comme en religion les hommes ont pu nommer Dieu n'importe quoi : ici un œuf ou un crocodile, là la substance ou l'inconscient. Mais religion et philosophie, sous leur figure la plus ordinaire et lorsqu'elles emploient d'une façon juste les mots de la langue, réservent le mot Dieu à un être vivant qui comporte la conscience, et qui est placé au principe des choses. La conscience pourrait-elle sans contradiction, dans le bergsonisme, occuper une telle place à l'origine de l'élan vital ?

Qu'est-ce que la conscience pour M. Bergson ? En bref, elle mesure l'écart entre la représentation et l'action. Elle consiste dans une représentation d'actions possibles. Lorsqu'il n'y a pas du tout représentation d'actions possibles, mais absorption entière de l'être dans l'action réelle, la conscience est inutile et annulée, annulée par l'action qui occupe tout le champ de la vie psychologique. Certes la vie, qui comporte un choix, comporte aussi toujours un élément plus ou moins obscur de conscience. Mais dans le somnambulisme, dans les formes extrêmes de l'attention, nous voyons la conscience détruite par la perfection même de l'action, puis ramenée automatiquement par une déficience de l'action. Si l'intelligence est accompagnée de conscience beaucoup plus que l'instinct, c'est qu'elle implique éminemment la représentation des actions possibles, entre lesquelles l'action choisit.

# LE MONDE QUI DURE

Dès lors les caractères de l'élan vital sont tels que nous ne pouvons guère mettre à son origine qu'une conscience, ou plutôt une supra-conscience, le contraire en tout cas de l'Inconscient de Hartmann. Ainsi seulement s'explique l'existence des individus, scandale et pierre d'achoppement du monisme et du panthéisme. Si l'élan vital se manifeste sous la forme d'espèces et d'individus, c'est que ces espèces et ces individus répondent aux possibles impliqués dans une représentation. dans une conscience, à l'infinité de possibles impliquée dans une supra-représentation, dans une supra-conscience. Nous savons par expérience qu'une action ne peut réaliser tous les possibles donnés par une conscience, et qu'elle doit choisir entre eux. Mais les espèces et les individus, la coexistence d'espèces et d'individus ennemis les uns des autres, tout cela doit figurer un détour pour donner aux possibles contradictoires d'une représentation un moyen de se réaliser tous en action, et pour leur maintenir dans l'être la coexistence qu'ils ont dans cette représentation, pour conférer au monde de l'action le plus possible des éléments qui appartiennent à l'ordre de la conscience. L'individu trouve la conscience en lui, mais il y a une conscience supérieure, une supra-conscience, qui a trouvé l'individu en elle, qui a créé l'individu pour persévérer le plus possible dans son être de conscience, et pour soustraire cet être de conscience aux nécessités de l'action et du choix. Et dans les formes supérieures de l'intelligence, la conscience humaine retrouve sous bien des formes la figure et la fécondité de cette supra-conscience ; le génie participe de sa puissance, de son mode créateur. C'est ainsi qu'on peut dire que Dieu a créé l'homme à son image, et que l'homme retrouve en ses sources intérieures les plus profondes l'image réverbérée de Dieu.

Une telle doctrine tendrait par ses puissances intérieures, par son élan vital, à dépasser le monisme et le panthéisme. La cause éminente de l'individualité ne saurait se trouver que dans une individualité suprême, la cause éminente de la conscience que dans une conscience, une supra-conscience. Au contraire monisme et panthéisme appellent Dieu la négation de l'individualité en une infra-conscience.

Au principe des choses imaginons une supra-conscience qui s'est éparpillée en individus pour maintenir le plus possible contre les nécessités de l'action la coexistence de ses représentations. Et cette coexistence de représentations contradictoires s'est trouvée, par l'un de ces détours dramatiques qui constituent la vie, servir à l'action même, puisqu'elle a donné naissance à la vie sociale, et en particulier aux sociétés humaines fondées non seulement sur les ressemblances des individus, mais sur leurs différences, non seulement sur leur accord, mais sur leurs luttes et leurs haines. On peut dire en ce sens qu'une société, une nation, représentent mieux qu'un individu cette coexistence des possibles dans l'élan vital, que l'humanité la représente mieux qu'une nation, que l'ensemble des systèmes stellaires où la vie est possible ou actuelle la représentent mieux que l'humanité, et qu'à la limite de ces cercles concentriques il y a Dieu.

« Je parle de Dieu, dit M. Bergson dans sa lettre au P. de Tonquédec, comme de la source d'où sortent tour à tour, par un effet de sa liberté, des courants ou élans dont chacun formera un monde : il en reste donc distinct. » De même que la France est distincte des individus français, que l'humanité est distincte des nations. Si nous réfléchissons librement et de bonne foi à la distinction entre la France et les Français, nous sommes conduits dans une zone de grande obscurité. La France est la source d'où sont sortis tour à tour, par un effet d'une puissance contingente ou libre, les élans ou courants dont chacun fait un Français, ou une forme de la vie politique, sociale, artistique françaises. Je ne suis pas assez borné pour ramener cet élan à mon individu, pas assez sot pour l'identifier avec mon parti politique, ma classe sociale ou mes préférences artistiques. Je le sens qui déborde tout cela, je l'éprouve comme un courant. Est-ce que je le connais comme une personne ? Non. Je ne vois de personnes qu'en moi et en des individus comme moi. N'en serait-il pas de même si je voulais chercher à me représenter Dieu comme une personne ?

La question paraît d'ailleurs d'autant plus délicate et insoluble que je donne au mot d'individu deux sens différents, et même opposés. D'une part j'appelle individu une réalité spirituelle. Mais d'autre part un individu est un centre d'action physique, un moyen d'annuler d'une réalité spirituelle ce qui est inutile à l'action. Mon système cérébral, mon corps, sont ,dit M. Bergson, des appareils qui ne retiennent de ma mémoire passée et de ma représentation actuelle que ce qui est à peu près nécessaire ou utile à l'action. Ma conscience, liée à l'existence de mon corps et de mon cerveau, est donc une réalité privative, je veux dire une réalité qui, pour mon bien ou du moins pour le bien de mon action, me prive de presque tout mon être passé et de presque tout mon être présent. Elle m'en prive, elle ne les annule pas. Pour que je pusse les reconquérir, il faudrait que cet appareil obturateur qu'est mon corps cessât de fonctionner. C'est ce qui se produira quand je mourrai, et je puis fort bien manquer de philosophie jusqu'à trouver le remède pire que le mal. Mais tout ce passé qui continue à constituer ma réalité spirituelle, cette mémoire où est conservé tout mon passé, et qui se prolonge probablement en le passé de ma race, de mon espèce, de l'univers, ne figurent-t-ils pas, derrière ma conscience utile, derrière ma conscience individuelle qui est déficience, une véritable supra-conscience ? La psychologie de *Matière et Mémoire* ne nous indique-t-elle pas, non hors de nous mais en nous, le type d'existence toute spirituelle auquel nous pouvons référer l'existence également spirituelle d'une nation, de l'humanité, de l'univers, de Dieu ?

Cette supra-conscience dont l'existence peut être pressentie par l'intuition, rien de plus difficile que de s'en former une idée. Tout ce que nous pouvons faire actuellement c'est d'apercevoir plusieurs directions à tenter.

L'une d'elles, par un détour assez inattendu, irait rejoindre la théologie d'Aristote. Ce que nous appelons conscience, ce que nous expérimentons en nous comme conscience, est lié à l'action, (à la limitation et à la partialité de l'action) tout aussi bien que la perception. « Que la matière, dit M. Bergson, puisse être perçue sans le concours d'un système nerveux, sans organes des sens, cela n'est pas théoriquement inconcevable ; mais c'est pratiquement impossible, parce qu'une perception de ce genre ne servirait à rien [1]. » N'en est-il pas de même de la conscience ? Nous entendons par conscience la conscience utile, et non une conscience théorique, de même que la vie considère comme énergie à maintenir, à sauver de la dégradation, l'énergie utile et non l'énergie potentielle, qui se conserve toute seule. Or il ne saurait exister de conscience utile que la conscience liée à un corps. L'énergie spirituelle pure que M. Bergson appelle (ou me paraît appeler) supra-conscience serait une énergie spirituelle qui ne servirait à rien (peut- être en voyons-nous un exemple dans les formes supérieures de l'art ; peut-être, comme le croit Schopenhauer, la musique nous en donne-t-elle une image, une ombre). La supra-conscience serait donc, dans l'ordre du spirituel, ce que serait la perception pure dans l'ordre de la matière. La perception pure, précisément en tant qu'elle ne servirait à rien, ne pourrait que coïncider avec la perception du tout, c'est-à-dire avec la totalité de la matière. Pareillement la supra-conscience ne pourrait que coïncider avec la totalité de l'énergie spirituelle, mais

1. *Matière et Mémoire*, p. 33

d'une énergie spirituelle inopérante, puisqu'elle ne saurait opérer, agir, être énergie utile, qu'en devenant conscience, en s'adaptant à la matière, en se limitant Nous ne pourrions dès lors guère imaginer cette supra-conscience que sous l'aspect du Dieu d'Aristote, c'est-à-dire d'une vie de la vie quelque peu analogue à la pensée de la pensée (opposez la *life of the life* de Shelley et du romantisme à la νόησις νοήσεως de l'intellectualisme). Peut-être présente, et conservée dans le monde de la conscience et des individus comme un noyau. Peut-être passée, plénitude de l'énergie antérieure à sa défaite, mouvement indivisible de la fusée lumineuse qui retombe en gouttes de lumière et en débris obscurs. Peut-être future, la vie tendant à faire ou à refaire une supra-conscience.

Nous pouvons, sans dénaturer le sens général de la philosophie bergsonienne, faire glisser la supra-conscience du côté soit du présent, soit du passé, soit de l'avenir. Ce que nous ne pouvons pas faire, c'est la placer hors de la durée, c'est-à-dire hors de l'être. Là même est le principal trait commun entre la supra-conscience et la conscience, qui s'opposent par tant de côtés : l'une et l'autre sont choses qui durent, l'une et l'autre expriment, sur deux rythmes différents, la durée. Être, dans le bergsonisme, c'est durer, et notre vie se trouve placée au carrefour de plusieurs rythmes de durée. En outre de notre durée individuelle, nous existons dans un rythme de durée familiale, dont l'image la plus claire et la plus pure nous est fournie par le groupe de la mère et de l'enfant. Il existe aussi une durée sociale, beaucoup plus obscure, plus difficile à incorporer à notre conscience réfléchie, mais qui nous enveloppe de tous côtés et qui soutient une grande part de notre vie. La matière a sa durée, cette durée infiniment diluée et faite de répétitions plutôt que de progrès, où la science, s'accordant docilement à son rythme, s'efforce de descendre avec la lampe de mineur. Et la connaissance de ces durées, qu'est-ce sinon la connaissance d'une histoire ? Pareillement, dire que la supra-conscience existe, c'est dire qu'elle dure. Si peu que nous puissions dire du Dieu bergsonien, toujours est-il que nous en pouvons dire ceci, qu'il dure, et que la divinité a une histoire. Mais cette histoire nous ne la connaissons pas. Notons que le Dieu de la religion chrétienne s'oppose au Dieu de la religion naturelle et philosophique en ce qu'il a une histoire, et qu'une doctrine qui fait de la durée un absolu ferme moins la porte à une religion positive qu'une doctrine qui en fait une illusion

Pour atteindre à quelque vue sur la durée possible, sur l'histoire pos-

# LE MONDE QUI DURE

sible de Dieu, il faudrait que nous pussions déjà nous faire une idée de la durée générale de l'univers. Cette durée générale, qui constituerait l'existence à la fois en sa généralité la plus étendue et en son intensité la plus profonde, M. Bergson ne la désigne encore que vaguement. Elle est la durée dans laquelle s'emboîtent et par laquelle vivent tous les systèmes que l'intelligence y découpe artificiellement. et auxquels elle s'arrête momentanément Le plus général de ces systèmes est le système solaire, mais il se rattache au reste de l'univers par un fil ténu le long duquel « se transmet. jusqu'à la plus petite parcelle du monde où nous vivons, la durée immanente au tout de l'univers [1] » Imaginons provisoirement un spinozisme inverti. fait d'un *Sentimus. experimur, nos temporaneos esse*, et, tirant l'être du *Sentimus* comme Descartes du *Cogito.* suivi d'un *omnia sub specie durationis* La durée serait alors la substance qui, au lieu de s'exprimer mathématiquement et hors du temps en une infinité d'attributs. s'imprimerait de façon vivante et temporelle en une infinité de moments. De même que substance, pour Spinoza. signifiait automatiquement, par simple exigence originelle de l'être, infinité d'attributs. « durée signifie invention, création de formes, élaboration continue de l'absolument nouveau [2] » Les systèmes isolés par l'intelligence, par la science, n'ont une durée et par là une forme d'existence analogue à la nôtre, que si nous supprimons les lignes de notre action possible selon lesquelles l'intelligence les a découpés artificiellement, et si nous les voyons résorbés « dans l'universelle interaction qui est sans doute la réalité même »

Mais si dans l'univers l'intelligence découpe artificiellement des systèmes, l'univers n'est pas lui-même un système Nous pouvons étendre sans doute les lois de notre physique à chacun des systèmes solaires, nous ne saurions les étendre à l'univers, car « l'univers n'est pas fait, mais se fait sans cesse [3] ». Il ne ressemble pas à un système, mais à une conscience. C'est en le replaçant dans ce tout vivant, dans ce mouvement sans arrêt, dans cette création sans repos, que la philosophie devra s'efforcer de penser un système matériel La philosophie du système solaire à laquelle tend le positivisme de Comte paraît une imagination scientifique aussi peu philosophique que sa religion de l'humanité n'est religieuse.

Réintégrer un système dans le tout, c'est passer en somme de ce

1. *Évolution Créatrice,* p. 11.
2. *Id.*
3. *Id.,* p. 262

que *Matière et Mémoire* appelle la perception de fait à la perception de droit. Mais M. Bergson pose pareillement une conscience de droit, qui serait notre mémoire intégrale et se confondrait avec tout notre passé, peut-être avec le passé de l'univers, peut-être avec le passé de Dieu. Perception de droit, qui coïnciderait avec la vérité de la matière, mémoire de droit, qui coïnciderait avec la plénitude du passé, épuisent-elles toute la réalité ? Si elles l'épuisaient, ni la vie, ni la durée, ni l'évolution créatrice, ni Dieu n'existeraient. Vivre, durer, créer, c'est produire plus qu'il n'y a dans le passé et le présent, dans la matière et la mémoire. L'univers vit dans la mesure où ce *plus* s'engendre. Or ce plus ne s'engendre que par l'action, l'action qui a pour condition un choix dans un tout, c'est-à-dire la vie individuelle. Dès que nous envisageons l'univers du point de vue de l'action, nous ne voyons que des individus, nécessairement limités, limités pour être actifs et efficaces, nous ne voyons pas Dieu. Ou plutôt la vie des individus, la production dans la durée, marquent une déficience actuelle de Dieu, un Dieu dans son effort, dans son devenir. On ne voit guère que le bergsonisme puisse dire de Dieu autre chose que ce qu'il dit de l'univers, qui « n'est pas fait, mais se fait sans cesse. Il s'accroît sans doute indéfiniment par l'adjonction de mondes nouveaux [1] ». Cette adjonction de mondes nouveaux nous n'avons d'ailleurs pas besoin d'aller la chercher dans quelques lointains stellaires, nous l'éprouvons en nous, quand nous durons, quand nous créons, quand nous vivons, quand nous amenons au jour notre raison d'être individuelle, familiale, nationale, humaine. La femme qui met un homme au monde, le génie dans l'acte de la production, les moments privilégiés de l'amour, de l'art, de la pensée, impliquent bien le sentiment que l'univers s'accroît d'un monde nouveau, nous placent à la crête de la vague religieuse, à la pointe du courant divin

Le spinozisme, lorsqu'il a revêtu aux yeux du romantisme allemand une forme religieuse, enthousiasma le jeune Schleiermacher et Novalis comme une philosophie « pleine d'être ». Si le bergsonisme exerce une influence de ce genre, ce sera aussi comme une philosophie pleine d'être. L'analyse qui, en des pages célèbres de l'*Évolution Créatrice*, s'attaque pour l'expulser à l'idée du néant, occuperait dans une philosophie religieuse une place centrale. Mais plein d'être signifiait, pour Novalis, ivre de Dieu. Pour tirer du spinozisme cette ivresse mystique, il était

---

1. *Évolution Créatrice*, p. 262.

inutile, il était même dangereux d'avoir lu attentivement et d'interpréter fidèlement Spinoza. Pareillement, nous voyons fort bien, à la limite du bergsonisme, et dans sa sphère d'influence possible, un mysticisme, une théologie ou une théophanie, que M. Bergson ne pourrait d'ailleurs que désavouer. Le pluralisme anglo-saxon constitue peut-être déjà, pour une pareille influence, un milieu aussi favorable que l'était, pour Spinoza, le naturalisme romantique de l'Allemagne.


## XII


## L'IMMORTALITÉ


Il serait aussi vain de dire de M. Bergson qu'il est pragmatiste ou qu'il ne l'est pas. Sa philosophie se déroule sur un plan avec lequel les pragmatistes sont facilement de plain-pied, mais ne sauraient retrouver leurs cadres, leurs habitudes anglaises et américaines. Mais comme presque tous les philosophes, et en particulier Descartes et Spinoza, il estime que la philosophie a pour but principal de donner réponse à des questions humaines, car un philosophe est un homme, qui pense en homme et pour des hommes. S'il était démontré, dit-il, que la philosophie ne peut fournir aucune réponse à ces questions : Que sommes-nous ? D'où venons-nous ? où allons-nous ? elle ne vaudrait pas une heure de peine.

Elle ne saurait éluder par conséquent le problème de la mort. Aucun philosophe ne l'a éludé. Et aucun philosophe — j'entends les grands — n'a cru que la mort du corps fût la mort de ce qui est réel en nous. La méditation de la réalité projette sur cette réalité une lumière qui la rend invincible à la mort. Mais pour M. Bergson la philosophie, dans ses réponses à ces trois questions, doit s'efforcer d'arriver non à des vérités de sentiment, mais à des résultats précis et « montrables ». La question de la survivance de la personne, de l'esprit, de l'âme, ne comporte pas jusqu'ici ce genre de précision et de preuve. C'est pourquoi M. Bergson ne l'a traité que de façon accessoire, avec des réserves, dans des conférences, genre intermédiaire entre la conversation et le livre, et qui, s'il aboutit au livre, le fait presque en s'excusant. Mais il estime que, si le philosophe ne peut encore apporter ici de précision, cette lacune est probablement provisoire. « Avouons notre ignorance, mais ne nous résignons pas à la croire définitive. S'il y a pour les consciences un au-delà, je ne vois pas pourquoi nous ne découvririons pas le moyen de l'explorer. Rien de ce qui concerne l'homme ne saurait se dérober de parti-pris à l'homme. Parfois d'ailleurs le renseignement que nous nous figurons très loin, à l'infini, est à côté de nous, attendant qu'il nous plaise de le cueillir [1]. »

Ne confondons pas le problème de la mort et de la survivance, et celui de l'immortalité. Une solution positive du problème de l'immortalité serait contradictoire avec le principe même d'une philosophie de la durée. « Toute expérience porte sur une durée limitée » et une prévision portant sur une durée indéfinie est impossible, même à Dieu, surtout à Dieu, puisqu'elle nierait cette création de nouveau et cette puissance propre de la durée qui sont incorporés à l'être. Aucun être, même supraconscient, ne connaîtra jamais dans l'univers quoi que ce soit *sub specie æterni*. Mais il n'en est pas de même de la survivance dans la durée. Nous pouvons peut-être arriver à des résultats positifs, soit en savants par des études sur la mort, soit en philosophes par des réflexions sur la vie.

Si M. Bergson n'a pas procédé à des études qui se rattachent au premier point de vue, il s'est intéressé à ces études, puisqu'il a été élu président de la *Society for psychical Research* de Londres, et qu'il y a fait une conférence sur les « Fantômes de vivants ». Les faits télépathiques lui paraissent démontrés par les enquêtes consciencieuses auxquelles se sont livrés les psychiciens. Ils sont peut-être à point pour être interprétés et étudiés comme des phénomènes normaux et ordinaires. « Si la télépathie est réelle, il est possible qu'elle opère à chaque instant et chez tout le monde, mais avec trop peu d'intensité pour se faire remarquer, ou de telle manière qu'un mécanisme cérébral arrête l'effet, pour notre plus grand bien, au moment où il va franchir le seuil de notre conscience. Nous produisons de l'électricité à tout moment, l'atmosphère est constamment électrisée, nous circulons parmi les courants magnétiques ; pourtant des millions d'hommes ont vécu pendant des milliers d'années sans soupçonner l'existence de

1. *Énergie Spirituelle*, p. 29.

l'électricité. Nous avons aussi bien pu passer, sans l'apercevoir, à côté de la télépathie [1]. »

Notre ignorance à ce sujet serait d'ailleurs facile à expliquer, étant donné les thèses bergsoniennes exprimées déjà, en un langage analogue, par Schopenhauer, sur la vision, la connaissance, l'individualité « canalisées ». « Orienter notre pensée vers l'action, l'amener à préparer l'acte que les circonstances réclament, voilà ce pour quoi notre cerveau est fait. Mais par là aussi il canalise et par là aussi il limite la vie de l'esprit. Il nous empêche de jeter les yeux à droite et à gauche, et même, la plupart du temps, en arrière ; il veut que nous regardions droit devant nous, dans la direction où nous avons à marcher [2]. » Il nous coupe ainsi de la majeure partie de notre passé, ne laissant passer de lui que ce qui se rapporte à notre action présente. Il nous coupe de presque toute notre perception qui, en droit, s'étendrait à tout, qui virtuellement embrasse encore un champ immense, et qui réellement n'actualise qu'un certain nombre de perceptions utiles. Il nous coupe, en somme, de tout une vie mentale que le mécanisme cérébral rejette dans l'inconscient, mais pas assez pour que parfois des bouffées de cette réalité profonde n'arrivent à traverser la conscience comme des émissaires d'un monde mystérieux. Les consciences n'étant bien séparées, bien personnalisées que par leur solidarité avec des corps extérieurs dans l'espace, il est possible que, sur le plan de l'esprit, les consciences empiètent les unes sur les autres : il est probable que, le corps une fois supprimé, ou simplement obscurci par une distraction momentanée de la vie, elles se retrouvent dans la communauté d'un élan vital indivisé. Il ne serait même pas absurde de supposer un bergsonien redevenant platonicien, apercevant entre l'élan vital et l'élan d'espèce, des élans de genres et d'espèces, une sorte de Grand-Être selon Comte, d'où la naissance nous ferait sortir à l'état de schèmes dynamiques et nous ferait rentrer à l'état de mémoire pure Car nous commençons à mourir dès que nous avons commencé à vivre. Nous sommes à la fois décroissance et croissance, — décroissance de la richesse d'élan vital, croissance de la mémoire. Le moi « c'est si l'on veut le déroulement d'un rouleau, car il n'y a pas d'être vivant qui ne se sente arriver peu à peu au bout de son rôle, et vivre consiste à vieillir. Mais c'est tout aussi bien un

1. *Énergie Spirituelle*, p. 69.
2. *Id.*, p. 81.

# LE BERGSONISME

enroulement comme celui d'un fil sur une pelote, car notre passé nous suit, il se grossit sans cesse du présent qu'il ramasse sur sa route. Il signifie mémoire [1] ». C'est un fait d'expérience que parfois, à l'heure où des noyés, des pendus, ont cru mourir, toute la vie passée revient d'un bloc en une vision panoramique, et, pour un bergsonien, ce panorama n'est pas une réalité nouvelle. Il existait en nous, il était nous, mais le cerveau, instrument de l'attention à la vie, était là qui n'en utilisait que ce qui pouvait servir à une action sur la matière. Dès que cette action devient impossible, que cette attention se décentre et se désintéresse, reparaît la plénitude du passé. Ainsi le ciel étoilé est sur nos têtes aussi bien en plein jour que pendant la nuit. Mais durant le jour il est annihilé par la lumière de l'étoile la plus proche de nous, celle dont dépend notre planète et dont nous incorporons l'énergie dans nos tissus vivants et dans notre action. Que le mouvement de rotation de la terre, ou bien une éclipse, fasse disparaître le soleil de notre champ visuel, et cette seule déficience fait apparaître la multitude des étoiles. La mort recule peut-être le monde de notre durée comme la nuit élargit le monde de notre espace.

L'esprit déborde le corps comme l'univers cosmique déborde le monde solaire. « Qu'est-ce que le moi ? Quelque chose qui paraît, à tort ou à raison, déborder de toutes parts le corps qui y est joint, le dépasser dans l'espace aussi bien que dans le temps [2]. » Cette apparence, M. Bergson a consacré *Matière et Mémoire* à montrer qu'elle était fondée dans la réalité. Dès lors, si « la vie mentale déborde la vie cérébrale, si le cerveau se borne à traduire en mouvements une petite partie de ce qui se passe dans la conscience, alors la survivance devient si vraisemblable que l'obligation de la preuve incombera à celui qui nie bien plutôt qu'à celui qui affirme [3] ».

Affirmation modeste, qui déclare seulement que la question reste posée et qu'il est possible d'en faire avancer la solution. Si la nature ne nous a donné encore en cette matière aucune connaissance certaine, c'est sans doute qu'une connaissance de ce genre est inutile à l'être vivant, ne pourrait que diminuer en lui l'attention à la vie. En un apologue ingénieux, qui termine sa conférence de Londres, M. Bergson se demande si une humanité, appliquant au monde intérieur la somme d'efforts qu'elle a consacrés à acquérir une science

1. *Introduction à la Métaphysique*, p. 5.
2. *L'Énergie Spirituelle*, p. 32.
3. *Id.*, p. 62.

du monde extérieur, ne serait pas arrivée, en ces matières, à des découvertes que nous ne pouvons guère soupçonner. Il en fait un suggestif tableau, qui nous rappelle l'*Uchronie* de Renouvier. Et il ne tarde pas à conclure qu'il n'était « ni possible ni désirable que l'esprit humain suivît une pareille marche ». Il fallait commencer par la science qui nous a valu ce bienfait et cet outil précieux qu'est la précision. Mais aujourd'hui « nous pouvons nous aventurer sans crainte dans le domaine à peine exploré des réalités psychologiques ». Cependant serait-ce bien sans danger que nous les pousserions jusqu'à la découverte du secret de la destinée humaine après la mort ? La nature ne se soucie pas de l'individu, mais de l'espèce, et, en ce qui concerne l'espèce humaine, de son progrès. Ne peut-on imaginer avec quelque vraisemblance qu'à la connaissance de l'outre-tombe individuel répondrait un ralentissement de l'élan de l'espèce, et la mort de l'humanité ? Le clair-obscur religieux, son mélange de doute et d'espérance, n'est-il pas la lumière la plus appropriée à nos regards et à notre action ?

Kant estimait qu'une solution positive et rationnelle du problème de la mort serait la mort de la morale. Et son raisonnement n'est pas sans valeur. M. Bergson n'a fait passer qu'avec de grandes précautions l'hypothèse de la survivance sur le plan moral. Il admet que « la conservation et même l'intensification de la personnalité sont possibles et même probables après la désintégration du corps ». Mais le corps c'est l'action, et une fois l'action ôtée de la personne, cette personne devenue inopérante et désintéressée, quelle analogie de notre expérience nous permettra de l'appeler une personne ? « Ne soupçonnerons-nous pas, ajoute-t-il, que, dans son passage à travers la matière qu'elle trouve ici-bas, la conscience se trempe comme de l'acier, et se prépare à une action plus efficace, pour une vie plus intense ? Cette vie, je me la représente encore créatrice : chacun de nous y viendrait, par le seul jeu des forces naturelles, prendre place sur celui des plans moraux où le haussaient déjà virtuellement ici-bas la qualité et la quantité de son effort, comme le ballon lâché de terre adopte le niveau que lui assignait sa densité[1] ». M. Bergson reconnaît que nous ne sommes là que dans le simple possible. Reconnaissons aussi qu'à mesure qu'on passe de l'un à l'autre de ces trois paliers : durée après la mort de ce qu'il y a de *réel* en nous — survivance de la personne — prolonge-

_______

1. *L'Énergie Spirituelle*, p. 29.

ment de la personne morale et suite de son évolution après la mort, — on introduit dans la question des éléments de foi conciliables, à vrai dire, avec toutes les philosophies, mais de plus en plus étrangers aux thèses propres et aux grandes directions du bergsonisme.


## XIII


## LA MORALE


M. Bergson n a pas plus traité du problème mora !que du problème religieux , c est là une lacune qui paraîtrait singulière dans d'autres philosophies, mais qui l'est peut-être moins dans celle-ci. On n'imagine guère un philosophe qui n'aurait pas une conception de la vie morale, dans son droit et dans son fait, — une philosophie dont la condition personnelle ne serait pas vivante, dont la pensée ne serait pas vécue. Du point de vue de celui qui la crée, la philosophie est soutenue ou contenue par une morale, comme les organismes animaux sont soutenus par un squelette ou contenus par une enveloppe calcaire. Et une philosophie soutenue par la charpente d'une morale intérieure et invisible est sans doute plus souple qu'une philosophie contenue dans une morale extérieure et visible. Mais d'autre part, pour formuler dogmatiquement une morale, il faudrait que M. Bergson vît sa réflexion sur les problèmes moraux aboutir à des résultats positifs et « montrables », et c'est à quoi il semble presque impossible qu'un philosophe arrive. Une morale théorique, qui implique une synthèse d'après des principes, paraît plus particulièrement encore une impossibilité du bergsonisme. Aussi serait-il bien vain de prétendre en tirer rien de tel. Nous pouvons seulement discerner la charpente morale de cette philosophie particulière, le sens moral des mouvements par lesquels nous voyons sa pensée se dessiner et progresser.
Ce que les philosophes, jusqu'à Kant, ont formulé dans leurs systèmes de morale, c est en général la morale professionnelle du philosophe, la morale propre à l'homme qui fait consister toute sa vie utile dans l'acte, la lumière, la respiration et le progrès de son intelligence,

c'est-à-dire la morale intellectualiste. Telle fut la morale des philo-sophes anciens, et celle des philosophes issus de Descartes C'est la morale de la plupart des hommes qui écrivent des livres ; mais l'*Éthique*, système de la morale professionnelle du philosophe, comme l'*Imitation*, exposé de la morale professionnelle du moine, ne sauraient que par un biais un peu artificiel être donnés comme des formulaires de la morale humaine. Le déclassement de l'intellectualisme moral est, dans une certaine mesure (par une conséquence singulière), un résultat de l'*Aufklärung*, avec Rousseau, Kant, la Révolution française Après Kant, les systèmes de morale, l'utilitarisme anglais, le pessimisme allemand, le positivisme français, prennent bien des directions différentes, mais nous ne les voyons jamais revenir à cette grande voie intellec-tualiste qu'avaient suivie les Grecs et les modernes depuis Socrate. Un philosophe aujourd'hui ne saurait guère donner sa morale de philosophe, un savant sa morale de savant, c'est-à-dire le plan de commodité et de bonne conscience nécessaires à leur métier, comme une morale qui mériterait d'être systématisée à l'usage de tout être pensant. Le monde moral nous apparaît comme trop souple et trop riche pour être enfermé dans ce genre de cadres.

Et il est évident que d'aucun philosophe moins que de M. Bergson nous ne saurions attendre une morale professionnelle de philosophe, une morale intellectualiste. Tout un côté de l'opinion littéraire (je n'ose dire philosophique) lui reproche d'avoir déclassé l'intelligence En réalité il a fait comme la plupart des philosophes depuis Kant : il l'a classée. Et l'on ne saurait classer l'intelligence que du point de vue de l'action. C'est ce que font en réalité toutes les morales, depuis les morales intellectualistes jusqu'à celle de Kant. Une morale intellec-tualiste ne va pas sans eudémonisme ni sans recherche de la perfection, c'est-à-dire sans faire de l'intelligence un moyen de réaliser en nous de l'être. La morale de Kant part de la valeur pratique accordée à la raison pure, que la *Critique de la Raison pure* a montrée dénuée de valeur spéculative. C'est donc chez Kant un point de vue pratique qui nous permet de classer l'intelligence, avec son usage scientifique, qui ne touche qu'au relatif, et son usage moral qui la fait, par les trois points des postulats de la raison pratique, toucher à l'absolu.

Pareillement le bergsonisme consiste à classer l'intelligence en se plaçant au point de vue d'une action, d'une pratique. L'intelligence peut se définir comme le plan de l'action sur la matière. Elle est le propre de l'homme fabricant d'outils, de l'*homo faber*. Mais elle se trouve tout de suite au bout de son rouleau dès qu'elle s'essaye comme plan d'action sur la vie. La déduction, c'est-à-dire l'exercice autonome de l'intelligence, si puissante dans l'ordre de la matière, est impuissante dans l'ordre de la vie. La comédie est là pour nous montrer qu'en ce domaine l'*homo sapiens* devient vite l'*homo stultus*. De la vie à la vie ce n'est pas un courant de connaissance qui circule, mais un courant de bon sens, de sympathie, d'intuition. Intuition qui plonge par en bas dans l'instinct, mais qui, ayant traversé le milieu d'intelligence aux couleurs de laquelle elle est, pour nous, teinte, atteint par en haut cette intuition philosophique où l'âme éprouverait son identité avec l'élan vital, avec l'être absolu.

Le philosophe arrive péniblement à détacher de la vie l'intuition, à la saisir dans une généralisation *sui generis*, mais normalement il semble qu'elle soit portée par une action, par cette action dont l'intelligence constitue l'une des coupes. De même qu'il n'y a de prise sur le réel, pour nous, selon Kant, que par une raison pure pratique, de même, pour M. Bergson, l'intuition pure du philosophe serait bien l'intuition d'une pratique pure, inopérante parce que pure, désintéressée parce qu'intéressée seulement au tout. Sans s'arrêter à un de ses points, elle sympathise avec l'élan vital qui est un élan d'action : action sur la matière et action sur la vie. Le problème de l'action est posé avec le problème même de l'intuition. D'un côté (action sur la matière) c'est le problème des techniques. De l'autre (action sur la vie) c'est, dans le sens le plus large du mot, un problème moral.

Techniques des arts et métiers, techniques esthétiques, techniques administratives, techniques politiques, attendent encore leur systématisation philosophique. Le bergsonisme aurait dû, semble-t-il, provoquer de ce côté tout un courant d'études tendant à créer cette philosophie de la technique qui nous manque encore. L'esprit anglosaxon, qui paraissait si propre à la formuler, n'a su encore, de Bacon à Wells, que la pressentir. La création d'une technologie générale et philosophique existe en puissance dans l'élan vital du bergsonisme. Là serait l'*Analytique*, non *Transcendentale*, de la doctrine, une théorie des catégories de l'action appliquée à la matière.

Mais l'action sur la vie, sur notre vie et sur la vie d'autrui, pose les seuls problèmes proprement moraux. Le terme de devoir, par lequel nous orientons notre pratique du côté moral, ne s'applique qu'à une action sur ce qui vit, à un rapport avec ce qui vit : devoirs envers soi-même, devoirs envers autrui, devoirs envers Dieu. On

# LE MONDE QUI DURE

peut parler de devoirs envers les animaux (et l'extension du totémisme nous montre à quel point ces « devoirs » ont été incorporés aux formes primitives de la morale). On ne saurait, même en considérant le fétichisme et le *tabou*, parler de devoirs envers la matière. Le cordonnier qui donne ses soins à une paire de souliers soignés, le fait par « amour-propre », c'est-à-dire par devoir envers lui-même, ou par devoir envers le client, il serait absurde de parler d'un devoir envers le cuir ou d'un devoir envers la chaussure. Le monde moral est donc un monde de rapports de la vie à la vie. Il est vrai que la vie implique un état de résistance et de tension, et qu'il lui suffit de se détendre dans un automatisme pour aller à la matière. Précisément le rire constitue ici une rallonge de la morale, *castigat ridendo mores* : le rire éclate comme une réaction spontanée de la vie, qui dénonce et qui prévient un passage, une chute du vivant au mécanique. Mais le monde propre de la morale c'est la vie qui maintient la vie, la vie qui agit sur la vie. Et comme la vie est complexité, rien ne la dénature et ne la mécanise plus que de la simplifier en une technique, c'est-à-dire, pour un philosophe, d'exposer une morale, laquelle aura toutes chances d'être cette morale dont la vraie morale se moque.

Le bergsonisme aboutirait donc difficilement, et en tout cas par une déviation ou un automatisme, à ces *Principes de Morale* par lesquels Spencer espérait avoir le temps de couronner sa philosophie évolutive. Il n'en est pas moins vrai que nous pouvons repérer et suivre, dans les écrits de M. Bergson, un certain nombre de directions morales.

La plupart des philosophes, jusqu'à Kant, ont fait de la vie philosophique le sommet et la pointe de la vie morale, ont tendu à donner, disions-nous, la morale professionnelle du philosophe comme la morale normale. C'est là un point de vue bien opposé à celui de M. Bergson pour qui, précisément, la vie du philosophe n'est pas une vie normale, l'attitude du philosophe n'est pas une attitude normale, doit même être le contraire d'une attitude utile. Malherbe n'estimait pas qu'un poète fût beaucoup plus utile à l'État qu'un bon joueur de quilles. Un philosophe peut être utile à l'État comme citoyen, à lui-même comme sage ; mais ni à l'un ni à l'autre comme philosophe. La vraie philosophie n'est donnée ni dans le plan de la nature, qui ne produit que l'*homo faber*, ni dans le plan de la cité, qui voit dans le philosophe un joueur de quilles transcendant, ni dans le plan de la science, commandée par les lignes de notre action sur la matière, ni même dans

le plan spontané de la philosophie, invinciblement poussée à se modeler sur la science et à hypostasier des réalités immuables.

Les valeurs morales sont des valeurs d'action. Les moments privilégiés qui forment le sommet de la vie morale, ces grandes crises
où nous nous trouvons et nous créons nous-mêmes comme êtres
libres, ils appartiennent à l'ordre de l'action et non à l'ordre de la
contemplation. Il est vrai que l'intuition philosophique, elle non plus,
n'est pas contemplation, pure, qu'elle implique un effort douloureux sur
nous-mêmes, un acte de pensée contre la pente de la pensée. Mais
outre cette contradiction apparente d'une pensée contre la pensée,
elle implique cette autre, d'un acte contre la nature utilitaire de
l'acte; elle doit réagir contre toutes les pentes qui font de notre être
un centre d'utilité, c'est-à-dire d'action. Au point où elle s'accorde
avec l'être du monde, elle est gratuité pure, liberté mais liberté inopérante, liberté sans acte, où l'individu peut goûter peut-être un de
ses moments les plus aigus, mais qui ne saurait guère s'édifier en un
ordre, se consolider en une morale.

La philosophie vécue par le philosophe transcende l'humanité
comme le fait la religion vécue par le mystique. Le mystique pur est
regardé hostilement par les Églises comme le philosophe pur par les
États. Un mystique ne fonde une religion que si son mysticisme est
combiné avec un ciment politique. Le même ciment politique est
nécessaire à la philosophie qui veut se formuler en une morale, surtout
en une morale comme celle que pourrait comporter le bergsonisme,
morale de l'action, de la tension, et non de la contemplation, laquelle
appartiendrait plutôt à l'ordre de la passivité, de la détente.

Certes la philosophie bergsonienne, comme toute philosophie, a
une portée morale en ce sens que, construite contre les illusions, elle
nous fait dépasser l'illusion individualiste. Mais les philosophes et
les moralistes ne dissipent l'illusion individualiste qu'en faisant la
psychologie de cette illusion. Et la psychologie de cette illusion nous
la montre analogue aux illusions sur lesquelles sont fondées les sociétés
ou l'espèce humaines. Toutes consistent à prendre pour un arrêt
ce qui est un mouvement, pour un état ce qui est un passage. Chaque
individu se comporte comme si la vie s'arrêtait à lui. Pareillement
« chaque espèce se comporte comme si le mouvement général de la
vie s'arrêtait à elle au lieu de la traverser. Elle ne pense qu'à elle, elle
ne vit que pour elle. De là les luttes sans nombre dont la nature est
le théâtre. De là une désharmonie frappante et choquante, mais dont

nous ne devons pas rendre responsable le principe même de la vie [1]. »

De là aussi, semble-t-il, cette alternative posée à la vie morale et à une doctrine morale : ou bien s'identifier à l'un de ces arrêts ou bien épouser ce mouvement. Le premier parti est celui vers lequel nous pousse toute la morale familiale, nationale, corporative, sociale, humaine. Il est lié à notre nature d'individu et d'espèce. Il est même lié au principe de la vie, qui a besoin pour s'expliciter, s'exprimer, s'élancer, s'enrichir, de ces différences individuelles et spécifiques traduites en désharmonie et en lutte. Se refuser à ces arrêts, à l'égoïsme et à l'illusion de ces groupes et de ces espèces antagonistes, c'est se refuser aux conditions de la vie, se refuser à la vie. Le second parti est amorcé dans les formes supérieures de la religion, qui nous détachent des illusions individuelles et spécifiques, nous délient des arrêts qui nous capturent ou nous captivent, nous jettent dans le courant de la réalité divine. Il semble qu'il y ait là une antinomie morale analogue aux antinomies kantiennes. Mais les antinomies kantiennes ne sont nullement présentées par Kant comme ces gouffres de contradictions, ces scandales de la raison qu'elles sont devenues dans les tragiques imaginations littéraires Un philosophe garde son sang-froid sur le terrain spéculatif comme un général sur le champ de bataille. Antinomie signifie simplement distinction et dualisme  dualisme de la sensibilité et de l'entendement pour les antinomies mathématiques, dualisme de la raison théorique et de la raison pratique pour les antinomies dynamiques. Pareillement les deux partis moraux auxquels peut aboutir une philosophie bergsonienne se développent sur deux registres différents. contradictoires pour qui voudrait les penser et les vivre, les être ensemble, peut-être complémentaires pour qui les regarde dans leur ordre. Le premier est celui de la vie, le second est celui de la mort, et tous deux pareillement humains, puisque nous sommes appelés également à vivre et à mourir Vivre c'est accepter une illusion nécessaire, c'est ne voir dans l'élan vital que la coupe que nous sommes, ou bien celles dont nous sommes solidaires, c'est accepter une morale de la vie, une morale de la justice possible et limitée, de l'injustice possible et également limitée L'arrêt individuel, l'arrêt familial, les arrêts corporatifs, les arrêts nationaux, les arrêts religieux, les arrêts esthétiques, les arrêts humains, les arrêts de la vie qui dit sur le lac enchanté · *O Temps suspends ton vol !* — tous ces arrêts, superposés

---

1. *Évolution Créatrice*, p. 276.

les uns aux autres, composés les uns avec les autres, formeraient une série analogue à des vues cinématographiques (ne limitons pas la métaphore à l'usage qu'en fait M. Bergson), et nous donneraient l'illusion de l'élan vital dans son unité originelle. Mais pour saisir réellement cet élan, cette unité, il faudrait dépasser par un mouvement réel ces arrêts de la vie — qui font cependant que nous vivons et que la vie est. Nous ne dépassons la vie que par ce qui n'est plus la vie, par ce que, du point de vue de la vie, nous appelons la mort. La mort est le retour à la simplicité élémentaire, à la nudité de ce mouvement dont les arrêts provisoires, successifs, composés entre eux et relatifs les uns aux autres, nous apparaissent comme les formes de la vie et n'en sont en effet que les formes et non l'élan. La pure religion, la pure philosophie, nous font tourner le dos à la vie à vivre, en nous retournant vers la source indivisée de la vie, mais tant que nous vivons nous ne pouvons opérer qu'avec difficulté ce retournement paradoxal. La mort seule, qui nous fait tourner le dos absolument et réellement à la vie à vivre, qui nous détache de l'action, devient pour la religion et pour la philosophie pure une sorte d'état normal avec lequel elles sont de plainpied. « Pourquoi nous reposer dans cette vie ? disait-on à Port-Royal. N'avons-nous pas l'éternité pour cela ? » Le yogui, le mystique, le pur philosophe, dans leur méditation qui peut passer aux yeux des hommes pour un repos, anticipent en effet. Pourquoi vivre dès cette vie dans la vérité ? Pourquoi craindre l'illusion comme si elle devait être éternelle ? Nous avons toute notre durée et toute la durée de l'univers pour être la vie, nous n'avons que la durée de notre corps pour la vivre consciemment, nous n'avons que la durée de nos familles et de nos sociétés pour la survivre. La fonction de la morale, comme celle du plaisir, comme celle de la pression sociale, comme celle de la mémoire individuelle et héréditaire, serait alors de défendre contre la philosophie pure (si faible d'ailleurs sur ce terrain où elle ne passe qu'en contrebande) les illusions utiles, de protéger les formes de la vie à la fois contre contre les autres formes de la vie et contre les apparences de la mort.

Deux routes contraires seraient donc ouvertes, du point de vue bergsonien, à la morale. La première, établie dans les illusions utiles qui produisent l'individu et les sociétés, aurait pour points de direction les conditions de l'élan vital, et non la réalité de l'élan vital. Elle serait la route naturelle de l'impulsion créatrice et de l'*homo faber*. Elle verrait à son horizon soit un être collectif comme le Grand-Être de Comte, soit un être individuel comme le Surhomme de Nietzsche. Elle constituerait une morale d'homme, non une morale de philosophe et de sage. La seconde route nous conduirait par nos profondeurs, nous retournerait vers notre vérité et vers la vérité de l'être. La porte par laquelle elle passerait porterait l'inscription hindoue : *Tat tvam asi*. Tu es cela. Elle consisterait à dépasser pour retrouver, à retrouver pour épouser : dépasser les limitations, les illusions individuelles et spécifiques qui nous attachent à une fonction, à une œuvre, à notre tâche utile de « bœufs de labour », retrouver en nous l'être de droit qui serait tout, épouser l'identité des êtres, rallier le courant indivisé de l'élan vital. Ce ne serait plus une morale humaine, mais une morale philosophique et divine, peut-être chimérique. N'y a-t-il pas déjà contradiction dans l'expression que je viens d'employer : épouser le courant indivisé de la vie ? L'épouser réellement, n'est-ce pas l'épouser dans sa division croissante, puisque c'est un courant créateur, que plus il va plus il crée, et que créer, pour lui, c'est créer des systèmes d'illusions de plus en plus complexes, des espèces de plus en plus distinctes et opposées, des individualités de plus en plus riches ? Le connaître vraiment n'est-ce pas en être ? en écarter les illusions créatrices n'est-ce pas refuser d'en être, consommer le grand refus, la plus grande des illusions ? Cette direction du grand refus, la philosophie au fond la plus analogue au bergsonisme, la philosophie de Schopenhauer, l'a suivie. Pour Schopenhauer comme pour Spinoza (lui-même appelle le spinozisme le Vieux-Testament de son Évangile) la morale se confond avec la connaissance de la vérité, l'acte moral consiste à écarter des illusions, la vie morale à connaître et à éprouver la réalité telle qu'elle est. Or à la limite de cette morale, au bout de cette route qu'y a-t-il ? Quelle est la conclusion du *Tat tvam asi* ? Le nirvâna... Connaître dans sa réalité cet élan vital qui s'appelle la Volonté, c'est renoncer à le vivre. Tandis que l'illusion nous fournit des raisons de vivre, la vérité ici, vérité religieuse de l'Inde, vérité philosophique de Schopenhauer, ne saurait nous donner que des raisons de ne pas vivre.

La philosophie bergsonienne se trouve comme sur un toit du monde entre ces deux directions opposées. On imagine fort bien son ruissellement d'un côté ou de l'autre. D'une part elle présente dans son idée directrice, dans son élan vital, des analogies frappantes avec celle de Schopenhauer ; d'autre part, philosophie de la durée, elle peut passer,

# LE BERGSONISME

dans son principe, pour une rectification de la doctrine hégélienne du devenir et de l'évolutionnisme spencérien. D'une part les Hindous d'aujourd'hui reconnaissent dans le bergsonisme certaine communauté avec leurs anciennes philosophies : d'autre part les Anglo-Saxons ont vu dans les idées bergsoniennes une source d'énergie. Il est extrêmement probable que si M. Bergson prolongeait lui-même sa philosophie par une morale, c'est bien dans ce dernier sens qu'il s'efforcerait de la conduire. Ses véritables affinités le porteraient, sinon vers un pragmatisme analogue à celui de James, du moins vers une philosophie aiguë de la liberté et de l'effort.

M. Bergson s'est d'ailleurs sommairement expliqué à ce sujet, dans une conférence sur la *Conscience et la Vie*, faite en 1911 à l'Université de Birmingham. « Chez l'homme seulement, chez les meilleurs d'entre nous surtout, le mouvement vital se poursuit sans obstacle, lançant à travers cette œuvre d'art qu'est le corps humain, et qu'il a créée au passage, le courant indéfiniment créateur de la vie morale. L'homme, appelé sans cesse à s'appuyer sur la totalité de son passé pour peser d'autant plus puissamment sur l'avenir, est la grande réussite de la vie. Mais créateur par excellence est celui dont l'action, intense elle-même, est capable d'intensifier aussi l'action des autres hommes, et d'allumer, généreuse, des foyers de générosité. Les grands hommes de bien, et plus particulièrement ceux dont l'héroïsme inventif et simple a frayé à la vertu des voies nouvelles, sont révélateurs de vérités métaphysiques. Ils ont beau être au point culminant de l'évolution, ils sont le plus près des origines et rendent sensible à nos yeux l'impulsion qui vient du fond. Considérons-les attentivement, tâchons d'éprouver sympathiquement ce qu'ils éprouvent, si nous voulons pénétrer par un acte d'intuition jusqu'au principe même de la vie. Pour percer le mystère des profondeurs, il faut parfois viser les cimes. Le feu qui est au centre de la terre n'apparaît qu'au sommet des volcans [1]. »

On ne trouvera là rien que de naturel à une philosophie de l'action. Au lieu que pour l'intellectualisme le bien moral est une révélation de la métaphysique, pour M. Bergson comme pour Kant il serait lui-même révélateur de la vérité métaphysique la plus profonde. Une morale humaine ira dans le sens de l'élan vital, si l'homme est la grande réussite de la vie. Mais l'homme *est-il* cela ? Tout ce que

---

1. *L'Énergie Spirituelle*, p. 26.

nous pouvons dire, et qui d'ailleurs suffit, correspondant même peut-être à un élan moral plus pur, c'est que l'homme *peut l'être*. Nous ne savons pas, et Dieu même, le Dieu bergsonien, ne sait pas si la grande réussite de la vie sera l'homme. Beaucoup de moralistes, et notre père Montaigne entre autres, en doutent fort, nous tirent par la manche et nous disent : « Mon ami, ne va pas penser cela. Regarde cet oison, qui se croit, lui aussi, la grande réussite de la vie. » Mais est-il bien sûr que l'oison se dise cela ? N'est-il pas sûr au contraire qu'il ne se le dit pas, puisqu'il ne dit rien ? Nous nous disons quelque chose, et c'est en nous et par nous que les bêtes et les plantes deviennent créatures parlantes. En tout cas ne nous disons pas cela trop fort. Prenons aux Montaigne et aux Anatole France, et surtout au grand spectacle des folies humaines, ce sel de doute dont il nous faut un peu, mais pas trop. Homais et Frédéric Moreau peuvent contribuer presque autant que l'homme de bien à nous porter vers une métaphysique compréhensive et souple. Nous avons en nous de quoi être la grande réussite de la vie, nous avons aussi de quoi être un de ses grands échecs. Mais il va de soi que ce qu'on appelle morale c'est un acte de foi en la possibilité de cette réussite, c'est surtout la foi dans l'acte qui peut la produire. Cependant, en morale comme en spéculation, souvenons-nous de Socrate Une foi qu'un peu de doute n'assouplirait pas, ne détendrait pas (l'élan vital lui-même ne saurait sans doute être tension pure) pourrait porter beaucoup de beaux noms, parmi lesquels celui de vertu ; il faudrait peut-être lui refuser celui de sagesse. Et c'est plutôt en sagesse qu'en vertu que la philosophie s'achève et fleurit.

Aristote considérait la vertu comme une habitude. Mais l'habitude appartient pour M. Bergson à l'ordre de l'automatisme et de la matière. Et pourtant, psychologiquement, Aristote a raison. La vie triomphe de la matière en l'utilisant, et la morale ne peut soustraire l'homme à l'automatisme qu'en employant d'une certaine façon l'automatisme. Nous triomphons complètement de l'automatisme dans ces moments de crise tragique, cornélienne, dont parle l'*Essai*, où domine, explose toute notre personnalité. Mais ces moments sont rares dans la vie humaine, et il serait dangereux et vain de les chercher pour euxmêmes, gratuitement. La vie morale n'est pas la vie exceptionnelle, c'est la vie quotidienne, c'est à la vie quotidienne et *réelle* qu'elle doit s'appliquer. Chercher de gaîté de cœur les grandes crises tragiques, c'est échapper à la *réalité*, c'est souvent s'appeler don Quichotte ou

# LE BERGSONISME

Emma Bovary, c'est relever par conséquent du rire, du comique, de l'ironie Une morale ne doit pas être théorique, mais pratique, souple, adaptée à la vie courante : vie courante, c'est-à-dire contraire de la vie arrêtée et formulée. Et la pratique véritable de la vie morale demande une invention, une adaptation continue, non une tension perpétuelle pour se soustraire à la matière et à l'automatisme, mais une attention à les juger, à les utiliser, à les tourner. La santé morale comme la santé physique c'est une souplesse, et rien n'est plus difficile, dans tous les ordres, que de conserver cette souplesse. Il est même certain que personne n'y réussit, mais si on ne tentait que ce qui peut réussir complètement, on ne ferait jamais rien. Et savoir se résigner à un manque de souplesse, c'est se défendre par une souplesse encore plus intérieure. Au *symposion* d'Oxford, qui remplaça après la guerre le congrès des philosophes, M. Bergson fit sur la pratique de la morale une lecture qui n'a pas été publiée et qui développait peut-être des vues de ce genre.

Il a d'ailleurs un jour abordé quelque peu ces matières d'ordre pratique. Ayant fait partie du jury de la Seine, il lui est arrivé d'exposer à un journaliste ses idées sur la réforme du jury. Pour certains critiques, plus soucieux de trouver dans les livres d'autrui ce qui leur permet à eux-mêmes une attitude avantageuse et une dialectique facile que ce qui y est réellement, le bergsonisme est une philosophie de l'instinct. Les jurés parisiens acquittent les crimes passionnels, c'est-à-dire d'ordre instinctif et pathétique. Donc les jurés sont bergsoniens, comme Riquet. Or précisément M. Bergson était frappé de voir les jurés, obéissant à des réactions instinctives, rendre des décisions souvent dangereuses, et il proposait le remède suivant : Que les jurés soient astreints à motiver leurs avis! Le seul fait de mettre un sentiment par écrit oblige à y introduire du logique, de l'intellectuel, du social, à l'adapter, à le voir jouer sur un registre de bon sens et de pratique. Peut-être y aurait-il lieu de faire des réserves : l'écrit c'est la langue d'Ésope à la deuxième puissance, et il se prête merveilleusement au sophisme. Nous avons là plutôt une expérience de philosophe, ou de juré philosophe. Un philosophe ne sait que sa pensée est viable que lorsqu'il l'a mise par écrit, lorsqu'il l'a projetée sur l'écran du langage et du raisonnement. Il sait que l'intuition pas plus que l'intelligence n'a une valeur illimitée, que l'une ne doit pas être employée à la place de l'autre, et qu'un philosophe, même lorsqu'il passe auprès du public pour un adversaire de l'intelligence, ne va pas loin avec la seule intuition. Il est naturel qu'il cherche à adapter à son expérience de juré son expérience de philosophe.

Ces conclusions de M. Bergson paraîtront à certains d'autant plus singulières qu'on a créé au bergsonisme la réputation d'un individualisme mystique. L'*Essai* en particulier a été interprété comme un déclassement de la réalité sociale. C'est là une coupe arbitraire obtenue par une critique qui aime à avoir son siège fait et à rédiger sur chaque auteur une fiche immuable dont on s'en va répétant les termes tout conventionnels : coupe pratiquée presque au point de départ de l'élan psychologique ou vital, et qui néglige leur épanouissement et leurs fusées. Pour M. Bergson, la forme réussie et efficace de la vie c'est au contraire la vie sociale. Soustrait au plan de la vie sociale, l'homme rêverait sa vie au lieu de la vivre, c'est-à-dire de l'agir. La société nous maintient en un état de tension qui nous amène à notre maximum d'humanité, et cette tension, cette humanité ne s'opposent pas à notre valeur individuelle, elles la commandent, elles la créent, elles nous donnent le moyen et nous imposent le devoir de nous créer nous-mêmes selon les rythmes supérieurs de la vie. L'instinct et l'intelligence, les deux formes divergentes de la vie consciente, ont abouti pareillement à la vie sociale, ici chez l'homme et là chez les fourmis et les abeilles, « comme si le besoin s'en était fait sentir dès le début, ou plutôt comme si quelque aspiration originelle et essentielle de la vie ne pouvait trouver que dans la société sa pleine satisfaction [1] ». Mais le plan social n'est pas un plan logique : il est pris dans une contradiction, d'ailleurs vivante et féconde. La société « ne peut subsister que si elle se subordonne l'individu, elle ne peut progresser que si elle le laisse faire : exigences opposées qu'il faudrait réconcilier. Chez l'insecte la première condition seule est remplie » tandis que « les sociétés humaines tiennent fixés devant leurs yeux les deux buts à atteindre. En lutte avec elles-mêmes et en guerre les unes avec les autres, elles cherchent visiblement, par le frottement et par le choc, à arrondir des angles, à user des antagonismes, à éliminer des contradictions, à faire que les volontés individuelles s'insèrent sans se déformer dans la volonté sociale, et que les diverses sociétés entrent à leur tour, sans perdre leur originalité ni leur indépendance, dans une société plus vaste ». La guerre, et surtout l'après-guerre, paraissent avoir amené M. Bergson à des vues moins optimistes et plus hési-

1. *L'Énergie Spirituelle*, p. 27

# LE BERGSONISME

tantes. Les antagonismes ne s'usent pas nécessairement, les contradictions ne s'éliminent pas toujours, et les réussites par lesquelles les sociétés atteignent leurs paliers élevés sont toujours à la merci d'échecs qui les en précipitent, — ce qui est également vrai des sociétés particulières et de la civilisation dans son élan général. Un échec de la vie sociale humaine, dû à l'antagonisme des individus dans la société et des sociétés entre elles, est toujours possible. Nous devons nous en souvenir. Mais en fixant trop complaisamment nos yeux sur cette possibilité nous en augmentons les chances, nous diminuons en nous le ton vital de l'élan créateur. Le mot de Spinoza est plus vrai encore de la vie sociale que de la vie individuelle : la vie est une méditation de la vie et non de la mort.

L'intelligence, en roulant au bas de sa pente logique, en se laissant aller à son mécanisme spéculatif, deviendrait facilement cette méditation de la mort. Pour demeurer tendue sur le plan vital, il faut qu'elle se souvienne qu'elle est moins faite pour spéculer que pour agir. L'action, l'effort, c'est son être, et l'effort intellectuel nous met plus dans la vérité que ne le fait l'intelligence sans effort, c'est-à-dire l'intelligence sans souplesse. Certes tout effort à une tendance à devenir automatique, mais nous échappons à l'automatisme par la pluralité et le renouvellement de nos automatismes. « Le cerveau de l'homme a beau ressembler, en effet, à celui de l'animal : il a ceci de particulier qu'il fournit le moyen d'opposer à chaque habitude contractée une autre habitude et à tout automatisme un automatisme antagoniste [1]. » Mais Tarde n'avait pas tort de comparer société et cerveau. Cela même qui fait la supériorité du cerveau humain, c'est cela même qui fait la supériorité de la société humaine, avec ses antagonismes intra-sociaux et inter-sociaux. Un individu, un peuple, ce sont des systèmes d'automatisme, à partir d'un moment inévitable de leur existence. La société oppose dès lors un individu à un individu, un peuple à un peuple, comme le cerveau oppose un automatisme à un automatisme. La vie morale est pareillement un système d'automatismes successifs et balancés, de l'un à l'autre desquels passe un courant de liberté, un effort qui se confond avec l'élan vital.

Si l'automatisme qui commence est un effort contre l'automatisme qui finit, si l'intelligence est un effort contre la résistance de la matière, si l'intuition philosophique est un effort contre l'intelligence, peut-

1 *L'Énergie Spirituelle*, p. 21.

être la vie morale, l'intuition morale comporterait-elle encore un effort contre l'intuition philosophique elle-même. La vérité qui se trouve au bas d'une pente que l'on descend, c'est la vérité mathématique, niveau de base de l'intelligence, mais toute vérité concrète, toute vérité qui porte et qui mord sur le réel, toute vérité qui dure, et qui vit, implique un versant que l'on remonte. Si notre connaissance vraie de nous-mêmes n'est possible à l'intuition philosophique qu'au prix d'une violence faite à la nature de notre être, la réalisation de nous-mêmes, et de plus que nous-mêmes, en nous, n'est possible qu'au prix d'une violence faite à l'intuition philosophique et d'une rupture de son charme. En s'absorbant dans l'intuition pure, en la voulant efficace par suite d'une illusion analogue à celle qui veut une intelligence spéculant sur l'absolu, la morale demeurerait captive d'un charme. La vraie philosophie, c'est le chant des Sirènes. La nature, soucieuse de faire vivre, manœuvrer, arriver peut-être l'équipage du navire terrestre, a fermé avec de la cire les oreilles des hommes. Il en est un parfois qui naît avec une tête ouverte à l'harmonie. Mais il ne sait pas se mouvoir, il ne peut agir sur la conduite du vaisseau, il est attaché au mât. S'il parle de ce qu'il entend on se moque de lui. Et tout va bien ainsi. L'humanité ne passe pas sur la mer de la musique sans que cette musique parvienne tout de même à quelqu'un, mais elle n'y passe pas trop dangereusement. N'était cette inhabileté du philosophe, pareille à des chaînes physiques, n'était cette heureuse surdité de l'équipage, le navire irait aux abîmes, à ce repos et à cette défaite des profondeurs marines, où sans doute bien des créations se sont déjà abîmées, et où les Peisithanates d'Orient et d'Occident cherchent encore à le conduire. Mais Ulysse n'est qu'un homme, et les matelots ne sont que des hommes. On peut concevoir, aider, préparer, une étape plus haute, un Sur-homme, un Hyper-Ulysse qui marcherait libre sur le pont avec les marins laborieux et sourds, qui serait fort, agile et actif comme eux, et dont les oreilles demeureraient cependant ouvertes au chant des déesses sans que sa main manquât à tenir un cordage, ni sa voix claire à donner des ordres, ni son esprit tendu, sa volonté libre, à se fixer sur les constellations du retour, sur la fumée de son toit, sur le rocher d'Ithaque.

## XIV

## L'HISTOIRE

L'ouvrage capita  de M. Bergson, *Matière et Mémoire*, nœud et carrefour de toutes ses doctrines, installation générale de ses principes, implique évidemment un travail et une contention d'esprit, une intensité et une concentration d'effort, qui ne se retrouvent pas au même degré dans l'*Évolution Créatrice*, de lecture si aisée. Et cette facilité de la lecture nous fait croire à une facilité analogue de la composition. M. Bergson nous dit lui-même qu'il a dépouillé pendant plusieurs années la littérature biologique, et qu'au bout de ce temps son livre s'est trouvé presque fait. Comprenons bien qu'il n'a pas entrepris ce dépouillement au hasard, qu'il était guidé par une idée sinon préconçue, du moins préalable, celle de la durée réelle et créatrice opposée à la durée conceptuelle et inopérante des théories évolutionnistes. Les faits biologiques se groupaient d'eux-mêmes, comme déposés par l'élan vital de cette idée.

Après la lecture de *Matière et de Mémoire*, on ne conçoit pas que M. Bergson eût pu élire un autre sujet que la relation du corps à l'esprit comme quartier général de sa doctrine. Au contraire le tableau de l'*Évolution Créatrice* n'est peut-être que l'une des vérifications entre lesquelles il lui était possible de choisir. D'autres formes de l'évolution eussent fourni, sous une figure toute différente et avec la matière d'une expérience toute différente, la même preuve, la même essence de vie créatrice. Un livre où le philosophe eût suivi l'évolution d'une personne, un ouvrage sur l'évolution historique de l'humanité, même une histoire de la philosophie, étaient, en principe, donnés comme l'*Évolution Créatrice* sur le plan bergsonien. Mais, cela admis et posé en un lointain un peu abstrait, il va de soi qu'une interprétation philosophique de la biologie, un ouvrage appuyé sur la science des êtres vivants, était tout de même mieux que les autres donné dans la nature et les habitudes intellectuelles de M. Bergson. Évidemment il n'est

# LE MONDE QUI DURE

rien qu'un grand philosophe ne doive pouvoir apprendre, mais à condition d'avoir le temps. Et l'histoire, qui a besoin de temps pour être, en a aussi besoin pour être connue.

Cependant c'est un fait évident qu'une philosophie de la durée est susceptible à un haut degré de s'exercer sur le terrain de l'histoire. Un écrivain de grand talent, tué à la guerre en 1915, Jean Florence, dans un article de la *Phalange*, faisait remarquer combien la philosophie de M. Bergson peut se définir par certains côtés un *historisme*, constituant une interprétation historique de l'univers, et serait propre à une philosophie de l'histoire. Et certainement le sentiment de la durée vivante doit nourrir de la façon la plus vigoureuse et la plus tonique notre idée de l'évolution historique et des courants historiques : le XIX<sup>e</sup> siècle, siècle de l'évolution, a été aussi, et de même fonds, le grand siècle de l'histoire.

*<br>* *

Il n'y a d'histoire que de ce qui dure. Une philosophie de la durée vivante est par définition une philosophie historique. Et une philosophie qui nie la durée est amenée nécessairement à nier l'histoire.

Voyez l'antinomie de Platon et de Thucydide. Nietzsche écrit que la lecture de Thucydide a toujours été pour lui l'antidote de tout platonisme. Et la lecture de Platon nous montre à quel point le philosophe des Idées est étranger au sentiment de l'histoire. La négation du temps par le cartésianisme et par le kantisme a produit les mêmes effets. On connaît le mépris de Descartes et de Malebranche pour l'histoire, et le raisonnement par lequel ce dernier, paraît-il, s'amusait à écarter la prétendue connaissance historique : La science c'est ce qu'Adam savait avant la chute ; or Adam ne pouvait connaître l'histoire ; donc l'histoire n'est pas une science et ne vaut pas la peine d'être connue. Schopenhauer, qui, sur les traces de Kant et de Platon, réalise en une clarté très pure une philosophie anti-temporelle, écrit : « A notre avis c'est être à l'antipode de la philosophie, d'aller se figurer qu'on peut expliquer l'essence du monde à l'aide de procédés d'histoire, si joliment déguisés qu'ils soient : et c'est le vice où l'on tombe dès que, dans une théorie de l'essence universelle prise en soi, on introduit un devenir, qu'il soit présent, passé ou futur, dès que l'avant ou l'après y jouent un rôle, fût-il le moins important du monde, dès que par suite on admet, ouvertement ou

151 "

furtivement, dans la destinée du monde, un point initial et un point terminal, puis une route qui les réunit, et sur laquelle l'individu, en philosophant, découvre le lieu où il est parvenu. Cette façon de philosopher en histoire donne pour produit le plus souvent quelque cosmogonie [1]. » Selon Schopenhauer ces philosophes (c'est-à-dire son ennemi Hegel) écrivent comme si Kant n'avait jamais existé, et il estime que pour les réfuter sans réplique « il suffit de cette remarque, que le passé au moment où je parle, fait déjà une éternité complète, un temps infini écoulé, où tout ce qui peut et doit être devrait déjà avoir trouvé place ». La seule vraie façon de philosopher est, dit-il, de s'attacher « à l'essence universelle du monde, laquelle a pour objet les Idées présentes en ce monde. »

Ces philosophies anti-temporelles ont d'ailleurs toujours été accompagnées ou suivies de philosophies où la durée était plus ou moins réintégrée. L'histoire joue un rôle important dans la philosophie du Lycée. Leibnitz, qui occupa une partie de sa vie à des recherches historiques, et qui eut un sentiment profond de l'histoire, écrit ces paroles remarquables que Cournot aurait pu mettre en épigraphe à ses travaux : « *Quidquid sciri dignum est, distinguo in Theoremata, seu rationes, et observationes seu historiam rerum, historiam locorum et temporum* [2]. » Et la philosophie allemande qui suit Kant trouve, avec Herder et Hegel, un de ses épanouissements dans une synthèse téléologique de l'évolution historique.

Mais même chez les philosophes qui réintègrent ainsi le point de vue de l'histoire et qui balancent, dans la suite des doctrines, les poussées éléatistes par leurs antithèses héraclitéennes, le temps demeure une réalité de seconde zone, une image mobile de l'éternité. Vis-à-vis du point de vue logique, le point de vue historique reste accessoire et dérivé. L'histoire d'ailleurs nous aide à chercher des lois du devenir, qui elles-mêmes ne deviennent pas, qui sont, qui expliquent, qui impliquent des formules pleines d'être immobile et immuable. Inutile d'insister pour Aristote, dont la doctrine reste une exégèse encore si platonicienne du platonisme. Mais à propos de Leibnitz, M. Bergson explique fort bien comment l'histoire intérieure d'une monade n'est conçue que comme la réfraction d'une réalité non historique. « Si la multiplicité de ses monades n'exprime

1. *Le Monde...*, trad. Burdeau, I, p. 285.
2. Édit. Dutens, t. V, p. 183.

que la diversité des vues prises sur l'ensemble, l'histoire d'une monade isolée ne paraît guère être autre chose, pour ce philosophe, que la pluralité des vues qu'une monade peut prendre sur sa propre substance : de sorte que le temps consisterait dans l'ensemble des points de vue de chaque monade sur elle-même, comme l'espace dans l'ensemble des points de vue de toutes les monades sur Dieu [1]. » C'est de la même origine que procèdent les théories de Kant et de Schopenhauer sur le caractère intelligible, racine et réalité de notre conduite temporelle. Pour toutes ces philosophies, notre nature, comme la nature de l'humanité, est essentiellement intemporelle. Cette direction a dû être confirmée par certaines idées chrétiennes, celle de l'Éternel, celle du péché originel. Pour que tous les hommes aient pu pécher mystiquement en Adam, il faut que le péché originel se soit passé en quelque sorte hors du temps. La religion comme la science attache les philosophes à une doctrine pour laquelle, ainsi que pour la philosophie antique « la réalité comme la vérité serait intégralement donnée pour l'éternité [2] ». Et Hegel, qui a cependant introduit si fortement l'historisme dans la réalité, se comporterait, pour un bergsonien, vis-à-vis de la réalité historique, comme Spencer s'est comporté vis-à-vis de la réalité cosmique. La philosophie de l'histoire, l'histoire de la philosophie, n'y sont que dialectique de l'Idée. Hegel n'embrasse l'histoire que pour étouffer l'histoire sous son vieil adversaire, le processus dialectique. Comme Spencer reconstitue l'évolution avec des fragments de l'évolué, Hegel constitue le pensant avec des états du pensé, le vivant avec des morceaux du vécu. L'histoire est réduite par lui à ce qui lui serait nécessaire pour être enchaînée dans un cerveau de dialecticien.

Et il s'agit là d'une illusion tellement tenace, tellement nécessaire que nous la retrouvons sur tous les plans humains, depuis l'antichambre des cartomanciennes jusqu'aux théoriciens actuels de la Relativité. De même qu'une illusion extérieure au temps consiste à confondre l'espace et le temps, de même une illusion intérieure au temps consiste à modeler l'image de l'avenir sur l'image du passé, et l'on démontre d'ailleurs que la seconde illusion se ramène à la première. La nature de la monade pour Leibnitz, la nature du caractère intelligible pour Kant, sont des réalités données, devant lesquelles

1. *Évolution Créatrice*, p. 381
2. *Id.*, p. 382.

passent successivement la monade ou la personne. Dès lors il semble qu'en tendant le cou, ou en usant de quelque œil artificiel comme le périscope des tranchées, il ne serait pas impossible d'empiéter sur le futur, de fournir à notre vision un champ un peu plus étendu que le présent où elle paraît enfermée. Et la science la plus récente et la plus hardie engendre ici, lorsqu'on la transporte sur le plan philosophique, une illusion analogue à celle de la philosophie la plus ancienne. Je veux parler de l'Espace-Temps à quatre dimensions de Minkowski et d'Einstein. M. Bergson, dans son livre *Durée et Simultanéité*, montre que la science et le langage nous suggèrent eux-mêmes l'interprétation du temps comme d'une quatrième dimension de l'espace, et que la physique de la Relativité a suivi une pente naturelle et légitime de la science en introduisant cette conception dans ses calculs. Mais dès que ces calculs et ce symbolisme veulent revêtir une figure philosophique « on risque de prendre le déroulement de toute l'histoire passée, présente et future de l'univers pour une simple course de notre conscience le long de cette histoire donnée tout d'un coup dans l'éternité : les événements ne défileraient plus devant nous, c'est nous qui passerions devant leur alignement [1] ». Et la croyance à un tel alignement, ou à un cercle, l'image d'un donné d'éternité que notre vie temporelle devrait parcourir successivement comme on compte les pièces d'or d'un coffret, comme on recense ou étudie les habitants d'un pays, cette croyance n'est que l'ombre que portent sur la philosophie les nécessités pratiques de notre science mathématique et mécanique. L'incorporer à la philosophie c'est incorporer à la lune l'image que notre planète projette sur elle une nuit d'éclipse.

Si l'histoire est, comme la philosophie, la connaissance de ce qui dure, elle est sujette, comme la philosophie, à être séduite et trompée par ces endosmoses presque inévitables de l'espace et du temps. De même que notre espace implique trois dimensions, notre durée implique trois réalités, une réalité de mémoire qui est le passé, une réalité d'action qui est le présent, une réalité d'indétermination qui est l'avenir : cette dernière non moindre que les deux autres, puisque c'est par elle que le bergsonisme définit les êtres doués d'un système nerveux, — centres d'indétermination. Or la philosophie de l'histoire paraît impliquer une ombre portée analogue à celle de la philosophie, — l'ombre portée du langage et de la science. De même qu'aux trois

1. *Durée et Simultanéité*, p. 209.

dimensions de l'espace nous tendons à ajouter cette quatrième dimension qu'est le temps, de même, aux trois réalités de la durée, nous tendons à ajouter la quatrième réalité d'un κτῆμα ἐς ἀεί, d'une sorte de plan idéal, d'un espace où toutes les réalités successives coexisteraient. Les philosophies de l'histoire s'installent généralement dans cette quatrième dimension, et l'histoire elle-même ne peut pas lui échapper, est obligée de l'utiliser comme un de ses instruments ordinaires.

En effet, avec un peu de réflexion, il nous est possible d'écouter et d'approuver le philosophe bergsonien qui nous explique que l'avenir, n'étant pas déterminé, n'est absolument pas fait, et ne sera que ce que nous le ferons. Mais quand il s'agit de comprendre et d'enchaîner les faits passés, ce qui constitue une part essentielle de l'histoire, nous ne pouvons les comprendre et les enchaîner que par rapport à un « espace de temps », c'est-à-dire à un espace-temps, placé entre eux et nous, et qui, n'existant pas, en sa qualité d'avenir, pour les hommes qui ont vécu ces faits, existe au contraire pour nous, puisqu'il est du passé. Dès que l'histoire raisonne, elle se place au point de vue non de l'action qui se fait, mais de l'action faite, de l'action passée, et qui a pris place dans un ensemble, dans un ordre de passé. Ce passé, l'histoire qui l'ordonne chronologiquement tend, de façon presque invincible, à l'ordonner logiquement, c'est-à-dire à devenir philosophie de l'histoire. Elle n'est intéressante et vivante qu'à cette condition. C'est dire qu'elle devient vivante en vivant de notre vie, et que, si elle arrive à vivre aussi de la vie des personnages qu'elle étudie, ce n'est pas directement, mais par un biais, par une sorte de projection de nous-mêmes et de notre intérêt à travers cet espace-temps, qui n'existait pas plus pour eux que l'écran cinématographique où nous voyons défiler nos soldats sous l'Arc-de-Triomphe n'existait pour les poilus qu'on « tournait ».

Quand j'enseignais l'histoire, il m'arriva de donner pour sujet de composition à des élèves de seconde ceci. Avant d'engager la France dans la guerre de Trente ans, Richelieu écrit à Louis XIII pour lui expliquer son intérêt à intervenir plus effectivement dans les affaires d'Allemagne, etc... Un assez bon nombre de copies commençaient ainsi : « Sire, avant d'engager la France dans la guerre de Trente ans... » En rendant compte des copies, je citais ce beau début du ton assez froidement désabusé d'un professeur qui en a lu bien d'autres. Tout d'abord on ne comprit pas, et le signal du *risus scholasticus* ne fut donné qu'au bout d'un instant par les deux ou trois dont l'esprit était le plus vif. (Il s'agissait d'un lycée du centre de la France, et la réaction eût sans doute été plus rapide à Condorcet ou à Louis-le-Grand). Le rire se conformait ici à son rôle bergsonien, et corrigeait sous sa grande vague vivante un excès de mécanisme. Mais ce mécanisme n'était-il pas donné dans la nature même de l'histoire, et le professeur d'histoire qui l'exposait à la dérision ne faisait-il pas figure d'un *Gracchus de seditione querens* ? Richelieu vivant ignorait évidemment ce que durerait la guerre et comment elle se terminerait. Mais le Richelieu historique est pris dans l'espace-temps qui implique une guerre de Trente ans finie, une Allemagne divisée, des traités de Westphalie signés ; Richelieu, ce n'est pas l'action de Richelieu s'accomplissant, c'est l'action de Richelieu accomplie, l'œuvre de Richelieu encadrée, c'est-à-dire spatialisée, entre des causes et des résultats qui figurent à nos yeux sur un même écran de passé. L'histoire simple spatialise de la durée au premier degré, comme la physiologie ou la physique. La philosophie de l'histoire, herdérienne ou hegélienne, la spatialise à un second degré, sur un plan analogue à celui de la métaphysique platonicienne.

On conçoit dès lors que la philosophie bergsonienne, bien que M. Bergson ne l'ait jamais appliquée à l'histoire, puisse nous amener, en cette matière, d'abord à une sorte de scepticisme fécond, puis à une vision plus vivante et plus fraîche de la réalité historique. Comme la voie était libre, après Spencer, pour l'*Évolution Créatrice*, l'*Évolution Créatrice* rend peut-être la voie libre pour une idée véritablement évolutive de l'histoire.

*<br>* *

On peut dire, d'un certain point de vue, que l'histoire est coextensive à la vie. La matière à laquelle s'applique la science n'a pas d'histoire, et le mécanisme cartésien était logique avec lui-même en disant à l'histoire : « Je ne vous connais pas. » Le principe scientifique de la conservation de l'énergie est le principe d'un monde qui n'a pas d'histoire. Les actions et réactions des atomes pourraient seulement y donner lieu à des statistiques. On a constaté que la loi de Mariotte n'est qu'une application d'une loi statistique, la loi des grands nombres, et, si on se place au point de vue des derniers éléments matériels, toute loi physique est peut-être une loi des grands nombres. La loi des grands nombres ne fonde-t-elle pas déjà un déterminisme humain très suffi-

# LE MONDE QUI DURE

sant pour permettre à la vie sociale de s'exprimer sous une forme mathématique ? Mais elle ne le fait qu'en écartant de sa manière de considérer les êtres tout ce qui impliquerait en eux une histoire. « A un jeu de pur hasard, dit Cournot, comme le trente et quarante, l'accumulation des coups dont chacun est indépendant de ceux qui le précèdent et reste sans influence sur ceux qui le suivent, peut bien donner lieu à une statistique, non à une histoire. Au contraire, dans une partie de trictrac ou d'échecs où les coups s'enchaînent, où chaque coup a de l'influence sur les coups suivants, selon leur degré de proximité, sans pourtant les déterminer absolument, soit à cause du dé qui continue d'intervenir aux coups subséquents, soit à cause de la part laissée à la libre décision de chaque joueur, on trouve, à la futilité près des amours-propres mis en jeu, toutes les conditions d'une véritable histoire, ayant ses instants critiques, ses péripéties et son dénouement [1]. » Cournot montre ensuite que si les découvertes scientifiques pouvaient se succéder dans un ordre quelconque, les sciences n'auraient pas d'histoire, mais des annales ; si au contraire chaque découverte était rigoureusement amenée par celle qui la précède, il n'y aurait qu'une table chronologique. Il n'y a histoire que là où il y a une part, mais une part seulement de hasard. Un bergsonien dirait une part d'indétermination, et une part seulement, la part de détermination étant fournie par l'existence, le poids, la mémoire héréditaire d'un passé : dualisme qui implique, comme dans la trame même du tissu politique et social, un élément conservateur et un élément progressiste. La différence est que, pour un bergsonien, ces parts d'indétermination et de détermination sont données dans une réalité concrète, qui est une durée vivante — durée historique analogue ici à celle d'une conscience — tandis que Cournot conçoit le hasard sous une forme mécanique, comme le production accidentelle d'un phénomène par le concours de plusieurs séries indépendantes de causes et d'effets.

*<br>* *

Cette durée vivante que suppose l'histoire, il faudra peut-être la concevoir comme un élan social, forme de l'élan vital. M. Bergson a étudié, dans l'*Essai* et dans *Matière et Mémoire*, l'élan vital sous sa forme individuelle, c'est-à-dire psychologique, et dans l'*Évolution Créatrice*

1. *Considération sur la marche des idées*, t. 1, p. 7.

157

l'élan vital sous sa forme générale, cosmologique. Entre cette psychologie et cette cosmologie, un disciple de M. Bergson pourrait établir ou essayer une sociologie. Certes cet élan social ne saurait être formulé comme un cas de l'élan vital ou de l'élan psychique individuel ; il implique des points de vue originaux, une notion de l' « élan » à retailler sur des mesures nouvelles. Cet effort suffirait à remplir une carrière philosophique, et on comprend que M. Bergson ne l'ait point tenté. On pourrait peut-être dire que, dans l'esprit de sa doctrine, la réalité sociale impliquerait deux points de vue complémentaires. D'une part le social serait du psychique spatialisé et éteint. « Il nous a paru que le travail utilitaire de l'esprit, en ce qui concerne la perception de notre vie intérieure, consistait dans une espèce de réfraction de la durée à travers l'espace, réfraction qui nous permet de séparer nos états psychologiques, des les amener à une forme de plus en plus impersonnelle, de leur imposer des noms, enfin de les faire entrer dans le courant de la vie sociale [1]. » D'autre part la vie sociale, milieu même et atmosphère respirable de notre action, nous porte à un état de tension qui multiplie infiniment notre nature individuelle, et, avec les grains de blé dont elle prive notre personnalité vraie, sème une moisson nourricière, nourricière d'abord de nous. Pour employer une autre image, elle roule comme autant de gouttes de pluie ces états psychologiques impersonnalisés, mais le fleuve qu'ils forment constitue une réalité qui doit être considérée en elle-même, avec sa masse, son volume, sa direction, sa pente, son régime.

Une réalité sociale, comme l'a fortement dit Durkheim, n'est pas faite de la somme des individus, elle existe sur son plan particulier. Mais si la multiplicité individualisée est nécessaire à l'élan vital pour expliciter également des tendances qui ne sauraient coexister dans un même être, la réalité de l'individu existe plutôt à cet état même de tendance qu'à l'état de réalisation. Un corps est un bourgeon qui pousse « sur le corps combiné de ses deux parents ». Il correspond à un effort local et momentané, finalement vaincu, pour détourner, arrêter, monopoliser l'élan vital. La réalité sociale, l'élan social, réagissent contre cet effort, rejettent l'individu dans un courant. Du point de vue de la société l'individu apparaît comme poussé sur l'élan vital social, ainsi que son corps apparaissait comme un bourgeon poussé sur l'élan vital de l'espèce, ainsi que l'espèce apparaissait comme

_______

1. *Matière et Mémoire*, p. 204.

un bourgeon poussé sur l'élan vital cosmique. Les sociétés, qui sont des êtres supra-conscients bien plutôt que des êtres inconscients, nous donnent sans doute une figure de l'élan vital plus vraie que les individus. Leur évolution créatrice réunit les deux caractères de l'évolution naturelle, extérieure à nous, et de l'évolution psychologique, intérieure à nous. Elle crée en dehors de nous, mais aussi en nous et par nous. C'est pourquoi une théorie bergsonienne de la vie sociale serait, dans la doctrine, d'un si haut intérêt. Notons d'ailleurs que, parmi les créations proprement sociales qui continuent l'élan vital créateur, M. Bergson en a étudié une, le rire. Et le petit livre du *Rire*, qui va si loin, pourrait, avec quelque paradoxe, être considéré jusqu'à un certain point comme une introduction à une sociologie bergsonienne.

*<br>* *

Une sociologie dont une pièce importante consisterait dans une distinction plus précise et plus profonde des faits sociaux et des faits historiques, irait chercher, à leurs racines, et la condition de ce qui se répète et la condition de ce qui ne se répète pas. En principe la sociologie serait une étude de ce qui se répète, l'histoire une étude de ce qui ne se répète pas. En fait cette distinction ne tiendrait pas, et, pour le sociologue comme pour l'historien, le même fait peut considéré de deux points de vue différents, prendre place dans un tableau de répétitions ou dans le tableau contraire. Il faut posséder ces deux tableaux, jouer l'un sur l'autre alternativement, prendre l'un comme contre-assurance de l'autre. Il en est de l'histoire comme de nous-mêmes. Nous sommes à la fois répétition et variation. A la limite de notre répétition, il y aurait ce que Kant et Schopenhauer appellent le caractère intelligible. A la limite de notre variation il y aurait une sorte de graphique brut de notre durée. Entre deux limites de ce genre on construirait pour l'histoire une série de plans, analogues aux plans de mémoire que M. Bergson, dans *Matière et Mémoire*, représente par les plans des sections d'un cône. Un apologue oriental, plus ou moins imaginé par Anatole France, nous donnerait une figure pittoresque de ces plans. Un roi de Perse ordonne à des savants de composer une histoire universelle pour l'instruction d'un prince. Au bout de vingt ans, ils la lui apportent, composée de six mille tomes et renfermant « tout ce qu'il a été possible de réunir touchant les mœurs des peuples et les vicissitudes des empires ». Le roi, qui n'a pas le temps de lire tout cela, leur demande d'abréger. Ils se mettent au travail, et au bout de vingt ans apportent quinze cents volumes. C'est encore trop. Nouvelle réduction, qui donne après dix ans cinq cents volumes. Mais le roi est au terme de sa vie. Il faut abréger si l'on veut qu'il connaisse l'histoire des hommes. Après cinq ans un vieux savant mourant apporte un gros livre au roi aussi mourant, et qui déplore de mourir sans connaître l'histoire des hommes. Sire, répond le savant, je sais vous la résumer en trois mots : Ils naquirent, ils souffrirent, ils moururent. Un bergsonien emploierait peut-être d'autres mots pour résumer le caractère intelligible de l'humanité. Mais de ce caractère intelligible, ordre de répétition pure, de cette pointe formulée par une philosophie, à une histoire idéale, qui fonctionnerait comme mémoire totale de la durée humaine, on peut concevoir une infinité de plans où prendraient place toutes les formes, historiques et sociologiques, de la répétition et de la différence.

Cette mémoire totale de la durée humaine existerait-elle autrement que comme un mythe, une image analogue à celle de nos plans ? Notons que dans *Matière et Mémoire* M. Bergson ne limite pas la mémoire pure à la durée individuelle. Elle implique tout notre acquis prénatal, elle se confond peut-être avec la durée de l'humanité, comme celle-ci avec la durée de l'élan vital. Notre corps fait fonction d'obturateur, dont le mécanisme de sélection ne laisse passer à peu près que ce qui est utile à son action. Or la société est un être distinct des individus, et la société n'a pas d'autre corps que les corps des individus. Cette part immense de l'être social, qui ne correspond pas à des individus déterminés, ne correspond donc non plus à aucun corps, à aucune réalité physique, et cependant elle existe. Elle existe au point que nous éprouvons que notre existence individuelle, appuyée sur un corps, est peu de chose à côté d'elle. Une famille, un État, l'humanité, nous paraissent, bien que sans corps, et peut-être parce que sans corps, des formes de l'élan vital supérieures à notre personne. Elles existent, donc elles durent. Ou, pour mieux parler, c'est vraiment sur ce plan de la durée que nous sentons leur existence mieux encore que la nôtre propre, puisque la fin de notre action, de notre vie, nous paraît être de nourrir et de renforcer leur durée. Si l'analyse de *Matière et Mémoire* implique la réalité en nous d'un conservatoire intégral de mémoire pure, l'analyse de l'*Évolution Créatrice* nous ferait désirer, repensé d'ailleurs à neuf et comme problème autonome, un *Matière et Mémoire* (beaucoup plus *Mémoire* que *Matière*) historique et social.

*<br>* *

Plus mémoire que matière, et peut-être seulement mémoire. La mémoire pure c'est, comme la perception pure, ce qui est, mais n'agit pas Il n'y a action que là où la mémoire et la perception sont arrêtés en partie et réduits à la lumière qui guide présentement la pointe agissante du corps organisé. L'action d'une société consiste de même dans son présent, dans les corps des hommes vivants à un moment donné. Du point de vue de l'action, la société est comme épuisée par la somme des individus qui la composent. Se placer exclusivement à ce point de vue de l'action, c'est être, en sociologie, individualiste, comme c'est être, en psychologie, matérialiste et mécaniste. Mais dès qu'au lieu de nous placer au point de vue de l'action sociale, du corps social, nous nous plaçons au point de vue de l'être social, de la mémoire sociale, tout change. L'être immatériel, spirituel, réel, apparaît à la lumière même de l'esprit qui s'applique sur lui, la conscience individuelle reconnaît la supra-conscience, notre énergie spirituelle prend contact avec une autre énergie spirituelle. Si Auguste Comte a pu mériter la gloire de fonder la sociologie, c'est qu'il eut à un haut degré ce sens de l'être social spirituel : non seulement l'homme isolé n'est qu'une abstraction sociale, mais la génération présente n'est, à l'image de notre conscience et de notre présent, qu'une coupe sur l'être de l'humanité, sur le Grand-Être. L'humanité se compose de plus de morts que de vivants, comme notre être se compose de plus de passé que de présent, de plus de mémoire que d'action.

Il en est de même des espèces animales, et le bergsonisme pourrait ainsi servir de voie inattendue pour revenir au réalisme spécifique de Platon, à l'ontologisme social de Comte. Mais si l'humanité diffère tellement des espèces animales, constitue quelque chose de vraiment nouveau, c'est que notre durée sociale comporte en outre cet élément essentiel : un outillage.

*<br>* *

La vie, manifestée dans un organisme, étant « un certain effort pour obtenir certaines choses de la matière brute », l'intelligence peut se définir comme un effort pour les obtenir par le moyen d'outils

161

fabriqués. C'est avec les outils fabriqués que commence l'humanité sur la terre. « En ce qui concerne l'intelligence humaine, dit M. Bergson, on n'a pas assez remarqué que l'invention mécanique a d'abord été sa démarche essentielle, qu'aujourd'hui encore notre vie sociale gravite autour de la fabrication et de l'utilisation d'instruments artificiels, que les inventions qui jalonnent la route du progrès en ont aussi tracé la direction. Nous avons de la peine à nous en apercevoir, parce que les modifications de l'humanité retardent d'ordinaire sur les transformations de son outillage... Dans des milliers d'années, quand le recul du passé n'en laissera plus apercevoir que les grandes lignes, nos guerres et nos révolutions compteront pour peu de chose, à supposer qu'on s'en souvienne encore ; mais de la machine à vapeur, avec les inventions qui lui font cortège, on parlera peut-être comme nous parlons du bronze ou de la pierre taillée. elle servira à définir un âge. Si nous pouvions nous dépouiller de tout orgueil, si, pour définir notre espèce, nous nous en tenions strictement à ce que l'histoire et la préhistoire nous représentent comme la caractéristique constante de l'homme et de l'intelligence, nous ne dirions peut-être pas *Homo sapiens*, mais *Homo faber* [1]. »

Mais de ce point de vue où l'homme peut se définir *homo faber*, la société se pensera aussi en fonction de l'outillage, ou tout au moins impliquera un outillage. Et c'est peut-être autour de ce fait élémentaire qu'a cristallisé l'originalité des sociétés humaines. La plupart de nos outils existent déjà en des espèces animales, et font corps, dans le monde de l'instinct, avec des organismes. Ces outils naturels, emmanchés à même l'instinct et la vie, ont sans doute à l'origine plus d'efficace et de sûreté que les nôtres. Mais l'outil humain a deux supériorités : d'abord il se transmet, non seulement d'un être à un autre, mais d'une génération à une autre ; ensuite celui qui le reçoit tout fait, n'ayant plus à le créer, peut appliquer à le perfectionner l'intelligence que son prédécesseur avait employée à le fabriquer. La fabrication des outils implique donc une tradition, au sens tout à fait originel et juridique du mot, tradition d'une main à une autre, qui devient peu à peu tradition au sens plein et humain. Et elle implique aussi un progrès, une transformation de l'outillage par les générations successives. Ainsi les deux forces qui en s'entrecroisant, en s'aidant, en se combattant, forment, comme une chaîne et une trame l'étoffe de la vie sociale,

1. *Évolution Créatrice*, p. 151.

sont données dans la nature fabricatrice de l'homme et dans la nature mobile et durable de l'outil.

Si le bergsonisme produisait une philosophie de la société et de l'histoire, cette philosophie ferait donc une place importante à la constitution de l'outillage, dont le capital et la transmission constituent l'ossature même de la durée sociale. Une société c'est d'abord un capital d'outils, d'objets que ces outils ont produits, de recettes pour en faire et pour s'en servir, de loisirs que les générations actuelles, n'ayant plus à les créer, peuvent employer à les modifier. On pourrait se demander pourquoi les transformations de l'outillage, qui tiennent une telle place dans la vie sociale, laissent si peu de trace dans cette mémoire humaine qu'est l'histoire. C'est sans doute qu'il s'établit dans la mémoire sociale une division analogue à celle que fait M. Bergson entre la mémoire-souvenir et la mémoire-habitude. Les modifications de l'outillage ne tardent pas à passer en mémoire-habitude, et en mémoire-habitude seule. Elles deviennent l'ordinaire de la vie sociale. La mémoire-souvenir de l'histoire retient bien plutôt l'extraordinaire de la vie sociale, ce qui ne s'est produit qu'une fois. Pour point de repère des événements, on se servira ᵔtemps encore des expressions ; avant la guerre ou après la gu⸝    ᵔn ne dit pas avant et après l'automobile, avant et après l'aéroplane. La Révolution française et non la machine à vapeur nous servent à dater l'histoire moderne, la prise de Constantinople et non l'imprimerie à marquer la fin du moyen-âge. Il est vrai que la sociologie, qui s'occupe des habitudes, peut arriver sinon à remplacer l'histoire, du moins à influer fortement sur elle. *The Outline of the History*, de Wells, marque probablement une façon de concevoir l'histoire qui, au moins en pays anglo-saxon, s'étendra largement. Notons d'ailleurs que le caractère des découvertes techniques se rapproche aujourd'hui de plus en plus du caractère des événements historiques. Naguère encore elles procédaient par évolutions lentes, perfectionnements graduels, tels qu'on n'en apercevait l'importance que lorsqu'elles étaient entrées déjà depuis plusieurs générations dans le capital humain. Aujourd'hui les découvertes, ou bien sortent d'un coup et toutes achevées du cerveau de l'inventeur, comme le phonographe, ou bien atteignent leur perfection et transforment les conditions de la vie en quelques années. La rapidité d'évolution croît en proportion géométrique quand on passe de l'une à l'autre des techniques successives de locomotion : locomotive, cycles, automobile, aéroplane.

# LE BERGSONISME

La philosophie bergsonienne de l'histoire humaine serait donc probablement, en partie, une philosophie des techniques, mais déjà la philosophie bergsonienne de l'intelligence est une philosophie de la technique, et l'intelligence de l'*homo faber* se définit comme un moyen d'agir sur la matière par l'intermédiaire d'outils fabriqués. Nos philosophes, imbus d'idéal grec, ont coutume de reprocher à M. Bergson ce qu'ils considèrent comme une dégradation de l'intelligence. Mais les Américains, qui ont fait un si grand succès au bergsonisme, le loueraient volontiers d'avoir formulé la théorie de l'intelligence éminemment propre à l'âge des techniques et des machines. On pourrait aller plus loin, et voir même dans la philosophie bergsonienne de l'élan vital et de l'évolution créatrice une théorie singulièrement adaptée à cet âge des machines, une théorie de la vie des machines dans le génie humain, comme le mécanisme cartésien pouvait passer pour une théorie de la construction des machines.

*<br>* *

Au terme d'âge des machines on pourrait substituer celui d'âge des moteurs. Jusqu'au XVIII<sup>e</sup> siècle, exception faite pour les moulins à vent et à eau (dont l'invention, pourtant si simple, ne remonte d'ailleurs pas au delà de l'époque byzantine) les machines humaines, si compliquées qu'elles fussent, rentraient dans la catégorie des outils, puisqu'elles avaient pour moteur un être vivant, homme ou animal. Le levier, le ressort, multiplient ingénieusement le travail de ce moteur, ils ne le remplacent pas. Mais la machine à vapeur ou à électricité est à l'outil ce que l'intelligence est à l'instinct. Elle puise son énergie directement dans la matière, au lieu de l'emprunter à l'action d'un corps vivant. Le génie humain s'y prend d'ailleurs dans la machine comme la nature s'y est prise dans les êtres vivants, pour produire de l'énergie utile : l'oxydation, la combustion, la production des calories, leur transformation en travail, la conservation de ces énergies potentielles, la dissipation de ces forces vives, s'effectuent dans le moteur inanimé comme dans le moteur animé. Le machinisme du XVIII<sup>e</sup> et du XIX<sup>e</sup> siècle, la substitution du cheval.vapeur et de ses équivalents électriques à ce qui était jusqu'à lui la plus noble conquête de l'homme, cela marque non pas seulement un tournant de l'humanité, comme l'imprimerie, mais un tournant de l'élan vital, comme le fut l'apparition même de l'homme

164

# LE MONDE QUI DURE

Rappelons les grandes lignes de l'*Évolution Créatrice*. La vie y apparaît comme une analyse de tendances primitivement unies, et qui divergent en gerbes spécialisées, en lignes complémentaires d'évolution. En gros elle implique un double programme : fixation d'énergie solaire sous forme d'énergie potentielle, — dépense de cette énergie à un moment choisi et efficace. Les deux tendances ne pouvant évoluer que de façon rudimentaire dans le même organisme, elles se sont spécialisées en deux règnes, le végétal qui assume la première, et l'animal, qui s'acquitte de la seconde. De façon plus précise, la tendance essentielle consiste à fixer de l'énergie solaire sous forme de carbone et d'azote et à « la dépenser d'une manière discontinue et explosive par des phénomènes de locomotion ». Cette tendance se fragmente en deux ou plutôt trois directions : les microbes du sol, fixant l'azote de l'atmosphère, fournissent aux végétaux une matière chimiquement préparée ; les végétaux fixent le carbone et le fournissent en énergie aux animaux, et ceux-ci dépensent cette énergie en mouvements conscients et volontaires. « Le problème était donc celui-ci : obtenir du Soleil que çà et là, à la surface de la terre, il suspendît partiellement et provisoirement sa dépense incessante d'énergie utilisable, qu'il en emmagasinât une certaine quantité, sous forme d'énergie non encore utilisée, dans des réservoirs appropriés d'où elle pourrait ensuite s'écouler au moment voulu, à l'endroit voulu, dans la direction voulue. Les substances dont s'alimente l'animal sont précisément des réservoirs de ce genre. Formées de molécules très complexes qui renferment, à l'état potentiel, une somme considérable d'énergie chimique, elles constituent des espèces d'explosifs, qui n'attendent qu'une étincelle pour mettre en liberté la force emmagasinée [1]. »

Or la production des machines au XIXe siècle, si on la voit de très haut, comme un géologue voit la période actuelle de la Terre, s'emboîte fort bien dans cette série. Les organismes végétaux accumulant de l'énergie solaire qui attend le moment de se dépenser, les organismes animaux étant préposés à la dépense de cette énergie, la forme la plus haute et la plus efficace de cette dépense étant représentée par le travail de l'intelligence humaine et mécanicienne, tout se passe comme si le moment typique et capital de la vie planétaire avait été jusqu'ici atteint par cet âge de la houille et des machines, où l'humanité est entrée au XIXe siècle. D'une part accumulation maxima, celle des dépôts

1. *L'Évolution Créatrice*, p. 125.

# LE BERGSONISME

houillers de l'époque secondaire, réserves qui sont demeurées inutilisées des milliers de siècles, et dont la vie animale libère aujourd'hui dans les usines l'énergie potentielle, de la même manière en somme qu'un cheval libère celle d'une poignée de foin. D'autre part création de ces grands mécanismes, de ces machines démesurées qui paraissent à cette épaisse végétation fossilisée de l'âge carbonifère ce qu'étaient à la végétation vivante de la même époque les organismes des sauriens gigantesques. Sous forme d'instinct, la vie animale n'a pas été à la hauteur de ces accumulations exubérantes, et n'a pu maintenir ces paradoxes d'audacieuse énormité. Elle est revenue à la charge, sous forme d'intelligence, en le second dix-neuvième siècle de notre époque quaternaire.

Bien entendu il faut distinguer ici la réalité et ce qu'y ajoutent, pour la faire agréer, mes imaginations métaphysiques. Le carbone est fixé dans le végétal vivant par un élan de la nature que nous pouvons, avec des précautions, un à peu près sommaire et une relation humaine, interpréter comme une finalité. Mais cette immobilisation des réserves fossilisées, cette fixation si prolongée, ne relèvent que d'une cause mécanique. La rencontre de l'intelligence mécanicienne avec ces magasins d'énergie potentielle n'était pas donnée dans le plan général de la vie, comme la rencontre de la dent de la chèvre et de l'herbe qu'elle broute. Nous sommes ici devant une de ces interférences accidentelles de séries, étrangères l'une à l'autre, par lesquelles Cournot définit le hasard. N'allons pas trop loin pourtant. Il y a une limite cosmique où ce n'est plus hasard. C'est bien le hasard qui croise ici cette série animale d'énergie libérée et libératrice avec cette série végétale d'énergie accumulée, mais ce n'est pas le hasard qui met, d'une façon générale, les organismes libérateurs d'énergie à la recherche des organismes accumulateurs, vivants ou morts.

L'avenir de l'élan vital sur la terre est lié sans doute à la quantité d'énergie potentielle dont les machines pourront dégager, et l'homme ou le sur-homme utiliser, la force vive. « Ce qui constitue l'animalité c'est la faculté d'utiliser un mécanisme à déclenchement pour convertir en actions explosives une somme aussi grande que possible d'énergie potentielle accumulée [1]. » Cette énergie potentielle, l'homme jusqu'ici l'a surtout demandée, de façon d'abord médiate (moteurs animaux) puis immédiate (arbres fossiles) au règne végétal. Au cours

1. *L'Évolution Créatrice*, p. 130.

du XIXᵉ siècle il en a connu d'autres sources, pétrole et houille blanche, et la liste n'est, très probablement, pas close. Ces diverses accumulations d'énergie solaire sont d'ailleurs tellement analogues que M. Bergson en emploie volontiers une pour servir de métaphore de l'autre, — et c'est à peine une métaphore. L'opération par laquelle la plante emmagasine de l'énergie « consiste à se servir de l'énergie solaire pour fixer le carbone de l'acide carbonique, et, par là, à emmagasiner cette énergie comme on emmagasinerait celle d'un porteur d'eau en l'employant à remplir un réservoir surélevé : l'eau une fois montée pourra mettre en mouvement, comme on voudra et quand on voudra, un moulin ou une turbine. Chaque atome de carbone fixé représente quelque chose comme la tension d'un fil élastique qui aurait uni le carbone à l'oxygène dans l'acide carbonique. L'élastique se détendra, le poids retombera, l'énergie mise en réserve se retrouvera, enfin, le jour où, par un simple déclenchement, on permettra au carbone d'aller rejoindre son oxygène. De sorte que la vie entière, animale ou végétale, apparaît comme un effort pour accumuler de l'énergie et pour la lâcher ensuite dans des canaux flexibles, déformables, à l'extrémité desquels elle accomplira des travaux infiniment variés[1]. » Quand des neiges alpestres accumulées et ruisselantes l'homme tire le feu qui l'éclaire, le chauffe et anime ses machines et ses bras artificiels, c'est que l'*Homo faber* a retrouvé, par le détour mathématique, la formule même de la matière. Des réserves solaires enfouies dans le sein de la terre aux réserves annuelles entassées sur les montagnes, le réseau infatigable des formules jette le pont d'une identité quantitative, génératrice d'hétérogénéité, de qualité, de liberté. La vie qui a demandé jusqu'ici au soleil d'écarter des atomes de carbone et d'oxygène, l'homme qui, dans les arts du feu, recombine ces atomes de carbone avec des atomes d'oxygène, suivent la même voie, et n'ont évidemment pas épuisé toutes les manières de libérer de l'énergie solaire, tous les relais indéfinis que l'intelligence peut apporter désormais à l'élan vital.

Il serait dès lors possible de prolonger le bergsonisme en une philosophie de l'âge des machines, et même en une philosophie qui serait obligée par son équation personnelle, par sa place dans le temps, de penser l'histoire, de penser le passé sous une figure empruntée à ce milieu. Entre l'*Essai* et l'*Évolution Créatrice*, voyez le secours qu'a

---

1. *L'Évolution Créatrice*, p. 275.

apporté à cette philosophie l'image (et c'est plus qu'une image) du cinématographe. Les réflexions sur le mécanisme cinématographique de la pensée ont été nous éclairer, à travers vingt-quatre siècles, les arguments de Zénon d'Élée : je pense à cette machine électrique dont à Thèbes on entend le bruit dans la vallée des tombes royales, et qui allume une ampoule sur le visage d'Aménophis III. Zénon d'Elée serait peut-être devenu bergsonien avec autant de facilité que saint Paul est devenu chrétien, et par le même retournement symétrique. Mais pour aller de Zénon à Bergson il fallait du temps, et un bergsonien trouvera que les Grecs ont mieux employé leur temps en zénonisant et en platonisant, en fondant les mathématiques, ce charbon ou cette houille blanche de l'intelligence, qu'ils ne l'eussent fait en bergsonisant.

*<br>* *

Rien peut-être mieux que l'histoire saisie dans son flux réel et vivant ne nous met à plein dans l'esprit du bergsonisme. L'*Évolution Créa- trice*, prenant une place exactement opposée au cartésianisme, donne à la philosophie de la vie le caractère non d'une physiologie, mais d'une histoire. Définir comme une durée les êtres vivants d'une part, la totalité des êtres vivants d'autre part, c'est définir les premiers comme des histoires particulières et la dernière comme une histoire générale. « Comme l'univers dans son ensemble, comme chaque être vivant pris à part, l'organisme qui vit est chose qui dure... Partout où quelque chose vit, il y a, ouvert quelque part, un registre où le temps s'inscrit [1]. » Un registre où le temps s'ins- crirait, ce serait la définition idéale de l'histoire, portée par la défi- nition même de la vie. Et pourtant cette définition idéale ne saurait cadrer avec la définition réelle ; l'histoire proprement dite, l'histoire humaine, a son équation personnelle, son point de vue particulier, qui ne doit pas se confondre avec ceux de l'histoire naturelle.

Un registre où le temps s'inscrirait, — ou tout au moins ce qui se rapprocherait le plus de ce registre, ce seraient de simples annales. Or nous entendons par histoire non un registre où le temps s'inscrit, mais un registre où l'homme inscrit le temps, où il en inscrit ce qui lui paraît mériter de l'être. L'histoire joue alors sur un plan analogue à celui de la mémoire. En principe, du passé humain elle ramène à

1. *L'Évolution Créatrice*, p. 16.

168

# LE MONDE QUI DURE

la lumière ce qui peut servir à la vie présente et mieux encore ce qui peut servir dans toutes les démarches de la vie. Je dis en principe, car beaucoup de souvenirs désintéressés se glissent par cette porte, et l'histoire, qui par certains côtés constitue un art, évoque de façon esthétique des tableaux pittoresques Mais sous sa forme utilitaire ou sous sa forme esthétique, elle est soumise à une loi qu'il lui est difficile d'éluder et qui l'empêche d'enregistrer exactement la vie, la soumet elle aussi au mécanisme de la vision cinématographique : c'est la loi de finalité.

L'histoire porte sur la vie sociale. Et la vie sociale plus encore que la vie individuelle est tendue vers l'action. Et les nécessités de l'action impliquent une croyance à la finalité. « La finalité par excellence, pour notre entendement, est celle de notre industrie, où l'on travaille sur un modèle donné d'avance, c'est-à-dire ancien ou composé d'éléments connus [1]. » Or il y a finalité là où il y a intention. L'industrie est un système d'intentions clairement conçues, entièrement exécutées, sans que l'action imprévisible et gratuite les déborde en rien. La tendance à supposer derrière les actions d'autrui une intention formelle qui couvre exactement le champ de l'action constitue une de nos erreurs les plus habituelles et les plus tenaces sur la vie. Si elle est poussée à son extrémité logique, si elle n'est pas corrigée jusqu'à un certain point par le bon sens naturel, elle donne naissance à la folie, au délire de la persécution par exemple. Quand le persécuté n'entend pas deux personnes qui causent à quelque distance, il tourne cette circonstance en une intention formelle, prêtée à ces personnes, de n'être pas entendues, ce qu'il ne peut expliquer qu'en jugeant qu'elles disent du mal de lui. Or les hommes ont rarement l'intention de faire tout le mal et tout le bien qu'ils font. M. Bergson explique précisément que l'action diffère « elle réalité présente et neuve, de l'intention, qui ne pouvait être qu'un projet de recommencement ou de réarrangement du passé [2] ». Dans la vie ordinaire cependant elle suit de si près l'intention, elle est tellement teinte à son image qu'il faut un effort de réflexion pour apercevoir cette différence. Surtout le mythe de la coïncidence entre l'action et l'intention sert de fondement à la notion utile de responsabilité sociale. Quand on passe aux formes les plus expresses et les plus hautes de l'élan vital, comme le génie artistique,

1. *L'Évolution Créatrice*, p. 178.
1. *Id.*, p. 51.

# LE BERGSONISME

l'action créatrice déborde infiniment l'intention, et la critique naïve qui met des intentions formelles derrière cette action créatrice trouve là une de ses plus riches occasions de lourdeur et de ridicule. Le génie se définit même, d'un certain point de vue, comme la masse d'intuition et d'imprévisible qui vient se mettre entre l'intention et l'action, conduire celle-ci à un résultat si disproportionné avec celle-là. « Sans l'espérance, disait Héraclite, on ne trouvera pas l'inespéré. »

Or il est presque impossible que l'histoire ne tombe pas dans cette illusion de l'intention et de la finalité. L'histoire consiste en partie à se mettre en présence des actions humaines, et à supposer des intentions derrière ces actions. Quand elle apparaît chez les Grecs, Thucydide pousse cette tendance à son extrémité logique : qu'est-ce en effet que les discours qu'il prête à ses personnages, sinon un système d'intentions par lesquelles il explique l'action une fois faite ? Notez qu'il tient toujours compte, dans ses discours, de l'issue de l'action que ces discours sont censés précéder. Et bien que les discours aient disparu de l'histoire, nos historiens, poussés par le génie inévitable de l'histoire, ont continué à mettre sous leurs tableaux un quadrillé d'intentions conscientes.

C'est qu'intention et finalité ont une raison d'être pragmatique et utilitaire. En politique et en histoire il y a, comme dans la vie individuelle, le plan de l'action et le plan du rêve. Mais ce plan, métaphore quand il s'agit du rêve, devient réalité quand on passe à l'action. Agir c'est faire des plans, et en exécuter généralement d'autres, mais on n'en exécute que si on en a fait, on ne crée que si on a d'abord l'intention de copier. Et surtout agir sur les autres c'est supposer des plans chez les autres. Le délire de la persécution, qui anéantit un individu, peut exalter un peuple, et la psychose de guerre utilise fort bien les croyances les plus absurdes aux intentions. Quand le canon à longue portée fit crouler à Paris, le Vendredi-Saint, une église pleine de fidèles, les journaux, et même l'archevêque, déclarèrent que les Allemands avaient choisi consciemment, pour s'en prendre à la fois aux Français et à leur Dieu, ce jour, cette heure et ce point de chute. Quand des bombes d'aviateurs français massacrèrent une centaine d'enfants, à Carlsruhe, à la sortie d'un cirque, les journaux allemands opinèrent que les Français étaient informés de cette représentation et avaient voulu expressément tuer des enfants allemands. L'opinion qui voit à l'origine de la guerre un ensemble de fatalités tragiques et un tourbillon d'événements qui a débordé les hommes,

est considérée comme subversive, en différents pays, par des personnes qui estiment, peut-être avec raison, que la croyance en l'intention formelle et en la responsabilité personnelle de tel ou tel
individu fait partie d'un dogme utile à une action de nation ou de
parti. Même lorsqu'il s'agit d'événements qui ne nous touchent plus,
l'*homo faber* faiseur de plans subsiste en l'*homo sapiens* faiseur d'ordre
On attribue au Sénat romain des plans profonds de conquête, à
César et à Auguste l'ambition de fonder l'Empire romain, à Phi-
lippe II, à Louis XIV, à Napoléon des projets de monarchie universelle. Quand Napoléon, à Sainte-Hélène, occupe ses loisirs à faire
de l'histoire, à faire son histoire, il pense en historien, et il s'attribue
à lui-même, peut-être de bonne foi, des idées de ce genre, qu'il n'eut
jamais. La lecture des mémoires d'hommes politiques, comme ceux
de Bernis ou de Guizot, nous place fort bien, ici, sur le lieu de
passage de la psychologie individuelle à la psychologie historique.
Ils se mettent eux-mêmes en costume d'histoire.

Mais l'histoire ne se réfère pas seulement à l'utilité et à l'intelligence
pragmatiques. Au même titre que le roman et le drame, elle a été traitée
par des hommes en communication profonde avec la vie, des hommes
de génie. Elle a essayé de s'affranchir du caractère rationnel et utilitaire qu'elle prend naturellement ; la vie historique s'est rapprochée
de la vie humaine telle que la dépose en nous le courant de notre durée.
Certes l'intelligence, qui cherche à prévoir (Savoir pour prévoir afin de
pouvoir) isole du passé historique des similitudes, relie ces similitudes
dans des plans. « Ce qu'il y a d'irréductible et d'irréversible dans les
moments d'une histoire lui échappe [1]. » Mais précisément l'histoire,
méditée dans sa nature profonde, peut nous fournir ce sens de l'irréductible et de l'irréversible, qui lui appartient en propre et que notre
intelligence a toujours tendance à obscurcir. Et l'histoire, en nous
donnant ce sens de l'irréductible, et de l'irréversible nous accorde à
l'élan créateur lui-même, qui a une histoire, qui est une histoire. Si
la philosophie bergsonienne pouvait remonter à l'origine de cet élan
créateur, elle coïnciderait avec de l'histoire, sinon à la façon des
romans gnostiques, tout au moins à celle de la philosophie alexandrine.
Remarquons d'ailleurs que la religion chrétienne, comporte, avec
ses étapes de la Création, de la chute, de l'Incarnation, de la Rédemption, du Jugement dernier, une histoire réelle, une succession

---

1. *L'Évolution Créatrice*, p. 32.

de durée absolue, dans le rythme de laquelle la théologie protestante et moderniste a voulu engager les dogmes eux-mêmes. Histoire d'un homme, histoire d'un peuple, histoire de l'humanité, histoire de la vie, histoire de l'absolu, développent ou plutôt créent le même fil, et tissent la même étoffe, qu'elle soit — ce qui reste ambigu dans le monde imprévisible de la liberté créatrice — robe de lumière pour un Dieu sur le Thabor, ou linceul de pourpre pour l'univers mort. L'histoire de l'univers, comme la nôtre et celle de notre peuple, de notre espèce, est faite elle-même de ces robes et de ces linceuls, de réussites et d'échecs alternés et impliqués. Notre existence nous donne sans doute toute l'essence de l'univers. « Ils vécurent, ils souffrirent, ils moururent. » Ils eurent aussi les heures sacrées. — Mourir ? L'homme sait qu'il meurt, mais l'univers n'en sait rien. L'univers ne sait pas s'il mourra, et c'est ce qui fait la liberté de l'élan créateur. S'il se savait mortel ou s'il se savait immortel, il cesserait de lutter, d'agir, il cesserait d'être.


XV


## LA PHILOSOPHIE


Un philosophe qui n'est pas un sceptique (et même un sceptique, qui, ne serait-ce que pour définir son ἐποχή, sort toujours de l'ἐποχή par un véritable système « épochiste ») peut prendre vis-à-vis de la philosophie antérieure quatre attitudes. Croire que le passé lui a légué une philosophie construite et totale à laquelle il n'a qu'à se référer : c'est l'attitude scolastique. — Croire à la vérité de sa propre philosophie, comme à une découverte définitive que les esprits bien faits devront accepter : c'est l'attitude de Descartes dans l'ordre dogmatique, de Kant dans l'ordre critique. — Croire à un développement successif dans le temps, à une procession du vrai ; c'est l'attitude de Hegel. — Croire à la possibilité de thèses, et même de lignes de thèses, qui ont toujours existé dans la philosophie, et entre lesquelles nous nous décidons à la fois par dialectique et par un libre choix : c'est la solution du criticisme de Renouvier et du pragmatisme anglo-américain.

Laissons de côté la première attitude. Les diverses scolastiques ne sont que matière d'enseignement, et relèvent de la pédagogie plutôt que de la philosophie. M. Bergson pense avoir engagé la philosophie dans une voie nouvelle, mais il n'est pas sans apercevoir les courants du passé qui portaient la philosophie dans cette voie, et en particulier la manière dont on y était conduit, depuis Vico, Herder et Lamarck, par les théories de l'évolution, humaine et naturelle. Et cet acte de liberté, par lequel Renouvier veut que le philosophe choisisse entre des thèses plus ou moins probables, il a quelque analogue dans cet effort créateur, cette torsion de l'esprit sur lui-même, par lesquels le philosophe échappera à la pente naturelle de l'esprit et se dérobera au tableau sur lequel l'intelligence mécanicienne voudrait le faire jouer.

Il y a en tout cas quelque chose qui existe pour M. Bergson bien plus encore que le bergsonisme, c'est la philosophie. Nul n'est réellement plus loin que lui de croire qu'elle tienne dans *Bergson the man*. Il la voit présente, non comme un scolastique dans le corps des systèmes philosophiques, mais dans leur âme, dans leur élan vital. Il est probable qu'on publiera un jour, d'après des cahiers de cours, ses brillantes reconstitutions de systèmes philosophiques. Son Spinoza et son Leibnitz ont été célèbres dans plusieurs générations d'élèves. Ses études sur Plotin et sur Berkeley ont éclairé, pour ses auditeurs du Collège de France, l'idée même de la philosophie. Ses cours sur Spinoza, s'ils avaient été poussés jusqu'au bout de l'*Éthique*, eussent permis une publication comme l'*Aristote* et le *Descartes* mis au jour par les élèves d'Hamelin. Et surtout l'étude sur l'*Intuition Philosophique*, lue au Congrès de Bologne, implique non seulement une intuition de la philosophie, mais une intuition de l'histoire de la philosophie, profonde, lumineuse et vivante.

Philosophe de la vie, M. Bergson va, d'une intuition sûre, à ce qui est vivant dans un système. « Je ne le crois pas doué pour l'histoire de la philosophie » a dit de lui un critique distingué, mais peu bienveillant, de sa doctrine. M. Bergson est en effet peu doué pour ces décompositions d'idées, pour ces catalogues de thèses, en lesquels l'histoire scolaire de la philosophie tranche et détaille des systèmes vivants. Il peut en sortir, dans une charcuterie bien tenue, d'appétissantes saucisses et de nourrissants jambons, la charcuterie prend son rang dans les œuvres de l'intelligence mécanicienne. Mais ce qui importe à M. Bergson, ce n'est pas seulement le philosophe *in the flesh*, c'est le philosophe *in the life*. Il veut « qu'on ne prenne pas la métaphysique figée et morte dans des *thèses*, mais vivante chez des *philosophes* [1]. » Et considérer les philosophies dans leur vie, c'est aller à ce qui reste en elles de vrai sous les thèses artificielles et mortes ; à savoir l'intuition d'une réalité, une réalité d'intuition. Cette réalité d'intuition l'historien de la philosophie doit la pénétrer, mais la loi même de l'intelligence, l'illusion du morcellement, contribuent à l'obscurcir. « Tant de ressemblances partielles nous frappent, tant de rapprochements nous paraissent s'imposer, des appels si nombreux, si pressants, sont lancés de toutes parts à notre ingéniosité et à notre érudition, que nous sommes tentés de recomposer la pensée du maître avec des fragments pris çà et là, quittes à le louer ensuite d'avoir su — comme nous venons de nous en montrer capables nous-mêmes — exécuter un joli travail de mosaïque [2]. » M. Bergson a pu faire sur sa propre philosophie l'épreuve de louanges de ce genre. Elles ont contribué sans doute à le garder de les appliquer aux philosophes qu'il étudiait. Le dernier chapitre de l'*Évolution Créatrice*, qui est en grande partie polémique, ne saurait évidemment nous fournir un type complet de la manière dont M. Bergson se place à l'intérieur d'un système. Il ne nous en donne pas moins une impression analogue à celle des *Maîtres d'autrefois* de Fromentin : les philosophes sont vus par un philosophe, en philosophe, comme les peintres le sont par un peintre, en peintre. Ce n'est d'ailleurs pas une raison pour déclasser d'utiles fonctions, qui comportent un plan différent, et on ne saurait évidemment pas plus demander à M. Bergson les services d'un Zeller ou d'un Boutroux qu'à Fromentin ceux de Crowe et Cavalcaselle.

Dans l'*Évolution Créatrice*, cette étude rapide des systèmes consiste à « définir plus nettement, en l'opposant à d'autres, une philosophie qui voit dans la durée l'étoffe même de la réalité [3] ». Non seulement à d'autres, mais à toutes les autres. Il s'agit de donner une philosophie de la philosophie, en l'expliquant comme on a expliqué la conscience, la vie, l'intelligence, et en la plaçant à son rang et à son heure dans la chaîne des manifestations de l'esprit, ainsi que l'avaient fait d'ailleurs Herder, Schelling, Hegel. Mais cette philosophie, M. Bergson, dans

---

1. *Introduction a la Métaphysique*, p. 35.
2. *Intuition Philosophique*, p. 812.
3. *Évolution Créatrice*, p. 295.

l'*Évolution Créatrice*, paraît la considérer comme un système d'illusions, la ranger sous les deux chefs de ce qu'il appelle les deux illusions fondamentales : l'illusion qui dans le réel voit des coupes, des choses, des états stables, l'illusion qui pose le vide avant le plein, le néant avant l'être. La vraie philosophie devra ouvrir, pour dépasser ces deux illusions, un chemin à la colombe de Kant. Elle devra coïncider non pas avec l'intelligence, mais avec la genèse de l'intelligence, avec ce qui dépose et dépasse l'intelligence. L'acte de volonté était, pour Renouvier, destiné à pousser l'intelligence sur un de ses deux tableaux possibles. Pour M. Bergson il doit la pousser hors de ses tableaux, hors de son ordre, hors de chez elle.

Mais le profond résumé de l'*Évolution Créatrice* sera peut-être légèrement vicié, pour un pur bergsonien, par sa destination utilitaire, par le besoin où est l'auteur, en insistant sur ses valeurs de nouveauté, de souligner une manière originale de philosopher. L'histoire de la philosophie n'y est pas étudiée pour elle-même, de son point de vue propre, habillée sur mesure ; elle est employée par la philosophie de M. Bergson, qui y pratique les coupes utiles à son dessein. Dans l'*Intuition Philosophique*, M. Bergson a dépassé ce point de vue utilitaire, s'est placé davantage en face de l'histoire des doctrines comme devant un problème particulier, un domaine original, a laissé tomber l'appareil polémique dialectique. Il a reconnu dans toute la philosophie le même élan vital.

« Il faut brusquer les choses, et, par un acte de volonté, pousser l'intelligence hors de chez elle [1]. » C'est ce que M. Bergson a fait pour son compte. Et on a crié au mysticisme. En réalité, il n'y a pas de grande et neuve philosophie qui n'ait fait un saut de ce genre, qui n'ait brisé le cercle vicieux où ses termes semblaient l'enfermer. Descartes (qui a rompu pour sa part le fameux cercle cartésien) parle excellemment des principales difficultés qu'il a résolues comme d'autant de batailles où il a eu l'heur de son côté. Pour créer une philosophie vivante il faut livrer de telles batailles, batailles contre les philosophes, batailles contre soi-même, batailles contre la nature humaine. Et ces batailles, dont le dernier chapitre de l'*Évolution Créatrice* nous offre un schème personnel si dramatique (on songe au passage du *Phédon* où Socrate-Platon raconte ses recherches philosophiques, et aussi au dernier chapitre de l'*Esquisse* de Renouvier). M. Bergson,

_____________

1. *Évolution Créatrice*, p. 211.

# LE BERGSONISME

dans l'*Intuition philosophique*, les indique comme la condition formelle de toute création philosophique originale.

L'intuition philosophique profonde débute toujours par un refus, par un *non*. Ainsi le démon de Socrate ne servait pas à le guider, mais à le détourner. Connaître c'est réagir, contre les sens au nom de l'intelligence, contre l'intelligence au nom de la critique, contre la critique au nom d'une intuition, contre les philosophes au nom de la philosophie. « N'est-il pas visible que la première démarche du philosophe, alors que sa pensée est encore mal assurée et qu'il n'y a rien de définitif dans sa doctrine, est de rejeter certaines choses définitivement ? Plus tard, il pourra varier dans ce qu'il affirmera ; il ne variera pas dans ce qu'il nie[1]. »

L'intuition débute par un non, mais elle est grosse d'un *oui*, d'un *oui* unique qui fait corps avec la vie même et la durée du philosophe, et qui présente le même genre d'unité et de multiplicité que la conscience. « Un philosophe digne de ce nom n'a jamais dit qu'une seule chose parce qu'il n'a jamais vu qu'un seul point : encore fut-ce moins une vision qu'un contact ; ce contact a fourni une impulsion, cette impulsion un mouvement, et si ce mouvement, qui est comme un certain tourbillonnement d'une certaine forme particulière, ne se rend visible à nos yeux que par ce qu'il a ramassé sur sa route, il n'en est pas moins vrai que d'autres poussières auraient aussi bien pu être soulevées et que ç'eût été encore le même tourbillon[2]. » La multiplicité des idées exprimées par un philosophe ne fait pas plus la somme parfaite, l'unité vraie de cette intuition simple, de ce mouvement indivisible, que la somme des cercles que nous pouvons tracer n'équivaut à la réalité géométrique du cercle. Et c'est pourquoi toute philosophie est imparfaite, non seulement du point de vue de la vérité totale, mais du point de vue du philosophe lui-même et de son intuition particulière. Cette nature, cette racine élémentaire, ce mouvement pur, perd, quand il se matérialise en mots, quand il se réfracte en quantité, une part de son feu. « Ce point est quelque chose de simple, d'infiniment simple, de si extraordinairement simple que le philosophe n'a jamais réussi à le dire. Et c'est pourquoi il a parlé toute sa vie. Il ne pouvait formuler ce qu'il avait dans l'esprit sans se sentir obligé de corriger sa formule, puis de corriger sa correction... Toute la com-

<hr>

1. *Intuition philosophique*, p. 811.
2. *Id.*, p. 813.

# LE MONDE QUI DURE

plexité de sa doctrine, qui irait à l'infini, n'est donc que l'incommensurabilité entre son intuition simple et les moyens dont il disposait
pour l'exprimer[1]. » Qu'est-ce à dire sinon qu'un grand philosophe
comme un grand écrivain est fait avant tout de ceci : un style ? Le
style ce ne sont pas des pensées, ni des phrases, ni des mots : c'est
l'ordre et le mouvement qu'on met dans ses pensées, tandis que la
philosophie c'est l'ordre et le mouvement d'une pensée. Le style
pour l'écrivain s'extériorise en choses et prend par elles une perfection. Mais la philosophie se meut sur un registre trop élevé pour
comporter cette perfection. Lorsque M. Bergson parle de « la forme
parfaite et définitive à laquelle se reconnaît une construction métaphysique[2] », tous ces termes, qui seraient des termes d'excellence
pour un écrivain, sont employés par lui avec une signification péjorative. Cette forme parfaite et définitive ne constitue pas la vie de la
pensée philosophique, mais son tombeau, le tombeau où vient aboutir
une réalité vivante, et puis inévitablement morte, celle dont ces lignes
décriraient schématiquement la carrière : « Au-dessus du mot et au-
dessus de la phrase, il y a quelque chose de beaucoup plus simple
qu'une phrase et même qu'un mot : le sens, qui est moins une chose
pensée qu'un mouvement de pensée, moins un mouvement qu'une
direction. Et de même que l'impulsion donnée à la vie embryonnaire
détermine la division d'une cellule primitive en cellules qui se divisent
à leur tour jusqu'à ce que l'organisme complet soit formé, ainsi le
mouvement caractéristique de tout acte de pensée amène cette pensée,
par une subdivision croissante d'elle-même, à s'étaler de plus en plus
sur les plans successifs de l'esprit, jusqu'à ce qu'elle atteigne celui
de la parole. Là, elle s'exprime par une phrase, c'est-à-dire par un
groupe d'éléments préexistants ; mais elle peut choisir presque arbitrairement les premiers éléments du groupe pourvu que les autres
en soient complémentaires : la même pensée se traduit aussi bien en
phrases diverses composées de mots tout différents, pourvu que ces
mots aient entre eux le même rapport. Tel est le processus de la parole,
et telle est aussi l'opération par laquelle se constitue une philosophie[3]. »
Et aussi par laquelle elle meurt. A la limite de la parole est l'automatisme
par lequel elle dispense de penser. A la limite de la philosophie est le

---

1. *L'Intuition philosophique*, p. 810.
2. *L'Ame et le Corps*, p. 23.
3. *L'Intuition philosophique*, p. 821



28

mécanisme de systèmes par lequel elle empêche de philosopher.

A la limite où elle cesse. A la limite inverse, où elle commence, animée par une force fraîche et un mouvement neuf, serait l'intuition pure, avec son *non* et son *oui*. Mais, de même que la pensée doit se matérialiser en mots, le *non* et le *oui* doivent s'incarner dans une dialectique. Si l'intuition est la pensée de la philosophie, la dialectique en est le langage.

Comme l'élan vital lorsqu'il se détend s'étend, ainsi l'intuition en se détendant donne cette sorte d'espace mental, avec ses concepts supposés, juxtaposés, opposés, qu'est la dialectique. « L'intuition, si elle pouvait se prolonger au delà de quelques instants, n'assurerait pas seulement l'accord du philosophe avec sa propre pensée, mais encore celui de tous les philosophes entre eux. Telle qu'elle existe, fuyante et incomplète, elle est, dans chaque système, ce qui vaut mieux que le système et ce qui lui survit. L'objet de la philosophie serait atteint si cette intuition pouvait se soutenir, se généraliser, et surtout s'assurer des points de repère extérieurs pour ne pas s'égarer [1]. »

Mais le jour où l'objet de la philosophie serait atteint, il ne saurait plus être que l'objet d'une fausse philosophie. L'intuition ne peut s'arrêter sans se détruire : ainsi, bien que l'arrêt de l'élan vital universel demeure toujours théoriquement possible, n'étant retardé que par la force créatrice de l'élan vital lui-même, en réalité cet arrêt se confondrait avec la mort de l'univers, avec la réduction de toute l'énergie utilisable à de l'énergie potentielle. Une philosophie achevée, ayant atteint son objet, elle est impliquée précisément dans les systèmes métaphysiques de concepts comme le thomisme et le wolfisme, ou encore dans le scientisme d'un Taine avec son Axiome éternel qui n'est autre que la loi de conservation. Mais une philosophie achevée suppose un monde achevé. Elle suppose l'existence d'une pensée qui sait tout et avec laquelle la nôtre pourrait arriver à coïncider par une sorte de miracle toujours différé, toujours espéré. Elle suppose un univers créé, dont le Dieu qui l'a créé connaît le mécanisme comme l'horloger connaît le mécanisme d'une horloge, et où ce Dieu pourrait prendre l'homme pour élève ou apprenti afin de lui communiquer sa science. Mais l'univers bergsonien est un univers créateur, et toute connaissance du créé implique un décalage, un retard par rapport à l'acte créateur, qui continue à créer comme

---

1. *Évolution Créatrice*, p. 259.

# LE MONDE QUI DURE

Achille continue à courir et la tortue à ramper devant le compas avec lequel Zénon mesure l'espace derrière eux.

Ce compas qui mesure, divise, explicite, c'est pour la philosophie la dialectique, née en Grèce de cette même école d'Élée. « Les concepts simples n'ont pas seulement l'inconvénient de diviser l'unité concrète de l'objet en autant d'expressions symboliques ; ils divisent aussi la philosophie en écoles distinctes, dont chacune retient sa place, choisit ses jetons, et entame avec les autres une partie qui ne finira jamais [1]. »

M. Bergson reproche à la méthode dialectique d'aboutir à des antinomies, à des systèmes antagonistes « qui montent ensemble sur la scène pour s'y faire applaudir tour à tour [2] ». Remarquons que cette méthode, inventée par les Grecs, a donné naissance au dialogue et a été aussi développée par lui. Les philosophies dialectiques de Socrate et de Platon sont prises dans le rythme et dans l'être du dialogue. Elles se développent, comme la tragédie, quand l'œuvre à un acteur fait place à l'œuvre à deux acteurs. Les philosophies dialectiques, les philosophies en tant qu'elles impliquent une dialectique, conservent cet esprit du dialogue, font leur partie dans un dialogue général entre les philosophes, où la thèse de Pierre appelle l'antithèse de Paul, de sorte que l'esprit de la dialectique platonicienne, née du dialogue. se reconnaît encore fort bien dans la dialectique hégélienne enfermée dans le livre ; l'Idée continue les Idées.

*<br>* *

La conception bergsonienne de l'histoire de la philosophie ne fait que projeter dans le passé historique une certaine conception de la philosophie, une certaine conscience de la réflexion philosophique. Une philosophie comporte d'abord une intuition qui s'impose à l'esprit, ensuite une dialectique que l'esprit lui impose pour la rendre ordonnée, communicable. L'intuition est la personne profonde et vraie du système, la dialectique est sa personne sociale. Notre personne sociale n'incarne que l'une des destinées que comportait notre caractère, dont l'être se serait, en gros, aussi bien explicité sous une autre forme. Mais encore faut-il qu'il s'explicite : c'est peut-être sa déchéance, c'est d'abord sa condition. Ainsi un système.

1. *Introduction à la Métaphysique,* p. 8.
2. *Bulletin de la Société de Philosophie,* 1901.

# LE BERGSONISME

Une fois que le système est entré dans l'histoire de la philosophie, l'historien qui l'étudie s'attachera à sa partie de vérité, à son intuition. Mourir, pour l'homme, c'est peut-être rentrer dans son bien, dans le bien de Dieu, cesser d'être prêté à la société humaine. De même pour retrouver l'intuition élémentaire d'une philosophie, il faudrait rendre cette philosophie à son bien propre et au bien de la philosophie. Essayer de comprendre un système, ce sera chercher en lui son schème dynamique, quelque chose d'analogue à ces racines de consonnes qui donnent à une langue son élan vital, consonnes que l'écriture des Sémites (plus bergsonienne) laisse nues, et que celle des Grecs, platoniciens, configurateurs et plastiques, fixe par les voyelles, qui sont la chair des mots. Ramener les philosophies à leurs schèmes, c'est les décharner pour en retrouver l'élan.

C'est cette méthode que M. Bergson s'est efforcé d'appliquer à Spinoza, et dont il donne un exemple admirablement limpide et subtil dans une analyse de Berkeley. L'intuition originale et profonde de Berkeley, c'est cette idée que la matière est un langage lumineux et impalpable par lequel Dieu communique avec la créature. Appuyer sur ce langage et cette lumière, les arrêter, les décomposer, les épaissir en choses, voilà la fonction ordinaire et l'erreur du métaphysicien. Cette intuition profonde, cette vérité suprême, Berkeley d'ailleurs lui aussi l'a mise en système, il a dû épaissir son intuition en théories et en métaphysique, en les théories et la métaphysique vers lesquelles l'attirait son époque. Mais il nous appartient, à nous qui avons dépassé en durée l'époque de Berkeley, de la dépasser aussi en esprit, de percer cette croûte, ce corps, dans lesquels et par lesquels il a bien fallu que cette philosophie vécût, et de remonter jusqu'à la lumière de son intuition pure. « Prenons tout ce que le philosophe a écrit, faisons remonter ces idées éparpillées vers l'image d'où elles étaient descendues, haussons-les, maintenant enfermées dans l'image, jusqu'à la formule abstraite qui va se grossir de l'image et des idées, attachons-nous alors à cette formule, et regardons-la, elle si simple, se simplifier encore, d'autant plus simple que nous aurons poussé en elle un plus grand nombre de choses ; soulevons-nous alors avec elle, montons vers le point où se resserrerait en tension tout ce qui était donné en extension dans la doctrine : nous nous représenterons cette fois comment de ce centre de force, d'ailleurs inaccessible, part l'impulsion qui donne l'élan, c'est-à-dire l'intuition même. Les quatre thèses de Berkeley sont sorties de là, parce que ce mouvement a rencontré sur sa route les idées et les problèmes que soulevaient les contemporains de Berkeley. En d'autres temps, Berkeley eût sans doute formulé d'autres thèses ; mais, le mouvement étant le même, ces thèses eussent été situées de la même manière les unes par rapport aux autres ; elles auraient eu la même relation entre elles, comme de nouveaux mots entre lesquels continue à courir un ancien sens ; et ç'eût été la même philosophie [1] »

Que ce soient là des vues fécondes et profondes, aucun de ceux qui ont entendu M. Bergson les appliquer aux philosophies ancienne et moderne ne saurait en douter. Mais vraies en ce qu'elles affirment, peut-être seraient-elles à compléter en ce qu'elles nient. Chose singulière, ce qu'elles tendent non à nier, mais tout au moins à obscurcir, c'est la durée. Elles appliqueraient à un philosophe un point de vue unitaire analogue à la faculté maîtresse de Taine, et surtout au caractère intemporel de Platon (dans le Xe livre de la *République*), de Kant et de Schopenhauer. Cette intuition unique et indivisible du philosophe, il ne faudrait pas qu'elle nous fît laisser de côté cet autre fait, que le philosophe et sa philosophie se sont développés dans une durée, d'abord une durée individuelle qu'aucune intuition ne saurait réduire ni abréger, et ensuite et surtout une durée sociale, la durée même de la philosophie, avec ses hommes, ses écoles, ses discussions, ses œuvres, — son dialogue. Je dois attendre que mon morceau de sucre fonde. Mais je dois aussi attendre que mes intuitions mûrissent et s'organisent, attendre que leur durée s'accorde à la durée de l'humanité, à la durée de la tradition philosophique. Et cette attente n'est pas un vide, un déficit, elle est du plein, elle est de l'être : l'étoffe qui se dévide est solide et riche. Au mouvement de rotation qui est impliqué dans la nature comme planétaire d'une philosophie, il faut joindre le mouvement de translation qui la rattache au système humain dont elle fait partie et qui l'accorde à l'élan de ce système.

1. *L'Intuition philosophique*, p 820

## XVI

## LE DIALOGUE AVEC LES PHILOSOPHES

Le *non* que M. Bergson a prononcé à un moment donné et derrière lequel sa philosophie a marché est une réponse à des affirmations ; il fait partie de ce dialogue jamais achevé que les philosophes de l'Occident mènent depuis vingt-cinq siècles, et qui les maintient, comme un chœur accidenté et mobile, autour de Socrate. Son éducation l'a rompu à la rhétorique de ce dialogue. « Ce qui fait, écrivait Henri Franck, la supériorité d'un Bergson sur un William James, d'ailleurs si vivant, si inventif, c'est que Bergson à l'École Normale a appris à *situer* sa pensée dans l'ensemble de la pensée philosophique, à se préparer, par l'intelligence des grands systèmes, à l'intelligence, à l'*invention* de sa propre pensée [1]. » Mais après avoir appris à s'orienter dans les systèmes, à situer sa pensée dans leur ensemble, il s'est mis à orienter ces systèmes par rapport à sa propre philosophie, à les situer dans l'ensemble de sa pensée. Par une conformité toute naturelle avec ses idées sur l'intelligence, son intelligence des systèmes procède selon une vue utilitaire, sa vision dessine sur ces systèmes les lignes de son action, les lignes de l'action qui établira sa propre philosophie. Aucun grand philosophe, d'ailleurs, ne les a envisagés d'une façon bien différente ; aucun ne peut se contenter de rédiger le procès-verbal du dialogue sans y prendre part.

Le trait le plus frappant du dialogue bergsonien consiste peut-être en ceci, qu'il interpelle les Grecs, qu'il substantifie, pour lui opposer sa philosophie, l'ensemble, le mouvement de la métaphysique grecque. Les Grecs, dans leur philosophie, comme dans leur art,

1. *L'Effort Libre*, mars 1914.

comme dans leur morale, ont suivi la nature. Mais *suivre* la nature n'est-ce pas épouser une pente descendante ? n'est-ce pas abdiquer précisément ce caractère de l'effort créateur, qui consiste à réagir ? La morale du monde a été renouvelée le jour où le christianisme est venu dire qu'il ne fallait pas suivre la nature, mais la vaincre et la transcender par la grâce. Au principe de la nature, le judaïsme et le christianisme ont posé le péché originel ; les dieux grecs sont devenus des démons, et le monde grec est apparu comme l'ordre complet et systématique de la nature déchue.

Le Dieu inconnu que saint Paul est venu enseigner à Athènes, c'est le Dieu qui remonte et qui nous aide à remonter le courant naturel. L'intuition philosophique du bergsonisme ressemble à ce Dieu inconnu, et tourne vers les Grecs le même visage hostile. « La philosophie ne peut être qu'un effort pour transcender la condition humaine [1]. » Nous naissons tous platoniciens, c'est-à-dire que le platonisme est désigné comme le péché originel de l'esprit. « Artistes à jamais admirables, les Grecs ont créé un type de vérité supra-sensible, comme de beauté sensible, dont il est difficile de ne pas subir l'attrait. Dès qu'on incline à faire de la métaphysique une systémati-sation de la science, on glisse dans la direction de Platon et d'Aristote. Et une fois entré dans la zone d'attraction où cheminent les philo-sophes grecs, on est entraîné dans leur orbite [2]. »

C'est sans doute de crainte d'être entraîné dans cette orbite que M. Bergson ne connait dans cette zone d'attraction que des pôles répulsifs. De ce monde si complexe et si riche de la philosophie grecque, où toutes les thèses ont eu leurs antithèses, — et souvent, avec Platon, dans le cerveau du même philosophe, — il ne retient guère que les thèses anti-bergsoniennes, c'est-à-dire, avec la logique utilitaire de la vie — de la vie philosophique comme de la vie pratique — que les points autour desquels pourront cristalliser les *non* de sa propre philosophie.

D'abord et surtout les arguments de Zénon. Chacun des quatre grands ouvrages de M. Bergson, l'*Essai*, *Matière et Mémoire*, l'*Évolution Créatrice*, l'*Énergie Spirituelle*, contient, reprise chaque fois à un point de vue différent, une critique des raisonnements de l'Éléate. Et l'on pourrait trouver cette insistance exagérée, si l'insistance de l'es-

<hr>

1. *Introduction à la Métaphysique*, p. 30.
2. *Évolution Créatrice*, p. 375.

prit logique à reprendre le point de vue de Zénon n'était encore plus forte, et si un physicien éminent, dans son argument du boulet, n'avait encore tiré des théories d'Einstein une manière nouvelle d'ignorer la durée réelle, obligeant M. Bergson à une cinquième position du même problème. En réalité c'est moins le platonisme, si riche et si débordant, que l'éléatisme qui forme l'antithèse commode de la philosophie bergsonienne, de l'héraclitéisme bergsonien. La conférence sur la *Perception du changement*, avec son appareil de thèses radicales, nous donne une impression curieuse d'éléatisme retourné. M. Bergson y transpose au mouvement et au changement le caractère intégral et absolu de l'Être éléate. Ce retournement était d'ailleurs en puissance dans l'éléatisme même, puisque d'une part le caractère paradoxal des thèses intellectualistes éléates provoquait presque automatiquement en Ionie la contradiction des philosophes du sensible, et que d'autre part c'est de l'éléatisme qu'allait dériver, par l'intermédiaire de la dialectique et de la sophistique, le scepticisme grec. La doctrine de Parménide, philosophie du stable, était bien ce qu'on pouvait, dans la vie des systèmes, imaginer de plus instable.

Pour établir par l'absurde l'existence du mouvement réel, les thèses de Gorgias auraient pu servir à M. Bergson comme les arguments de Zénon. « Il n'y a rien. — S'il y avait quelque chose notre intelligence ne pourrait le connaître. — Si nous pouvions le connaître nos mots ne pourraient l'exprimer. » Ces trois thèses seraient irréfutables dans un monde du statique et du donné. Le mobilisme bergsonien, faisant du mouvement l'être (première thèse) refuse en effet à l'intelligence la capacité de le connaître (deuxième thèse) et aux mots la faculté de l'exprimer (troisième thèse). Ce qui le connaît c'est l'intuition par laquelle notre mouvement coïncide avec le sien. Ce qui l'exprime c'est le mouvement qui court à travers les mots, et qui, dès qu'il s'arrête à un mot, tombe en effet dans le champ de repos où sont valables les arguments de Gorgias. Le mot est la matière du langage, et quand la vie n'est plus que matière, elle fait place à la mort, mais, la vie agissant par la matière sur la matière, quand elle est sans matière elle n'agit pas. « Le langage, lisons-nous au début de l'*Essai*, exige que nous établissions entre nos idées les mêmes distinctions nettes et précises, la même discontinuité qu'entre les objets matériels. » Avant de résoudre ces problèmes, il fallait les poser, choisir le terrain pour les poser. Zénon et Gorgias, le philosophe et le rhéteur, les ont résolus d'une manière contraire à celle de M. Bergson, mais le terrain où ils les ont posés est bien celui où nous nous trouvons encore. Ces lignes ne semblent-elles pas un moment même d'un dialogue avec Zénon ou avec Gorgias ?

« Tout est obscurité, tout est contradiction quand on prétend, avec des états, fabriquer une transition. L'obscurité se dissipe, la contradiction tombe dès qu'on se place le long de la transition pour y distinguer des états en y pratiquant par la pensée des coupes transversales. C'est qu'il y a *plus* dans la transition que dans la série des états, c'est-à-dire des coupes possibles, *plus* dans le mouvement que dans la série des positions, c'est-à-dire des arrêts possibles. Seulement la première manière de voir est conforme aux procédés de l'esprit humain ; la seconde exige au contraire qu'on remonte la pente des habitudes intellectuelles. Faut-il s'étonner si la philosophie a d'abord reculé devant un pareil effort ? Les Grecs avaient confiance dans la nature, confiance dans l'esprit laissé à son inclination, confiance dans le langage surtout en tant qu'il extériorise la pensée naturellement. Plutôt que de donner tort à l'attitude que prennent, devant le cours des choses, la pensée et le langage, ils aimèrent mieux donner tort au cours des choses [1]. »

On imagine, au $V^e$ siècle, un grand philosophe, produit par le contact de l'Ionie et de la Phénicie, venant soutenir ces thèses à Athènes, trouvant pour les y déposer quelque autel au dieu inconnu, qui se serait trouvé être l'élan vital, le mouvement, ce philosophe fort bien compris des Athéniens, de Socrate en particulier, et n'ayant pas de peine à fonder une école. Et tout se passe en effet, chez les Grecs, comme si une telle pensée avait cheminé et murmuré en sourdine à côté de leur philosophie du stable ; ils y sont moins étrangers que ne le dit M. Bergson, qui a besoin, pour le grand et brillant tableau où il déroule l'évolution philosophique, de partis francs. Mais, en somme, M. Bergson n'a pas exagéré l'immense importance de l'éléatisme dans l'histoire de l'esprit grec, et par conséquent de l'esprit humain. Parménide a proclamé que rien ne change. Quand Héraclite (dont M. Bergson ne dit rien, ce qui montre qu'il cherche chez les Grecs des ennemis et non des alliés [2]) eût revendiqué les droits du chan-

1. *Évolution Créatrice*, p. 339.
2. C'est même l'ensemble de la pensée ionienne qu'on pourrait appeler ici en témoignage. La « physique » ionienne a pour caractère principal d'expliquer le solide par le fluide, — par l'un des trois éléments fluides, ou par l'ἄπειρον, qui est une sorte

gement, les platoniciens durent rejeter l'immuable dans la catégorie non plus de ce qui est, comme dans Zénon, mais de ce qui doit être. De là leur recherche de « ce qui est réfractaire au changement : la qualité définissable, la forme ou essence, la fin [1] ». De là la philosophie des Idées.

Le changement et le mouvement sont apparus comme des réalités dégradées, comme la conséquence d'une chute, d'une déchéance ; la pensée qui s'applique à eux a passé pour une pensée inférieure. Même Héraclite nous fournirait ici des indications précieuses : son pessimisme est lié à sa philosophie de la mobilité, sa confiance philosophique à sa doctrine de la nécessité et des lois fixes. Le platonisme reproduit dans ses grandes lignes cette hiérarchie de l'immuable et du changement, de l'immobile et du mouvement, d'un éther et d'un air inférieur, qui faisait l'architecture du poème de Parménide. « En droit, il ne devrait y avoir que des Idées immuables, immuablement emboîtées les unes dans les autres. En fait la matière y vient surajouter son vide et décroche du même coup le devenir universel [2]. » La physique d'Aristote suit ici celle de Platon. Le Dieu d'Aristote, selon M. Bergson, représente l'ensemble des Idées, synthétisées en un acte unique, la Pensée de la Pensée. (Notons d'ailleurs que ce Dieu est déjà formulé, comme une conséquence nécessaire de la philosophie des Idées et du parfait, dans un texte de la *République*, II, 381 B C.)

Pour M. Bergson cette vue n'est pas juste, puisqu'il soutient les thèses contraires, mais elle est utile. Il reconnaît qu'il était bon que la philosophie commençât par là, qu'elle ne brûlât pas cette étape nécessaire. Avant de réagir contre la nature, il faut la suivre. La métaphysique grecque est la métaphysique naturelle de l'esprit humain. L'esprit humain y a gagné de bonnes habitudes de pensée et de précision. En allant jusqu'au bout de la géométrie, en se faisant pensée géométrique, il n'a certes point suivi le conseil de Delphes et ne s'est pas connu lui-même, mais il a acquis, à travers Platon, le levier d'Archimède, qui permettra de soulever le monde. « Que nul n'entre ici s'il n'est géomètre ! » Rien ne convenait mieux, pour

de fluide logique. « Aucun de ceux qui n'ont admis qu'une seule substance primitive, dit Aristote, n'a attribué ce rôle à la terre », c'est-à-dire au solide. Les premières cosmogonies grecques sont donc une critique de ce solide, que pense spontanément l'intelligence.

1. *Évolution Créatrice*, p. 340.
2. *Id.*, p. 342.

son portique, à une philosophie de l'universelle intelligibilité. « Il
est incontestable que ce qu'il y a de géométrique dans les choses est
entièrement accessible à l'intelligence humaine ; et, si la continuité
est parfaite entre la géométrie et le reste, tout le reste devient également intelligible, également intelligent. Tel est le postulat de la
plupart des systèmes [1]. »

Évidemment il faut tenir compte de la grande part de vérité, de la
part aussi grande d'ingéniosité, qu'il y a dans les vues appliquées
par M. Bergson à la nature du platonisme. Mais ici encore il tire de
Platon un extrait commode et utile à sa propre dialectique. Dès qu'on
cesse de sympathiser (au sens large) avec le courant des écrits de
M. Bergson pour sympathiser avec le courant non moins vivant des
dialogues platoniciens, on prend de Platon une vue un peu différente
On aperçoit un point de perspective où tous les grands philosophes
paraissent communiquer en des intuitions simples, on imagine un
Platon bergsonisant et un Bergson platonisant.

L'artifice (d'ailleurs légitime, utile, nécessaire) de M. Bergson
consiste à voir les autres philosophies du point de vue de la sienne,
et à les classer, à les qualifier en fonction de ce que les philosophes
ont pensé sur le temps. Platon c'est le philosophe qui a placé la réalité
métaphysique hors du temps, alors que pour M. Bergson l'être métaphysique n'est que durée. Dès lors Platon est pour M. Bergson ce
qu'était Homère pour Platon : le grand génie dangereux qu'il faut
reconduire, couronné de fleurs, hors des frontières de la République
philosophique. Mais ce qui est vrai des hommes l'est plus encore des
hommes de génie : ils ne savent jamais à quel point, croyant frapper
sur un ennemi, ils frappent sur eux-mêmes. Nous voyons en lisant
Platon combien ce grand artiste savait homériser. Et quand Homère
atteint ses moments les plus hauts, voyez Homère platoniser. « Sou-
viens-toi de ton père, Achille égal aux dieux... » Si, dans la tente ennemie
où l'a conduit Hermès, Priam évoque la figure de Pélée, c'est pour
qu'il n'y ait plus là, faite de tous les vieillards affaiblis, qu'une Idée
de la paternité. Et l'Idée de la paternité, qui pacifie ici le Grec et le
Troyen, se fond dans une Idée de l'humanité, où la haine portée de
l'homme à l'homme, de la nation à la nation, n'est plus que l'illusion
du corps, l'erreur de la colère et de l'aveuglement, cédant à la lumière
d'une vérité comme les prisonniers de la caverne à la force et à l'évi-

---

1. *Évolution Créatrice*, p. 208.

# LE BERGSONISME

dence du soleil intelligible. Homère et Platon ne paraissent plus ici que deux vues sur une même Idée, la double cime d'un Parnasse humain. Pareillement, il n'est pas difficile, malgré l'opposition des deux doctrines sur le temps, de trouver les points de perspective d'où Platon bergsonise, d'où M. Bergson platonise.

Platon est, pour M. Bergson, le maître des intellectualistes. D'autre part M. Seillière, dans la vaste enquête qu'il a instituée sur les origines du romantisme, reproche à Platon d'avoir été le premier des « rousseauistes ». La vérité est que le Platon souple et divers des dialogues ne doit pas être confondu avec ce Platon d'école, issu d'Aristote, et auquel se réfèrent constamment les philosophes, comme si Platon avait posé les Idées avec autant de rigueur que Spinoza la substance, et en avait déduit toute sa philosophie. J'imagine qu'il aurait pu y avoir à l'intérieur de l'école de Platon cette seconde inscription, plus secrète : Que nul ne demeure ici, s'il n'est que géomètre ! Qui en effet échappe mieux à la géométrie nue, à l'intelligence pure, à la dialectique et aux Idées mêmes, que l'auteur du *Sophiste*, du *Phèdre*, du *Banquet* ? « En tant que nous sommes géomètres, dit M. Bergson, nous repoussons l'imprévisible. Nous pourrions l'accepter, assurément, en tant que nous sommes artistes, car l'art vit de création et implique une croyance latente à la spontanéité de la nature [1]. » Mais l'artiste de la philosophie, s'il y en a un, c'est bien Platon, et c'est bien comme artiste inspiré qu'il s'est évadé vers ce monde de l'imprévisible et du vivant. L'imprévisible et le vivant, voilà l'être même et le rythme intérieur du dialogue socratique, qui fait coïncider la philosophie non avec une possession, mais avec une recherche, non avec un être, mais avec un mouvement. Quelle forme d'exposition ressemble plus à de la création imprévisible ? et de cette création les conclusions du *Phèdre* et du *Banquet* ne retiennent-elles pas dans leur contenu tout ce qu'une dogmatique peut en retenir ? Spinoza, aurait raison s'il n'y avait pas de monades. Pareillement, n'y a-t-il pas au fond du platonisme un : Les amis des Idées auraient raison s'il n'y avait pas l'Amour ?

Il est entendu chez les historiens de la philosophie que Socrate et Platon sont les fondateurs de la philosophie du concept, — et il y aurait beaucoup à dire là-dessus. Le Platon de M. Bergson répond peut-être un peu trop à cette vieille définition zellérienne. Dans la belle page de l'*Introduction à la Métaphysique* où il proclame la supé-

1. *Évolution Créatrice*, p. 49

riorité de l'exposition par images sur l'exposition par concepts, il paraît oublier que le fondateur inégalé de cette exposition par images est le fondateur même de la théorie des Idées D'ailleurs nous le voyons, à un autre endroit, substituer aux images platoniciennes d'autres images : « L'intelligence humaine, dit-il, telle que nous nous la représentons, n'est point du tout celle que nous montrait Platon dans l'allégorie de la caverne Elle n'a pas plus pour fonction de regarder passer des ombres vaines que de contempler en se retournant derrière elle l'astre éblouissant [1]. » Et il propose, au lieu de l'allégorie de la caverne, celle des bœufs de labour. « Nous sentons le jeu de nos muscles et de nos articulations, le poids de la charrue et la résistance du sol », et aussi l'océan de vie où nous sommes baignés. Mais il ne manque pas d'images platoniciennes qu'on pourrait adapter au bergsonisme et qui en respirent l'esprit. Celle des deux chevaux, dans le *Phèdre*, nous montre un autre aspect de la réalité que celle des bœufs de labour : on en ferait volontiers l'emblème des deux possibilités de l'élan vital, tension et détente, action et défaite. Les deux systèmes d'images seraient d'ailleurs en accord avec les idées de leur temps : le soleil représentait bien pour un Grec un flambeau destiné à éclairer les yeux ; il représente pour un moderne notre source d'énergie, et l'œil vivant est lui-même rattaché à cette énergie.

La philosophie des Idées nous apparaît, dans l'exégèse qu'en donne M. Bergson, comme une philosophie du simple, alors que philosopher vraiment c'est saisir la réalité sous son aspect complexe. Mais quand M. Bergson écrit que la conscience réfléchie « aime les distinctions tranchées, qui s'expriment sans peine par des mots, et les choses aux contours bien définis, comme celles qu'on aperçoit dans l'espace [2] », lorsqu'il montre que, pour cette raison, elle ne correspond pas à la réalité, nous nous souvenons que les Grecs n'étaient pas sans avoir aperçu les choses sous cet angle, qu'Anaxagore disait « En tout il y a des parties de tout ; les objets ne sont pas séparés et comme coupés les uns des autres comme avec une hache », et surtout que le mouvement même du dialogue socratique, chez Platon, implique cette continuelle mise en garde contre la simplicité, ce continuel appel à la complication et au mélange.

Mais, dira-t-on, le complexe et le mélangé ne sont, en général,

1. *Évolution Créatrice*, p. 209.
2. *Id.*, p. 7.

chez Platon, que des moments de la recherche, qui, d'une façon générale, aboutit à ce simple, qu'est l'Idée. C'est juste. Seulement ne trouvons-nous pas dans le bergsonisme lui-même quelque chose d'analogue, — les traces de l'Idée et les survivances du platonisme éternel ? Si nous naissons vraiment platoniciens, il est probable que nous le demeurons toujours par un certain biais, et cela en partie parce que le platonisme correspond tout de même à une articulation réelle des choses.

Le moyen terme par lequel platonisme et bergsonisme, venus l'un de l'intemporel et l'autre du temporel, paraîtraient incliner l'un vers l'autre, ce serait, à ce qu'il me semble, cet élément si important de la psychologie et de la métaphysique bergsoniennes que sont les schèmes dynamiques. Pour aider notre esprit à réaliser le schème dynamique lui-même d'une telle concordance, aidons-nous de la théorie kantienne de l'*Einbildungskraft* (le mot d'imagination, par lequel on rend d'ordinaire le mot allemand, prête à trop d'équivoques), qui est, entre l'entendement et la sensibilité, la faculté de tracer des schèmes. On peut dire, en se plaçant au point de vue de la *Critique de la Raison pure*, que, dans l'ensemble, la philosophie des Idées répondrait à une philosophie de l'entendement, celle de l'élan vital à une philosophie de la sensibilité. Or, on passe bien de l'une à l'autre par quelque chose d'analogue aux schèmes kantiens, à savoir ces schèmes dynamiques qu'on pourrait définir des Idées de mouvement et de durée.

Considérons celui de ces schèmes sur lequel M. Bergson, dans l'*Évolution Créatrice*, a le plus profondément insisté, — la marche à la vision. M. Bergson se trouve en face des explications mécanistes de l'œil, explications lamarckiennes et explications darwiniennes, et, comme philosophe, il n'a pas de peine à montrer à quel point elles sont insuffisantes : le plan de toute critique de ce genre a d'ailleurs été tracé par Platon dans le passage du *Phédon* où Socrate indique pourquoi les théories des prédécesseurs d'Anaxagore, et celles d'Anaxagore lui-même ne l'ont pas satisfait. Et lorsque M. Bergson apporte son explication, il l'apporte dans un esprit platonicien. Le Socrate de Platon trouve la réponse à ses questions dans une unité spirituelle statique, M. Bergson la trouve dans une unité spirituelle dynamique. Dans l'œil, « c'est ce contraste entre la complexité de l'organe et l'unité de la fonction qui déconcerte l'esprit[1] ». Mécanisme et finalisme

---

1. *Évolution Créatrice*, p. 96.

admettent également dans le complexe une réalité du multiple : tous deux veulent que la nature ait travaillé comme l'ouvrier en assemblant des parties, avec cette différence que pour le mécanisme l'ouvrier n'a pas de but, et que pour le finalisme il en a un. Le but finaliste est simplement surajouté au mécanisme, comme le νοῦς d'Anaxagore l'était à un mécanisme analogue, mais il lui laisse, sans le soulever jusqu'au bout, son poids d'inintelligibilité. L'explication qu'apporte M. Bergson cherche l'intelligibilité (ou si on veut l'intuitivité) dans une direction analogue à celle de Platon. Ici comme en beaucoup d'autres problèmes, il retrouve les positions de Schopenhauer. Tandis que chez Kant la simplicité (entendement) appartient au sujet, comme d'ailleurs la complexité (sensibilité), pour M. Bergson comme pour Platon et Schopenhauer, la simplicité appartient à l'objet, c'est-à-dire que l'aspect de simplicité est celui qui est pris du côté de l'absolu, de l'élan vital, et qui correspond à de l'être réel, tandis que l'aspect de complexité est pris du côté de l'apparence, de cette déficience vitale qu'est la matière, et correspondrait à du non-être, s'il n'y avait pas, pour M. Bergson comme pour Platon, un être du non-être, celui même sur lequel porte la science positive.

La différence serait, en principe, que, pour Platon, l'unité est l'unité d'un être, et que pour M. Bergson elle est celle d'un mouvement. Mais enfin ce sont là comme deux attributs d'une même substance philosophique, l'un développant le registre intemporel, l'autre le registre temporel. « Un organe tel que l'œil, par exemple, se serait constitué précisément par une variation continue dans un sens défini. Même nous ne voyons pas comment on expliquerait autrement la similitude de structure de l'œil dans des espèces qui n'ont pas du tout la même histoire [1]. » Qu'est-ce que ce « continu » et ce « défini » sinon une Idée même de la vision, une Idée implicite qui ne peut s'expliciter que dans le temps, avec une large part d'indétermination et de contingence, et qu'exprime au mieux, précisément, le terme bergsonien de schème dynamique ?

Une métaphysique plus aventureuse et plus disposée aux gerbes d'imagination poétique que celle de M. Bergson, apercevrait dans l'élan vital un ensemble de schèmes dynamiques de ce genre, de véritables Idées bergsoniennes, dont les coupes exprimeraient le

---

1. *Évolution Créatrice*, p. 94.

monde apparemment stable, comme la défaite des Idées platoniciennes
exprime le monde apparemment sensible. D'ailleurs nous n'avons
pas besoin de supposer cette métaphysique. Elle existe, c'est celle
de Schopenhauer. La Volonté schopenhauerienne est née de la même
intuition philosophique que l'élan vital bergsonien, et, sur le chemin
de cette Volonté en route vers le monde individuel et apparent, Schopenhauer a bien trouvé les Idées platoniciennes, auxquelles il a consacré un des quatre livres du *Monde*. Peut-être d'ailleurs pourrait-on
dire aussi bien, que Schopenhauer est arrivé d'un fond platonicien à
sa métaphysique, et à ses conclusions déjà bergsoniennes.

M. Bergson achève ainsi un de ses exposés : « Nous revenons ainsi,
par un long détour, à l'idée d'où nous étions partis, celle d'un élan
originel de la vie, passant d'une génération de germes à la génération
suivante de germes par l'intermédiaire des organismes développés
qui forment entre les germes le trait d'union [1]. » Quand il emploie ici
le mot idée, il faut bien entendre, dans une certaine mesure, une véritable idée, rattachée par plusieurs intermédiaires à l'Idée platonicienne.
Il n'y a pas là seulement une façon de s'exprimer, une nécessité du
langage, qui nous permet cependant d'entendre l'eau courante sous
la croûte de glace, et de saisir le mouvement sous ses coupes immobiles.
Il y a une réalité. Il y a Idée dans le sens et dans la mesure où il y a
finalité. M. Bergson nous dit qu'après avoir écarté le mécanisme, il
faut retailler le vieux vêtement de la finalité. De même il a retaillé
le vieux vêtement de l'Idée, qui demeure le vrai manteau philosophique.

Platon eût compris du premier coup, en le référant à ses Idées,
comment l'acte simple de la vision « s'est divisé automatiquement en
une infinité d'éléments qu'on trouvera coordonnés à une même idée,
comme le mouvement de ma main a laissé tomber hors de lui une
infinité de points qui se trouvaient satisfaire à une même équation [2] ».
Cette affinité mathématique, cette synthèse de géométrie et d'images
eût affermi le contact entre son esprit et celui de M. Bergson. Et il
serait bien intéressant de porter l'analogie sur l'Antisthène de l'un et
les Antisthènes de l'autre. La différence entre l'Idée platonicienne
et l'idée bergsonienne serait du même ordre que la différence entre
la mathématique des anciens et la mathématique des modernes. Aux
définitions statiques se substituent les définitions génétiques, aux

1. *Évolution Créatrice*, p. 95.
2. *Id.*, p. 100.

notions d'être les notions de développement et de série. L'Idée platonicienne était née des dialogues d'école, sophistiques et socratiques,
où l'on s'efforçait de constituer et de définir des groupes spirituels,
à l'imitation de la nature qui crée par espèces et genres. Pour M. Bergson « le groupe ne se définira plus par la possession de certains caractères, mais par sa tendance à les accentuer [1] ». Excellente définition.
Il n'y a d'idée active que là où il y a tendance et progrès, c'est-à-dire
où il y a vie. La possession pure de caractères c'est un état statique,
inerte, matériel, contraire à la nature même de la vie. Mais n'est-ce
pas sur les mêmes voies que l'auteur du *Phèdre* et du *Banquet* dépas-
sait la philosophie de l'Idée statique ? Le platonisme se prolonge en
une philosophie de l'amour et de cet élan vital que Diotime appelle
la production dans la beauté. L'amour, lui non plus, ne se définit
pas par une possession, mais par une tendance, une recherche, un
mouvement qui n'obtient que pour accentuer et n'atteint que pour
dépasser.

M. Bergson écrit que « toute tentative pour bâtir un système complet s'inspire par quelque côté de l'aristotélisme, du platonisme et du
néo-platonisme ». Soit. Mais peut-être toute tentative pour « décompléter » un système, c'est-à-dire pour le rendre à la vie, pour en épouser
l'intuition profonde, le schème moteur pur et vrai, le replace-t-elle
d'une certaine manière dans le mouvement et la direction des
dialogues platoniciens. C'est précisément une analogie intéressante
entre Platon et M. Bergson, que l'un et l'autre nous aient épargné en
grande partie cette peine de « décompléter » leur système, aient compris que la tentative pour bâtir un système complet impliquait plus
ou moins un péché contre la vie, suivi d'une inévitable revanche
de la vie.

On donnerait peut-être, par image, une approximation momentanée
de la vérité, en disant que la philosophie des Idées est conçue selon
l'esprit de la sculpture, et la philosophie bergsonienne de la vie selon
l'esprit de la musique. Mais la lumière que cette image peut nous
apporter ne dure qu'un moment. L'une et l'autre philosophie impliquent un mouvement continuel entre la sculpture et la musique,
entre les formes qui cherchent à se fixer et le courant où ces formes se
défont. Le courant philosophique s'embranche, chez Platon, sur le
général, chez M. Bergson sur la conscience individuelle. Mais le

_____

1. *Évolution Créatrice*, p. 116.

# LE BERGSONISME

général de l'intellectualisme platonicien est conduit, par le génie d'artiste du philosophe, vers la création d'individus, vers la figure de Socrate, vers cette réalité humaine et divine qu'est la vie philosophique. Et, chez M. Bergson, les données immédiates de la conscience individuelle nous font saisir dans leurs rythmes mêmes ces schèmes dynamiques de l'élan vital, en lesquels nous reconnaissons comme une libération et une mobilisation des Idées platoniciennes.

Le platonisme, nous dit M. Bergson, est la philosophie naturelle de l'intelligence. Et par platonisme il entend la philosophie des Idées, interprétées traditionnellement comme des entités transcendantes. Mais en creusant le platonisme dans la direction socratique, nous trouvons des lignes par lesquelles il dessine une philosophie je ne dirais pas naturelle, mais à la fois spontanée et subtile (comme celle de M. Bergson lui-même), de l'intuition. Une philosophie, dit M. Bergson, est vivante par ses intuitions et non par ses constructions systématiques qui en sont au contraire la partie périssable. Or quel grand philosophe a, plus que Platon, donné à l'intuition, et, moins que lui, à la construction systématique ? Quand celle-ci intervient trop, comme dans le *Parménide*, certain sourire nous avertit qu'elle n'est présentée que comme une gymnastique de la pensée et un exercice d'école. La philosophie de M. Bergson a trouvé ses ennemis dans les deux scolastiques que signale la dernière phrase de l'*Évolution Créatrice* ; elle n'en saurait trouver d'aussi farouches dans les esprits qui auront vraiment vécu dans la familiarité de Platon.

*<br>* *

Ravaisson, qui fut, dans une certaine mesure, un inspirateur de M. Bergson, et qui en tout cas établit quelque liaison entre lui et le spiritualisme universitaire, avait philosophé sous le signe d'Aristote, dont la doctrine lui apparaissait comme le roc de la métaphysique éternelle. M. Bergson, qui consacra à un point de physique aristotélicienne sa thèse latine *(Quid Aristoteles de loco senserit)* semble avoir fait autrefois une étude approfondie d'Aristote, avoir pris contact avec cette Acropole de l'intelligence antique. Un passage de sa *Notice sur la vie et les travaux de Félix Ravaisson*, qu'il remplaça à l'Académie des Sciences Morales, nous indique sans doute l'impression générale qu'il en a gardée : « Quels sont les éléments impliqués dans la pensée ou dans l'existence ? Qu'est-ce que la matière, la forme,

194

# LE MONDE QUI DURE

la causalité, le temps, le lieu, le mouvement ? Sur tous ces points et sur cent autres il a fouillé le sol ; de chacun d'eux il a fait partir une galerie souterraine qu'il a poussée en avant, comme l'ingénieur qui creuserait un tunnel immense en l'attaquant simultanément par un très grand nombre de points. Et, certes, nous sentons bien que les mesures ont été prises et les calculs effectués pour que tout se rejoignît : mais la jonction n'est pas toujours faite, et souvent, entre des points qui nous paraissaient près de se toucher, alors que nous nous flattions de n'avoir plus à retirer que quelques pelletées de sable, nous rencontrons le tuf et le roc [1]. » Mais, d'une façon générale, le monument philosophique d'Aristote, devenu historiquement une scolastique, représente pour M. Bergson plutôt une pente à remonter, un obstacle à surmonter. Aristote, mieux que Platon, lui offre, dans sa perfection, cette métaphysique naturelle de l'esprit humain contre laquelle l'intuition doit réagir.

Il est dès lors naturel qu'on ait trouvé des points communs entre la philosophie de M. Bergson et les philosophies qui se formèrent, à Athènes et à Alexandrie, en réaction contre ce qu'on est convenu d'appeler, à tort ou à raison, la philosophie du concept, la série Socrate-Platon-Aristote. L'analogie que M. René Berthelot aperçoit entre la tension bergsonienne et le τόνος stoïcien est réelle. Les trois philosophies d'Épicure, de Zénon et de la Nouvelle Académie peuvent, avec quelque complaisance, recevoir l'étiquette commune de pragmatisme, et il est certain qu'il y a des affinités naturelles entre la philosophie bergsonienne et le pragmatisme de James. Tous ces rapprochements ne nous mèneraient pas bien loin dans le détail, et n'auraient d'intérêt que dans la mesure où ils nous montreraient certaines analogies de rythme et de courbe entre le développement de la philosophie grecque et celui de la philosophie moderne. Il n'en est pas de même de Plotin, qui, de tous les philosophes anciens, est celui en qui M. Bergson a le mieux reconnu ses propres directions et discerné le plus d'intuitions profondes. Plotin a fait pendant plusieurs années le sujet de ses cours du Collège de France, et il y aurait tout un livre à écrire sur une interprétation bergsonienne dés *Ennéades*, leur intégration à une *perennis philosophia*.

<hr>

1. C. R. de l'Acad. des Sc. Mor., t. 161. p. 676.

# LE BERGSONISME

****

Dans la philosophie moderne à partir de Descartes, M. Bergson
a vu aussi, en général, des pentes à remonter et des obstacles à tourner,
des pièges plutôt que des aides pour la véritable pensée philosophique.
Descartes lui paraît avoir fondé la métaphysique naturelle à la conception scientifique issue de Galilée, métaphysique qui a évolué
ou qui a eu tendance à évoluer en scolastique, comme la métaphysique
des anciens. Mais M. Bergson s'attache, chez les modernes plus que
chez les anciens, à relever les lueurs d'intuition qui lui paraissent
annoncer sa propre philosophie. Il note avec intérêt la place tenue
dans la pensée vivante de Descartes par le sentiment de la liberté,
y voit l'amorce d'une philosophie possible qui a été étouffée et recou-
verte par le mécanisme cartésien, et que, dans une certaine mesure,
il a appartenu à Pascal de mettre en lumière. « Pascal, dit-il, a introduit
en philosophie une certaine manière de penser qui n'est pas la pure
raison, puisqu'elle corrige par l'esprit de finesse ce que le raisonnement
a de géométrique, et qui n'est pas non plus la contemplation mystique,
puisqu'elle aboutit à des résultats susceptibles d'être contrôlés et
vérifiés par tout le monde. On trouverait, en rétablissant les anneaux
intermédiaires de la chaîne, qu'à Pascal se rattachent les doctrines
modernes qui font passer en première ligne la connaissance immédiate,
l'intuition, la vie intérieure, comme à Descartes (malgré les velléités
d'intuition qu'on rencontre dans le cartésianisme lui-même) se rattachent plus particulièrement les philosophies de la raison pure [1]. »
Il est singulier qu'à ce propos M. Bergson ne nomme même pas Montaigne, anneau intermédiaire ou plutôt anneau de tête évident, dont
les intuitions ont éveillé celles de Descartes et de Pascal, et à qui
pourrait s'appliquer en partie ce passage de M. Bergson. Montaigne,
avec son sentiment génial de la mobilité, le jaillissement de ses images
motrices, sa position toujours en plein centre et en plein courant de la
vie fraîche, m'a toujours paru le plus bergsonien des écrivains
français
Mais aucun philosophe, pas même Plotin, ne paraît avoir exercé
sur M. Bergson plus de fascination que Spinoza. Ses auditeurs du
Collège de France savent quels jours profonds il a ouverts sur le spi-

1 *La Philosophie française*, p. 17.

nozisme, quelles interprétations lumineuses il a données de tant de passages difficiles. Et pourtant, au premier abord, le spinozisme paraît la doctrine symétriquement contraire du bergsonisme, l'effort le plus complet et le plus tenace qu'un philosophe ait jamais fait pour nier la durée. L'existence, pour Spinoza, est une existence géométrique, et la 8ᵉ définition du livre I pose que la durée ne peut absolument rien en expliquer. C'est sur toute la ligne qu'au *sub specie æterni* de Spinoza M. Bergson oppose son *sub specie durationis*. Et pourtant M. Bergson accorde à l'antichronisme de Spinoza ce qu'il refuse à celui de Platon. Dans cette philosophie de l'intemporel, il discerne les figures immobiles de sa philosophie du mouvement, les figures figées de sa philosophie de la durée. Il semble y voir comme un monde glacé, où le froid a donné aux cours d'eau et aux cascades la rigidité de la pierre, et qui réalise ainsi l'hyperbole d'une philosophie des solides ; mais il suffit d'un changement de climat pour que tout se remette à couler et à bruire, pour que les mêmes éléments qui donnaient l'Être pur de Parménide se répandent, dans la durée, en le fleuve d'Héraclite. En l'élan vital nous reconnaissons la substance spinoziste dégelée. Le rapport entre la substance et ses modes (la grosse difficulté du spinozisme, le point où la machine logique éprouve la résistance de la réalité) peut se transposer dans le rapport bergsonien entre la réalité intuitive et ses équivalents (ou son interprétation) analytiques. « Vu du dedans, un absolu est chose simple ; mais envisagé du dehors, c'est-à-dire relativement à autre chose, il devient, relativement à ces signes qui l'expriment, la pièce d'or dont on n'aura jamais fini de rendre la monnaie. Or ce qui se prête en même temps à une appréhension indivisible et à une énumération inépuisable est, par définition même, un infini. Il suit de là qu'un absolu ne saurait être donné que dans une *intuition*, tandis que tout le reste relève de l'*analyse* [1]. » On songe ici au mot profond de Schopenhauer, qui est aussi peu spinoziste que M. Bergson, mais qui voit dans le spinozisme l'Ancien Testament auquel sa propre philosophie fait suite comme un Nouveau Testament

Spinoza réalise pour M. Bergson ce paradoxe ou ce miracle : l'intuition la plus juste et la plus profonde, une intuition qu'on pourrait dire liée consubstantiellement au génie même de la philosophie, — et un système, qui, non seulement par sa matière, où le temps dis-

---

1. *Introduction à la Métaphysique*, p. 3.

paraît, mais par sa forme géométrique, raidie et fermée, constitue l'antithèse du bergsonisme. Lui-même a mis en lumière ce double caractère en une page puissante et profonde : « Je ne connais rien de plus instructif que le contraste entre la forme et le fond d'un livre comme l'*Éthique* : d'un côté ces choses énormes qui s'appellent la Substance, l'Attribut et le Mode, et le formidable attirail des théorèmes avec l'enchevêtrement des définitions, corollaires et scolies, et cette complication de machinerie et cette puissance d'écrasement qui font que le débutant, au seuil de l'*Éthique*, est frappé d'admiration et de terreur comme devant un cuirassé du type Dreadnought ; — de l'autre, quelque chose de subtil, de très léger et de presque aérien, qui fuit quand on s'en approche, mais qu'on ne peut regarder, même de loin, sans devenir incapable de s'attacher à quoi que ce soit du reste, même à ce qui passe pour capital, même à la distinction entre la Substance et l'Attribut, même à la dualité de la Pensée et de l'Étendue. C'est, derrière la lourde masse des concepts apparentés au cartésianisme et à l'aristotélisme, l'intuition qui fut celle de Spinoza, intuition qu'aucune formule, si simple soit-elle, ne sera assez simple pour exprimer. Disons, pour nous contenter d'une approximation, que c'est le sentiment d'une coïncidence entre l'acte par lequel notre esprit connaît parfaitement la vérité et l'opération par laquelle Dieu l'engendre, l'idée que la conversion des Alexandrins, quand elle devient complète, ne fait plus qu'un avec leur procession, et que lorsque l'homme, sorti de la divinité, arrive à rentrer en elle, il n'aperçoit plus qu'un mouvement unique là où il avait vu d'abord les deux mouvements inverses d'aller et de retour, — l'expérience morale se chargeant ici de résoudre une contradiction logique, et de faire, par une brusque suppression du temps, que le retour soit un aller. Plus nous remontons vers une intuition originelle, mieux nous comprenons que, si Spinoza avait vécu avant Descartes il aurait sans doute écrit autre chose que ce qu'il a écrit, mais que, Spinoza vivant et écrivant, nous étions sûrs d'avoir le spinozisme tout de même [1]. » Ce que M. Bergson entend par spinozisme, c'est la vie et l'âme de la pensée spinoziste, qui s'intensifient en une intuition, et non sa matière et son corps, qui s'étendent en un système, engendré en partie par un précurseur, qui est ici Descartes. Le terme de schème dynamique pourrait aussi s'employer. La seule différence entre cette intuition et l'intuition berg-

---

[1] *L'Intuition Philosophique*, p. 814.

sonienne, c'est que l'intuition spinoziste transcende le temps, ou plutôt l'absorbe dans sa tension. A ces hauteurs ne subsistent plus que la coïncidence avec Dieu, cette expérience immédiate de l'éternité qui fait la nature propre du philosophe, et avec laquelle, par un biais, l'expérience morale résolvant encore une contradiction logique, le retour épousant encore un aller, la conscience de la durée finirait peut-être par se confondre. L'intuition bergsonienne semble ici comporter cette idée simple : Spinoza aurait raison si le temps n'existait pas, et il a raison dès que nous transférons au temps ce qu'il dit de l'éternité, et il y a un point de perspective d'où ce transfert nous apparaîtrait la chose la plus simple du monde. Mais n'en est-il pas de même du platonisme et de l'Idée ?

*<br>* *

Bien que le bergsonisme, en face d'un spinozisme idéal, se comporte un peu à la façon de la doctrine leibnitzienne, c'est-à-dire comme une correction de la philosophie abstraite par la vie concrète, de la substance par la monade, néanmoins, ses rapports de fait avec la pensée de Leibnitz se ramènent à peu de chose. Ce monde si complexe, si animé, riche en détours comme un cerveau, tout en bifurcations comme un système nerveux, frémissant de possibilités infinies, qu'est la philosophie de Leibnitz, il semble, par une inconséquence apparente, qu'il exerce moins d'attrait sur M. Bergson que les arêtes rigides et glacées de l'*Éthique*. Mais un écrit de Leibnitz nous apporte de la vie, tandis qu'un écrit de Spinoza a besoin de notre vie pour devenir vivant. Et nous sommes plus attachés aux êtres qui reçoivent la vie de nous qu'aux êtres qui nous l'ont donnée.

Les rapports de M. Bergson avec le kantisme sont très différents de ses rapports avec le spinozisme. Entre sa façon de philosopher et celle de Kant il y a une antipathie évidente. L'un réalise dans sa perfection la méthode dialectique, l'autre la méthode intuitive. De la *Critique de la Raison pure* à *Matière et Mémoire* on passe d'un monde philosophique dans un autre. Et pourtant la communauté de la grande philosophie reprend vite ses droits. L'exposition de M. Bergson est celle d'un philosophe rompu aux armes de la dialectique, et sous l'écorce dure et froide de l'argumentation kantienne on découvre sans peine les intuitions profondes qu'on n'oublie pas, ou plutôt qu'on oublie précisément parce qu'elles se sont incorporées à votre pensée

199

# LE BERGSONISME

et ne font qu'un avec le mécanisme et la tension de ses ressorts intérieurs. Et, plus peut-être que tout autre philosophe si ce n'est Platon,
Kant a apporté par les *Critiques* quelque chose de définitif au développement philosophique humain, d'aussi définitif qu'un Descartes
aux mathématiques ou un Lavoisier à la chimie. Un philosophe qui
pense sans avoir passé par Kant est frappé de *diminutio capitis*. C'est
le cas d'Auguste Comte et même de Taine. Spencer n'avait pas besoin
de nous dire qu'il n'avait jamais pu aller au delà des premières pages
de la *Critique de la Raison pure* : nous-mêmes, dès les premières pages
des *Premiers Principes*, nous nous en apercevons bien. M. Bergson
dit que, si Spinoza n'était pas venu après Descartes, son système eût
été tout différent. S'il nous fallait citer les systèmes après lesquels,
pour être ce qu'il est, celui de M. Bergson devait nécessairement venir,
nous pourrions nous borner à deux : d'abord la philosophie de l'évolution, sous toutes ses formes, depuis Herder jusqu'à Spencer ; ensuite
et surtout la critique kantienne. C'est d'ailleurs une des raisons pour
lesquelles il lui faut traiter Spencer et Kant en adversaires. Et notons
enfin que la lecture de Kant, si passionnante pour un Hamelin, a
toujours dû être, pour M. Bergson, une corvée.

M. Bergson appartient à une génération philosophique, ou plutôt
à une génération scolaire, qui, un peu sous l'influence de Lachelier,
et pas mal sous celle de Renouvier, se proposait ordinairement de
« dépasser Kant ». Comment le problème x a été traité jusqu'à Kant,
comment Kant l'a traité, comment on pourrait ici dépasser Kant, —
voilà les trois points obligatoires des dissertations par lesquels, de
1875 à 1900, les jeunes philosophes gagnaient leurs éperons. Et c'était
fort bien ainsi. La grande philosophie allemande à partir de Fichte
avait figuré aussi un effort pour dépasser Kant, pour employer la
raison pure pratique aux fonctions de la raison pure intuitive, pour
utiliser le vieux *Cogito* que l'argumentation kantienne enveloppait
sans le réduire, surtout pour tourner de bien des façons la *Dialectique
Transcendantale* et passer entre les colonnes d'Hercule des antinomies.

Dans le seul des ouvrages de M. Bergson qui soit écrit avec des
préoccupations kantiennes, ou supra-kantiennes, l'*Essai*, il ne va
évidemment pas si loin. Il s'attache à trois problèmes seulement.

Le problème de l'*Esthétique Transcendantale*, celui du temps et
de l'espace, Kant ayant donné les noms d'espace et de temps à deux
espaces. « Il jugea la conscience incapable d'apercevoir les faits psy-

chologiques autrement que par juxtaposition, oubliant qu'un milieu où ces faits se juxtaposent et se distinguent les uns des autres est nécessairement espace et non plus durée[1]. »

Un des problèmes de l'*Analytique Transcendentale*. Kant donne « au rapport de causalité le même sens et le même rôle dans le monde interne que dans le monde externe ».

Enfin un des problèmes de la *Dialectique Transcendentale*. Kant attribue la liberté à un moi étranger non seulement à l'espace, ce qui est juste, mais à la durée. Or ce moi nous ne le retrouvons qu'en nous replaçant dans la pure durée.

En réalité, les deux derniers problèmes se ramènent, jusqu'à un certain point, au premier, celui du temps. Mais l'opposition entre la thèse kantienne et la thèse bergsonienne est, à la réflexion, moins radicale qu'il ne semble, et l'on va de l'une à l'autre par un plan incliné. Il est exact que Kant n'a pas admis la thèse bergsonienne de la durée pure, mais il a posé très clairement l'autre thèse bergsonienne de l'espace-temps. « Pour que nous puissions concevoir même des changements intérieurs, il faut que nous nous représentions d'une manière figurée le temps, en tant que forme du sens intime, comme une ligne, et le changement intérieur par le tracé de cette ligne (qui est un mouvement) ; par conséquent nous nous rendons saisissable notre existence intérieure propre dans ses différents états par une intuition extérieure. La raison propre en est que tout changement suppose quelque chose de permanent dans l'intuition, à seule fin de pouvoir être perçu comme changement, et qu'aucune intuition permanente ne se rencontre dans le sens intime[2]. » Ici s'embrancherait la théorie de M. Bergson, non comme une réfutation, mais comme une suite. Aucune intuition permanente ne se rencontre dans le sens intime. L'intuition qui se rencontre dans le sens intime est précisément celle du non permanent, celle du changement, celle de la durée. Je suis. Que suis-je ? Une chose qui dure. Ce n'est que pour pouvoir être perçu (et non plus « intuitionné ») comme changement, qu'un changement suppose du permanent. Ce permanent, nous le trouvons en rapportant notre intuition intérieure à une intuition extérieure, et d'abord à celle de notre corps. De là l'espace-temps où le changement, le mouvement, sont figurés par des tracés, et où le temps prend forme spatiale

1. *Essai*, p. 176.
2. *Critique de la Raison pure*, trad. Barni, éd. Flammarion, p. 252.

# LE BERGSONISME

L'effort pour dépasser Kant ne ruine pas Kant. Il consiste à distinguer ce tracé de la ligne, qui schématise le mouvement, et ce mouvement lui-même, qui est autre chose, — à chercher, par delà cette intuition kantienne, tendue vers l'extérieur, une intuition pure qui serait intérieure. Lorsque Kant montre plus haut [1] que le temps ne peut être perçu en lui-même, il est aux trois quarts d'accord avec M. Bergson. Le temps, pour celui-ci, ne peut être perçu que très difficilement en lui-même, l'intelligence humaine n'est pas faite pour cela, elle est faite pour le percevoir sous les espèces du schématisme qu'indique fort bien la *Critique*. Mais difficulté, pour M. Bergson, n'est pas impossibilité. L'effort de la philosophie, de l'intuition pure, consiste à nous donner cette perception immédiate et authentique du temps qui nous fait peut-être coïncider, par delà nos catégories, avec un absolu.

Le temps, pour Kant, n'est pas une catégorie de l'entendement, c'est une forme *a priori* de la sensibilité. Or une forme s'explique par un mouvement. C'est du mouvement de la terre que Newton déduit sa forme de géoïde, aplati aux pôles et renflé à l'équateur. Ainsi M. Bergson explique les formes *a priori* de la sensibilité par un mouvement. L'intuition nous fait éprouver un élan qui est durée, — et qui, pour vivre et pour agir, spatialise ,se spatialise, en des formes où nous pouvons arriver à reconnaître la trace de son dynamisme originel. Ce que M. Bergson ajoute à la théorie kantienne des formes, c'est leur analyse génétique. Le temps, selon Kant. est la forme de notre intuition interne. Soit, dit M. Bergson. Mais je distingue précisément un temps-forme et un temps-intuition, le premier par lequel notre intuition opère, le second par lequel notre intuition est. M. Bergson se porte vers un centre qui vit par delà le formalisme kantien, comme Leibnitz se portait vers un centre qui vivait par delà le géométrisme spinoziste. C'est bien d'ailleurs de ce point de vue central que les wolfiens, sous l'influence aussi de Berkeley, attaquaient la doctrine kantienne du temps, et la réponse que leur adresse Kant dans la *Critique de la Raison pure* [2] n'est pas très probante.

Kant insiste à plusieurs reprises sur cette idée que nous ne pouvons nous représenter le temps que sous forme d'espace [3], et il voit là une des raisons qui condamnent la philosophie spéculative à demeurer dans le monde du phénomène et de la relation. Nous ne pouvons pas

---

1. P. 204-205.
2. *Id.*, I, 77.
3. *Id*, I, p. 154.

plus nous représenter le temps en lui-même que nous connaître nous-mêmes comme une réalité absolue. Et, par cette solidarité entre les deux points de vue, de la durée et de l'absolu, Kant pose bien le problème sur le terrain où le retrouvera M. Bergson. Qu'on lise par exemple, aux paragraphes 23 et 24 de l'*Analytique des Concepts*, la critique très serrée qu'il fait du *Cogito* (sans d'ailleurs nommer Descartes) et où il expose comment la conscience de soi ne peut être connaissance d'une réalité en soi, puisqu'elle implique, comme toute connaissance, le divers de l'intuition ordonné par l'entendement. Le *Cogito*, ou, si on veut, le *Duro* bergsonien, comporte des rapports tout différents entre le multiple ou le divers et l'unité. Mais il maintient la solidarité qui existe dans le kantisme entre durée pure et absolu. Nous ne pouvons saisir en nous ni durée pure, ni absolu, et cela pour une même raison, à savoir l'opération de l'entendement, dit Kant. Nous saisissons en nous durée pure et absolu, et cela par le même acte, à savoir une intuition immédiate, dit M. Bergson. Peut-être, si Kant avait poussé plus loin de ce côté, s'il avait tenu compte davantage des objections des wolfiens et de la philosophie leibnitzienne, aurait-il, donnant à l'*Analytique* une figure analogue à celle de la *Dialectique*, conclu à une antinomie irréductible entre l'intelligence et l'intuition : d'une part une intuition de nous-mêmes ne peut nous être intelligible que si elle tombe sous des formes intellectuelles, et d'autre part l'intuition préexiste à l'intelligence ; chacun des deux points de vue peut servir également. dans son usage dialectique, à critiquer l'autre.

Mais le plan de l'*Analytique* et l'idée kantienne de la métaphysique excluaient cette antinomie. Pour Kant, la métaphysique n'est pas la conscience des intuitions originelles, elle est la science des concepts *a priori*, qui n'impliquent pas l'existence, mais l'universalité, qui ne fournissent pas la matière de la connaissance, mais sa forme. Cette science des concepts *a priori*, précisément parce qu'elle élimine l'expérience, peut être formulée une fois pour toutes et irrévocablement, au contraire de ce qui est fondé sur l'expérience et qui est susceptible d'accroissement indéfini. L'expérience, dit Kant dans la première édition de la *Critique*, constitue un « enseignement tellement inépuisable dans son développement que la chaîne des générations futures ne manquera jamais de connaissances nouvelles à recueillir sur ce terrain ». Mais la science des concepts *a priori* sera vite épuisée et fixée, d'un point de vue critique, qui les exposera en rendant impossible leur usage dialectique, et qui interdira d'ériger en valeur organique la valeur canonique de la raison. Le bergsonisme est un effort tout différent qui vise en partie le même but, et qui va plus loin en expliquant comme une valeur pratique cette valeur canonique de l'intelligence, mais la critique de M. Bergson ressemble ici parfois, dans ses termes, à celle de Kant[1]. Kant et M. Bergson admettent que l'expérience seule pourrait nous donner une connaissance. Mais pour Kant il n'y a pas d'expérience pure, c'est-à-dire pas d'intuition pure. Pour M. Bergson au contraire il y a une intuition et une expérience pures. Bien qu'il n'existe pas de concept sans intuition, Kant constitue dans la *Critique* une étude des concepts purs, une étude de la logique pure, une logique transcendentale, c'est-à-dire la science des formes de l'entendement en tant qu'elles sont connues comme connaissant *a priori* (d'où la forme que prend le problème originel dans les *Prolégomènes* : Comment des jugements synthétiques *a priori* sont-ils possibles ?) De même que Kant constitue une logique pure de l'entendement, M. Bergson donne pour tâche à la philosophie de constituer ce qu'on pourrait appeler une empirique pure, une Empirique transcendentale, ou plutôt transcendente, ou mieux encore *(ab exterioribus ad interiora)* descendante, une science de l'expérience en tant qu'elle se confond en nous avec un *a priori* réel et non plus formel, lequel crée la logique elle-même pour ses besoins pratiques.

La *Logique* métaphysique que veut constituer Kant sera, dans son idée, quelque chose de définitif. Kant a écrit la *Critique de la Raison pure* en songeant à trois précédents, celui de la logique formelle, parfaite dès sa création, celui des mathématiques pures qui ont pu, chez les Grecs, écrit-il dans la préface de la deuxième édition, « subir une révolution due à un seul homme, qui conçut l'heureuse idée d'un essai après lequel il n'y avait plus à se tromper sur la route à suivre », et celui de la physique pure. Au contraire, la métaphysique « semble plutôt être une arène exclusivement destinée à exercer les forces des joûteurs en des combats de parade, et où aucun champion n'a jamais pu se rendre maître de la plus petite place et fonder sur sa victoire une possession durable ». M. Bergson a porté le même jugement sévère sur la méthode dialectique où tout se plaide et se réfute, et, avant Kant, Descartes avait dit que s'il savait que sa philosophie dût tomber dans cette arène de disputations, il cesserait de s'en occuper.

1. Par exemple *id.*, I, p. 100 et 101.

# LE MONDE QUI DURE

Comme Descartes et Kant, c'est aussi une impulsion définitive que le bergsonisme veut donner à la philosophie. Mais un mouvement qui se prolonge en mouvement, et non un mouvement qui s'arrête en système. L'Empirique pure trouvera toujours du nouveau à recueillir sur ce terrain, tandis que la Logique pure est terminée dès que le système des concepts *a priori* est formulé. L'histoire de cette Logique pure après Kant s'est d'ailleurs déroulée sur un plan fort empirique : l'*Analytique Transcendentale*, qui en le *Corpus*, est devenue, dans son ensemble, la partie la plus morte de la *Critique de la Raison pure*, et les catégoristes ont refait sur toutes sortes de plans nouveaux (ils n'ont sans doute pas fini) le tableau que Kant avait cru ordonner pour l'éternité.

Précisément la partie vivante, immortelle, de la *Critique*, ce n'est pas celle où Kant a apporté des formules, mais celle par laquelle il a communiqué du mouvement. La comparaison du kantisme et du bergsonisme nous a montré à quel point les problèmes de l'*Esthétique transcendentale* avaient été posés de façon féconde. Mais plus féconds encore ont été ceux que Kant a posés sans les résoudre, ou plutôt en montrant que leur essence était de n'être pas résolubles : je veux parler des antinomies de la raison pure. Kant les donne comme la différence de deux tableaux : les tableaux de la sensibilité et de l'entendement pour les deux antinomies mathématiques, les tableaux du phénomène et du noumène pour les deux antinomies dynamiques. C'est sur des tableaux analogues que pourraient s'ordonner les grands plans du bergsonisme. Il aboutit à une antinomie de la connaissance et de l'action, que la philosophie, au lieu de s'en scandaliser comme d'une impossibilité, doit, à force de souplesse, comprendre et épouser comme une source infinie de possibilités vivantes. Les antinomies n'apparaissent comme une impossibilité que si nous voulons transporter dans l'ordre de la pensée spéculative ce qui n'a de sens que dans l'ordre de l'action. Ainsi l'antinomie du divisible. « L'opération grossière qui consiste à décomposer le corps en parties de même nature que lui nous conduit à une impasse, incapables que nous nous sentons bientôt de concevoir ni pourquoi cette division s'arrêterait, ni comment elle se diviserait à l'infini. Elle représente en effet une forme ordinaire de l'action utile, mal à propos transportée dans le domaine de la connaissance pure [1]. » Notre entendement morcelle parce que morceler

1. *Matière et Mémoire*, p. 221

c'est agir, ou plutôt ameublir le terrain pour l'action. Le problème des limites ou de l'infini dans l'univers est du même ordre : c'est toujours un problème de morcellement et un problème d'action, où les parties, au lieu d'être intérieures les unes aux autres comme dans le problème précédent, sont extérieures les unes aux autres. Enfin les deux antinomies dynamiques se ramènent à une opposition de l'espace et du temps. Du point de vue de la pure durée, il faut bien admettre des commencements absolus et des actes libres. Mais ces termes mêmes sont contaminés par les catégories, qui ne portent d'aplomb que sur l'inerte, — les commencements absolus par la catégorie de causalité, et les actes libres par la catégorie de finalité. « Nous sentons bien qu'aucune des catégories de notre pensée, unité, multiplicité, finalité intelligente, etc... ne s'applique exactement aux choses de la vie ; qui dira où commence et où finit l'individualité, si l'être vivant est un ou plusieurs, si ce sont les cellules qui s'associent en organisme ou si c'est l'organisme qui se dissocie en cellules [1] ? »

Qu'est-ce que ces catégories sinon la raison pure ? On conçoit fort bien un exposé du bergsonisme qui aurait pu prendre pour titre, lui aussi : Critique de la Raison pure. Pensons au livre central et capital de M. Bergson, *Matière et Mémoire*. D'une question spéciale, les rapports du corps et de l'esprit (et même plus spéciale encore, les phénomènes d'aphasie) on y passe par une série de plans, à la plénitude du problème métaphysique. En matière de relation du corps et de l'esprit, M. Bergson distingue trois hypothèses, contre lesquelles il formule sa propre conception : le dualisme vulgaire, le monisme matérialiste et le monisme idéaliste. Or ces trois hypothèses ont un fond commun. « Elles tiennent les opérations élémentaires de l'esprit, perception et mémoire, pour des opérations de connaissance pure [2]. » Et l'esprit n'est pas fait pour la connaissance pure. La critique de la connaissance pure qui constitue tout un côté du bergsonisme l'a fait considérer parfois comme un pragmatisme, et il serait en effet un pragmatisme s'il n'y avait pas l'intuition. Pour M. Bergson comme pour Kant la fonction de l'intelligence n'est pas la connaissance vraie, c'est-à-dire la connaissance philosophique. Pour tous deux la fonction de l'esprit consiste à rendre la science positive et relative possible. Mais ni l'un ni l'autre ne s'arrêtent là. Pour Kant la raison pure, la

1. *Évolution Créatrice* p. II.
2. *Matière et Mémoire*. p. 254.

raison indépendante de toute relation, a une valeur et une portée pratiques, et des données de la raison pure, comme l'universalité, comportent une certitude de morale. Pour M. Bergson il n'y a pas à vrai dire de raison pure, mais il y a une connaissance pure, qui est l'intuition. Pour Kant cet élément de pureté représente une pratique pure, un maximum d' « intérêt ». Pour M. Bergson cet élément de pureté représenterait une théorique pure, un maximum de désintéressement. Mais n'oublions pas que le kantisme est une doctrine achevée, fermée, tandis que le bergsonisme, inachevé par position, reste ouvert, exige, accomplie par M. Bergson ou par d'autres, toute une suite de réflexions, de découvertes, de doctrines. En particulier il ne comporte pas encore de théories morales. Et s'il y a un jour une morale bergsonienne, portera-t-elle sur l'ordre pragmatique de l'intelligence et de l'action, ou bien sur l'ordre de l'intuition, du théorique pur, du désintéressement absolu ? Dans ce dernier cas (nullement probable en ce qui concerne M. Bergson lui-même), elle serait amenée à retrouver certains rythmes de la morale kantienne.

Certains rythmes seulement. De grandes différences subsisteraient. Et surtout la plus radicale. Une morale est toujours assise sur une conception de l'homme. Or, pour Kant, ce qui fait notre vérité c'est l'universalité, la capacité d'agir en prenant pour règle l'universel. L'individu moral c'est l'individu qui veut l'universel, et qui, en le voulant, est fondé à lui prêter légitimement une valeur absolue. Lorsque Kant restaure d'une certaine façon un absolu, ce n'est pas une intuition sans catégories, c'est une catégorie sans intuition, l'impératif « catégorique ». D'ailleurs il admettait déjà dans l'*Analytique Transcendentale* que « les catégories ont beaucoup plus de portée que l'intuition sensible, parce qu'elles pensent des objets en général, sans égard à la manière particulière dont ils peuvent être donnés [1] ». Cela ne signifie pas que l'universel soit l'absolument vrai. Mais la volonté de l'universel, c'est-à-dire la bonne volonté, est l'absolument bon, et la raison pure, non en tant qu'elle pense l'universel, mais en tant qu'elle le veut, c'est-à-dire en tant que raison pure pratique, réalise une loi qui est non seulement celle de notre raison, mais celle de toute raison possible : nous ne pouvons pas savoir si des êtres raisonnables, vivant dans un autre monde, ont les mêmes mathématiques que nous, mais nous savons que si un être raisonnable de n'importe quel monde a reçu

1. *Critique de la Raison pure*, I, 267.

un bienfait il *doit* en être reconnaissant. Volonté autonome signifie volonté de l'universel, volonté de ce qui, pour un être raisonnable, est universellement bon. Pour M. Bergson au contraire l'absolu ne saurait jamais consister dans une catégorie sans intuition, mais dans une intuition sans catégorie. Du point de vue de l'homme, la vérité de l'homme serait ce qui le fait unique, ce qui le rend nouveau, ce qui épanouit en source libre ses moments privilégiés. Les données de la connaissance pratique servent chez Kant à pousser, pratiquement, notre connaissance *a priori* au delà de toute expérience possible. C'est au contraire en se plongeant le plus profondément, le plus nûment dans l'expérience que le bergsonisme trouverait la connaissance pratique qui lui est propre.

Ce qui rend, malgré tout, fondamentale l'opposition du kantisme et du bergsonisme, c'est que le kantisme constitue une philosophie de lois tandis que le bergsonisme formule une philosophie de choses ; le kantisme est une philosophie des catégories (plus des neuf dixièmes de la *Critique de la Raison pure* sont remplis par la *Logique Transcendentale*) tandis que le bergsonisme est une philosophie des intuitions, installe en reine cette Cendrillon de la *Critique* qu'était l'*Esthétique transcendentale*.

M. Bergson s'est d'ailleurs expliqué là-dessus. Il a montré avec profondeur, dans l'*Évolution Créatrice* et dans l'*Introduction à la Métaphysique*, comment la *Critique de la Raison pure* ne porte que contre une métaphysique platonicienne, marque la substitution d'une philosophie de lois (née de la physique de Galilée et de Newton) à la philosophie des Idées. La *Critique* essaye de fonder la vérité de la science considérée comme une mathématique universelle, « de déterminer ce que doit être l'intelligence et ce que doit être l'objet pour qu'une mathématique ininterrompue puisse les relier l'un à l'autre », — et la vanité de la métaphysique « qui ne trouvera plus rien à faire qu'à parodier, sur des fantômes de choses, le travail d'arrangement conceptuel que la science poursuit sérieusement sur des rapports. Bref, toute la *Critique de la Raison pure* aboutit à établir que le platonisme, illégitime si les Idées sont des choses, devient légitime si les Idées sont des rapports, et que l'idée toute faite, ainsi ramenée du ciel sur la terre, est bien, comme l'avait voulu Platon, le fond commun de la pensée et de la nature[1]. » Le passage de la chose au

1. *Introduction à la Métaphysique*, p. 34.

rapport est naturel, du point de vue de ce que Mach et Poincaré appellent le principe d'économie. « Un rapport n'est rien en dehors de l'intelligence qui rapporte. L'univers ne peut donc être un système de lois que si les phénomènes passent à travers le filtre d'une intelligence [1]. » Pour Spinoza et Leibnitz cette intelligence, en même temps qu'elle relie les choses, les explique entièrement et fonde leur matérialité. Kant arrive au même résultat avec une grande économie d'effort : l'intelligence humaine lui suffit, une intelligence humaine impersonnelle dont le rôle principal est « de donner à l'ensemble de notre science un caractère relatif et *humain*, bien que d'une humanité déjà quelque peu divinisée ».

Quant à la métaphysique, « elle se réduit à la possibilité de deux attitudes opposées de l'esprit humain devant tous les grands problèmes... Elle vit et meurt d'antinomies ». Le kantisme est donc, comme le platonisme, un type de la philosophie naturelle à l'esprit humain, et, comme le cartésianisme, une théorie de la science fondée sur la métaphysique universelle. Mais pour M. Bergson la mathématique universelle, si elle est possible, figure une catégorie de l'action.

Dans cette vue vigoureuse, mais partielle, du kantisme, M. Bergson est surtout préoccupé de marquer les différences de cette doctrine d'avec la sienne. Lorsqu'il signale dans le kantisme les éléments qui auraient donné naissance à une philosophie bergsonienne ou bergsonisante, c'est bien sur l'*Esthétique Transcendentale* qu'il insiste. Une des clefs de la *Critique de la Raison pure* consiste en la distinction anti-cartésienne de la sensibilité et de l'entendement, de la matière et de la forme. La sensibilité « frayait la voie à une philosophie nouvelle, qui se fût installée dans la matière extra-intellectuelle de la connaissance par un effort suprême d'intuition [2] ». Mais Kant n'admettait qu'une intuition sensible, c'est-à-dire infra-intellectuelle, parce que pour lui la science était une. Si la réflexion sur la réalité psychique nous amène à reconnaître que la science du psychique est différente par nature de celle du physique, qu'elle implique une intuition supra-intellectuelle, alors « une prise de possession de l'esprit par lui-même est possible, et non plus seulement une connaissance extérieure et phénoménale. Bien plus : si nous avons une intuition de ce genre,

---

1. *Évolution Créatrice*, p. 385.
2. *Id.*, p. 387.

je veux dire ultra-intellectuelle, l'intuition sensible est sans doute en continuité avec celle-là par certains intermédiaires, comme l'infra-rouge avec l'ultra-violet. L'intuition sensible va donc elle-même se relever [1] ». C'est en effet cette intuition supra-intellectuelle qu'ont cherchée les successeurs allemands de Kant, Fichte, Schelling, Hegel, Schopenhauer, Hartmann. Mais par intuition intellectuelle ils ont entendu une intuition hors du temps. « C'est du côté d'une intuition intemporelle que s'orientèrent les successeurs immédiats de Kant pour échapper au relativisme kantien. » Ce n'est pas tout à fait exact pour Hegel, dont l'Idée paraît bien une réalité temporelle, une exigence de durée. Mais le temps de Hegel n'est pas plus pour M. Bergson un vrai temps que l'évolution de Spencer n'est une vraie évolution : les degrés de réalisation de l'Idée, comme les degrés d'objectivation de la Volonté « sont ceux d'une échelle que l'Être parcourrait dans un sens unique ».

La philosophie bergsonienne plonge ainsi dans l'*Esthétique Transcendentale*, mais, avec la coupe que constitue son arrêt actuel, elle prend parfois une figure qui rappelle la *Dialectique Transcendentale*. Les antinomies kantiennes sont des antinomies de la connaissance théorique. Pour la connaissance pratique, il n'y a, chez Kant, plus d'antinomies. En serait-il de même dans une morale bergsonnienne ? Lorsque nous essayons de prolonger de ce côté l'élan vital de la doctrine, lorsque nous nous demandons quelles directions morales elle peut impliquer, ne nous trouvons-nous pas en face d'une antinomie ? L'intuition pure n'a-t-elle qu'une portée théorique, comme la raison pure n'avait qu'une portée pratique, et alors la morale appartient-elle à l'ordre de l'action et de l'intelligence constructrice ? Ou bien y a-t-il une intuition pure pratique au sens où Kant parlait de la raison pure pratique ? Je ne crois pas que l'antinomie soit irréductible. Je l'imagine qui se résoudrait sur un plan analogue au plan spinoziste, le plan de cette identité entre un aller et un retour, en laquelle M. Bergson voyait le schème moteur et l'élan vital de l'*Éthique*.

*<br>* *

Les écrits de M. Bergson laissent assez bien apercevoir ses affinités

1. *Évolution Créatrice*, p. 389

de tempérament ou de sympathie avec les uns ou les autres des grands philosophes. De Kant il pourrait dire ce qu'Ingres disait de Rubens : Je le salue, mais de loin. Il sait qu'il a marché dans un chemin frayé par Kant, mais c'est dans un esprit tout différent qu'il fraye lui-même sa part de chemin. Quant aux philosophes allemands post-kantiens, il ne leur a pas prêté une bien grande attention. A peine les nomme-t-il. Pendant la guerre, lorsque la philosophie se mobilisa comme le reste, les critiques allemands écrivirent beaucoup pour montrer que les idées de M. Bergson se trouvaient déjà chez leurs compatriotes de l'époque romantique. En France M. René Berthelot, dans son livre sur la philosophie de M. Bergson, avait soutenu une partie de cette thèse, avec sa conception assez étrange de l' « idée de vie » qui passait, comme au jeu du furet, d'un philosophe à l'autre et d'un pays à l'autre. On a insisté en particulier sur les affinités du bergsonisme et de la philosophie de Schelling. On a montré en M. Berg-son un élève de Ravaisson, qui lui-même aurait été l'élève de Schelling. Tradition philosophique assez imaginaire. La rapide entrevue de Ravaisson, qui ne parlait pas l'allemand, et de Schelling, qui ne par-lait guère le français, n'eut aucune conséquence. Le terme d' « idée de vie » est une étiquette abstraite, et les influences allemandes, di-rectes ou indirectes, sur M. Bergson, ne dépassent pas la mesure de ces influences générales qui ont répandu dans l'atmosphère de la pensée européenne l'esprit du romantisme allemand et l'élan vital du *Sturm und Drang*.

Et c'est bien ici devant un problème d'élan vital que nous nous trouvons. En Allemange, en Angleterre, en France, toutes les phi-losophies de la vie et de l'évolution sont portées par un mouvement d'ensemble, font partie d'une marche comme cette marche à la lumière par laquelle M. Bergson explique l'existence de l'œil. Des courants analogues, chez Schelling, chez Schopenhauer et chez M. Berg-son, nous font apparaître dans la pensée européenne du XIX⁰ siècle une unité d'impulsion mieux éclaircie par ce mot d'élan que par le mot inexact et dangereux d'influence.

Au premier abord, celle des philosophies allemandes dont la phi-losophie de M. Bergson évoquerait le mieux l'image et le mouvement serait la philosophie de Hegel. Hegel, à la suite de Vico et de Herder, ayant fait coïncider l'explication philosophique avec une histoire, c'est-à-dire avec un développement dans le temps, avec une réalité de temps. Et en effet le hegelianisme est une espèce marquante dans ce genre que constituent les philosophies de l'évolution au XIXᵉ siècle. Mais l'analogie entre lui et le bergsonisme serait bien superficielle. Par son côté le plus important il en forme l'antithèse. Le temps qui était une intuition pour Kant, il l'absorbe dans une réalité logique, il convertit les moments vivants de la durée en une dialectique immanente. Si nous naissons tous platoniciens, la philosophie de la durée reste ici enveloppée dans du « platonisme » pur et dur, comme les poissons ganoïdes dans leur carapace.

Au contraire, s'il est un philosophe qui se soit élevé avec intransigeance, avec violence, contre la réalité de la durée, plus encore que Spinoza, c'est bien Schopenhauer. Il le faisait d'autant plus volontiers qu'il s'imaginait que chacun des coups qu'il portait à la durée atteignait la philosophie de Hegel. La réalité du temps, selon lui, enlève toute portée au principe de raison suffisante, puisqu'un temps infini s'étant écoulé jusqu'au moment présent, tous les phénomènes possibles auraient déjà dû prendre place dans ce temps infini, et le fait présent, c'est-à-dire le fait réel, n'aurait plus de raison d'être. Raisonnement qui, pour M. Bergson, ne ferait que pousser à son hyperbole la conception d'un temps abstrait, inerte et spatial. Et Schopenhauer n'a pas l'air de se douter combien il reste hégélien lorsqu'il écrit : « Tout être considéré dans le temps peut être également et par contre qualifié de non-être, car le temps n'est que ce qui permet à plusieurs qualités opposées d'appartenir à un même objet [1]. » Mais cette négation du temps prend chez lui, comme chez Spinoza, un caractère singulièrement vivant, l'aide à traiter de façon profonde bien des problèmes, comme celui de la finalité, celui de l'art, celui de la morale, celui de la mort.

Il les traite en fonction de la négation du temps, comme M. Bergson, ou ses successeurs, pourront les traiter en fonction du temps. Peut-être commencerons-nous alors à nous expliquer ce fait inattendu et singulier : la philosophie de Schopenhauer est résolument et agressivement une philosophie de l'intemporel, et celle de M. Bergson une philosophie de la durée ; et cependant, de toutes les philosophies du XIXᵉ siècle, il n'en est sans doute pas qui par son esprit intime, ses profondeurs vivantes, présente avec celle de M. Bergson plus d'analogie que celle de Schopenhauer. Le rapprochement a d'ailleurs été déjà fait. Et nous aurions, dans la même voie, d'autres sujets

1. *Le Monde comme Volonté et Représentation*, tr. Burdeau, I, 182.

d'étonnement. Le philosophe que M. Bergson paraît mettre le plus haut et avoir étudié avec le plus de sympathie active, c'est bien Spinoza. Or aucun philosophe de la période cartésienne n'a nié la durée de façon plus tranchante que Spinoza. « En tant que l'esprit conçoit une chose selon les commandements de la raison, il en sera affecté pareillement, que l'idée soit celle d'un objet futur, passé ou présent [1]. » Enfin, si M. Bergson a présenté sa philosophie comme l'anti-platonisme même, si Platon reste pour lui le père de l'anti-chronisme, il nous a semblé plus haut que les affinités spirituelles du platonisme et du bergsonisme pouvaient être dégagées, poussées à une synthèse vivante, qui sera peut-être la philosophie de demain

C'est que les ennemis du temps sont des philosophes pour qui le temps existe — comme ennemi. Et c'est souvent en partie contre ses ennemis et grâce à ses ennemis qu'on existe. Ils n'ont point passé le temps par prétérition, comme Descartes, qui n'en fait qu'un accident désagréable de la pensée, un malin génie neutralisé par la véracité divine. Ils se sont attaqués à lui, et Platon avec de tels scrupules qu'il ne s'en est jamais senti complètement vainqueur, qu'il ne demande peut-être qu'à traiter. Schopenhauer a beau conclure à la négation du temps, comme la janséniste *Phèdre* conclut au danger mortel de l'amour. Il n'en reste pas moins hanté par le temps et le met en lumière d'une manière puissante. Voyez-le trouver, pour nier la durée, presque exactement les mêmes images que M. Bergson pour l'affirmer : « Il n'est pas de plus frappant contraste qu'entre la fuite irrésistible du temps avec tout son contenu qu'il emporte et la raide immobilité de la réalité existante, toujours une, toujours la même en tout temps. Et si, de ce point de vue, on envisage bien objectivement les accidents immédiats de la vie, le *Nunc stans* nous apparaîtra visible et clair au centre de la roue du temps. — Pour un œil doué d'une vie incomparablement plus longue et capable d'embrasser d'un seul regard la race humaine dans toute sa durée, la succession incessante de la naissance et de la mort ne se manifesterait que comme une vibration continue : il ne lui viendrait donc pas à l'idée de voir là un devenir perpétuel allant du néant au néant ; mais, de même qu'à notre regard la lueur qui tourne d'un mouvement de rotation précipité fait l'effet d'un cercle immobile, de même que le ressort animé de vibrations rapides paraît un triangle fixe,

1 *Éthique*, L. IV, prop. LXII.

et la corde qui oscille un fuseau, de même l'espèce lui apparaîtrait comme la réalité existante et durable, la mort et la naissance comme de simples vibrations[1]. » On reconnaît les images par lesquelles M. Bergson exprime non plus l'inexistence de la durée, mais la différence entre les tensions, les rythmes de durée.

L'opposition est peut-être encore moins radicale. Pour M. Bergson la réalité en soi c'est bien la durée, mais c'est aussi le mouvement, j'entends ce mouvement qualitatif et réel qu'est le changement. Pour Schopenhauer, si le temps n'existe que dans la représentation, il y a pourtant dans la volonté une sorte de mouvement réel, dont le temps peut être considéré comme le phénomène : à savoir l'effort, le désir. « L'absence de tout but et de toute limite est, en effet, essentielle à la volonté en soi[2]. » La volonté n'est donc que changement sans fin, au double sens du mot fin, terme et finalité. « Un éternel devenir, un mouvement sans fin, voilà ce qui caractérise les manifestations de la volonté. » On comprend dès lors que la négation du temps ne soit chez Schopenhauer qu'un artifice dialectique, un souvenir du kantisme, assez étrangers à la substance du système.

Cette négation même cadre sur un certain point et jusqu'à un certain point avec l'affirmation bergsonienne. Pour M. Bergson le présent, par lui-même, n'existe pas comme réalité, mais comme action : il figure la coupe ou plutôt le tranchant de notre action sur la matière. C'est pourquoi le corps, qui est matière, n'existe que dans le présent, et comporte la définition leibnitzienne, *mens momentanea, sive carens recordatione*. Pour Schopenhauer le présent seul existe, mais il est loin de dire par là le contraire de M. Bergson. Il montre que « la forme propre de la manifestation du vouloir, la forme par conséquent de la vie et de la réalité, c'est le présent, le présent seul, non l'avenir, ni le passé : ceux-ci n'ont d'existence que comme notions, relativement à la connaissance, et parce qu'elle obéit au principe de raison suffisante[3] ». Mais, pour Schopenhauer, ce perpétuel présent, c'est l'être de la chose en soi, de la volonté qui est étrangère au temps. Le présent seul existe, parce qu'il n'est pas le temps. Pour M. Bergson aussi le présent n'est pas le temps, mais c'est pourquoi il n'existe pas. L'essentiel de la concordance réelle sous la discor-

1. *Éthique*, III, 292.
2. *Id.*, I, 169.
3. *Id.*, t. I, p. 291.

dance apparente ne consiste d'ailleurs pas dans cet ajustement dialectique. Il consiste en ceci, que les deux points de vue conduisent presque également à identifier le présent et l'action.

La ressemblance des deux philosophies apparaît surtout en l'analogie de l'élan vital et de la Volonté, affamés l'un d'action utile et l'autre d'action stérile. Tous deux jaillissent, comme choses en soi, à peu près des mêmes profondeurs, mais ne suivent pas les mêmes directions. Pour Schopenhauer il n'y a absolument pas de finalité réelle dans la Volonté. Pour M. Bergson la finalité est un vieux concept qui pourrait être retaillé à la mesure de l'élan vital. Le pessimisme de Schopenhauer a une origine moniste. « La volonté doit se nourrir d'elle-même, puisque, hors d'elle, il n'y a rien, et qu'elle est une volonté affamée [1] ». Pour M. Bergson l'élan vital est une force qui lutte contre la mort, et cette lutte implique un dualisme. La vie ayant pour effet, ou pour fin, de retarder l'égalisation de l'énergie, l'élan vital n'est pas, comme la Volonté de Schopenhauer, tout à fait en dehors du principe de raison. Cependant l'une et l'autre philosophie s'accordent à déclasser l'intellectualisme, à condamner la place que les philosophes depuis Platon lui ont accordée. « Ç'a été, dit Schopenhauer, l'erreur de tous les philosophes de placer dans l'intellect le principe métaphysique, indestructible et éternel, de l'homme: il réside exclusivement dans la Volonté, complètement différente de l'intellect et seule primitive [2]. »

La communauté d'élan vital entre les deux philosophies amène M. Bergson à employer naturellement le terme de « vouloir » pour désigner le principe « qui n'a qu'à se détendre pour s'étendre », — « le pur vouloir, le courant qui traverse cette matière en lui communiquant la vie [3] ». La philosophie consiste bien des deux côtés à saisir la vie dans sa continuité réelle, à expliquer comment apparaît sur elle ce voile de Maya que sont les réalités secondes de l'individualité et de la représentation. Les deux doctrines identifient la nécessité avec le domaine de l'intelligence, du phénomène, la liberté avec celui de la chose en soi.

Avec sa forte naïveté germanique, Schopenhauer écrit dans les *Parerga (Quelques remarques sur ma propre philosophie)* : « Je puis

1. *Éthique*, t. I, p. 158.
2. *Id.*, III, p. 307.
3. *Évolution Créatrice*, p. 258.

ajouter, comme étant le caractère spécial de ma philosophie, que je cherche partout à arriver au fondement des choses, et que je ne suis pas satisfait tant que je n'ai pas atteint la suprême réalité donnée. Cela provient d'un instinct naturel qui me met à peu près dans l'impossibilité de me contenter d'une connaissance générale et abstraite, par conséquent indéterminée, de me satisfaire avec de simples notions, à plus forte raison avec de simples mots ; il me pousse en avant jusqu'à ce que j'aie devant moi, dans sa nudité, la base finale toujours intuitive de toutes les actions et propositions. Je dois alors ou la laisser subsister comme phénomène primordial, ou, s'il est possible, la résoudre en ses éléments, poursuivant en tout cas son essence jusqu'à son extrême limite. A ce point de vue on reconnaîtra un jour, mais pas de mon vivant, naturellement, que la façon dont les philosophes antérieurs ont traité ce sujet est plate auprès de la mienne. » Évidemment on n'imagine pas M. Bergson écrivant de cette encre. Ce sont pourtant, et de façon très précise, au moins autant que celles de Schopenhauer, les qualités de sa philosophie. Même cette épithète de *plat*, que Schopenhauer assène sur les philosophies autres que celle de l'intuition, n'est pas tout à fait dénuée de sens. Une philosophie conceptuelle paraît vivre dans un espace à deux dimensions, et dès qu'on se place à un intérieur intuitif et vivant on rétablit la troisième dimension.

La parenté intérieure des systèmes se traduit enfin par l'analogie des images. Schopenhauer, comme M. Bergson, appartient à la race des philosophes dont la pensée se dépose naturellement en images. Si on dressait, ce qui serait facile, un catalogue des images chez les deux philosophes, je crois qu'on les verrait coïncider dans leurs directions générales. Parfois les mêmes pensées se traduisent par les mêmes comparaisons. « Si fine que soit la mosaïque, dit Schopenhauer, les pierres en sont nettement distinctes, et par conséquent il ne peut y avoir de transitions entre les teintes. De même on aurait beau subdiviser à l'infini les concepts : leur fixité et la netteté de leurs limites les rendent incapables d'atteindre les fines modifications de l'intuition. Cette même propriété des concepts, qui les rend semblables aux pierres d'une mosaïque, et en vertu de laquelle leur intuition reste toujours leur asymptote, les empêche aussi de rien produire de bon dans le domaine de l'art [1]. » Ainsi, dans l'*Évolution Créatrice*, l'image

1. *Le Monde...*, t. I, p. 61.

du dessin vivant, de la ligne lancée par l'acte indivisible d'un seul trait, et que l'intelligence chercherait en vain a recomposer avec des pierres de mosaïque. Schopenhauer a d'ailleurs comme M. Bergson accumulé les images pour montrer que les créations de la vie sont des actes simples, et que l'intelligence est dupe de son illusion constitutive lorsqu'elle en cherche l'origine dans une finalité réfléchie et voulue : tel, dit-il, le sauvage qui, voyant la mousse jaillir d'une bouteille de bière, s'émerveillait et se demandait comment toute cette mousse avait bien pu y être introduite.

Ces analogies sont d'autant plus intéressantes qu'elles n'ont rien d'une influence proprement dite. Les deux philosophies sont certainement parties de principes et de problèmes très différents, elles n'ont pas leur point de départ réel dans une réflexion sur Kant, mais tout se passe comme si leur pente les conduisait au grand problème de la Critique : le dualisme de la sensibilité et de l'entendement. Il s'agit de chercher la chose en soi dans ce que Kant appelait la sensibilité, et de faire de l'entendement, autour de cette chose en soi, un système de relations, posées chez Schopenhauer comme un ordre de représentation, chez M. Bergson comme un ordre d'action. En somme l'analogie partielle ne consiste que dans la conception du monde-volonté. M. Bergson combat radicalement la proposition fondamentale de Schopenhauer : Le monde est ma représentation. Mais de toute façon le dialogue entre deux philosophes aussi différents et de nature aussi opposée, le fait que leurs philosophies se trouvent, par leur côté essentiel, attirées l'une vers l'autre, est un des plus curieux parmi ceux qui font le sujet de cette revue sommaire.

*<br>* *

Il est facile d'apercevoir une communauté d'élan vital entre la philosophie bergsonienne et les philosophies allemandes issues de Kant, communauté qui ne nous apparaît jamais comme une influence, mais comme des figures analogues prises sur des voies divergentes d'une évolution. L'influence serait d'autant plus improbable qu'il existe une certaine antipathie entre la forme de la philosophie de M. Bergson et la forme de la philosophie allemande. Rien de moins germanique que ses exposés, que sa façon de traiter ses problèmes et de mener ses discussions. Une page de M. Bergson est à l'antipode d'une page de Kant, de Hegel, et même de Schopenhauer. Au con-

# LE BERGSONISME

traire il paraît avoir vécu familièrement, non plus par devoir, mais bien par inclination et sympathie, avec les écrivains philosophiques anglais. Les affinités de son génie philosophique avec celui de Berkeley sont évidentes (je ne parle pas des systèmes) : cette pureté originelle d'une intuition que la philosophie empâte, épaissit, obscurcit, il l'entend du monde psychique comme Berkeley l'entend du monde physique.

Ces analogies entre Berkeley et M. Bergson ont été mises en une excellente lumière par M. René Berthelot. Ce qu'il dit du parallélisme entre le mouvement de l'*Essai* à l'*Évolution Créatrice* d'une part, de la *Nouvelle théorie de la vision* à la *Siris* est ingénieux et assez juste. Seulement, là encore, il s'agit d'une communauté d'élan vital et non d'une influence.

Mais aucun philosophe anglais ne tient, aux sources de la pensée de M. Bergson, une place plus importante que Spencer. La philosophie française dont M. Bergson avait reçu la tradition à l'École Normale, si fortement imbue de Kant et du kantisme, devait lui paraître un peu formaliste et d'une dialectique souvent inopérante. Le contact avec la grande, confiante et naïve synthèse de Spencer, était utile comme contre poids à la pensée française d'alors, mais utile aussi comme excitation à dépasser, en la soumettant au contrôle d'un familier de Descartes, de Leibnitz et de Kant, une doctrine si manifestement, si innocemment étrangère à la tradition philosophique. A la philosophie de l'évolution il ne manquait que de la philosophie vraie et de l'évolution vraie. L'une et l'autre étaient remplacées par un tableau superficiel et clair de l'évolué.

La critique de Spencer, faite par M. Bergson dans les dernières pages de l'*Évolution Créatrice*, est définitive, et il n'y a plus à y revenir. Ce qu'elle présente de plus remarquable, c'est la manière dont M. Bergson rattache les illusions de Spencer aux illusions fondamentales de l'esprit humain ; l'évolution est constituée chez le philosophe anglais avec des fragments de l'évolué, de la même façon que le mouvement est fait pour Zénon des parties de la ligne qu'il a tracée en s'accomplissant. Dans l'évolutionnisme M. Bergson a réintégré le *pourquoi* de l'évolution, c'est-à-dire la création, comme dans la théorie du mouvement il a réintégré le *comment* du mouvement, c'est-à-dire la durée.

Certes la matérialité de certaines doctrines spencériennes a pu passer, plus ou moins modifiée, dans la philosophie de M. Bergson.

# LE MONDE QUI DURE

M. Berthelot a sans doute raison de montrer qu'une certaine communauté, même une certaine influence, existe sur deux points. D'abord celui-ci, que pour Spencer la théorie de la connaissance n'allait pas sans une théorie de l'évolution de la vie, ni cette théorie sans une théorie physique des transformations de l'énergie. Puis cet autre, que le développement de l'intelligence s'explique par des raisons utilitaires. Mais ces analogies de doctrine sont peut-être secondaires à côté de l'opposition des méthodes.

Spencer pense par généralités tandis que M. Bergson pense par problèmes particuliers. M. Bergson n'aurait jamais écrit des « principes » premiers, de biologie, de psychologie, de sociologie. Il aurait pris, dans chacun de ces ordres, un fait crucial, l'aurait étudié à fond sans parti-pris, et en aurait tiré les conséquences philosophiques qu'il comportait. La méthode de M. Bergson exclut tout essai de « premiers principes ». C'est ainsi qu'en matière biologique, dit M. Bergson, « si Spencer avait commencé par se poser la question de l'hérédité des caractères acquis, son évolutionnisme aurait pris sans doute une toute autre forme[1] ». L'hérédité eût cessé d'être un premier principe, un moyen d'explication universelle, et il eût fallu recourir à ces forces inventives, créatrices de la vie, qui, tout en s'appuyant sur l'hérédité et la matière, en les épousant pour les tourner, dépassent l'hérédité aussi bien qu'elles dépassent la matière. C'est vrai. Mais ce *si* que M. Bergson applique à Spencer ne doit nullement devenir l'expression d'un regret. En ces matières, on commence par essayer de résoudre les problèmes, et on finit par les poser. Pour qu'on s'aperçut des difficultés que rencontrait l'explication par l'hérédité, il fallait d'abord que cette explication se fût mise en marche avec confiance ; la confiance est pour les théories comme pour les hommes la vertu propre et utile de la jeunesse.

William James a dit que la scolastique c'est le sens commun devenu pédant. Spencer c'est le sens commun devenu savant. Et la naïveté de ce sens commun sous ses armes scientifiques fournissait à un vrai philosophe comme M. Bergson un spectacle fort suggestif. Spencer nous dit dans son *Autobiographie* que George Eliot s'étonnait de ne pas lui voir de rides sur le front. Il se vante de n'en avoir presque jamais eu, et l'explique en disant que sa philosophie n'est pas née chez lui d'un effort, d'une tension, d'une ré-

1. *Évolution Créatrice*, p. 85.

flexion, mais simplement d'une aptitude à retenir les faits d'une valeur générale et à laisser tomber les autres. Une pareille candeur n'est pas propre en effet à faire un front soucieux. Il se voit que la philosophie de Spencer vient toute seule. Mais 'es poètes comiques d'Athènes se moquaient de Platon, « au front ridé comme la coquille d'une huître ». La philosophie des vrais philosophes est une philosophie sérieuse et tendue, avec du poids, des rides, un effort. C'est une pente à remonter, une tension à maintenir, et M. Bergson a exposé profondément la nécessité de ce travail et de cette tension. Peut-être le spectacle de la « détente » spencérienne ne lui a-t-il pas été ici inutile. A un jeune garçon qui débutait dans l'alpinisme, on disait que le sac à porter était surtout pénible au commencement, mais qu'il s'y habituerait vite et qu'il finirait par ne plus le sentir. Un jour, pendant une marche, il poussa un cri de triomphe : C'est tout de même vrai ; maintenant je ne sens plus mon sac ! Et tout le monde de rire, car le sac il l'avait simplement oublié à la halte. Spencer non plus, ni sa théorie de l'évolution, ne sentent la lourdeur du sac, et pour la même raison. Mais dans la troupe en marche des philosophes ces novices rendent des services à leur façon, qui est parfois la meilleure.

*<br>* *

Le métaphysicien, chez M. Bergson, s'est éveillé relativement tard. Mais avant qu'il ne s'éveillât, la métaphysique était au moins dans ses rêves. Il ne l'a produite à la lumière que lorsqu'il l'a vue se dégager de recherches précises, sur des points discontinus, qui ne se sont reliés que par un discours et une synthèse *a parte post* ; mais il ne se peut pas qu'il n'ait été, dans sa jeunesse, sous l'influence de la métaphysique d'autrui, ni qu'il ne lui ait demandé des secours pour penser, ou tout au moins pour imaginer. Il a subi les suggestions persuasives et douces de Ravaisson, qui était entre 1880 et 1890 une sorte de patriarche de la philosophie, et auquel il succéda à l'Académie des sciences morales et politiques. Dans une notice sur son prédécesseur il écrit de la dernière partie du *Rapport* : « Nulle analyse ne donnera une idée de ces admirables pages. Vingt générations d'élèves les ont sues par cœur. Elles ont été pour beaucoup dans l'influence que le *Rapport* exerça sur notre philosophie universitaire, influence dont on ne peut ni déterminer les limites précises, ni mesurer les profondeurs, ni même décrire la nature, pas plus qu'on ne saurait

220

# LE MONDE QUI DURE

rendre l'inexprimable coloration que répand parfois sur toute une
vie d'homme un enthousiasme de la première jeunesse[1]. » Le meilleur
de Ravaisson paraît être passé dans cette influence, car ces pages
mêmes, quand nous les lisons (moi du moins) nous laissent assez
froids, nous satisfont beaucoup moins que la thèse sur l'*Habitude*
et certaines pages de l'*Essai sur la Métaphysique d'Aristote*. Ravaisson
a eu le mérite de ne pas trop insister sur la philosophie quand il n'avait
plus grand chose à y dire, s'étant donné tout entier en quelques pages
de jeunesse, de l'abandonner élégamment pour cette sœur aînée qu'était
la sculpture grecque, — et en même temps de durer, de représenter
longtemps une tradition. Si le fruit de l'éclectisme consista à rappeler
les esprits dans la tradition philosophique, à les habituer à concevoir le cercle des grands philosophes comme une sorte de cité
des âmes, nul mieux que Ravaisson (en partie à cause de sa longue
vie) n'a entretenu cet esprit civique. Lorsque le jeune Cousin Schel-
lingien de 1824 et du voyage d'Allemagne eût définitivement sombré
dans l'éloquence et l'administration, et fût devenu un préfet désagréable et verbeux de la philosophie, Ravaisson figura comme l'homme
de la vie intérieure désertée par son tumultueux maître, et l'homme
aussi de la tradition métaphysique vivante. Cette unité d'élan vital
que nous avons reconnue entre le bergsonisme et les philosophies
allemandes post-kantiennes, le voyage de Ravaisson à Munich, sa
rapide présentation à Schelling, ont permis aux faiseurs d'étiquette
de la transformer en une chaîne chronologique d'écoles et d'influences
Schelling-Ravaisson-Lachelier-Bergson, qui, sous cette forme artificielle et scolastique, est très discutable. Ce qui est peut-être, au
point de vue qui nous occupe, plus important, c'est le contact
fécond établi et maintenu par Ravaisson entre les idées animatrices
de la philosophie grecque et celles que peut vivre aujourd'hui notre
pensée, le caractère actuel et vivant d'un Aristote pris en lui-même,
dans sa pureté grecque, et non plus dans les fantômes, indéfiniment
reflétés les uns par les autres, de la scolastique. M. Bergson (qui
écrivait sa thèse latine sur la théorie aristotélicienne de l'espace)
est précisément un des rares philosophes modernes qui aient consi
déré les systèmes anciens comme des systèmes vivants, dont le rôle
persiste dans l'activité de notre pensée, comme Euripide vivait pour
Racine, ou Horace pour Boileau : soit qu'il discute en eux des adver-

<hr>

1. Notice sur Ravaisson. C. R. de l'Ac. des Sc. Mor., t. 161, p. 694.

# LE BERGSONISME

saires actuels, comme Zénon d'Élée et Platon, soit qu'il ait vu ses intuitions coïncider parfois avec les leurs, comme ce fut le cas pour Plotin.

Et il semble aussi que Ravaisson ait communiqué à la philosophie de M. Bergson, par sa personne autant que par sa pensée, une sorte de schème dynamique indéfinissable et insaisissable. « A travers son œuvre entière résonne, ainsi que dans une mélodie le ton fondamental, cette affirmation qu'au lieu de diluer sa pensée dans le général, le philosophe doit la concentrer sur l'individuel [1]. » La méditation d'Aristote et de Leibnitz, et surtout une nature propre à écarter les nuages d'idées abstraites, les voiles de mots, les vapeurs de verbiage (éprouvées de près dans la fréquentation de Cousin) avaient donné à Ravaisson ce sentiment vif interne qui est pour M. Bergson la substance même et l'acte propre, l'ἐνέργεια de la vie philosophique.

Enfin Ravaisson a peut-être renforcé en M. Bergson, par son exemple, par ceux d'Aristote et de Leibnitz qu'il interprétait, le sentiment profond de ceci, que comprendre le maximum c'est comprendre par là, éminemment, le minimum, saisir la philosophie de l'esprit c'est saisir du même coup, dans le même mouvement d'intuition, la possibilité d'une philosophie de la matière. « Aux yeux de M. Ravaisson la force originatrice de la vie était de même nature que celle de la persuasion. Mais d'où viennent les matériaux qui ont subi cet enchantement ? A cette question, la plus haute de toutes, M. Ravaisson répond en nous montrant dans la production originelle de la matière un mouvement inverse de celui qui s'accomplit quand la matière s'organise. Si l'organisation est comme un éveil de la matière, la matière ne peut être qu'un assoupissement de l'esprit. C'est le dernier degré, c'est l'ombre d'une existence qui s'est atténuée, et, pour ainsi dire, vidée elle-même de son contenu. Si la matière est *la base de l'existence naturelle, base sur laquelle, par ce progrès continu qui est l'ordre de la nature, de degré en degré, de règne en règne, tout revient à l'unité de l'esprit*, inversement nous devons nous représenter au début une *distension* d'esprit, une diffusion dans l'espace et le temps qui constitue la matérialité. La Pensée infinie *a annulé* quelque chose de la plénitude de son être, pour en tirer, par une espèce de réveil et de résurrection, tout ce qui existe [2]. »

1. Notice sur Ravaisson. C. R. de l'Ac. des Sc. Mor., t. 161, p. 678.
2. *Id.*, p. 694.

# LE MONDE QUI DURE

Quand M. Bergson pensa *Matière et Mémoire*, ses conclusions métaphysiques survinrent assez tard dans une série de recherches dont le plan ne les comportait pas. Et cela est conforme à la logique de l'invention. Mais si elles ne furent données qu'à la fin, comme conclusions, elles étaient aussi, conformément à cette même logique, impliquées obscurément, sinon comme prémisses, du moins comme harmoniques. Ravaisson, de son côté, était un homme dont le doigt tendu montrait quelque chose, quelque chose qu'on voyait obscur, mais qu'on sentait riche et fécond, et dont on pressentait la communication avec les trésors profonds de toute la philosophie. On peut parler ici d'influence, mais à condition de diluer et d'amenuiser encore cette idée vaporeuse et vague d'influence. Ravaisson s'était pris d'un amour fervent pour la Vénus de Milo, amour plus digne d'un philosophe que les passions de son maître pour les héroïnes de la Fronde. Et son doigt tendu était un signe comme les bras brisés de la Milienne.

> *Tu viens, de tes bras seuls ayant perdu la grâce,*
> *Figurer l'idéal qui n'embrasse jamais.*

Il montrait moins une chose qu'un mouvement, moins une raison d'être qu'une raison de vivre, moins un repos qu'un élan qui va de la matière, qui n'embrasse plus, à l'idéal, qui n'embrassera jamais. M. Bergson nous a fourni de nouveaux motifs d'aimer et d'admirer la statue aux bras brisés.

* **

M. Bergson eut pour maître Lachelier à l'École Normale, mais sa formation philosophique ne lui doit guère que ce qu'il est ordinaire de devoir à un très bon professeur, et même, ici, à un grand professeur. Et voici que, dans ce dialogue avec les philosophes, nous sommes au moment où M. Bergson va prendre la parole, la garder, exercer des influences au lieu d'en recevoir.

De ce point de vue, chacun des trois grands ouvrages de M. Bergson correspond à un état particulier, original, de cette influence.

La thèse de M. Bergson lui avait attiré immédiatement la considération très attentive du monde philosophique universitaire. Depuis celle de M. Boutroux aucune n'avait été plus remarquée. On n'en aperçut pas toute la portée, mais il n'est pas sûr que M. Bergson lui-même l'ait aperçue. Lorsque je faisais, quelques années après

# LE BERGSONISME

l'*Essai*, mes premières études philosophiques, il était entendu que ce livre comptait et apportait des précisions sur trois problèmes. D'abord, par une discussion très claire, il mettait définitivement hors de cause la psycho-physique : la théorie de Fechner continuait, et continue peut-être encore, à faire le sujet d'une leçon de psychologie aux environs de la Toussaint, et c'est à l'aide de l'*Essai* que les professeurs, de mon temps, la réfutaient généralement. En second lieu il était entendu qu'à M. Bergson étaient dues des distinctions de quantité et de qualité, de multiplicité par juxtaposition et de multiplicité par fusion, qui aidaient à saisir avec plus de justesse et de finesse la nature des faits psychologiques. Enfin on s'intéressait à sa doctrine sur la liberté, tout en la jugeant incomplète et en lui reprochant d'avoir ramené la liberté à la spontanéité. On peut croire cependant que l'impression faite par cette dernière partie était plus forte qu'il ne semblait, car la thèse de M. Bergson fut le dernier des livres universitaires sur le problème de la liberté. La discussion par laquelle l'*Essai* montrait que ce problème impliquait des données illusoires fit réfléchir ceux qui l'eussent tenté, et eut au moins une influence inhibitrice.

*Matière et Mémoire* est certainement celui des livres de M. Bergson qui lui a coûté le plus d'efforts et qui présente le plus riche poids de substance et de conséquences. Lorsqu'il parut en 1895 il ne trouva aucun écho. Personne ne comprit. On vit là un mélange déroutant d'expérience précise et de spéculation métaphysique, une juxtaposition singulière de pages à la Ribot et de pages à la Ravaisson. Cependant les médecins furent frappés de la discussion sur les localisations et l'aphasie : le docteur Lespine de Lyon, et plus tard le docteur Pierre Marie (celui-ci en dehors de toute influence de M. Bergson et reprenant à pied d'œuvre les recherches de Broca [1]) mirent la question à l'étude dans leur enseignement et leurs recherches. Les philosophes sont hommes, et n'aiment guère se déjuger : un peu de l'hostilité que M. Bergson rencontra dès lors dans des milieux phi-

---

1. Le développement de la physiologie et de la psychologie sur les questions soulevées par *Matière et Mémoire* paraît avoir été autonome. Les travaux par lesquels Morat, Brodmann, Marie, ont ruiné la doctrine des centres unitaires et fixes, du moins pour les fonctions psychiques supérieures, s'accordent avec le bergsonisme et n'en dérivent pas. Il n'en est pas de même du livre intéressant et suggestif d'un médecin philosophe, le D^r Charles Blondel, sur la *Conscience morbide*, écrit sous l'influence bergsonienne.

losophiques un peu raidis, provient sans doute de l'antipathie alors presque générale contre ce livre obscur et singulier, qu'on ne savait par quel bout prendre. M. Bergson s'arma de patience, exposa sous d'autres formes la critique, qui lui tenait particulièrement à cœur, du parallélisme psycho-physiologique, dans des communications à la Société de Philosophie et au Congrès de Philosophie de Genève. A Genève, ayant adopté à dessein la forme la plus dialectique possible, il se fit comprendre ; l'émotion fut assez considérable, on vit qu'il y avait là une question à réviser. Mais depuis dix ans tout cela était exposé, avec une clarté et une profondeur peut-être supérieures à celles du travail de Genève, dans *Matière et Mémoire.*

Au contraire le succès de l'*Évolution Créatrice* fut presque instantané, dépassa considérablement le cercle étroit des philosophes, envahit la grande presse et le grand public. Le caractère dramatique de cette exposition cosmogonique, les interprétations hardies et profondes que l'auteur donnait de théories biologiques elles-mêmes très actuelles et très discutées, la restauration de la grande métaphysique, de cette synthèse de Kant et de Spencer vainement espérée jusqu'alors, le plein épanouissement d'un talent littéraire qui portait à sa perfection le génie français de l'exposition ordonnée et claire, tout cela révéla d'un coup, par une sorte d'explosion brusque, qu'un grand nom s'ajoutait à la chaîne des vrais inventeurs philosophiques.

Cet éclat subit ressemble, toute différence gardée, à la divulgation de Schopenhauer après 1850. *Matière et Mémoire* avait connu une obscurité analogue au *Monde comme Volonté,* et pour des raisons sans doute semblables. La réputation philosophique est faite par ceux qui enseignent la philosophie, et enseigner la philosophie c'est plus ou moins manier des concepts, vivre dans la dialectique. Un système dialectique, si subtil et si compliqué soit-il, trouve tout de suite des esprits pour le saisir, pour le comprendre, pour le juger, pour en tenir compte. Il n'en est pas de même d'une philosophie fondée sur une forme encore plus ou moins inaperçue de l'intuition. Un travail d'adaptation, de mise au point est nécessaire. Il faut du temps. La philosophie de M. Bergson a eu besoin de temps pour être conçue, pour vivre en lui, et elle en aurait encore besoin indéfiniment. Il est donc naturel qu'il lui en ait aussi fallu pour être comprise, pour vivre en autrui. Une philosophie de la durée trouve là son terreau normal et salubre, et M. Bergson aurait eu moins que personne de raison de s'en plaindre.

# LE BERGSONISME

Et comme à Schopenhauer il lui vint tout de suite cette rallonge bizarre de la gloire qu'est la légende. Il fut entendu, dans les journaux, que la philosophie bergsonienne trouvait de ferventes adeptes parmi les personnes du monde, et que la gloire du philosophe était prise dans le charme des cercles où se meuvent les romans parisiens. Des yeux dont Costecalde avait vu le rond, on vit des files d'automobiles à la porte du Collège de France... Comment cette légende s'est-elle formée ? L'explication est bien simple. Elle se trouve dans *Crainquebille*. Crainquebille mécontent est, pour l'agent Matra, un homme qui doit dire : Mort aux vaches ! Il doit le dire, donc il l'a dit. Pareillement, depuis le *Monde où l'on s'ennuie*, un philosophe célèbre doit avoir des succès mondains ; il le doit, donc il les a. (Cette année même, une pièce de M. de Curel reprend à la Comédie-Française cette tradition de la maison.) S'il ne les a pas, il manque à son devoir, qui est de faciliter le métier du journaliste et de se conformer au type prévu par lui. A Athènes, les journalistes c'étaient les auteurs comiques, et même accident advint à Socrate. Il y avait un type du sophiste, que le poète n'allait pas s'amuser à modifier chaque fois qu'il changeait de victime. Quand Socrate entra dans les *Nuées*, il s'y comporta non comme un Socrate, dont Aristophane n'avait cure, mais comme un sophiste, qui répondait, dans le métier du comique, comme le médecin chez Molière, à certains traits fort précis.

Ce n'est pas seulement le monde des journalistes qui vit dans la philosophie de M. Bergson non ce qui y était, mais ce qu'on s'attendait à y voir, ce qu'on devait y voir pour le classer dans un ordre et le rapporter à un courant. Les philosophes ont leur part, et une grande part, dans la création de ce faux bergsonisme, de tous ces lieux communs qui encombrent encore la question. On crut comprendre surtout ceci, que M. Bergson déclassait la connaissance par concepts et la science positive. On ramena le bergsonisme à la seule philosophie de l'intuition, et on rattacha cette intuition à un mysticisme. Cette philosophie, qui a toujours appuyé ses démarches sur la solution d'un problème scientifique déterminé, fut considérée comme mystique, à peu près comme la philosophie de Kant a passé longtemps chez des philosophes, et passe encore chez les ignorants, pour un scepticisme. Vers 1907, Alfred Binet avait institué une enquête sur l'enseignement de la philosophie dans les lycées, enquête dont les résultats furent discutés dans une séance de la Société de Philosophie. Des professeurs déclaraient sérieusement que leurs élèves étaient détournés des sciences positives par l'influence de M. Bergson et par ses appels à l'intuition. Peut-être M. Bergson perçut-il autour de lui — par intuition ! — une vague désapprobation ; en tout cas il protesta avec énergie et demanda qu'on lui montrât, dans tout ce qu'il avait écrit, une ligne qui présentât ce sens absurde. L'intuition étant en outre le domaine plus particulier des femmes, le bergsonisme fut classé, par des gens qui l'ignoraient superbement, dans ce qu'on appelait le romantisme féminin, de quoi la presse nationaliste, croyant le Capitole en péril, mena, quand M. Bergson se présenta à l'Académie, grand tumulte.

Mais en même temps l'appareil de précision et de démonstration qui soutient les livres de M. Bergson, les concepts et les mots qui constituent la matérialité de son mouvement et de ses directions, provoquaient les philosophes à ce que plusieurs considèrent comme la raison même de leur métier : un tournoi dialectique. Si les réfutations tuaient une doctrine, aucune ne serait plus morte que le bergsonisme, car aucune n'a été réfutée, du vivant de son auteur, en autant et de si gros livres. Et si on ne réfute que les doctrines qui valent la peine qu'on emploie sa force à penser contre elles, aucune n'a été élevée à plus d'honneur. En France les réfutateurs du bergsonisme sont partis de trois places d'armes. Deux d'entre elles se crurent d'ailleurs provoquées par la dernière phrase de l'*Évolution Créatrice* sur les deux scolastiques.

La philosophie universitaire releva le gant. Pour des raisons complexes et qu'il est inutile d'exposer ici, mais dont la principale consiste évidemment en un conflit d'idées pures, la philosophie de M. Bergson était considérée par certains philosophes connus avec une défiance irritée. Ceux qui comptaient alors étaient des esprits distingués, de formation kantienne et néo-criticiste. (Je laisse de côté le spiritualisme officiel dont quelques débris subsistèrent jusqu'à la fin du xixᵉ siècle.) Il était tout naturel que la philosophie de M. Bergson, dont les affinités avec celle de Schopenhauer sont certaines et la place dans l'élan vital des doctrines post-kantiennes assez symétrique de celle-ci, ait trouvé devant elle quelque chose d'analogue aux bataillons de hegeliens qui firent front pendant si longtemps contre l'auteur du *Monde comme Volonté*. La « philosophie de table d'hôte » de Schopenhauer, la « philosophie pour belles dames » de M. Bergson, cela aussi, dans les polémiques de l'École, s'équilibre élégamment. L'expert bénévole qu' dans un esprit strictement universitaire, se chargea de vérifier, de « mettre au point », d'exécuter en connaissance de cause le bergsonisme, fut M. René Berthelot. D'une compétence philosophique indiscutable, M. Berthelot menait sur le pragmatisme, alors à l'ordre du jour philosophique, une enquête qui fit le sujet d'un cours libre en Sorbonne et de plusieurs volumes. Il l'étudia chez James, chez Nietzsche, chez Poincaré et finalement chez Bergson.

Il n'est pas inutile à cette étude de situer non seulement ce livre, mais son auteur. On sait que la famille de Marcellin Berthelot, si vigoureuse et si unie (force et union rendues sur la place du Collège de France par le monument élevé au grand savant et à celle dont il ne voulut être séparé ni par la mort ni par la gloire) est une des familles françaises où a poussé au XIX^e siècle le plus d'intelligence. Berthelot, dans les dernières années de sa vie, ancien ministre radical était, considéré un peu comme le défenseur attitré, l'évêque d'un monde scientifique et laïque. Lorsque Brunetière, ayant fait une visite au Vatican et adhéré à la religion catholique, en conclut (avec cet individualisme logique qui caractérisait cet ennemi de l'individualisme) à la faillite de la science, Berthelot lui répondit de la même encre (et les deux encres ont depuis singulièrement pâli). Dès lors M. René Berthelot, en écrivant son gros ouvrage, intéressant et bien fait, obéissait à un élan vital de famille, se portait au secours d'un scientisme clair, qui semblait alors démocratique, contre une mystique obscurité qui paraissait bien obscurantiste. Il y obéissait encore en un point plus particulier, car le regard qu'il porte sur le bergsonisme, la critique à laquelle il le soumet, ce sont un regard et une critique de chimiste.

Il part de ce principe de chimiste qu'une philosophie comme un corps est composée d'éléments préexistants, et il se refuse en conséquence à voir grande nouveauté dans le bergsonisme. Il s'attache à rechercher dans les philosophies antérieures tout ce que M. Bergson leur aurait « emprunté », à commencer par l' « idée de vie » prise à Schelling. Il n'y a pas de philosophie depuis Héraclite qui ne soit invitée à venir reconnaître son bien dans le bergsonisme. On doit d'ailleurs faire bien des réserves sur cette revue des idées antérieures, où les rapprochements sont fondés presque toujours sur la périphérie des doctrines, rarement accordés à leur centre et réglés sur leur mouvement. Schopenhauer cite quelque part avec enthousiasme ce mot d'Helvétius : « C'est l'envie seule qui nous fait trouver dans les anciens toutes les découvertes modernes. Une phrase vide de sens, ou du moins inintelligible avant ces découvertes, suffit pour faire crier au plagiat. » Il serait très injuste de faire un si grave reproche à M. Berthelot, qui est de fort bonne foi. Il suffit de repérer une habitude de chimiste qui essaye sur une doctrine philosophique une analyse de laboratoire. Selon lui M. Bergson n'a apporté qu'une idée nouvelle, la seule qui reste irréductible dans la cornue : la notion de la durée concrète et du temps psychologique. Il aurait trouvé un temps psychologique comme Berkeley a trouvé un espace psychologique. Mais il n'est pas capable d'utiliser sa découverte. La truffe que le bergsonisme a rencontrée, il n'a pas le droit de la manger. Elle ne saurait être assimilée que par une bonne doctrine, par de dignes et qualifiés docteurs. « Cette dernière thèse réellement neuve qu'il importe de retenir de l'analyse bergsonienne peut être utilisée et interprétée par l'idéalisme rationnel [1]. » La théorie de la durée se présente seule, comme Ulysse et son outre de vin, avec un don appréciable. Aussi l'idéalisme rationnel la mangera-t-il la dernière.

Voici un passage qui met en lumière d'une façon curieuse cette méthode où un mélange bien dosé de noms et de systèmes produit mécaniquement une doctrine : « Si nous comparons, fût-ce très sommairement, la philosophie de Lachelier à celle de Bergson, nous ferons aussitôt éclater une différence capitale. Lachelier s'est efforcé de réintégrer dans la métaphysique de Ravaisson les thèses principales de l'idéalisme rationnel. Nous retrouvons chez Lachelier l'influence de Descartes, de Leibnitz et de Kant. Cet effort pour incorporer au dynamisme spiritualiste de Ravaisson une dialectique idéale le conduit à prendre une position intermédiaire entre la philosophie de Fichte et celle de Schelling... Tandis que Ravaisson s'est maintenu au point de vue d'un spiritualisme dynamique également éloigné et de l'idéalisme kantien et de l'empirisme anglais, Lachelier a tiré la pensée de Ravaisson dans l'un de ces deux sens et Bergson dans l'autre [2]. » Ravaisson est substantifié en une sorte de château d'eau d'où s'écoulent, passivement, d'un côté la pensée de Lachelier. e ide l'autre celle de M. Bergson.

Personne ne reprochera à M. René Berthelot de rompre une lance pour la chimie, ou plutôt pour le panchimisme. Il n'admet pas que

1. *Le Pragmatisme chez Bergson*, p. 356.
2. *Id.*, p. 135.

# LE BERGSONISME

M. Bergson prétende interdire à la chimie l'espérance de combler un jour le fossé apparent qui sépare les sciences de la matière et les sciences de la vie. Il expose que les caractères distinctifs de la vie, irréversibilité, adaptation, concentration d'énergie utilisable, se retrouvent dans la matière brute. Mais ce qu'on rencontre sous ce nom dans la matière et dans la vie n'a pas grand chose de commun. L'esprit humain ne saurait concevoir sans absurdité la vie comme réversible, alors que sa pente naturelle le conduit à concevoir les phénomènes matériels comme réversibles, ce qui s'exprime par la loi de la conservation de l'énergie ; et la résistance de la pensée au principe de Carnot, qui établit sur un point donné l'irréversibilité d'un processus matériel, s'explique au fond de la même façon que la résistance rencontrée chez les meilleurs esprits par les idées de M. Bergson ; elle contrarie notre nature mentale. C'est d'ailleurs en fonction de l'irréversibilité établie par le principe de la dégradation, que M. Bergson a fait jouer, dans sa théorie de la vie, une irréversibilité de sens contraire. — Le terme d'adaptation a un sens tout à fait différent quand il s'agit de la vie et quand il s'agit d'un équilibre chimique. — Enfin, nous dit M. Berthelot, « Bergson compare ce qui se passe dans l'évolution biologique à la formation d'un explosif, parce que c'est une concentration d'énergie utilisable ; mais cette comparaison même aurait dû lui montrer que l'assimilation entre la concentration d'énergie que nous trouvons dans l'évolution biologique et la concentration d'énergie utilisable que nous trouvons dans un explosif permet d'attribuer cette concentration aux lois physiques et chimiques dans un cas comme dans l'autre [1] ». C'est spirituel, et voilà M. Bergson pris au piège de sa métaphore. Ce n'est que spirituel. Un être vivant a un corps, et pour tourner la matière, triompher plus ou moins d'elle, il doit en épouser les contours ; il n'est donc pas étonnant que le corps symbolise avec l'esprit, comme disait à peu près Leibnitz. Mais enfin la vie implique une durée réelle, qui n'existe pas dans un explosif ; la concentration d'énergie utilisable dans la matière vivante et dans l'explosif comporte une différence analogue au mouvement réel d'Achille et au symbole géométrique sur lequel raisonne Zénon.

Derrière la chimie, c'est l'absolu de la science que M. Berthelot défend contre M. Bergson. Il lui reproche d'avoir « imité l'exemple des spiritualistes d'il y a cinquante ans, et utilisé des conclusions

[1]. *Le Pragmatisme chez Bergson*, p. 295.

scientifiques fragmentaires en les isolant de l'esprit et des méthodes qui leur donnent leur signification [1] ». C'est très curieux. « Je méprise un fait » disait le premier de ces spiritualistes, Royer-Collard. Pareillement M. Berthelot mépriserait-il ce que M. Bergson tient en haute estime, les conclusions scientifiques « fragmentaires », c'est-à-dire les conclusions sur un ordre de faits, ou même sur un fait ? Ce qui compte pour lui, ce n'est pas cela : c'est « l'esprit et les méthodes » qui donnent sa « signification » au fait, c'est-à-dire un ensemble dogmatique, tout ce que représente la majuscule religieuse et déifiante de la Science. Ainsi les médecins de Molière n'admettent pas que la « conclusion » d'une cure, individuelle et donc « fragmentaire », fasse tort à l'esprit et aux méthodes de la médecine, c'est-à-dire à la Médecine : le mauvais malade est celui qui guérit ou qui meurt contre les règles, et le bon malade celui qui meurt ou qui guérit selon les règles. En réalité les conclusions scientifiques fragmentaires, c'est tout ce que peut apporter l'homme qui fait œuvre précise de science. « L'esprit et les méthodes qui leur donnent leur signification » c'est ce qu'aperçoit, savant comme Claude Bernard ou philosophe comme Kant ou Bergson, l'intelligence qui considère, de l'extérieur et dans leur ensemble, en s'attachant à leurs analogies, à leurs différences et à leurs rapports réciproques, ces conclusions fragmentaires. Cet esprit et ces méthodes paraissent à M. Berthelot, un absolu. Ils sont, pour M. Bergson, une coupe dans l'activité créatrice générale.

Ces disputes sur l'absolu prennent figure de dispute absolue. L'idéalisme rationnel de M. Berthelot est, d'un côté, de nature scientiste, de l'autre, de nature dialectique. Rapporter la science à une certaine fonction de la connaissance et de la réalité, distinguer d'autres fonctions, lui paraît aussi vain que l'est le polythéisme pour un monothéiste. D'autre part, la solution d'un problème par la dialectique lui paraît décisive. C'est ainsi qu'il y a, selon lui, chez M. Bergson comme dans la théologie, contradiction entre la liberté créatrice absolue de l'élan vital et la liberté humaine. Comme si la question agitée par les théologiens, c'est-à-dire par des dialecticiens, se posait du point de vue des mystiques, ou simplement d'un chrétien vivant, possédant le sentiment vif interne de Dieu et de l'homme ! Ces insolubles difficultés logiques sont des arrêts, des ralentissements, ou une

1. *Le Pragmatisme chez Bergson*, p. 249.

décadence de la religion réelle, de l'énergie spirituelle religieuse. Il y aussi une énergie spirituelle philosophique, au regard de laquelle ces problèmes apparaissent comme de faux problèmes, des duels entre fantômes logiques.

On s'explique dès lors par une antipathie de nature, d'éducation, de doctrine, l'hostilité d'un livre qui, avec ses qualités d'information, peut être considéré comme exprimant l'attitude de beaucoup de professeurs de philosophie. On pense toujours aux hegeliens devant Schopenhauer, qui, en la circonstance, fulmina contre toute la corporation. On pense aussi à Delacroix. Il n'y a peut-être pas au monde de tableau plus étonnamment encadré que la *Bataille de Taillebourg* au musée de Versailles. Dans la grande galerie des batailles, au milieu de tant d'œuvres d'un peu ou pas mal de talent, éclate comme la fanfare du génie la grande gerbe de couleurs fraîches. Les quelques livres de M. Bergson figurent, dans les centaines de volumes verts qui alignent chez M. Alcan la galerie des batailles philosophiques, comme la toile unique de Delacroix à Versailles. On comprend que ces philosophes rappellent un peu par leurs sentiments les peintres à qui le gouvernement de Juillet commanda tant d'uniformes militaires. Une bataille comme les nôtres ! pire que les nôtres ! et du plus mauvais goût ! Et ce romantisme dans le palais du Grand Roi ! « Ne prenons pas, s'écrie pathétiquement M. Ingres, je veux dire M. Berthelot, pour un lever d'astre la lueur mobile qui promène sa marche indécise au bord des étangs romantiques [1]. » Delacroix a pourtant fait son chemin, et en 1921 un professeur adversaire de M. Bergson, M. Gustave Rodrigues, dans un livre très sincère et très vivant, *Bergsonisme et Moralité*, exprimait son « admiration pour le penseur de génie — le mot n'est pas trop fort — qui a su renouveler les termes dans lesquels se pose le problème philosophique... Il n'est plus désormais possible d'ignorer le bergsonisme. Du vivant même de son auteur, il a pris rang dans l'histoire au même titre que le leibnitzianisme ou le kantisme. Comme eux, il représente un moment, et un moment décisif, du développement de la pensée humaine. Comme eux, il apporte une conception d'ensemble, un système complet. Il doit donc répondre à toutes les questions que se pose l'esprit de l'homme, à toutes celles aussi que lui pose et lui impose la vie [2] ».

1. *Le Pragmatisme chez Bergson*, p. 250.
2. *Bergsonisme et moralité*, p. 1.

# LE MONDE QUI DURE

A partir du second *Comme eux*, M. Rodrigues expose le contraire même de la vérité, car non seulement le bergsonisme n'est pas présenté par son auteur comme un système complet, mais il exclut toute possibilité de système complet : l'interprétation qu'en donnent les pluralistes américains, d'après laquelle ce n'est pas seulement l'esprit humain, c'est la réalité même, qui ne comporte pas la possibilité d'un système complet, répondrait peut-être mieux à la pensée vivante de son auteur. Mais ce qu'il faut retenir du passage et du livre de M. Rodrigues, c'est qu'il correspond aujourd'hui au sentiment à peu près général du monde philosophique. Ceux qui criaient que le bergsonisme n'était qu'un feu-follet romantique, ils ont échoué tout autant que les peintres qui affirmaient sous Louis-Philippe que, la *Bataille de Taillebourg*, c'était à Versailles une invasion pire que celles des 5 et 6 octobre. Certes M. Bergson conserve, comme il est naturel et utile, beaucoup d'adversaires, mais ces adversaires le traitent comme lui-même traitait Zénon et Platon, ils s'efforcent non de penser sans lui, mais de penser contre lui. On n'envisage plus guère le problème philosophique comme si M. Bergson n'avait pas existé.

Je n'ai cité que le livre de M. Berthelot comme exemple de la réaction contre M. Bergson dans le monde philosophique français, dans cette κοινή faite à la fois (soyons aussi chimiste !) de spiritualisme, d'idéalisme, de scientisme et de criticisme. C'est en effet le plus typique et le plus intelligent. On peut négliger le livre de Fouillée sur la *Pensée et les nouvelles écoles anti-intellectualistes*, consacré en grande partie à M. Bergson. Fouillée, esprit qui fut large, conciliant, ingénieux, a rendu des services dans une longue carrière philosophique, mais comme ce livre fait toucher du doigt la nécessité de renouvellement par les différences individuelles, par les générations inventives, par tout ce qui dit : non ! à un passé ! Il est curieux d'incompréhension sincère et scandalisée. J'avais déjà dit cela, et mieux, gémit-t-il devant M. Bergson, de même que, selon lui, Nietzsche était déjà, en ce qu'il a de meilleur dans Guyau.

**

La dernière phrase de l'*Évolution Créatrice* paraissait donc jeter un gant de chaque main : à gauche à l'idéalisme rationnel, à droite à cette ombre du moyen-âge qui erre encore sur le bord des systèmes en leur murmurant : *In scholasticum revertens*. La scolastique a dit, comme Couthon au 9 thermidor : « Un instant, citoyen, je ne suis pas encore mort ! » Les deux plus gros livres qui aient été publiés en France sur la philosophie de M. Bergson l'ont été par des scolastiques. C'est un livre, à couverture violet d'évêque, de monseigneur Farges, et un fort volume de M. Jacques Maritain. Le premier a permis aux directeurs de conscience de déclarer aux catholiques qui les interrogeaient sur M. Bergson : « M. Bergson a été réfuté par un prélat autorisé. » N'oublions pas qu'on trouvait alors des bergsoniens orthodoxes parmi les modernistes frappés par Pie X, et que les lettres de M. Bergson au P. de Tonquédec n'étaient pas propres à rassurer complètement la conscience des catholiques. Quant à M. Maritain, il a donné, dans sa *Philosophie bergsonienne*, un exposé analytique intelligent et exact des idées de M. Bergson, et il l'a ensuite réfuté, lui aussi, au nom et par le moyen de la scolastique. Cela produit un effet singulier. On dirait un exorcisme. En tout cas cet exemple nous fait comprendre à quel point les familles d'esprit sont irréductibles les unes aux autres. C'est une curieuse attitude que celle des gens qui ne peuvent que penser scolastique devant M. Bergson, comme M. Berthelot pensait systèmes, codex et chimie. « La plupart des thèses de cette philosophie, dit M. Maritain, apparaissent à un certain point de vue comme des tentatives aussitôt déviées d'affirmations scolastiques [1]. » Si M. Bergson employait sa pensée à penser du pensé, il serait un bon scolastique. Parbleu ! Mais c'est l'acte même de cette philosophie que de se retenir et de retenir l'esprit sur la pente du tout fait et du scolastique. Pareillement un Père jésuite qui nous a rendu le bon service de rédiger pour les *Études* un cours de M. Bergson au Collège de France, sur la personnalité, M. Grivet, écrit : « Dans tout le cours de M. Bergson, on admirera comment le philosophe n'ayant pas à sa disposition la distinction *acte* et *puissance*, familière aux scolastiques, est contraint par la logique, de rôder tout autour ou d'en inventer l'équivalent [2]. » Pour un peu M. Grivet organiscrait une quête dans l'auditoire afin de les fournir à M. Bergson.

La méthode est simple : elle consiste à poser les thèses scolastiques comme une citadelle puissante et définitive, et à les rappeler à l'occa-

---

1. *La Philosophie Bergsonienne*, p. 455.
2. *Études*, t. CXXIX, p. 452.

# LE MONDE QUI DURE

sion de chaque « erreur » de M. Bergson. M. Bergson, dit M. Maritain, « a abandonné l'intelligence et abandonné l'être, en remplaçant la première par une intuition de nature sensible et le second par le mouvement. Ainsi le remède est pire que le mal, mais il reste vrai que la philosophie moderne est incapable de répondre au bergsonisme, et que la philosophie scolastique seule a de quoi le réfuter [1] ». Mais la philosophie scolastique c'est l'Église catholique. L'Église a sa philosophie comme elle a son art. La scolastique convient à l'Église comme le plain-chant convient dans une église. Elle constitue une méthode d'explication et de défense. Elle exige qu'on pose à sa base une vérité révélée, à savoir que Dieu a fait l'homme à son image et à sa ressemblance. Dès lors l'esprit fonctionne dans le plein et dans l'être. Faute de la vérité révélée « M. Bergson a pris pour cette belle créature qu'est l'intelligence humaine, très faillible sans doute, mais faite pour le vrai, un avorton engendré par le sensualisme de la Renaissance et l'orgueil de la Réforme, élevé dans un cabinet de physique par des mathématiciens, des philosophes, des médecins, et déifié par Robespierre [2] ». M. Maritain trouve d'ailleurs, comme responsable de la grande hérésie, Descartes « auquel il est juste de faire remonter toutes les erreurs philosophiques modernes [3] » alors qu' « il n'y a qu'un seul milieu où l'âme et l'intelligence puissent vivre dans la paix de Dieu et croître en grâce et en vérité, c'est la doctrine thomiste [4] »

Ainsi la Sorbonne a flairé en M. Bergson un mysticisme à tendances cléricales. M. Daniel Halévy a écrit qu'en sortant du cours de M. Bergson tel « allait s'informer chez les prêtres ». et en effet ce fut un peu la destinée de Péguy et d'autres. Mais ces prêtres furent informés eux-mêmes de plusieurs diverses façons, et si une gauche, celle des *Annales de philosophie chrétienne*. se refusa à voir dans le bergsonisme un ennemi, le chef et le gros de l'Église se rallia contre lui autour de la scolastique. M. Maritain, en une page éloquente, a montré avec force les raisons qui peuvent empêcher aujourd'hui un catholique, en communion avec les directions spirituelles de l'Église, avec sa théologie traditionnelle, d'adhérer au bergsonisme [5]. Un

1. *Études*, t. CXXIX, p. 391
2. *Id.*, p. 394
3. *Id.*, p. 308
4. *Id.*, p. 315
5. *Id.*, p. 134.

# LE BERGSONISME

bergsonien le comprendra même fort bien : l'expérience a montré que le thomisme constituait une philosophie éminemment propre à la formation professionnelle d'un clergé, qui s'y attache pour des raisons un peu analogues à celles qui lient la profession de médecin à un scientisme matérialiste. Faire ces métiers, c'est n'avoir ni le temps ni le goût de douter, et ces philosophies donnent aux uns une provision de certitudes spirituelles, aux autres un stock de certitudes pratiques, au moyen desquels on peut passer fort bien sa vie en exerçant utilement sa profession. On imagine à la suite de Comte un clergé positiviste. On ne saurait imaginer un clergé bergsonien. A plus forte raison n'imagine-t-on pas un clergé catholique bergsonien. Mais la position d'un laïque n'est pas celle d'un clerc. Le représentant le plus autorisé de l'école bergsonienne, M. Edouard Le Roy, est sinon un philosophe catholique, du moins un catholique philosophe. Il n'en est pas moins vrai que le protestantisme utiliserait mieux que le catholicisme la philosophie de M. Bergson. Il l'utiliserait comme Brunetière a essayé d'utiliser le positivisme pour l'apologétique catholique. Une philosophie de l'énergie spirituelle, de la création de soi par soi, de l'effort extérieur et intérieur, du renouvellement continuel, de la lutte contre l'automatisme, contre le tout fait et contre le dogme trouverait dans bien des consciences protestantes une atmosphère sympathique. Elle s'est même amalgamée tout de suite chez William James avec un certain mysticisme protestant.

*<br>* *

Il est curieux de voir à quel point l'imagination des journalistes sur le succès non pas seulement mondial, mais mondain du bergsonisme a trouvé faveur parmi les philosophes visés dans la dernière phrase de l'*Évolution Créatrice*. « On se passera donc de toute notion proprement métaphysique, écrit M. Maritain, on affichera à l'égard de la métaphysique ce beau dédain qui plaît tant aux gens du monde [1] » Voila donc entendu que M. Bergson a écrit *Matière et Mémoire* pour plaire aux personnes du monde, lesquelles sont par là désabusées de la métaphysique, comme elles l'avaient été jadis par cet autre roman mondain, la *Dialectique Transcendentale*. M. Berthelot dit

1. *Études*, t. CXXIX p. 190.

à son tour : « Ce mouvement entraînant, cette abondance d'ornements, cette pyrotechnie contribuent sans doute à assurer à ses idées une faveur grandissante auprès du public cultivé. C'est dans ce temps que le nombre des bergsoniennes en vient, semble-t-il, à égaler puis à dépasser celui des bergsoniens. C'est dans ce temps aussi que l'œuvre de Bergson commence à se répandre à l'étranger. Fau -il dire que l'*Évolution Créatrice* est son *Cyrano de Bergerac ?* Un *Cyrano* dont le héros serait l'*Élan vital* [1] ». Encore M. Berthelot ne parle-t-il ici que du public cultivé. On est allé plus loin. L'excellent Hæckel affirmait que le degré d'intelligence d'un peuple peut se mesurer à la facilité avec laquelle on y accepte la théorie de l'évolution. M. Benda a écrit tout un livre *Sur le Succès du Bergsonisme* pour montrer qu'on est bergsonien dans la mesure où on est plus incapable de penser, plus abandonné à l'instinct, plus livré au « pathétique » intérieur. D'une façon générale rien n'est plus instructif que la courbe des résistances et des hostilités qu'a rencontrées le bergsonisme. Elles contribuent à en dessiner le contour, à rendre pour nous réelle et vivante sa figure. Elles sont impliquées dans son élan vital, comme des résistances sont impliquées, à l'intérieur de la pensée et de la philosophie de M. Bergson, dans l'effort intellectuel qui produit la doctrine. Elles sont impliquées surtout dans l'être même de la vie, dans les différences des individus et des esprits, dans les antagonismes naturels qui explicitent sur des lignes divergentes des tendances opposées. Elles sont impliquées enfin dans la réalité même du temps. Si cette philosophie avait été comprise instantanément, si elle n'avait pas eu besoin de temps psychologique et social pour se développer, sa destinée aurait suffi à la démentir. Le philosophe a dû attendre que son morceau de sucre fondît. Cette fusion, qui s'est étendue à toute une nappe, ou à tout un courant, de la vie intellectuelle française, c'est ce qu'une philosophie de la durée pouvait espérer de plus conforme à son élan vital.

*<br>* *

Une philosophie française nouvelle comme le bergsonisme constitue non seulement ce dialogue avec les philosophes du passé, dont on vient d'esquisser quelques entretiens fragmentaires, mais encore le dialogue d'une figure de la pensée française avec d'autres lignes

---

1. *Le Pragmatisme chez Bergson*, p. 63.

de la pensée française et avec des pensées étrangères. En France, la destinée philosophique de M. Bergson a rappelé par certains côtés celle de Malebranche au XVII⁹ siècle. La renommée, l'étonnement, l'admiration qui accueillirent la philosophie de l'oratorien furent balancés par les grondements et les colères des traditionalistes, les *nova, pulchra, falsa* de Bossuet, les réfutations de Fénelon. Ceux qui s'irritaient des idées de Malebranche sentaient — chose curieuse — leur mauvaise humeur croître lorsqu'ils considéraient que le caractère et la vie du philosophe ne permettaient pas la moindre attaque. Ils semblaient estimer que c'était les voler de ces arguments *ad hominem* qui n'auraient pas dû, en bonne justice, manquer aux défenseurs de la bonne cause. M. Bergson a frustré pareillement certains polémistes. Mais ce n'est point la seule analogie de sa position avec celle de Malebranche.

Le prestige de Malebranche était encore plus grand à l'étranger qu'en France. Un officier anglais, fait prisonnier pendant la guerre de la succession d'Espagne, disait que son malheur lui servirait au moins à tâcher de voir Louis XIV et Malebranche. Le livre de M. Lyon sur l'*Idéalisme français au XVIII*ᵉ *siècle* nous montre élégamment l'action exercée par Malebranche sur le phénoménisme et l'idéalisme d'outre-Manche. L'influence de M. Bergson a retrouvé quelques-unes de ces directions. L'an dernier j'étais invité à un thé, avec quelques écrivains français, par des diplomates et des étudiants chinois. L'un d'eux, nous souhaitant la bienvenue, commença ainsi son compliment : « Il y a longtemps que nous aimons et connaissons la France, mais M. Bergson a dit qu'on ne connaît bien que par l'intérieur, et c'est pourquoi nous sommes venus chez vous. » Celui qui parla en notre nom à nos hôtes ne sut malheureusement pas répondre par une citation de Confucius, et la politesse chinoise, qui alléguait si finalement nos sages, ne fut pas entièrement récompensée.

Avant la guerre, le bergsonisme commençait à attirer assez vivement l'attention en Allemagne, mais le congrès de Heidelberg en 1905 a montré à quel point le cerveau philosophique allemand demeure solidement ramassé sur ses positions kantiennes. Et puis la guerre, l'attitude active de M. Bergson, sont intervenus pour arrêter net les mouvements qui commençaient à se prononcer en faveur de la doctrine française. La position germanique consiste aujourd'hui à voir dans la philosophie de M. Bergson une répétition, ou plutôt une adaptation moderne, des idées de la philosophie romantique allemande. Cette thèse est vraie en ce qu'elle affirme et fausse en ce qu'elle nie. Trois des doctrines maîtresses du bergsonisme ont été indubitablement fondées, inventées par la philosophie allemande. C'est la doctrine kantienne du schématisme, la doctrine herdéro-hégétienne du développement dans la durée, la doctrine schopenhauérienne de l'intelligence mécanicienne, instrument d'action et non de connaissance. On a raison d'insister sur ces analogies, qui nous font toucher du doigt l'unité et le progrès de la philosophie, la communauté de courant et de résultat entre les efforts originaux des grands philosophes. Mais d'autre part ce serait prendre une vue bien grossière et bien mécanique de la vie philosophique que de voir dans le bergsonisme une combinaison ingénieuse de ces éléments, de penser qu'il a pu exercer sur le monde des esprits une action si puissante en rajeunissant simplement des doctrines anciennes. Il est né d'abord d'une invention originale, celle d'un renversement des positions philosophiques traditionnelles sur le problème de la durée ; et il est né ensuite et surtout de travaux sur des problèmes particuliers, celui de la liberté, celui de la durée, celui de la perception, celui de la mémoire, qui étaient posés de façon toute différente par la philosophie romantique allemande. Quiconque est familier avec le mouvement et la substance de la pensée bergsonienne sent à quel point elle est peu influencée par des lectures de Kant, de Hegel, de Schopenhauer, se tient, au contraire de celle de Leibnitz, dans un état de défiance et d'hostilité contre la plupart des philosophies. Mais d'autre part il serait absurde de voir dans le bergsonisme une *proles sine matre creata*. Il participe à un élan vital qui est à vrai dire celui de toute la philosophie, mais qui a eu des moments vraiment capitaux dans le kantisme et la philosophie romantique allemande. Rien n'est ici plus instructif que de trouver, sur deux lignes d'évolution différentes, et aboutissant à des conclusions pratiques tout opposées, deux philosophies dont le « caractère intelligible » soit aussi proche que celle de Schopenhauer et celle de M. Bergson. A travers ces diversités et ces rivalités de philosophies, sur lesquelles s'embranchent aujourd'hui des diversités et des rivalités de nations et de races, nous nous sentons bien pris dans un élan unique de la pensée humaine, qui réalise une philosophie de plus en plus serrée et une intuition de plus en plus profonde.

# LE BERGSONISME

Où l'influence de M. Bergson a joué le plus largement et le plus librement, c'est en Angleterre et en Amérique. Le bergsonisme n'est pas un pragmatisme, mais à un certain moment le pragmatisme peut apparaître comme l'un de ses équivalents pratiques et l'une de ses coupes commodes. En tout cas, la diffusion et l'éclat du bergsonisme en pays anglo-saxon ont été fortement aidés par l'action des philosophies pragmatistes et pluralistes, ont formé avec elle un vaste pli indivisé. Notons que le congrès de Heidelberg nous avait montré les Allemands tout à fait rebelles au pragmatisme, et excités contre lui comme s'il n'était qu'une dérision de la philosophie. William James semble avoir été vers 1896 un des rares philosophes à comprendre déjà *Matière et Mémoire*, à en apercevoir la fécondité, à découvrir derrière le livre les perspectives qu'il impliquait. Puis son adhésion au bergsonisme produisit une grande impression dans le monde philosophique américain. Observons que l'anglais est pour ainsi dire l'autre langue maternelle de M. Bergson, que la critique de Hume, l'immatérialisme de Berkeley, l'évolutionnisme de Spencer et finalement le pragmatisme de James présentent avec sa doctrine sinon des analogies, du moins des sympathies, peuvent être regardés comme ses préparations. Nul plus que lui n'a contribué à former un état d'esprit, ou plutôt un état de culture franco-anglais. En revanche le bergsonisme paraît entrer difficilement dans des cerveaux purement latins. L'Italie, qui a pu se laisser pénétrer si profondément d'influences hegeliennes, n'a presque pas été touchée par la philosophie de M. Bergson. Rapprochons-en d'ailleurs l'indifférence presque absolue de la pensée française à l'égard de M. Croce. En France les Méridionaux, épris d'idées nettes, massives, bien coupées dans la lumière et sur le bleu, paraissent flairer en M. Bergson un ennemi de l'idéal méditerranéen, et, sans d'ailleurs l'avoir précisément lu, le couvrent parfois d'injures truculentes.

Cette philosophie inachevée, en mouvement (et qui n'admet d'ailleurs de philosophie vraie qu'inachevée et en mouvement), paraît même avoir épousé l'amplitude du monde anglo-saxon et comporter comme une figure d'Orient et une figure de Nouveau-Monde. La liaison avec l'Orient paraîtra vraisemblable, si l'on se souvient d'abord des affinités alexandrines de M. Bergson (mais ici n'exagérons pas et notons que la philosophie de Plotin est d'abord et principalement une philosophie grecque), et ensuite, et surtout, de la pente indienne qu'a épousée spontanément, avec Schopenhauer, l'autre grande philosophie de l'élan vital. Des lettrés de l'Inde aperçoivent des analogies entre la philosophie bergsonienne et leurs philosophies classiques. Quand Tagore vint en Europe, à quelqu'un qui lui demandait son avis sur le bergsonisme, il répondit superbement qu'il y avait longtemps que l'Inde avait passé par là et que cette philosophie devait figurer quelque part dans leurs vieux systèmes : ainsi les anciennes inventions humaines dans le magasin des Lunaires de Wells ! Mais c'est en quelque sorte passivement que la philosophie bergsonienne laisserait tirer d'elle ces conséquences orientales. Et passive elle ne serait pas bergsonienne. Certes l'Orient, et en particulier l'Inde, présentent certains traits de ce monde qu'imagine M. Bergson à la fin de sa conférence à la Société des Recherches Psychiques : un monde où la majeure partie des efforts intellectuels et moraux aurait été dirigée vers l'intérieur de l'homme, où la valeur suprême aurait paru consister dans l'intuition de l'élan vital. Mais ce monde, nous dit M. Bergson, eût été peu viable, il eût répondu à une démission de l'intelligence, et ce que l'Orient en a réalisé nous montre que l'intelligence occidentale, hellèno-latine, latino-moderne, européenne et américaine, était plus apte à ouvrir la voie devant l'humanité, à enrichir l'élan vital lui-même. Dans son expression la plus complète et la plus haute, la philosophie de M. Bergson est une philosophie de l'action, et il était naturel qu'elle fût le plus favorablement accueillie par le peuple américain, que l'auteur même de *Bergsonisme et Moralité* a appelé, dans le titre d'un livre de guerre, le *Peuple de l'Action*.

# CONCLUSION.

M. Bergson, dans les pages de l'*Intuition philosophique* qu'il a consacrées à quelques philosophes du passé, explique qu'au fond de chaque philosophie il y a une sorte de schème dynamique extrêmement simple, dont le philosophe a vainement essayé de rendre la simplicité par la complication et l'architecture de son système : c'est-à-dire l'intuition d'une vérité unique à laquelle il a toujours pensé et qu'il n'a jamais réussi à transposer pleinement dans le langage humain du multiple et du juxtaposé. Si l'on essayait d'appliquer ce point de vue à M. Bergson lui-même, quel schème général trouverait-on derrière la série de ses pensées et de ses œuvres ?

Celui précisément que nous irons chercher le moins loin, à savoir l'intuition indivisible, inexprimable, et le schème du schème dynamique lui-même. Dire *non* à tout ce qui est arrêté, réalisé en choses, juger impur et artificiel tout ce qui n'est pas schème dynamique pur, connaître l'univers sous la figure de ce schème dynamique qu'est l'élan vital, se connaître soi-même sous la figure de ce schème dynamique qu'est le centre vivant d'indétermination, voilà en quoi consiste l'idée ou plutôt l'élan vraiment original du bergsonisme. La durée réelle ne vient qu'après ce droit, et donnée dans un fait, le fait que le schème dynamique ne saurait se réaliser que par la durée.

Aucune philosophie ne contribue davantage à renverser le point de vue ordinaire et naturel de l'esprit. Le schème dynamique est une exigence et une essence d'action, mais son action consiste à être arrêtée en choses, et notre connaissance consiste à avoir l'œil fixé sur ces choses, comme le démiurge du Timée, afin de *faire*, de faire d'autres choses. Le principe d'identité, fondement de notre logique, serait ici presque en défaut : faire, ce n'est pas faire, c'est faire quelque chose. L'intuition capitale du bergsonisme, la

# CONCLUSION

réforme qu'il exige de nous, l'attitude paradoxale à laquelle il nous contraint, consistent à purifier de ce *quelque chose* notre schème, à penser schèmes et non choses, à penser non les objets que devant nous formule notre pensée créatrice, mais le courant créateur de cette pensée créatrice.

Dès lors aucune philosophie plus que celle-là n'exige d'être « dépassée », d'être considérée comme un escalier qui conduit sinon à une autre philosophie, du moins à plus de philosophie. La réalisation d'un schème dynamique c'est ce qui le fait être pour l'intelligence, ce qui le fait agir, et en même temps ce qui le fait déchoir, ce qui lui donne, au regard de son dynamisme, le caractère d'un lieu de passage provisoire.

Mais chez M. Bergson la position est rendue encore plus singulière et aussi plus intéressante, plus suggestive, plus ennemie de ce repos qui est la corruption de la pensée : ce philosophe, qui pousse plus loin que les autres philosophes le souci de demeurer dans le plan du schème dynamique, il s'efforce de travailler aussi rigoureusement que n'importe lequel d'entre eux sur le tableau du mécanisme pratique, du schème réalisé. Il estime que la précision n'est pas donnée dans l'être sur lequel spécule le métaphysicien, mais il n'en tient que plus fermement à l'introduire dans le système et dans le style où s'explicitent sa métaphysique. Personne ne réalise mieux que cet adversaire des scolastiques la perfection des qualités scolaires : rigueur, clarté, composition, démonstration. C'est un lieu commun — et superficiel — de voir en M. Bergson un ennemi de l'intelligence, mais aucun de ses innombrables adversaires n'a pu l'accuser de haïr par amour trahi, de ressembler à l'écourté dans le conseil des renards philosophes, bref de manquer d'intelligence. Bien au contraire, on lui a généralement reproché d'être intelligent avec trop de raffinement, de déployer un talent de prestidigitateur, d'exceller à couper, comme disent les chevaliers du couteau de cuisine, les cheveux en quatre. Cette philosophie devrait, semble-t-il, coïncider chez le philosophe avec un génie d'artiste, et c'est ce qui arrive, chez Schopenhauer par exemple, à une philosophie un peu analogue, celle du romantisme allemand. Or il n'en va pas ainsi. L'artiste, chez M. Bergson, n'apparaît qu'à une place accessoire, dans l'élégance de l'exposition et la nouveauté des images, et encore, quand on compare ces images à celles (de même nature) de Montaigne, on leur voit un air un peu étranger, on croit reconnaître non les enfants de la maison, mais les amies des enfants de la maison. M. Bergson pense de la philosophie ces deux choses dont il a prouvé par son exemple qu'elles ne sont pas contradictoires : d'abord qu'il n'y a de philosophie vraie que celle qui est méditée dans les profondeurs de la vie intérieure, par la tension non de la seule intelligence, mais de l'être tout entier, — ensuite qu'il n'y a de philosophie exacte et montrable que celle qui peut s'exprimer en une suite didactique, présenter, avec un langage et des qualités de professeur, l'expérience à l'intelligence. Ce dorique et cet ionique collaborent à l'Acropole des philosophes, ces deux sexes sont nécessaires pour produire la philosophie vivante et vraie. Faute de familiarité avec l'intelligence on demeure un mystique, faute de familiarité avec l'intuition on devient un scolastique. On conçoit que cette philosophie soit pénible à penser, et surtout à penser clairement. Mais il ne s'agit pas de voir si une œuvre est pénible, il s'agit de savoir si elle doit être faite.

La conscience de cette difficulté est liée pour M. Bergson à l'effort philosophique, et nous ne devons pas l'oublier. Penser le bergsonisme avec facilité c'est le penser superficiellement, c'est rouler sur l'une des deux pentes d'automatisme qu'il comporte, soit une pente d'intuition qui le dissout en une rêverie, soit une pente d'intelligence qui le défait en une scolastique. Philosopher c'est penser difficilement une idée infiniment plus simple que les idées faciles.

M. Bergson, dans son petit livre sur la *Philosophie française*, attache une grande importance à l'impulsion fournie par Maine de Biran et par sa philosophie de l'effort. Et en effet, d'un certain point de vue, M. Bergson nous a donné, imposé sous des formes originales ce sentiment de l'effort qui était pour Biran au principe de sa vie intellectuelle et morale. Peu d'ouvrages philosophiques représentent une somme d'effort plus saisissante que *Matière et Mémoire*, un effort que d'ailleurs aucun lecteur ne paraît avoir pu suivre jusqu'au bout jusqu'à ce que l'*Évolution Créatrice* vînt, prolongeant cette psychologie en cosmogonie, nous donner le levier par lequel nous l'avons enfin soulevée.

L'effort dépend du poids de ce qu'on soulève et de la force de celui qui soulève. Être philosophe, ce n'est pas seulement mesurer et tenter l'effort, c'est le réussir en partie. Être un grand philosophe c'est le réussir en un élan de génie, c'est donner sur le crâne de Jupiter le coup de hache de Vulcain. On s'est demandé si M. Bergson pouvait être compté parmi ceux qui l'ont donné, si sa philosophie partait

# CONCLUSION

pour prendre place dans le cortège des douze grands Dieux, ou pour suspendre un instant ce qu'un de ses adversaires appelle un feu-follet d'étang romantique. M. Bergson se défend lui-même de prétendre compter parmi ces grands philosophes. Il croit sentir entre eux et lui la différence que Flaubert pensait voir entre lui et les grands classiques, sur les traces desquels il étudiait. Mais Flaubert disait d'autre part que, jusqu'au XIX<sup>e</sup> siècle, on n'avait pas écrit de prose parfaite, et M. Bergson estime que, sur le problème de l'être, tous les philosophes se sont trompés. Croirons-nous donc à une modestie conventionnelle ? Pas du tout. Les deux croyances sont également sincères et ne sont pas contradictoires. Flaubert, après son voyage d'Orient, introduit dans son art cet idéal de difficulté que M. Bergson introduit dans la pensée. Tous deux ont repéré la facilité comme un ennemi caché. Mais on ne saurait porter sans être conscient de quelque déficience et de quelque faiblesse ce sentiment de l'effort, cette angoisse de sa nécessité. Flaubert voyait Hugo réussir aussi bien et mieux que lui, et avec une facilité souveraine qui se justifiait par ses résultats, comme l'acte d'un génie plus ailé et plus haut. M. Bergson sait que si Platon, Descartes, Leibnitz, Schopenhauer, se sont trompés sur des points où il pense être parvenu à la vérité, c'est que la vérité ne se dévoile, en philosophie comme en science, que successivement. Il a consacré son effort à un champ restreint qu'il a creusé en profondeur et auquel il a incorporé, comme un travail de laboureur, un travail de pensée énorme. Un Platon, un Descartes, un Leibnitz, un Schopenhauer, eussent probablement remué à sa place un champ plus vaste, ils représentent sinon une plus grande puissance d'invention, du moins une plus grande puissance et un jeu plus libre pour appliquer, étendre, employer ces inventions. Mais précisément M. Bergson pense que l'ère de ces grands philosophes universels est peut-être close, que la philosophie doit progresser par problèmes particuliers, et que la solution de l'un ne saurait préjuger de la méthode applicable à la solution des autres, — qu'ensuite ces problèmes particuliers représentent des efforts particuliers, individuels. Ajoutons qu'en philosophie comme ailleurs, la succession nécessaire des individus, l'impasse, la raideur, l'automatisme auxquels arrive inévitablement tout individu, quelles que soient ses ressources, et si haut que soit allé son génie, imposent constamment une mise au point, une refonte d'une durée passée par une durée agissante, imprévisible.

# LE BERGSONISME

Aussi la grande puissance de cette philosophie est-elle dans son ouverture vers l'avenir, dans son appel baconien à l'invention, au mouvement de l'esprit, et, pour tout dire en un mot, dans les schèmes dynamiques dont l'esprit se sent habité et sous-tendu après une longue familiarité avec elle. Schèmes dynamiques qui impliquent une vigilance et une tension, non idées faites qui absorberaient l'esprit dans un arrêt. Certes le bergsonisme, malgré son appel à la mobilité et à la fluidité, est bien obligé de se formuler en un système, de se poser en thèses, de se composer en doctrine, de comporter une matière, un corps. Mais ce corps — comme d'ailleurs tout le *corpus* des philosophes — n'est que l'instrument provisoire d'un esprit qui le déborde de toutes parts. Il nous invite par tout son rythme — j'allais dire par sa danse — à le dépasser pour coïncider avec ce flux créateur, mais à le dépasser en vivant la philosophie et non pas en la rêvant, à le dépasser en mettant au jour des corps, ou des mécanismes, encore plus souplement et plus efficacement organisés.

Ce débordement de la matière par l'esprit, du corps par les schèmes dynamiques, du présent par la durée, voilà la vision et l'intuition du monde que le bergsonisme nous suggère. Arrivé aux dernières pages de ces deux gros volumes, il me semble que je n'ai encore presque rien dit de la philosophie bergsonienne, et que j'ai simplement multiplié les points d'approche vers tout ce qui resterait à dire. Je m'en console en songeant que ce sentiment n'est autre que celui même du schème dynamique qui est au fond de cette philosophie : qu'est-ce que l'élan créateur lui-même sinon le déclassement constant de ce qui est fait au profit de ce qui reste à faire ?

Le volume que j'écrirais le plus volontiers sur tout ce qui demeure à dire de la philosophie bergsonienne, c'est celui dont on a trouvé quelques fragments sommaires dans le chapitre précédent du *Dialogue avec les philosophes*. Il n'est pas, dans toute cette philosophie, de matière en laquelle l'opinion du critique soit et surtout doive être plus différente de celle du philosophe créateur, c'est-à-dire de M. Bergson lui-même.

On a dit que M. Bergson n'était pas doué pour l'histoire de la philosophie. Et cette opinion laissera rêveurs ceux de ses anciens élèves qui se parlent, lorsqu'ils se rencontrent, de tels cours sur Descartes et sur Leibnitz comme des Bourguigonns s'entretiennent des crus de 1911. Des pages de l'*Intuition philosophique* sur Spinoza et Berkeley on pourra dire un jour ce que M. Bergson a dit des dernières

# CONCLUSION

pages du *Rapport* de Ravaisson, que des générations de philosophes les ont sues par cœur. J'ai comparé plus haut le dernier chapitre de l'*Évolution Créatrice* aux *Maîtres d'Autrefois*. Et cependant,
si richement doué que soit M. Bergson pour l'histoire de la philosophie, si profondes qu'aient été les percées de lumière jetées sur tel
philosophe, il semble bien que la forme de l'élan vital dont il ait l'intuition la plus discutable, pour un critique, ce soit l'élan vital de la
philosophie.

Rien de plus naturel. Sauf à des moments dont l'*Intuition philosophique* contient des traces, M. Bergson n'a pas abordé, ne pouvait
pas aborder ce problème avec désintéressement. Il a projeté sur
l'histoire de la philosophie les lignes d'intérêt impliquées par l'œuvre de précision qu'il tentait, par les besoins pratiques d'une philosophie originale. Une philosophie originale, a-t-il dit lui-même,
débute par un *non*, par un refus d'admettre ce qui est ordinairement
admis. Sa vue de l'histoire de la philosophie, sa perception des doctrines, ont suivi le pointillé de ce *non*. De là le dernier chapitre de
l'*Évolution Créatrice*. De là l'intérêt qu'il perd à Zénon et à Kant,
et son indifférence à l'égard, sinon de Plotin, du moins d'Héraclite, philosophe du changement, et de Schopenhauer, philosophe de
l'intelligence mécanicienne. Mais maintenant que ce travail est
accompli, nous n'avons pas, nous critiques, d' « intérêt » à admettre
la « vision canalisée », utilement et solidement canalisée, de M. Bergson. Notre fonction est de coïncider, de la manière la plus désintéressée qu'il se peut, avec un élan vital qui ne comporte pas seulement ces intuitions individuelles de la vérité qu'admire M. Bergson
chez certains des grands philosophes, un peu arbitrairement choisis,
mais l'intuition d'un progrès, d'une explicitation dans la durée
même. Nous en serions empêchés par la matérialité du bergsonisme,
nous y sommes conduits par son esprit. L'écart énorme aperçu
par M. Bergson, du point de vue de la durée, entre sa philosophie et les autres philosophies, est un point de vue indispensable
à un créateur : il fait partie de la conscience inventive, et aussi de
l'efficacité pratique. Mais l'élan de la critique coïncide avec l'élan
des genres, des ensembles sociaux, plutôt qu'avec l'élan des individus.
La critique sympathise avec l'élan qui crée les créateurs plutôt qu'avec
l'élan des créateurs. Ou plutôt elle va de l'un à l'autre élan, elle les
compose tous deux comme le calcul astronomique compose le mouvement de rotation et celui de translation.

# LE BERGSONISME

Nous devons préférer ici ce schème de l'élan à l'idée confuse et dangereuse d'influence. Quand on nous dit, de l'un et de l'autre côté du Rhin, que M. Bergson a pris à la philosophie du romantisme allemand l'« idée de vie », on use du verbalisme le plus conventionnel ; ce genre d'influence est en contradiction d'abord avec ce que nous savons des conditions où s'est développée la pensée de M. Bergson, et ensuite avec tous les exemples que nous fournit l'histoire de la philosophie. Mais les analogies si réelles qui existent entre la philosophie de M. Bergson et celles de Schelling, de Hegel, de Schopenhauer, attestent dans la philosophie moderne l'unité d'un élan vital qui s'attache au même problème capital, celui de la vie dans ses rapports et dans sa contradiction avec les catégories de l'intelligence, celui du « monde comme volonté et représentation ». D'une part ce problème ne pouvait se poser dans toute son ampleur qu'après la *Critique de la Raison Pure*. D'autre part, en France, en Allemagne, en Angleterre, tout le XIX⁹ siècle, celui de l'histoire, de la biologie, de la sociologie, de la psychologie, ébauche, postule une philosophie de la durée. Dès lors il est évident que la philosophie bergsonienne n'aurait pu se produire sans le kantisme ni sans l'évolutionnisme.

Le schème dynamique, dont l'élan vital n'est qu'un aspect, ne saurait être accueilli, utilisé que par un esprit familier avec le mode de philosopher que représente la *Critique de la Raison pure*, Kant n'a d'ailleurs pas pu écrire la *Critique* sans le trouver sur son chemin. Et la philosophie d'un être qui dure, d'un monde qui dure, ne pouvait se produire avant que les différents systèmes de l'évolution eussent étalé cette durée du monde comme un large problème à l'horizon philosophique. On ne peut donc pas concevoir que sans Kant, sans le romantisme allemand, sans l'évolutionnisme anglais, le bergsonisme ait pu naître. Mais on ne peut non plus le concevoir sans une réaction contre tous trois, sans le *non* initial autour duquel cristallise l'originalité d'une philosophie. Et de fait il existe chez M. Bergson une véritable hostilité contre la manière kantienne de philosopher, — de l'indifférence ou de la méfiance à l'égard de toute la philosophie allemande, — un certain mépris pour la belle candeur de Spencer. D'une part cette communauté d'élan vital et cette place irréversible dans la durée, d'autre part cette opposition et ce refus, apparaissent comme l'oxygène et l'azote qui permettent la respiration d'une pensée féconde. On apercevrait ces deux inspirations à la source de toute grande philosophie. Et jamais n'ont manqué ceux qui inter-

# CONCLUSION

prêtaient par des combinaisons mécaniques d'éléments l'unité dynamique d'élan inventif et les habitudes organiques d'un genre

> Avant lui Juvénal avait dit en latin
> Qu'on est assis à l'aise aux sermons de Cotin.

Mais là où le philosophe met l'accent sur ce refus, qui lui permet
d'être, le critique met l'accent sur cette communauté d'élan vital,
sur cette place irréversible qui lui permettent de situer, de comprendre,
d'utiliser le philosophe. On passe d'un schème dynamique individuel
à un schème dynamique spécifique. Et nulle part ce renversement
de point de vue n'est plus saisissant que lorsque l'on considère la
position de M. Bergson en face de Platon.

Pour M. Bergson le platonisme, philosophie des Idées, philosophie anti-temporelle, c'est l'ennemi. Nous naissons platoniciens parce
que nous naissons *homines fabri*, et philosopher c'est transcender
l'*homo faber*. M. Bergson a fait dans le platonisme, aussi sûrement
que le sphex pique la chenille, la coupe utile qui donnait à sa philosophie un adversaire sur mesure. Mais le critique, désintéressé dans
l'affaire, et qui a profité des leçons de M. Bergson comme Agnelet
de celles de Patelin, ne tient pas à cette coupe utile, — il transcende
le *philosophus faber*, artisan de son système. Il néglige le Platon d'école,
l'homme des Idées-nombres. Il va, en sens inverse, plus loin que
le Platon individuel, à cet hermès Platon-Socrate élevé à la source
même de la philosophie, et il voit la courbe du fleuve se dessiner
jusqu'au bergsonisme même. D'un certain point de perspective, le
schème dynamique bergsonien coïncide avec l'Idée platonicienne,
ou, plutôt, Idée des Grecs, loi des modernes, schème dynamique, prennent place le long d'une ligne vivante. Cette ligne vivante, c'est celle
du dialogue socratique, indivis entre Socrate et Platon, et, plus loin,
indivis entre tous les philosophes. Qu'est-ce que le dialogue ? Une
réalité rayonnante d'où émane de la vie, la vie philosophique elle-
même ; une recherche jamais terminée, — l'élan vital de la pensée.
Cette pensée peut bien s'arrêter en systèmes, comme en thèses. Mais
dès que cet arrêt s'est produit, le Socrate éternel vient poser la question
ironique qui conduira à un aveu d'ignorance et à une quête nouvelle.
Nous naissons tous platoniciens, soit. Mais quand il a vu le schème
dynamique et l'Idée se rapprocher, et le dialogue socratique, élan
vital de la philosophie, conduire si élégamment à une philosophie
de l'élan vital, le critique conclut : Nous restons tous platoniciens.

# LE BERGSONISME

La vérité et la fécondité du bergsonisme viennent de ceci : qu'il a le dialogue socratique derrière lui et qu'il a le dialogue socratique devant lui. Il l'a dans le plan de sa mémoire qui est sa richesse de passé, et dans le plan de son indétermination qui est sa richesse d'élan, — mais non dans la pointe de son présent, dans sa vision canalisée pour une tâche précise. Si la philosophie prend aujourd'hui l'élan vital pour objet, c'est que d'abord, en sa source vive d'Occident, le dialogue socratique et platonicien, elle s'est affirmée comme un élan vital. Et qu'est-ce que M. Bergson, qu'est-ce que la philosophie de l'élan vital lui-même proposent maintenant, sinon un retour conscient au dialogue socratique ? Qu'est-ce que nous demande ce prétendu anti-intellectualiste, celui que James lui-même félicitait d'avoir terrassé le monstre Intellectualisme, sinon de reconnaître en l'intelligence la seule forme de l'élan vital qui ait la voie libre devant elle, et de tenter la genèse de l'intelligence ? A cette genèse sont convoquées les puissances mêmes du dialogue. — Phèdre et Théétète, Calliclès et Protagoras, Simmias et Cébès, qu'ils descendent parmi nous de la frise panathénaïque ! Cette genèse, dit M. Bergson, sera nécessairement une entreprise « collective et progressive. Elle consistera dans un échange d'impressions qui, se corrigeant entre elles et se superposant aussi les unes les autres, finiront par dilater en nous l'humanité et par obtenir qu'elle se transcende elle-même [1] ». La vieille inscription : Que nul n'entre ici s'il n'est géomètre ! gardera son éclat et sa vérité intacts. C'est à force de précision que la philosophie devient capable de dépasser la précision, à force d'humanité que nous obtiendrons de l'humanité qu'elle se transcende ainsi.

La véritable ligne historique du bergsonisme, il faut la chercher non dans le corps matériel des grands systèmes, mais dans cette fine substance cérébrale et nerveuse qui fait la vie de la philosophie, et que les systèmes ont pour fonction de servir, — ou plutôt dans quelque chose de moins matériel encore, dans cet élan du germe au germe auquel, lorsque nous le considérons dans son ensemble, nous pourrions donner le nom, au premier abord étrange et si diversement ravalé, d'Académie.

De Socrate à Platon, de Platon aux Nouveaux Académiciens, de ceux-ci à Cicéron, de Cicéron à Plutarque, de Plutarque à Montaigne, de Montaigne à Bayle et au XVIIIᵉ siècle, du XVIIIᵉ siècle à Renan,

1. *Évolution Créatrice*, p. 209.

à Nietzsche et à James, on voit circuler la même flamme et se
prolonger le même dialogue, né dans les rues d'Athènes et les
jardins d'Académus. Dialogue où le dogmatisme et le scepticisme
n'apparaissent que comme les longues et les brèves d'un unique
vers harmonieux, sur le thème infiniment varié du *Connais-toi !*
Dialogue qui d'ailleurs ne se suffit pas plus à lui-même que l'Académie,
et qui implique ces partenaires, le Lycée, le Cynosarge, le Portique,
le jardin d'Épicure, — les grands systèmes dogmatiques, — les grands
partis des philosophies ancienne et moderne, — française, anglaise,
allemande, italienne, américaine ; mais qui les dépasse en ceci : qu'il
représente et conserve, comme un sel marin et comme un oxygène,
l'esprit même de la recherche, le schème dynamique de la philosophie. Enlevez de la philosophie ce dialogue socratique de l'homme
moderne avec lui-même que sont les *Essais* de Montaigne. Vous n'en
aurez rien ôté de solide. Il n'y manquera aucun des grands systèmes
monumentaux. Et pourtant comme tout paraîtra lourdement trans-
formé ! Ce sera un changement de climat : cet air léger du matin,
ce ciel nuancé et doux des pays tempérés auront disparu. Et si, après
Montaigne, vous supprimez tout ce fleuve frais dont il n'est qu'un
moment, les systèmes ne se lèveront plus que comme des villes mortes
dans un désert.

La vraie philosophie d'Occident ne va pas sans ce dialogue. Mais
le criticisme kantien, l'idéalisme hegelien, le relativisme et l'évolutionnisme anglais, le pragmatisme et la pluralisme américains, le
bergsonisme français nous amènent plus particulièrement à donner
une place importante à ce fleuve du dialogue éternel, à voir en lui,
pour le philosophe, ce que le Nil est pour l'Égyptien. Jusqu'alors le dialogue figurait comme un moment, comme un mode de la connaissance
et de l'attitude de l'homme devant les choses. La succession, la relativité, la probabilité, le doute, le progrès que le dialogue impliquait
étaient des moments et des états de l'esprit, mais non de la réalité ;
ils marquaient seulement les détours et les approximations auxquels
est contrainte notre infirmité. Mais le dialogue prend un tout autre
caractère, une tout autre valeur quand nous l'apercevons placé au
cœur même de la réalité, quand il se confond avec l'élan vital lui-
même, élan vital de la philosophie, élan vital de la nature, élan vital
de Dieu. Le dialogue, c'est la pensée qui se conforme à ces deux faits :
que nous vivons dans le temps, et que le monde où nous cherchons
la vérité implique une pluralité d'individus, une diversité d'intelli-

gences. Mais la philosophie vient maintenant nous dire que derrière ces faits d'expérience réelle se tient toute l'expérience possible, que cette durée et cette pluralité ne traduisent pas une déficience de notre être incapable de connaître l'éternel et l'un, mais qu'ils coïncident avec la vérité et l'efficience de l'être. Le dialogue, mouvement et respiration de la philosophie, est dès lors installé dans l'être, dans l'élan vital lui-même. Cette connaissance dans la durée et dans la pluralité, qu'est le dialogue, soutient avec l'être de durée et de pluralité qu'est l'élan vital un rapport analogue à celui de la relativité restreinte et de la relativité généralisée dans la physique d'Einstein. Le « plusieurs » du dialogue correspond à un « plusieurs » dans la réalité. C'est ainsi qu'on aurait du bergsonisme une idée aussi inexacte, aussi immobile, aussi scolastique, si on en faisait une philosophie de l'intuition pure que si on en faisait une philosophie de l'intelligence : mais il suppose entre l'intelligence et l'intuition, dont se sert alternativement le philosophe, ce même dialogue jamais achevé qu'elles comportent au sein même de l'élan vital. Pareillement, quand nous nous mettons en face de la philosophie toute fraîche, non encore déformée par les exégètes, des dialogues de Platon, nous y apercevons non la philosophie des Idées, mais la philosophie d'un dialogue continuel entre les Idées et la Vie : il diffère beaucoup de ce monde d'abstractions qu'on en a tiré pour l'usage des écoles.

Philosopher, quand on se place dans cette tradition occidentale du dialogue, ce n'est pas essayer de lire par-dessus l'épaule de Dieu un livre déjà écrit, épeler une vérité toute faite. Il n'y a pas plus une vérité toute faite qu'une réalité toute faite. Il y a ce mouvement, infiniment complexe du point de vue de l'intelligence, infiniment simple du point de vue de l'intuition, mouvement d'une réalité qui se fait et d'une réalité qui se défait, tel que la philosophie bergsonienne a tenté d'en donner un crayon imparfait. Perfectionner ce crayon, dans l'esprit du dialogue, c'est participer au rythme de ce qui se fait. Le diviser, l'immobiliser en scolastique, c'est participer au rythme de ce qui se défait, — sans que nous puissions d'ailleurs affirmer que cette défaite provisoire ne soit pas tournée finalement au bénéfice de l'élan créateur, ni que sur la voie où elle paraît réussir la marche de la pensée vivante n'implique pas le danger d'une impasse. Lorsqu'il eût lu l'*Évolution Créatrice*, William James écrivit à M. Bergson : « Nous combattons le même combat, vous comme chef, moi sous vos ordres. Les positions sur lesquelles

# CONCLUSION

nous devons nous maintenir, c'est le tychisme et un monde en croissance. » Soit. Mais le tychisme d'abord : et le tychisme ne va pas sans
une décroissance, une décadence, une détente toujours possibles.
La philosophie la plus riche peut-être d'élan vital, la plus bergsonienne avant M. Bergson, celle de Schopenhauer, aboutit à une démission de l'élan vital, au pessimisme et à la négation du vouloir-vivre.
Une partie de l'Asie nous montre l'humanité conduite à une démission
du même genre. L'Allemagne, après l'échec de sa grande transgression
organisatrice, paraît incliner vers cette impasse et cette démission,
où les imprudents qui l'y poussent ne font probablement qu'accroître
leurs chances de l'y suivre. Mais Socrate, le philosophe du dialogue,
était aussi le philosophe des métiers. La tradition occidentale d'une
doctrine qui, si on en arrête le mouvement, peut bien sembler sur
une de ses faces un anti-hellénisme et un anti-intellectualisme, mais
qui n'en fait pas moins de l'intelligence et de l'hellénisme les libérateurs de l'élan vital, — ses attaches françaises et anglo-saxonnes,
et l'union originale, en elle, des deux cultures et des deux philosophies, — l'accent qu'elle met constamment sur les valeurs de lucidité
et de précision, d'énergie spirituelle et de création, — tout concourt
à la désigner comme la pointe d'un effort intellectuel où un délicat et
solide « tychisme » a fait rejoindre, d'une façon à la fois inattendue et
logique, l'élan désintéressé de la réflexion philosophique et l'élan
intéressé du travail humain.

# ERRATUM

Prière de réparer dans la typographie du tome II trois erreurs graves de citations :

1º Au bas des pages 11, 12, 14 de ce tome II, c'est l'*Evolution Créatrice* et non la *Philosophie de Bergson* qu'il faut lire.

2º Au bas des pages 18, 19, 20, 21, 23, 24, 25, 26, c'est par cette même *Evolution Créatrice* qu'il faut remplacer un *Monde comme volonté* indû.

3º Enfin, au bas des pages 235, 236, ce n'est point des *Études*, mais de la *Philosophie Bergsonienne* que doivent s'entendre les citations.

L'auteur compte pour ce travail, qui importe, sur ses bienveillants lecteurs, et les en remercie.

# TABLE DES MATIÈRES

# TABLE DES MATIÈRES



## Livre V. — *LE MONDE QUI DURE*



## TOME DEUXIÈME

## Livre V. — *LE MONDE QUI DURE (suite)*